결혼 무효

vol.2

이서한
장편소설

ROCOCO

결혼 무효 2

2025년 2월 4일 초판 1쇄 인쇄
2025년 2월 12일 초판 1쇄 발행

지은이 이서한
발행인 김관영

기획 편집 김유니
마케팅 지원 장민정

발행처 (주)로크미디어
출판등록 2003년 3월 24일
주소 서울특별시 마포구 마포대로 45 일진빌딩 6층
편집 문의 (02)6365-5170 **구입 문의** (02)3273-5134
홈페이지 rokmedia.com
E-mail romance@rokmedia.com

ⓒ 이서한, 2025

값 10,000원

ISBN 979-11-408-2515-8 04810 (2권)
ISBN 979-11-408-2513-4 04810 (세트)

결혼 무효

vol.2

이서한
장편소설

ROCODO

CONTENTS

11

"미안해요. 회의가 좀 늦어지는 바람에."

재진이 늦게 온 것에 대한 사과를 하자 유정이 고개를 저었다.

"괜찮아요. 제가 일찍 온 것도 있고."

"그나저나 해장국 집에 데려간 답례를 이런 좋은 곳에 초대하는 것으로 하다니, 그냥 얻어먹기 미안한데요?"

재진이 주변을 둘러보며 말하자 유정이 살짝 민망한 표정을 지었다.

"그날은 죄송해서요."

해장국 집에서 잠이 들었다가 깨 보니 몇 시간이 지나 있었다. 그때까지 재진은 자신을 깨우지 않고 맞은편에 앉아 기다리고 있었다.

피해를 끼쳐서 사과하는 의미로 밥을 사겠다고 하자 재진은 술이 좋다고 해서 여기로 온 거였다.

"죄송하긴요. 내가 좀 자라고 억지로 데려간 건데."

"그래도 그 자리에서 자란 소리는 아니었을 거잖아요. 3시간이 나 잘 줄은 저도 몰랐어요. 죄송해요."

유정이 다시 사과하자 재진이 웃으며 메뉴판을 펼쳤다.

"사과는 그날도 충분히 받았고 내가 먹인 술 때문이니 신경 쓰 지 말란 말도 여러 번 했습니다. 그래도 이왕 비싼 데서 사 주신다 니, 오늘은 사양 않고 잘 마실게요."

유정의 부담을 덜어 주는 말에 그녀가 작게 웃었다.

"그래요."

"아."

메뉴판을 보려던 재진이 생각났다는 듯 덧붙였다.

"노파심에서 하는 말이지만 술에 의지해서 잠드는 건 굉장히 안 좋은 습관이에요. 자칫하면 사람이 아주 망가질 수 있으니 아주 가 끔 꼭 필요할 때만 쓰는 궁여지책이라 생각해요."

"알아요. 걱정 말아요."

혹여 자신이 권해 준 방법으로 자신이 알코올 중독에라도 걸릴 까 봐 하는 말인가 싶어 유정의 웃음이 더 짙어졌다.

그녀에 대해 잘 안다면 절대 할 수 없을 말이었다. 그 긴 불면의 밤을 뜬눈으로 새우면서도 하루도 쉬지 않고 일을 해 온 그녀였으 니까.

"그런데 여긴 대표님 단골이에요?"

주문을 마친 재진이 와인 잔을 들며 물었다. 유정이 그 잔에 자 신의 잔을 부딪히고는 대답했다.

"거래처와 올 일이 있었는데 음식도 분위기도 생각보다 괜찮았 거든요."

"아하."

재진이 와인을 한 모금 마시고 고개를 끄덕였다.

"기억해 둬야겠네요. 대표님 좋아하시는 곳."

재진이 싱긋 웃으며 하는 말에 잠시 생각하던 유정이 사실대로 덧붙였다.

"자주 오진 않지만요."

"그럼 나와 오는 게 특별해서 왔다고 생각해도 되나요?"

"……."

유정이 잔을 내려놓고 재진을 잠시 바라봤다. 재진의 성격을 보면 별생각 없이 농담처럼 묻는 말로 보이기도 하고 속된 말로 작업을 거는 말로 보이기도 했다.

사업을 시작한 뒤로 일로 얽힌 남자들에게 다양한 작업을 받았다. 학교 다닐 때 나름 익혔다고 생각했던 거절 방법이 통하지 않는 경우도 더러 있었다. 신생 업체의 여성 대표라고 큰 건을 따게 해 준다며 노골적으로 접근해 오는 대기업 인사도 있었다.

그들을 겪다 보니 유정도 그런 쪽으로 눈치가 더 발달하게 됐다. 재진이 아무 의도 없이 자신에게 이런 말을 한다고 생각하진 않을 정도의 눈치가.

"피해를 끼친 것에 대해 사과하는 의미니까요."

"……."

유정이 선을 긋듯 하는 말에 재진이 말없이 그녀를 바라봤다. 그때 주문한 음식이 나오고 그가 자연스럽게 화제를 옮겼다.

"아, 이거 좋아하는데. 간단히 와인과 먹기에 좋잖아요."

멜론에 하몽이 잘게 얹어진 요리를 보며 재진이 즐거운 듯 말했다.

"많이 드세요."

유정이 업무적으로 항상 짓는 미소를 지어 보이며 권했다.

"네. 잘 먹을게요."

그 뒤로 와인 한 병을 나눠 비울 때까지 일 이야기가 이어졌다.

거의 식사가 끝날 때쯤 재진의 휴대폰이 울렸다. 액정을 확인한 그가 미간을 미세하게 찌푸리며 말했다.

"사람들이 이 시간에도 날 가만두지 않네."

"저 신경 쓰지 말고 받으세요."

"네. 잠시만요."

재진이 휴대폰을 들고 자리를 비웠다. 유정이 전화를 받으며 멀어지는 그의 뒷모습을 잠시 바라봤다. 같이 프로젝트를 진행하는 동안에도 재진의 휴대폰은 수시로 울려 댔다.

'하루 종일 업무 전화가 끊이지 않는 걸 보면 연 이사님도 만만치 않은 일 중독자인가.'

와인 잔을 입술로 가져가던 유정이 멈칫했다. 방금 재진과 비교한 남자를 떠올린 그녀의 이마가 슬며시 찌푸려졌다.

탁. 잔을 비우고 내려놓은 유정이 작게 한숨을 내쉬었다.

'그만 마실까.'

술이 살짝 오르는 거 같아 와인도 그만 마시는 게 좋을 것 같았다.

'식사도 마무리됐으니 통화 끝나고 들어오시면 슬슬 나가야……'

주변을 둘러보며 생각하던 유정의 눈이 어느 지점에서 멈췄다.

"!"

희건이 자신을 보고 있었다.

그녀의 눈이 커다랗게 흔들렸다. 슈트 차림의 희건을 놀란 눈으로 보던 유정이 빠르게 고개를 돌렸다.

'저 남자가 왜 여길⋯⋯.'

뜻밖의 만남에 심장이 거칠게 뛰기 시작했다. 잘못 본 건가도 생각했지만 차희건은 절대 다른 사람과 착각할 수 있는 남자가 아니었다.

'어쩌지?'

방금 전 눈이 마주쳤을 때, 그는 분명 자신을 보고 있었다.

'언제부터 보고 있던 걸까.'

유정의 눈이 이리저리 흔들리는데 재진이 테이블로 돌아왔다.

"미안해요. 통화가 좀 길었죠."

재진이 앉기도 전에 유정이 자리에서 벌떡 일어섰다.

"그만, 나가야겠어요."

"지금요? 어⋯⋯ 대표님?"

유정이 쫓기는 사람처럼 도망치듯 자리를 피하자 재진이 의아한 표정을 지었다.

'혹시?'

주변을 둘러보는데 저쪽에서 유정을 보고 있는 희건이 보였다.

"아아, 하필."

이유를 알고 재진이 탄식하듯 중얼거리는데 희건과 눈이 마주쳤다. 시선을 피하지 않은 재진이 싱긋 웃었다.

고개를 숙여 인사한 재진이 유정이 간 카운터 쪽으로 걸어갔다.

"감사합니다. 안녕히 가세요."

재진은 계산을 마친 유정과 함께 입구를 나왔다. 엘리베이터에 오른 그가 유정을 내려다봤다. 그녀는 얼마 전 자선행사장에서 차희건을 마주쳤을 때처럼 창백한 얼굴이었다.

'나는 아예 잊었군.'

지금 그녀의 머릿속은 조금 전에 봤던 차희건의 생각으로 가득 차 있을 거라는 생각이 들었다.

"……."

재진이 생각에 잠겨 있는데 엘리베이터가 멈췄다. 건물 밖으로 유정과 걸어 나오며 그가 말했다.

"잘 먹었어요. 대표님."

"저도 잘 먹었어요."

유정이 대답하고는 건물 입구 쪽을 힐긋거렸다. 희건이 있는 곳에 온 신경이 집중되어 있는 것 같았다.

"그럼 조심히 들어가세요."

빠르게 말한 그녀가 차를 세워 둔 쪽으로 몸을 돌리는데 재진이 유정을 불렀다.

"어, 잠깐만요. 대리기사 부를 거 아니에요?"

"그래야죠. 술 마셨는데."

유정이 걸음을 멈추고 말했다. 재진이 그녀 쪽으로 다가가며 물었다.

"불렀어요?"

"네. 어플로 불렀는데…… 왜요?"

유정이 자신 쪽으로 다가온 재진을 의아하게 바라보는데 그가 미소 지었다.

"그럼 집까지 같이 타고 가요. 바래다줄 테니."

"그럴 거 없어요. 먼 거리도 아니고."

예상대로 바로 거절이 나왔지만 재진은 여전히 미소를 거두지 않고 말했다.

"아까도 대표님한테 접근한 남자 봤죠? 남자 대리기사가 대표님한테 반해서 수작 걸면 어떡합니까. 같이 가요."

"그럴 일 없......."

"내가 걱정돼서 집에 못 갈 거 같아서 그래요. 내가 한번 고집부리면 대표님도 못 말릴 정도인 거 알죠? 갑시다."

유정이 반박할 새도 없이 재진이 먼저 앞장서서 그녀의 차로 향했다.

재진의 말은 사실이었다. 같이 일하면서 느낀 거지만 그는 대부분의 문제에선 두루뭉술하게 넘어가는 게 있지만 한번 고집을 부리기 시작하면 절대 접어주는 법이 없었다.

'하아.'

희건 때문에 정신이 없는데 재진까지 따라온다니......

작게 한숨을 내쉰 유정이 걸음을 옮기려다 뒤를 돌아봤다.

멈칫.

'희건...... 씨?'

건물 입구에 희건이 서 있었다. 그녀를 보며 똑바로 서 있는 그를 본 순간 유정의 눈이 흔들렸다. 그의 강렬한 시선은 유정의 두 발을 바닥에 붙여 놓은 듯 움직이지 못하게 했다.

꼼짝도 하지 못하고 시선을 빼앗긴 채 서 있는데 재진의 목소리가 들렸다.

"대표님. 기사님 오신 것 같은데요?"

"아, 네."

정신을 차린 유정이 그제야 몸을 돌렸다. 두근, 두근. 차로 걸어가는 내내 온몸이 심장이 된 것처럼 울리는 소리가 크게 느껴졌다. 머리를 뒤흔드는 것같은 심장박동을 들으며 유정은 도망치듯 걸

13

음을 빨리했다.

재진의 말처럼 기사가 차 앞에 서 있었다.

"여기……."

백에서 떨리는 손으로 꺼내던 유정이 스마트키를 놓쳤다. 툭. 바닥으로 떨어진 스마트키를 재진이 몸을 숙여 주워 줬다.

"기사님, 여기 있습니다."

"아아. 네."

대리기사에게 대신 전달한 재진이 뒷좌석 문을 열어 줬다.

"타요."

유정이 차에 오르자 재진이 옆에 탔다.

그 모습을 희건이 흔들림 없이 서서 보고 있었다. 문이 닫히고 차가 출발할 때까지.

"……."

굳은 얼굴로 차 뒷모습을 보고 있는 희건이 주먹을 꽉 움켜쥐었다.

충혈된 눈으로 노려보고 있는 희건은 제 손바닥에 손톱이 파고드는 것도 느끼지 못하고 있었다.

※ ※ ※

유정이 대표실에서 보고서를 확인하고 있었다. 사무실을 차린 뒤 무리를 해서인지 시력이 급격히 떨어지는 게 느껴져 일할 때 안경을 착용하고 있었다. 모니터로 내용을 훑어 내려가던 유정이 미간을 좁히고 책상 위로 안경을 내려놨다.

"휴."

피곤한 한숨을 내쉰 유정이 손가락 끝으로 이마를 짚었다.

'전혀 집중이 되질 않네.'

중요한 보고서인데도 내용이 머릿속에 들어오지 않았다. 아까부터 몇 줄씩 같은 곳으로 되돌아가기를 반복하고 있었다.

유정이 흐린 창밖으로 시선을 돌렸다. 건물 앞에 서 있던 차희건의 모습이 끊임없이 머릿속에 떠올랐다.

자신을 보는 그 눈. 검게 가라앉은 눈동자…….

그 눈이 2년 전의 시간으로 저를 되돌려 놓았다.

'겨우 조금 나아졌다고 생각했는데.'

유정이 제 입술을 질끈 물었다. 그녀의 눈이 고통으로 흔들렸다.

'지겨워졌거든요. 단 하루도 당신과 살기 싫어졌단 말이에요.'

'그렇게, 내가 싫은 건가?'

'네. 싫어요.'

'……'

'내게 집요하게 집착하는 것도 싫고, 그러면서 고작 이 정도 문제도 해결하지 못하는 무능도 실망스러워요.'

한 마디 한 마디 거짓말을 뱉어 낼 때마다 칼로 제 가슴을 찌르는 것 같은 고통이 느껴졌다.

'그렇지 않아, 난 당신을 사랑해.'

그렇게 소리치고 싶었다.

'당신을 사랑한다는 걸 이제야 알게 됐어. 나는 당신이 어떻게 되든, 이대로 당신 옆에 있고 싶어.'

울면서 그렇게 소리치며 그에게 매달리고 싶었다. 당신도 그걸 원하지 않느냐고, 나만 있으면 뭐든 상관없다고 하지 않았냐고…….

'하지만, 난 그러지 않았지.'

창밖을 응시하는 유정의 얼굴이 어둡게 가라앉았다.

'만약 그렇게 말했다면 어떻게 됐을까.'

그 생각을 수도 없이 했다. 희건과 이혼한 이후 그 헤아릴 수 없는 불면의 밤 동안 매일 생각했다. 그때 솔직히 말했더라면…….
분명 차희건은 자신을 선택했을 거였다. 그의 모든 걸 잃더라도.

'난 그걸 볼 자신이 없었고.'

자신으로 인해 그 남자가 모든 걸 잃는 모습을 보고 싶지 않았다. 차라리 자신이 평생 고통 속에 살더라도 그는 제 능력을 펼치고 살길 바랐다. 어디까지 올라갈진 알지 못하겠지만, 적어도 차범훈이나 차이태보다는 훨씬 뛰어난 사람이니까.

그렇게나 큰 상처를 준 여자를 원망하고 그는 자신의 인생을 잘 살길 바랐다. 당시엔 고통스러워도 지나고 나면 분명 원망만 남아 성유정이란 여자는 잊고 살아갈 수 있을 거라고.

'그런데…….'

유정이 숨을 들이켰다. 얼마 전 자선행사장에서 봤던 그 눈도, 이번 와인 바에서 저에게 향했던 그 눈도 전부…….

'왜, 그대로지?'

왜 그때와 똑같이 한없이 뜨거워만 있는 거야?

유정의 투명한 눈망울에 부옇게 물기가 차올랐다. 희건을 마주친 순간 유정은 알았다. 그 남자는 그때와 조금도 달라지지 않았다는 걸.

겉으론 냉정해 보여도 여전히 속엔 불같은 뜨거움을 숨기고 있

16

는 남자라는 걸…….

그 강렬한 뜨거움을 누구보다 잘 알고 있는 유정이었기에 그 눈을 보는 순간 다리가 꺾일 뻔했다. 옆에 재진이 있지 않았다면 그대로 무너져 내렸을지도 모를 일이었다.

"성유정. 도대체……."

어쩌려고 이래. 유정이 신음처럼 내뱉으며 제 얼굴을 손바닥으로 쓸었다. 이렇게 쉽게 무너질 거면 그 2년 간의 시간이 대체 무슨 의미야?

하아, 답답한 한숨을 내뱉는데 인터폰이 울렸다. 숨을 들이켠 유정이 화면의 버튼을 터치했다.

"네."

- 대표님. 이윤아 씨라는 분이 오셨는데요.

유정이 눈썹을 모았다.

"이윤아 씨요?"

- 네. 대표님 아는 분이시라고 찾아왔다는데 어떻게 할까요?

"우선 문 열어 드려요. 이쪽으로 안내해 주시고."

- 알겠습니다.

이윤아 씨가 왜 여길……?

인터폰을 끊은 유정이 의아한 얼굴을 했다가 빠르게 표정을 정돈했다. 책상에서 일어나 소파 쪽으로 걸어가는데 노크 소리가 들렸다.

"들어와요."

유정이 말하자 곧 문이 열리고 윤아가 모습을 드러냈다.

"유정 씨. 갑자기 찾아와서 미안해요."

세련된 코트를 걸친 윤아가 환한 웃음을 지으며 안으로 들어왔다.

"아니에요. 앉아요."

유정이 소파를 가리키자 윤아가 걸어와 앉았다. 마주 앉자마자 차를 준비한 직원이 안으로 들어와 테이블 위에 차를 내려놨다.

"고마워요."

윤아가 살갑게 직원에게 말하고는 찻잔을 들어 올렸다.

"어머, 차 맛있네요."

"여긴 어떻게 안 거예요?"

유정이 곧장 본론으로 들어가자 윤아가 찻잔을 든 채 한 번 눈을 굴렸다.

"실은."

달칵.

찻잔을 조심스럽게 테이블 위로 내려놓은 윤아가 유정을 보며 말했다.

"얼마 전에 유정 씨 만나서 반가웠거든요. 그래서 연재진 씨에게 연락해서 물어봤어요."

"연 이사님께요?"

유정이 눈을 둥글게 떴다.

"네. 그런데 유정 씨 개인 번호는 자기가 알려 주긴 어렵다고 대신 회사를 알려 주겠다고 하더라고요."

"……그랬군요."

유정이 차를 한 모금 마시고 내려놨다. 그사이 윤아가 다시 말을 꺼냈다.

"깜짝 놀랐어요. 그땐 그냥 연재진 씨 파트너로 온 건 줄 알았는데 협력관계라면서요?"

"네. 맞아요."

유정의 대답을 들은 윤아가 눈을 빛냈다.

"게다가 이 회사, 신생이라지만 업계에서 꽤 평이 좋던데요? 연재진 씨랑 같이 한 <도시, 숲> 프로젝트도 시에서 주력으로 미는 사업이라던데."

흥미를 보이며 하는 말에 유정이 윤아를 가만히 바라봤다.

"그것까지 알아보셨어요?"

유정이 묻는 말에 윤아가 움찔했다.

"아, 그냥 다른 뜻은 없고 유정 씨 회사 이름 들으니 궁금해서 조금 알아봤어요."

밝게 웃어 보인 윤아가 얼른 말하고는 힐긋 유정의 눈치를 살폈다.

"그때 유정 씨에게 아버지 일 말한 거 후회했어요."

"……."

찻잔을 들어 올리던 유정이 윤아를 바라봤다. 윤아는 미안한 얼굴로 유정을 보고 있었다.

"바로 이혼할 줄은 몰랐거든요. 그때 내가 한 말로 그런 거면……."

"지난 얘기를 하러 오신 거면."

달칵. 찻잔을 내려놓은 유정이 윤아를 차분하게 응시했다.

"저는 더 할 얘기가 없네요. 그때 일 전부 기억에서 지우고 살고 있거든요."

유정이 담담하게 말하자 윤아가 황급히 손을 저었다.

"아, 미안해요. 유정 씨 상처 건들 생각은 없었는데."

"……."

말없이 보고 있는 유정을 윤아가 곁눈질하고는 웃으며 말을 덧붙였다.

"희건이와는 상관없이 그때처럼 종종 밥 같이 먹어요. 유정 씨가 갑자기 이혼하고 자취를 감춰 버려서 아쉬웠거든요."

유정이 천천히 고개를 저었다.

"미안하지만 저와 사는 세계가 다른 사람들은 이제 사적으론 만나지 않기로 해서요."

"어머, 서운하게. 그렇게까지 할 거 있어요? 그래도 우린 잘 맞았잖아요."

윤아가 애교 있게 웃어 보였다.

"겨우 사귄 밥 친구인데 얼마나 아쉬웠다고요. 그러지 말고 종종 식사 같이 하고 그때처럼 친하게 지내요. 네?"

윤아가 웃으며 하는 말에 유정이 입술을 가볍게 당기고 말했다.

"그 사람과 관련된 사람은 더 피하고 싶은 게 사실이라, 그건 들어주지 못하겠어요. 미안해요."

윤아는 유정의 회사 주차장에 세워 둔 차로 돌아왔다.

치익. 담배를 입에 물고 불을 붙인 그녀의 얼굴에 의문이 어렸다.

"그새 성격이 좀 바뀌었네? 조르면 마지못해 넘어오는 성격 같았는데……."

자기를 대표로 한 회사도 만들고.

윤아가 아는 성유정은 희건의 그늘 아래 있는 유약한 이미지였는데 오늘 본 모습은 그때와는 전혀 달라 보였다.

"상관없지 뭐. 가장 중요한 건 확인했으니."

윤아가 가뿐해진 얼굴로 차 안에 숨겨 둔 재떨이에 담배를 비벼

껐다. 옆에서 감시할 계획은 틀어졌지만, 성유정은 차희건에게 완전히 정이 떨어진 걸로 보였다. 자신이 이간질한 걸 아는 것처럼 보이진 않는데도 자신을 멀리하려는 모습을 보면 그랬다.

"학을 뗀 건가. 어쨌든 걱정거리는 사라져서 좋네."

윤아가 웃으며 시동을 걸었다. 회사를 빠져나가던 그녀가 유정의 회사 건물을 힐긋 쳐다보고는 입술 끝을 비틀었다.

"위자료를 얼마나 받아 낸 거야. 애도 못 낳았으면서."

아니꼬운 시선으로 본 윤아가 차갑게 내뱉었다.

※ ※ ※

출근한 희건이 상무실로 들어섰다. 그를 본 비서들이 곧장 몸을 일으켰다.

"안녕하세요. 상무님."

평소처럼 인사하던 신 비서가 안경을 고쳐 잡았다.

"아니, 손은 왜 그러세요?"

신 비서의 말에 다른 비서들의 시선도 희건의 손에 향했다. 그의 두 손엔 붕대가 감겨 있었다.

"혹시 싸우셨어요?"

윤 비서도 놀란 얼굴로 물었다. 마치 복서가 테이핑한 듯 손등과 손바닥에 빙 둘러서 감겨 있는 붕대는 영락없이 사람을 팬 모양새였다.

"별거 아닙니다. 잘못 짚어서 다친 거니 신경 쓰지 말고 일들 해요."

희건이 대수롭지 않게 말하고 집무실로 향했다.

"아, 네……."

비서들은 대답하면서도 의혹 어린 눈초리를 거두지 못하고 있다가 희건이 시야에서 사라지자 얼른 말했다.

"저게 어떻게 잘못 짚은 거예요? 아무리 봐도 누구 하나 떡이 되도록 팬 거 같은데."

"양손이 다 저 정도면…… 그 사람 살아 있을까요?"

심각한 얼굴로 박 비서가 말하는데 신 비서가 고개를 갸웃거렸다.

"우리 상무님은 얼굴에 상처 하나 없으신데…… 유단자신가?"

"싸움도 잘하신다니 너무 멋져요."

윤 비서가 홍조를 띤 제 볼을 두 손으로 살짝 만지자 신 비서가 한심하다는 듯 쳐다봤다.

"누구랑 싸운 줄 알고. 그거 다 우리가 수습해야 되는 일인 거 알지?"

"아, 맞다."

윤 비서가 퍼뜩 정신 차린 듯 얼굴에서 손을 떼어 냈다.

"김 실장님은 알고 계시지 않을까요? 전화로 물어볼까요?"

신 비서가 집무실 쪽을 흘깃거리곤 고개를 저었다.

"우리가 알아야 할 사항이면 알려 주시겠지. 상대가 부디 문제 될 사람만 아니길 바라자고."

"네. 실장님."

윤 비서와 박 비서가 동시에 끄덕이며 대답했다.

탁. 집무실로 들어와 문을 닫은 희건은 손바닥 통증에 미간을 좁혔다.

22

"후."

짧게 숨을 내쉰 그의 머릿속에 며칠 전 금요일에 있던 일이 떠올랐다.

그날, 희건은 와인 바 앞에서 유정과 연재진이 탄 차가 멀어지는 걸 본 다음에도 한참 그 자리에 서 있었다.

다시 그의 차로 돌아왔을 때 희건을 보고 문을 열어 주러 나온 운전 비서가 깜짝 놀랐다.

"상무님, 손에 피가⋯⋯!"

희건이 그제야 제 손을 내려다봤다. 손바닥 살에 손톱이 다 파고 들어 가도록 주먹을 움켜쥐고 있어서 손가락 아래에 피가 흐르고 있었다.

손을 펴 보니 잘 펴지지도 않을 정도로 손가락이 굳어 있고 손바닥이 온통 피투성이였다.

그걸 본 운전 비서가 기겁을 하며 차에서 휴대용 티슈를 꺼내 왔다.

"이러고 오시다니, 모르셨습니까?"

"제가 하겠습니다."

희건이 티슈를 넘겨받자 운전 비서가 빠르게 운전석으로 올라타며 말했다.

"일단 타세요. 병원으로 가겠습니다."

"그럴 거 없습니다."

"그거 그대로 두면 큰일 납니다. 양손이 다 그런데 업무는 어떻게 보겠습니까?"

"⋯⋯."

희건이 가만히 서 있는데 운전 비서가 다시 간곡히 말했다.

"어서 타세요. 치료부터 해야 하니 응급실로 가겠습니다."

업무에 지장이 갈 거라는 말에 희건은 운전 비서의 말에 따르기로 했다. 뒷좌석에 그가 올라타자 운전 비서가 급히 차를 출발시켰다. 희건은 의자에 몸을 묻은 뒤 차창 밖을 응시했다.

유정과 연재진이 함께 있는 모습, 그들이 또다시 같은 차를 타고 함께 사라지는 모습이 그의 머릿속에 두통처럼 자리 잡았다.

턱을 단단히 굳힌 희건이 무서운 얼굴로 창밖을 보고 있는데 그 얼굴을 룸미러로 걱정스레 쳐다보던 운전 비서가 말을 꺼냈다.

"한동안 상처가 괜찮았는데…… 다시 심해져서 걱정입니다."

그의 말에 희건이 창에서 시선을 떼어 내 앞을 쳐다봤다.

"걱정하실 거 없습니다."

낮은 음성으로 말하고 다시 창 쪽으로 시선을 옮기려는데 조심스러운 목소리가 이어졌다.

"이런 말씀 드리는 건 주제넘을 수 있지만 제가 상무님 보아 온 지도 7년째입니다. 매일 보다 보니 그동안 상무님이 드러내지 않았던 일도 눈치로 알게 되고 그런 게 꽤 됩니다."

"……."

"요즘 상무님 뵐 때마다 위태롭습니다. 아니 사실 요즘이라기보단…… 정확히 말하면 이혼하신 후부터 말입니다."

이혼이라는 말에 희건의 눈이 가라앉았다. 아직도 이혼은 그에겐 낯선 단어였다. 이미 시간이 이만큼 흘렀는데도.

운전 비서가 착잡함이 담긴 목소리로 말했다.

"상무님은 속을 워낙 잘 숨기시긴 하지만 전 압니다. 그 일이 상무님에게 어떤 일인지."

"……"

희건은 조용히 헛웃음을 흘렸다. 남들에게도 그런 게 다 보이는 걸까. 이혼 뒤에 자신은 그저 껍데기에 지나지 않는 삶을 살고 있다는 걸.

"조금 더 자신을 소중히 하셨으면 합니다. 그러다 보면 예상치 않게 다시 상황이 좋아지기도 하고, 그게 아니면 시간이 흘러서 멀쩡해지기도 하니까요."

"……"

"죽을 것처럼 힘든 일도 말입니다."

걱정이 담긴 얼굴로 말을 이어 가던 운전 비서가 퍼뜩 제정신을 차린 듯 말했다.

"말이 너무 길어서 죄송합니다! 상무님이 제 식구 같아서 제가 오지랖을……."

"아닙니다. 걱정해 주신 건 잘 알겠습니다."

운전 비서와의 대화를 떠올린 희건이 제 손의 붕대를 내려다봤다.

"예상치 않게 다시 상황이 좋아지거나, 시간이 흘러서 멀쩡해지거나……라."

운전 비서의 말을 다시 떠올려 보던 그의 눈에 힘이 들어갔다.

"……그럴 리가."

희건이 짓눌린 음성을 내뱉었다. 시간이 아무리 흘러도 절대 그런 일은 없을 거라 확신할 수 있었다. 성유정을 안 이후로 그녀에게서 벗어나 멀쩡했던 적은 단 한 번도 없었으니까.

어쩌면 이다지도…… 잔인한지.

희건의 눈이 깊이 가라앉았다. 자신을 단 한 번도 사랑한 적 없는 여자인데, 자신을 그렇게나 끔찍해하는 여자인 데도…….

"계속 이렇게, 죽도록 사랑해야 한다니."

신음 같은 음성을 내뱉은 희건이 고개를 들어 집무실 문에 뒷머리를 기댔다.

쿵.

머리를 댄 채 천장을 응시하는 희건의 두 눈에 애절함이 맺혔다. 긴 한숨이 그의 입술에서 흘러나왔다.

12

회의를 마치고 복도로 나온 희건의 눈앞에 이태가 서 있었다.

비서실장과 함께 서서 못마땅한 눈으로 쳐다보는 이태에게 희건이 고개만 숙였다. 그대로 지나가려는데 뒤에서 이태의 비아냥거리는 목소리가 들렸다.

"어디서 깡패 새끼처럼 싸움이나 하고 다니고."

걸음을 멈춘 희건이 뒤를 힐긋 쳐다봤다.

"그 눈은 뭐야?"

이태가 눈을 부라리는데 희건이 건조하게 말했다.

"깡패 새끼 조심해야 할 겁니다."

"뭐라고?!"

이태가 언성을 높였다. 희건이 바지 주머니에 손을 꽂고 똑바로 선 채 말했다.

"그쪽과 연관되어서 좋게 끝난 케이스가 없다는 거, 아실 거라 생각합니다."

"!"

순간 이태의 얼굴에 당황이 흘렀다.

"이, 이 자식 너 무슨……."

어물거리던 이태가 희건이 다시 몸을 돌려 걸어가자 버럭 소리를 쳤다.

"무슨 헛소릴 지껄이는 거야! 저 새끼가!"

이태가 분에 못 이기는 듯 씩씩거리며 새킷을 탁 쳤다. 그러고는 옆에 서 있는 비서실장을 쳐다봤다.

"저 새끼 뭐 아는 거 있는 거 같지?"

이태가 멀어지는 희건의 뒷모습을 보며 소리 낮춰 말했다. 비서실장이 손으로 제 입술을 가리고 이태의 귓가에 바짝 갖다 댔다.

"떠보는 걸 겁니다. 넘어가면 안 됩니다."

"그렇겠지? 교활한 새끼가 아주……."

"일단 가시죠."

"그래."

희건의 뒷모습을 집요하게 주시하던 이태가 당황으로 붉어진 얼굴을 휙 돌렸다.

※ ※ ※

유정은 그녀가 구상한 <도시, 숲> 건축 현장에 서울시 현장 책임자와 재진과 함께 방문했다. 둥근 타원형의 건물 안으로 들어가며 서울시 도시정책실장 표철호가 말했다.

"친환경 건축답게 건물 외벽에 식물을 심어 그린 커튼을 활용했던데 그 점이 그린 에너지를 추구하는 현재 서울시 정책과 맞아떨어졌습니다."

표 실장의 설명에 재진이 미소 지으며 유정을 바라봤다.

"그린 커튼 공법을 이번 건축 디자인에 접목시킨 건 성 대표님 아이디어입니다."

재진의 말을 들은 표 실장이 놀란 표정을 지었다.

"오! 그렇군요. 시에서도 전체적 디자인이 아주 참신하다고 칭찬이 자자했습니다. 대표님은 도시 공학 전문이라 들었는데 건축 디자인에까지 재능이 뛰어나시군요."

칭찬을 들은 유정이 조금 멋쩍은 얼굴로 말했다.

"모르는 것도 많아서 우리 회사 전문가들의 힘이 컸어요. 제가 아니라 저희 팀이 해낸 일입니다."

"겸손하시군요. 아직 회사가 3년도 안 되었다고 들었는데 이번 프로젝트가 완성되면 대표님 회사가 아주 번성하시겠습니다."

"지금도 업계에선 이미 유명해졌죠. 여기저기서 러브콜 많이 오죠?"

재진이 거들 듯 말하자 유정이 난처한 표정을 지었다. 마침 갈림 길이 나오자 유정이 멈춰 서서 그들을 바라봤다.

"이쪽은 제가 혼자 보고 올게요."

"아직 공사가 덜 끝나서 위험할 수 있어요. 같이 가요."

재진이 곧바로 따라붙으려 하자 유정이 거절했다.

"아뇨, 혼자 보고 싶어서요."

그녀의 단호한 목소리에 재진이 걱정스러운 얼굴로 쳐다봤다.

"그럼 잠깐만 둘러보고 와요. 마감 안 된 데도 많으니까 조심하고."

"그럴게요. 그럼 다 둘러보고 만나요."

유정이 빠르게 몸을 돌렸다. 걸어갈수록 두 사람의 대화 소리가 멀어지는 게 느껴졌다.

'휴. 이제 살겠네.'

유정은 이제야 좀 어깨 힘이 풀리는 기분이었다. 원래 칭찬을 어색해해서 아까부터 도망치고 싶었던 데다, 자신의 머릿속에만 있던 건물이 실체화된 모습을 제대로 보고 싶은 마음도 있었다.

'천천히 좀 둘러봐야지.'

유정이 거대한 원형 건물 안을 관찰하듯 보며 걸어갔다.

서울시가 최근 추진하고 있는 친환경 정책에 대해 공부한 뒤 IT와 숲을 결합시킨 새로운 건축물을 구상했다. 시민들이 자유롭게 공부하거나 여가 시간을 보낼 수 있는 문화 공간과 관광명소로도 이용될 수 있는 아름다운 건축물을 상상했다. 희건의 저택에 있는 동안 서재에서 늘 공부하고 구상했다. 다른 것도 몇 가지 있었지만 이 <도시, 숲>이 특히 애착을 가진 아이디어였다.

그래서 서울시의 블라인드 테스트를 통과했을 때도 기뻤고, 메인 건축 사업에 추가되었을 때도 무척 기뻤다. 막상 구체화시키는 과정에서 자신이 잘못 알고 있던 걸 알게 되어 부끄러웠던 적도 많았다. 하지만 머릿속에만 있던 이미지가 현실화되는 과정에서 업무적인 희열도 느꼈다.

"어?"

아직 문이 없는 작은 공간을 들여다보던 유정이 의아한 표정을 지었다.

"여긴 왜 창문이 없지?"

다섯 명 정도만 쉴 수 있는 작은 공간이지만 짜투리 공간을 활용한 곳이었다. 계속 수정을 거듭한 설계라 도면이 이미 머릿속에 입력되어 있었다.

밖의 하늘을 감상할 수 있도록 커다란 창문이 포인트가 되는 곳이었는데 답답하게 벽으로 막혀 있는 모습을 본 유정이 안으로 들어갔다. 벽을 들여다봐도 창문 설치가 체크되어 있지 않았다.

"이상하네……."

유정이 갸웃거리며 가지고 온 도면을 가방에서 빼내는데 뒤에서 커다란 소리가 났다.

쾅!

"아! 뭐야?"

깜짝 놀라서 돌아본 유정이 움직임을 멈췄다.

입구가…….

임시로 문 역할을 하도록 설치해 두었던 커다란 건축 자재가 밖에서 닫히며 입구를 막아 버렸다.

"이게 왜 닫힌 거야?"

유정이 초조하게 중얼거리며 입구로 걸어갔다. 단단한 외벽을 손으로 두드리며 소리쳤다.

쿵쿵쿵!

"저기요! 밖에 아무도 없어요? 저기요!"

여러 번 두드려 봤지만 아무런 반응이 없었다. 완전히 빛이 차단되고 어둠 속에 갇혔다고 느낀 순간, 유정의 팔등에 소름이 쭉 끼쳤다.

"정신 차려. 성유정. 휴대폰, 휴대폰이……."

유정이 가방에서 휴대폰을 빼내는데 휴대폰을 쥔 손이 부들부들 떨렸다. 필사적으로 두 손으로 잡고 잠금장치를 해제했지만 통신 전파가 잡히지 않았다.

"뭐야…… 아직 공사 중이라 그런가?"

공사 중이라도 아까 있던 곳에선 전화가 울렸는데?

유정이 초조한 눈으로 고개를 들었다.

쿵쿵쿵쿵!

"저기요!"

조금 전보다 더 다급한 목소리로 소리치며 두드렸지만 여전히 조용했다.

……갇혔어.

그 사실이 인식되는 순간 유정의 얼굴이 창백해졌다. 머릿속이 어지러워지고 온몸의 피가 손끝으로 전부 빠져나가는 기분이었다.

어둠 속에서 과거의 어둠이 그녀의 머릿속을 점령했다.

'잘못했어요……!'

벽장에 갇히며 비명처럼 터뜨린 제 목소리가 귓속에 웅웅 울렸다. 유정이 입술을 깨물며 핸드폰을 움켜잡은 채 그 자리에 주저앉았다.

"하, 하악."

산소가 없는 공간에 갇힌 것처럼 숨이 쉬어지지 않았다. 유정이 한 손으로 바닥을 짚고 식은땀을 흘리며 숨을 몰아쉬었다. 숨을 헐떡일수록 더 숨이 막혀 왔다.

숨을 짓누르는 듯한 압박감과 함께 기절할 것처럼 의식이 흐려지는 순간,

'어둠이 나쁜 것만은 아닙니다.'

아…….
희건의 목소리가 떠오르자 유정의 헐떡임이 순간 멈췄다.

'시야가 약해지면 신경은 다른 쪽을 더 예민하게 만드는 법이죠.'

그때 그 말……은 분명 그 사람이…….
유정이 혼미해지는 머릿속으로 필사적으로 희건의 말을 떠올렸다. 그 집에서 두 번째 정전이 일어났던 날, 헐벗은 자신을 무릎 위로 앉힌 그가 했던 말을.

'시험해 보겠습니까?'
'아…… 전…….'
'당신이 그럴 생각이 없더라도 난 해 볼 생각입니다.'
'아웃.'
'주변이 갑자기 어두워질 때마다, 당신이 지금을 떠올리도록 말입니다.'
'자, 잠깐만요. 훗…….'
'오로지 내 손길, 내 입술만을 떠올리도록.'

완전히 어둠이 내려앉은 침실 안에서 희건이 제 몸을 탐하며 귓가에 속삭였던 말이 떠오르자 유정은 강렬한 그 기억에 사로잡혔다.

'직접 벗겨 봐.'

'나도 미치게 원하고 있으니까, 어서.'

뭘 떠올리는……!

얼굴이 붉어질 정도로 리얼하게 그때의 기억이 머릿속을 뒤덮었다. 온갖 자극적인 말들과 행위들이 떠오르자 아까와는 다른 쪽으로 심장이 뛰어 댔다.

'지금부터 이 밤이 끝날 때까지 놔주지 않을 겁니다.'

'완전히 어두움이 사라질 때까지 전부 나에 대한 기억으로만 새겨놓을 거니까…… 각인처럼.'

그때의 희건의 기억이 정말 각인처럼 선명하게 떠올라 유정은 당황했다. 온몸이 뜨거워질 정도로 야릇한 감각의 기억에 사로잡힌 채 난감해하고 있는데 퍼뜩 정신이 들었다.

'나…… 괜찮잖아?'

정말 희건의 말처럼 그의 생각에만 사로잡혀 있다 보니 거짓말처럼 압박감이 사라져 있었다.

"하……."

유정이 온몸의 긴장을 풀고 숨을 길게 토해 냈다. 그때 밖에서 구조물을 두드리는 소리가 들렸다.

쿵쿵쿵!

"성 대표님! 여기 계세요?"

"네. 여기 있어요!"

대답하며 소리친 유정이 휴대폰을 쥔 채 몸을 일으켜 세웠다. 구조물을 치우는 소리가 요란하게 들리고 곧 공간이 열리며 빛이 들어왔다. 그 빛을 본 순간 유정의 어깨에 힘이 탁 풀렸다.

"아니 이게 왜…… 성 대표님, 괜찮으세요?"

구조물을 치워 준 현장 담당 소장이 걱정스럽게 하는 말에 유정이 대답했다.

"네. 괜찮아요."

그의 뒤에 서 있던 재진이 빠르게 들어왔다.

"이것 봐요. 위험하다고 했잖아요. 무섭지 않았어요?"

"정말 괜찮아요. 그보다 소장님. 여기 설계와 다른 부분이 발견됐는데요."

유정이 벽을 가리키며 말하자 소장이 다가갔다.

"어디 말씀이십니까?"

"도면을 보면 여기 창문이 있어야 하는데 없어서요. 혹시 일부러 안 만든 건지 확인해 볼 수 있을까요?"

도면을 꺼내 든 유정이 소장에게 보여 주며 설명했다.

"아, 그렇군요. 확인해 보겠습니다!"

총괄 소장이라고는 하지만 구역마다 담당자가 따로 있었기 때문에 이 구역 담당자에게 알아본다는 뜻이었다.

"부탁드릴게요."

아직 창백함이 남은 얼굴로 말한 유정이 그제야 바깥으로 몸을 돌렸다.

"이제 이쯤 하고 같이 식사나 하고 돌아가죠."

전체적으로 한번 둘러본 뒤 재진이 유정에게 말했다.

"미안하지만 좀 피곤해서 오늘은 들어가서 쉬어야 할 거 같아요."

유정이 흐린 얼굴로 웃어 보이며 사양했다.

"너무 집중해서 보시더니. 에너지가 완전히 고갈된 모양이네요."

재진이 아쉬운 표정은 지었지만 부담 주지 않으려는 듯 그녀가 원하는 대로 하게 해 줬다.

"그럼 조심히 들어가고 다음에 봐요. 대표님."

"네. 조심히 들어가세요."

재진과 인사를 나눈 유정이 자신의 차로 돌아왔다. 문을 닫고 시동을 건 그녀가 뒤로 건축물을 한번 쳐다봤다.

"······."

잠시 시야에 담은 그녀가 차를 출발시켰다.

운전해서 집으로 향하는 동안 유정의 얼굴은 가라앉아 있었다. 잊고 싶은 과거의 기억이 그녀의 머릿속을 맴돌았다.

구식이 죽은 뒤 유정의 부모는 회사를 물려받게 되어 해외 생활을 접고 돌아왔다. 구식이 번 돈으로 미국에서 호의호식하며 지내는 동안 딸은 신경도 안 쓰던 부부였다. 그런 부부가 유정을 맡아서 잘 키울 수 있을 리는 없었다.

동한은 탄탄대로를 달리던 회사를 물려받았는데도 경영 수완이 없어 주먹구구식으로 운영했고, 매일 술이나 마시러 다녔다. 혜숙은 고작 초등학생인 유정 들으라는 듯 매일 흐느꼈다.

"전생에 무슨 죄를 지어서 그 살기 좋은 미국에서 돌아와서 이 좁고 답답한데서 살아야 하는지······. 하아, 남편은 회사는 내팽개치고 매일 룸살롱에서 살고. 나만 집에 박혀서 이게 대체······."

혜숙이 눈물짓다가 유정을 보고는 한숨을 포옥 내쉬었다.

"박복한 팔자를 타고난 내 죄지. 누구 죄겠어."

눈물을 찍어 내며 말한 혜숙이 또 유정을 바라봤다.

"......"

그 눈이 뭘 말하는지 유정은 알 수 있었다.

자신이 태어나지 말았어야 했다는 말이라는 걸.

차라리 대놓고 그렇게 말이라도 했으면 좋으련만 혜숙은 팔자타령을 하며 어린 유정에게 죄책감만 심어 줬다. 자신은 나쁜 사람이 되지 않고 유정만 괴롭히는 악랄한 수법이었다.

그러는 동안 유정에게서 구식과 함께 살 때의 밝은 모습은 빠르게 사라져 갔다.

그러던 어느 날, 혜숙이 갑자기 바뀌었다. 울면서 신세 한탄을 하는 일도 사라지고 수시로 콧노래를 흥얼거렸다. 유정이 의아함을 느끼는데 어느 날 혜숙이 초조한 얼굴로 유정을 거실로 불렀다.

"유정이 너, 네가 뭘 잘못했는지 알아?"

"무슨 일인데요?"

유정이 의아한 눈으로 보자 혜숙이 갑자기 언성을 높였다.

"정말 몰라? 너 정말 모르겠어?"

유정은 알 수가 없었다. 생각해 봐도 특별히 잘못한 일은 머릿속에 떠오르지 않았다.

"말씀해 주시면…… 어? 엄마?"

유정의 팔을 끌어당긴 혜숙이 거실 벽장 문을 열고 그 안에 유정을 밀어 넣었다.

"생각날 때까지 여기 있어. 알겠니?"

"여, 여기 있으라고요? 여긴 무서워요."

몸에 딱 맞는 좁은 벽장 속에 갇힐 생각을 하니 유정은 왈칵 겁이 났다.

혜숙은 쫓기는 사람처럼 밖을 한 번 쳐다보고는 빠르게 말했다.

"네가 잘못해서 벌을 받는 거니까 이건 내 탓이 아니야. 네 잘못이야. 알겠니?"

"잠깐만……!"

유정이 손을 뻗는데 혜숙이 밖에서 벽장 문을 닫아걸었다.

탁!

덜컹, 덜컹.

"엄마! 엄마?"

유정이 문을 잡고 열려고 힘껏 밀어 봤지만 안에서는 열리지 않았다.

'어두워…… 무, 무서워.'

유정이 겁에 질린 얼굴로 벽장 안을 쳐다보는데 밖에서 남자 목소리가 들렸다.

"남편 지금 없는 거 맞지?"

누, 누구지?

처음 듣는 남자 목소리에 유정이 밖으로 귀를 기울였다.

"회사 갔다니까요. 안 들어오는 날도 많고, 들어오더라도 맨날 술에 취해서 새벽에나 들어오니까 걱정 안 해도 돼요."

혜숙의 목소리는 어딘가 상기되어 있었다.

"그래? 그럼 마음 놓고……."

"아웃, 자, 잠깐만요. 저기 안에 침대가 있으니 방으로 가서 해요."

"흐, 거기서도 하면 되지."

"아니 여, 여기선……."

"이거 봐. 좋으면서 빼기는. 알 거 다 아는 사이에 말이야."

음흉한 목소리와 함께 혜숙의 신음이 이어졌다.

'이 소린 설마……?'

유정은 그 소리의 정체를 깨닫고 얼굴이 창백해졌다. 얼른 제 귀를 막은 유정은 남자에게 들킬까 봐 소리도 내지 못하고 벽장 안에서 숨죽여 울었다.

그 뒤로 유정은 매일 그 벽장에 갇혔다. 벽장에 갇히고 침실 문이 닫히면 사방이 고요해졌다.

'무서워…….'

벽장 안에서 유정은 무릎을 감싸고 얼굴을 묻었다. 고요와 어둠 속에서 언제 문이 열릴지 모를 시간을 버텨야 했다.

그 시간은 몇 시간일 때도 있고 때론 10시간 넘게 이어지기도 했다. 그리고 천둥 번개가 무섭게 치던 어느 날, 유정은 벽장 안에 갇힌 채 결국 기절했다.

다시 정신이 든 뒤에도 아직도 어둠 속인 걸 깨닫고 흐느껴 울었다.

갈수록 과감해진 혜숙은 남자를 새벽까지 침실에 데리고 있다가 부랴부랴 내보내기도 했다.

유정은 아무에게도 그 이야기를 하지 못한 채 매일 도망치듯 학교에 갈 뿐이었다. 바람난 상대를 집으로 끌어들이고 그때마다 벽장에 갇혀야 하는 날이 이어지자 유정은 집으로 돌아갈 때마다 구토가 일었다.

집에 가고 싶지 않아도 혜숙은 혹여 유정의 존재를 남자에게 들킬까 봐 당장 돌아오지 않으면 밤새 가둬 두겠다고 협박을 일삼았다. 그러는 동안 유정은 나날이 어두워졌다. 구식도 없는 그 시간 동안 누구도 그녀에게 관심을 주지 않았다.

그즈음 유정은 폐소 공포가 생기고 불안 증세가 처음 발현됐다. 증세가 심해지자 엘리베이터도 타지 못해서 걸어 오르는 일이 다반사였다.

중학생이 된 유정이 기숙사가 있는 학교로 옮기려 했지만 혜숙은 허락하지 않았다.

"걱정돼서 어떻게 보내니? 아직 나이도 어린데."

혜숙의 그 말에 유정은 기가 찰 뿐이었다. 지금 그 어린 자식 앞에서 무슨 짓을 저지르고 있는 건지 알기나 하는 걸까.

구식의 유산 상속 조건에 유정의 양육에 대한 조항이 따로 있었다는 걸 안 건 나중의 일이었다.

'이 지옥에서 계속 살아야 한다고?'

유정이 절망하는데 갑자기 혜숙이 벽장으로 가두는 일을 멈췄다. 정확히 말하면 남자를 끌어들이는 일을 멈췄다.

"내가 잘못했어요. 으흑흑. 제발 다시……."

혜숙은 매일 울며 남자에게 다시 만나 달라 전화해서 애원했지만 남자는 받아 주지 않은 모양이었다. 그 뒤로 한동안 매일 흐느끼던 혜숙은 어느 날 갑자기 유정에게 착한 엄마인 척을 하기 시작했다.

"내가 유정이 널 얼마나 사랑하는지 아니? 우리 착한 딸."

그렇게 말하며 꼬옥 안아 줄 땐 유정은 온몸에 소름이 돋았다. 제정신이 들고 나서야 혜숙은 벽장에 딸을 가두고 외도 상대를 불러들인 일에 대한 걱정이 든 모양이었다.

혹여 유정이 남편인 동한에게 말할까 봐.

유정을 다정히 안고 등을 쓸어 주며 혜숙이 귓가에 속삭였다.

"……그 일은 아무에게도 말하면 안 돼. 알겠니?"

그걸 말하는 순간 동한의 바람기를 빌미로 매달 수천만 원씩 뜯어냈던 사치 비용이 날아가게 될뿐더러 동한 성격에 이혼하자고 나올 수도 있었다. 그 의도를 숨겼다고 착각한 혜숙이 부드럽게 웃으며 말했다.

"이건 다 유정이 널 위해 하는 말이야."

"네."

유정은 인형처럼 대답했다.

"착하네. 우리 딸."

혜숙이 유정의 머리를 쓰다듬으며 웃었다. 유정은 동한에게 말할 생각도 없었지만 혜숙의 빤한 속내가 구토가 일었다.

그 뒤로 벽장의 기억에 대한 공포는 점점 나아졌다. 엘리베이터도 탈 수 있게 됐고 웬만한 상황에선 증상이 발현되지 않았지만, 여전히 정전이나 어두워진 상황에선 공황이 일었다.

그 상태를 스스로 벗어난 건 오늘이 처음이었다.

과거의 기억을 떠올리며 운전하던 유정은 아까의 상황을 다시 되짚어봤다. 갇혔다는 생각이 들자 똑같은 압박감이 왔고 호흡이 힘들어졌다.

'그때 그 남자 생각을…… 했지.'

그가 했던 말대로 그 상황에서 어둠의 공포가 아닌 차희건만 떠올랐다.

어둠 속에서 그가 준 감각들이.

"그만."

다시 은밀한 감각이 떠오르려 하자 유정이 운전대를 잡은 채 빠르게 고개를 흔들었다. 하아, 길게 숨을 뱉어 내는데 문득 의문이 떠올랐다.

'그런데 그는 내 증상을 어떻게 안 거지?'

그의 저택에서 정전이 있던 적이 두 번 있었는데, 두 번 모두 조명을 들고 희건이 나타났었다. 처음 정전이 나기 전까진 한 번도 제가 있던 2층에 오지 않았던 남자였는데도……. 그걸 보면 그가 알고 있던 것 같았다.

어둠을 무서워하지 않게 하겠단 말도, 지금 생각해 보면 제 증상을 알고 하는 말이 분명해 보였다.

'지켜보고 있었다더니…… 그래서?'

희건은 자신을 내내 지켜봐 왔었다고 했었다. 그렇다면 폐소 공포가 심할 무렵에 그가 봤을 수도 있었다. 학교에서 돌아오는 길에 몇 번인가 기절할 뻔한 적이 있었으니까.

"……정말 그랬던 거구나."

희건이 자신도 모르는 사이 자신을 지켜봐 왔고 결국 그의 도움으로 그 오랜 공포에서 처음으로 벗어나게 됐다는 생각이 들자 유정의 눈이 흔들렸다. 눈물이 고이는 게 느껴지자 유정이 고개를 저었다.

"다 지난 일이야."

자신에게 다그치듯 말한 유정은 눈물이 흐르지 않도록 눈에 힘을 주고 전방을 노려봤다. 신호등의 빨간불이 눈물에 번져 흐릿해져 있었다.

※ ※ ※

"이번 프로젝트도 같이 진행하게 되어서 기쁩니다."

표 실장이 유정과 회의를 마친 뒤 자료를 정리하며 싱긋 웃었다.

"저도 함께하게 되어 기쁩니다. 실장님."

유정도 마주 웃으며 대답했다. <도시, 숲> 프로젝트를 성공적으로 선보이게 되어 서울시의 친환경 도시정책의 두 번째 프로젝트도 유정이 함께하게 됐다. 포트폴리오를 준비하느라 한동안 정신없었지만 무사히 협약이 이루어지게 되어 다행이었다.

"이번에 함께할 건설업체는 입찰로 선정될 겁니다."

표 실장의 말에 유정이 잠시 머뭇거렸다가 드러나지 않게 얼른 웃어 보였다.

"알겠습니다."

진한건설과 하게 될 리는 없겠지.

진한건설은 희건이 맡은 사업도 아니고 차이태가 맡고 있었다. 차이태가 자신의 이름을 보면 진행할 리 없었다.

'쓸데없는 걱정이야.'

유정이 그렇게 생각하며 표 실장과 인사하고 회의실을 나왔다. 설사 진한건설로 결정된다 하더라도 자신에게 선택권은 없는 일이었다. 어쩔 수 없는 일이라 생각한 유정은 회사에 들러 계획서를 점검한 후 퇴근을 서둘렀다.

주차장에 차를 세운 유정은 차 문을 열고 밖으로 나오다 눈을 크게 떴다.

'희건 씨?'

희건과 닮은 남자가 차에서 내리는 모습을 유정이 놀란 눈으로 쳐다봤다.

아…… 아니구나.

뒷모습은 닮게 느껴졌는데 돌아선 순간 전혀 다른 남자였다.

'여길 알 리가 없는데.'

어깨 힘을 탁 푼 유정이 그렇게 생각하며 엘리베이터 입구 쪽으로 향했다.

'세 달이 지났는데도 아직도 그의 잔상에 흔들리다니.'

엘리베이터에 올라탄 유정이 씁쓸한 조소를 흘렸다. 그 두 번의 우연을 끝으로 희건과 마주치는 일은 없었다. 그럼에도 이렇게 순간순간 그와 닮은 사람을 보고 심장이 덜컥 내려앉는다. 알고 보면 전혀 닮지 않은 사람인데도.

'마치 또 한 번의 우연을 기다리는 사람처럼……'

유정의 표정이 가라앉았다. 깨닫자마자 끊어 낸 깊은 감정이 뒤늦게 그녀를 아프게 하고 있었다.

미련하게.

유정은 착잡함을 누르며 엘리베이터 안에 조용히 서 있었다.

※ ※ ※

차 회장의 저택에 범훈과 미란이 들어섰다. 급작스럽게 나타난 그들을 차 회장이 눈을 가늘이고 쳐다봤다.

"연락도 없이 무슨 일들이야?"

차 회장이 묻자 미란이 살갑게 웃었다.

"시할아버님 적적하실까 봐 같이 식사하려고 왔어요. 아직 식사 안 하셨죠?"

"이 사람이 이렇게나 할아버지를 챙겨서 말이죠. 하하. 같이 식사하시죠."

범훈도 옆에서 거드는데 차 회장의 비서실장이 들어왔다.

"회장님. 잠시…….”

정 실장이 하는 말에 차 회장이 끄덕였다.

"서재에 다녀올 테니 앉아 있어라.”

"네. 할아버님.”

얌전하게 웃으며 대답한 미란이 범훈과 함께 소파에 앉았다. 그때 나주댁이 다가와 물었다.

"차라도 드릴까요?”

"됐어요. 곧 식사할 거니까.”

미란이 쳐다보지도 않고 대답하자 나주댁이 물러났다.

범훈이 턱을 손가락으로 쓸며 미란을 힐긋 쳐다봤다.

"오늘 슬쩍 말 꺼내 봐야겠지?”

"당연하지. 그러려고 온 건데.”

미란이 도도하게 말했다. 곧 주총이 열릴 시기라 차 회장에게 후계 구도에 공고히 힘을 실어 달라고 말하러 온 거였다.

"할아버지도 알아서 신경 좀 써 주시지. 장손인데 언제까지 기둥 한 쪽만 차지하고 있으란 말…….”

범훈이 불만스러운 얼굴로 안경을 추켜올리는데 휴대폰 벨소리가 울렸다. 그가 휴대폰을 주머니에서 빼냈다.

"어, 그래.”

대수롭지 않게 비서실장의 전화를 받은 그가 일순 눈을 크게 떴다.

"뭐야? 차이태가?!”

높아진 언성에 미란이 범훈을 쳐다봤다. 심각한 얼굴로 듣고 있던 범훈이 인상을 썼다.

"미친…… 알았어. 마침 할아버지한테 온 참이니까 확인해 볼게. 그래."

범훈이 전화를 끊자 미란이 바로 물었다.

"무슨 일이야?"

전화를 끊고서도 범훈은 기가 차다는 듯 고개를 저으며 헛웃음을 흘렸다.

"히, 그 새끼 그거. 사고 칠 줄 알았지. 욕심만 사나워선."

"무슨 일이냐니까."

미란이 이마를 찌푸리고 재촉하자 범훈이 그제야 설명했다.

"차이태 그 새끼, 조폭 연루 범죄로 수사 들어갔대."

"조폭? 그게 정말이야?"

미란의 눈도 크게 떠졌다.

"그럼 거짓말하겠어? 이미 수사선으로 넘어간 거 같긴 한데, 조폭 쪽 얽히면 골치 아파. 답 없어."

"왜 그렇게까지…… 현금 때문에?"

미란이 묻는 말에 범훈이 어깨를 으쓱였다.

"그럼 뭐 때문이겠어? 우리 주식 가져가려고 안달을 내더니. 크게 한탕 하려고 일 벌였던 거겠지. 꼴좋다. 새끼가."

"하, 정말……."

미란도 가슴 앞에서 팔짱을 끼고 헛웃음을 흘렸다.

그때 큰 소리를 내며 이태 부부가 들이쳤다.

"할아버지, 할아버지!"

얼굴이 벌게져선 황급히 들어서던 이태가 소파에 앉아 있는 범훈을 보고 걸음을 멈췄다.

"차범훈 이 새끼, 너지!"

이태가 이성을 잃은 얼굴로 달려들어서 범훈의 멱살을 잡았다.

46

"뭐 하는 거예요?!"

미란이 인상을 찌푸리며 소리쳤다.

"차범훈 니 짓인 거 다 알아!"

이태가 범훈의 멱살을 잡고 씩씩거리자 범훈도 버럭 소리쳤다.

"뭐 인마? 내가 하긴 뭘 해!"

"다 알고 왔으니 모르는 척할 생각 하지 마!"

"이 새끼 이거 헛소리도 작작……."

멱살이 잡힌 채 어이없는 실소를 흘리는 범훈에게 지연이 소리쳤다.

"아주버님이 저희 건설 사업이 노른자라고 항상 부러워했잖아요! 아니에요?"

"어머, 동서 말이 심하네. 칭찬하는 말이랑 부러워하는 말도 구분 못할 정도로 교양이 없어?"

미란이 무시하는 어조로 말하자 지연이 미란을 확 노려봤다.

"칭찬요? 언제부터 우리 생각하셨다고요? 뒤에선 야금야금 다 빼 가셨으면서."

"말 함부로 하는 거 아니야. 증거 있어?"

미란이 사나운 눈빛으로 고압적으로 말하자 지연의 입술이 파르르 떨렸다. 이태가 눈이 시뻘개진 채 범훈의 멱살을 잡고 흔들어 댔다.

"말해! 누구한테 찌른 거야!"

"이 새끼가 진짜, 이거 못 놔?!"

"뭣들 하는 짓이냐."

차 회장의 목소리에 다들 움직임을 멈추고 쳐다봤다.

"하, 할아버지."

차 회장은 눈을 가늘게 뜨고 이태와 범훈을 보고 있었다. 이태가 범훈의 멱살을 놓고 차 회장에게 달려갔다.

"너무하십니다! 그걸 검찰 손에 넘어가게 두시다니, 전 할아버지 손자가 아닙니까!"

"너 할아버지께 감히 뭐 하는 짓이야!"

이태가 이성을 잃은 사람처럼 달려와 차 회장 앞에 섰다.

"할아버지는 충분히 막으실 수 있지 않았습니까! 일부러 저를 쳐내려고 그러신 겁니까? 네?!"

이태가 목에 핏대를 세우고 고함치는 모습을 차 회장이 미동도 없이 쳐다봤다.

"……"

찌르는 듯한 시선에 오히려 움찔한 건 이태였다.

"뭐, 뭐라고 말씀이라도……."

"국내 조직폭력배도 아니고, 중국 조직과 얽혀 놓고 여길 찾아올 낯짝이 있던 게냐?"

"……!"

이태의 눈이 큼지막해졌다. 그 말을 들은 범훈과 미란이 뒤에서 놀란 표정을 지었다.

"중국 조폭이었어? 저 새끼 저거 미쳤구만!"

"그, 그건 저도 잘 모르고 속아서 그런 겁니다."

이태가 변명하듯 말하자 차 회장이 눈을 더 가늘였다.

"그쪽 우두머리를 강남 한복판에서 직접 만나 술 마시고 다녔던데, 내가 헛걸 봤단 말이냐?"

"그, 그걸 어떻게……!"

이태의 얼굴이 창백해져선 저도 모르게 뒷걸음질 쳤다. 차 회장의 얼굴에 노기가 어렸다.

"진한에 먹칠을 하는 것도 정도가 있지. 감히 중국 조직 폭력배를 끌어들여?"

낮게 깔린 목소리에는 선득한 분노가 묻어났다. 언성을 높이지 않았음에도 차 회장의 카리스마에 다들 입을 다물고 쳐다만 봤다.

"하, 할……."

말을 잇지 못하는 이태의 눈이 당황으로 흔들리는데 차 회장이 말했다.

"수사 철저히 받고 모든 책임은 네 선에서 져야 할 거다. 여기서 우리 진한에 더 먹칠했다간 그땐 내가 널 가만두지 않을 테니까."

"!"

"네 부모를 봤는데도 그딴 짓을 해? 한심한 놈."

섬뜩할 정도로 차가운 음성에 이태의 얼굴에 핏기가 가셨다. 회사의 명예를 실추시켰을 때 차 회장이 어떤 식으로 무서워지는지는 그들의 부모 케이스만 봐도 잘 알 수 있었다. 승계를 받기도 전에 자기 세상인 양 온갖 로비를 받고 다니던 주리 덕에 차 회장은 아들의 지분까지 모두 빼앗고 해외로 쫓아냈다.

한국으로 들어오는 순간 강제 수사가 진행되게 되어 있어 그들은 영영 고국 땅을 밟지 못할 거였다.

그 기억을 생생하게 가지고 있는 이태가 절망 어린 표정으로 그 자리에 털썩 주저앉았다.

"……크윽."

이태가 고개 숙인 채 부들부들 떨리는 손으로 바닥을 움켜쥐었다. 그 모습을 차 회장이 일말의 자비도 없는 시선으로 싸늘하게 쳐다봤다.

"여, 여보."

지연이 다가와 이태를 부축하는데 차 회장이 범훈과 미란 쪽을 쳐다보며 말했다.

"다들 나가라. 오늘은 같이 식사할 기분이 아니니."

"아, 예. 할아버님. 다음에 뵐게요."

미란이 눈치 빠르게 범훈을 데리고 저택을 나섰다. 비틀거리는 이태를 부축한 지연도 나가고 나자 저택이 고요해졌다.

"······."

냉정한 얼굴로 서 있던 차 회장이 순간 미간을 좁히더니 손을 입 쪽으로 가져갔다.

쿨룩, 쿨룩!

쇳소리가 섞인 기침이 이어지자 나주댁이 얼른 다가왔다.

"회장님, 괜찮으세요?"

걱정스럽게 보는 나주댁에 차 회장이 인상을 쓴 채 몸을 돌렸다.

쿨룩, 쿨룩, 쿨룩.

서재로 들어온 뒤에도 차 회장의 기침은 멎지 않았다. 소파에 앉아 상체를 숙이고 한참 동안 기침하던 차 회장이 깊이 숨을 뱉어 냈다.

입을 가리고 있던 손을 떼어 낸 그가 손바닥의 핏자국을 바라봤다.

"······."

차 회장의 눈이 깊게 가라앉아 있었다.

차 회장 저택 앞에 대기시켜 둔 차에 오르자 범훈이 고개를 절레절레 저었다.

"하. 중국 조폭이라니. 차이태 저게 미쳐도 단단히 미쳤네."

충격이 가시지 않는 듯 중얼거리는 말에 미란이 그를 바라봤다.

"중국이면 문제가 많이 커지나?"

범훈이 고개를 끄덕였다.

"당연하지. 그건 까딱 잘못하면 국가 간의 마찰로 번질 수도 있고 어쨌든 골치 아파. 현금을 대체 얼마나 땡기려고 그런 걸 끌어들인 거야?"

"현금만이 아닐 수도 있겠지. 거기 건설 쪽 지금 쭉 내리막이잖아. 주총 앞두고 있는데 좀 초조하겠어?"

미란이 의미심장한 시선으로 범훈을 쳐다봤다. 미란의 의도를 안 범훈이 입술을 말아 올렸다.

"우리한텐 잘됐네. 이번 주총에서 진한건설 우리가 가져올 수 있을 테니."

"훗, 고맙게도."

미란도 입술 끝을 휘어 올리며 즐거운 웃음을 지었다. 안 그래도 후계자 위치를 공고히 해 달라 말하려고 온 거였는데, 눈엣가시인 차이태가 제 발로 나가떨어졌으니 잘된 일이었다.

"그런데, 누가 그런 걸까? 자긴 아니잖아."

미란이 생각났다는 듯 범훈에게 물었다.

"차이태 꼰지른 거?"

"응. 혹시 차희건 아니야?"

"차희건? 설마. 그런 귀찮은 짓을 그 새끼가 감당한다고?"

범훈이 헛웃음을 흘리고 예리한 눈빛으로 말을 이었다.

"그리고 내가 알기론 차희건은 검찰 쪽에 끈이 없어. 차이태한테 원한이 있는 누군가겠지."

"하긴……."

미란이 고개를 끄덕였다. 차희건은 지금까지 승계 욕심을 보인 적이 한 번도 없었다. 있다면 차 회장을 그렇게 나 몰라라 할 리도 없었다.

'그 오랜 시간 연기를 한 게 아니라면 주어진 자동차 사업으로 만족할 사람인데…….'

영악한 눈을 굴리던 미란이 말했다.

"어쨌든 다음 주총 전에 다시 와서 할아버님께 말씀드려야겠네. 진한건설 우리 달라고."

"그래. 그래야겠지."

범훈이 웃으며 고개를 끄덕이고 덧붙였다.

"곧 우리 세상이 오겠는데."

유력한 경쟁자가 사라졌으니 승계까지 멀지 않았을 거였다. 범훈과 미란은 새어 나오는 미소를 숨기지 않고 창밖을 쳐다봤다.

※ ※ ※

<도시, 숲Ⅱ> 프로젝트의 파트너 건설사가 확정되어 유정과 표 실장, 그리고 건설사 담당자가 함께 식사 자리를 갖기로 했다.

조용한 한식당에 표 실장과 유정이 먼저 도착했다. 입구에서 만난 유정이 인사했다.

"안녕하셨어요."

"네. 오랜만입니다. 들어가시죠."

표 실장이 먼저 들어가자 미소를 유지하던 유정의 얼굴이 어두워졌다.

'하필 장소가 여기라니.'

이름을 들었을 때 어디서 들어 본 것 같다 했더니 희건과 상견
례를 했던 곳이었다.

"성 대표님?"

"아, 네."

들어가지 않고 입구에 서 있던 유정이 표 실장의 부름에 걸음을
옮겼다. 우습게도 별채의 방까지 똑같은 방이었다.

'여기서 차희건을 다시 만났지.'

결혼상대로 차이태가 나올 줄 알고 긴장하고 있었는데, 희건이
들어오는 모습을 보고 멍해졌던 기억이 떠올랐다.

"여기 비싸지 않아요?"

유정이 묻는 말에 표 실장이 웃었다.

"진행 내용이 극비이기도 하고 전에 프로젝트 진행하면서 성 대
표님께 감사한 부분이 많았는데 따로 답례도 하지 못한 것 같아서
요."

"아, 그렇군요. 신경 써 주셔서 감사합니다."

"뭘요. 맛있게 드셔 주신다면 제가 기쁘겠습니다."

표 실장은 함께 일하기에 편한 사람이었다. 공무원으로서의 선
을 넘지도 않고 일에 있어서 철저한 면도 있었다. 차를 한 모금 마
신 유정이 물었다.

"혹시 결정된 건설사 브랜드 이름이 뭐예요?"

"일루미입니다."

다행히 모르는 이름이 나와 유정이 내심 안도했다.

"처음 듣는 곳이네요?"

"네. 이곳도 신생 업체로 알고 있습니다. 성 대표님과 잘 맞을 것

같군요."

"정말 그렇겠네요."

유정이 작게 미소 짓고는 찻잔을 내려다봤다.

드르륵-

"아, 오셨군요."

문이 열리고 표 실장의 목소리가 들리자 유정이 인사하기 위해
고개를 들었다.

"!"

유정의 눈이 커졌다.

상견례의 그날처럼, 슈트 차림의 희건이 문으로 들어서고 있었
다.

유정을 짧게 바라본 희건의 시선이 표 실장에게 옮겨졌다.

"처음 뵙겠습니다. 차희건입니다."

"표철호 실장입니다. 반갑습니다."

서로 인사를 나누는 두 사람을 창백해진 얼굴로 보고 있던 유정
이 벌떡 일어섰다.

"전 이번 건, 진행하지 못하겠어요."

유정이 새파랗게 질린 얼굴로 문으로 걸어가자 표 실장이 당황
한 표정을 지었다.

"성 대표님? 그게 무슨 말씀……."

"죄송합니다."

유정이 빠르게 말하고 문을 열려는데 뒤에서 희건의 목소리가
들렸다.

"실망이군요."

낮은 음성에 문고리를 잡으려는 유정의 손이 멈췄다. 그녀가 돌

아보자 희건이 냉정한 시선으로 유정을 보고 있었다.

"성유정 대표님은 업계에서 꽤 유능하다고 들었는데 이런 대형 프로젝트를 일방적으로 취소하신다니."

"……."

유정이 입술을 깨물고 희건을 쳐다봤다. 그가 서늘한 시선으로 그녀를 내려다보며 말했다.

"그런 기본적인 약속도 지키지 않으면서 업계에서 살아남을 수 있다고 생각하십니까. 여기, 그렇게 만만한 세계가 아닐 텐데?"

도발하는 말에 유정이 그를 쳐다보다가 꾹 다물고 있던 입술을 열었다.

"진한건설이야말로 신생 업체로 가장하고 입찰에 참여해도 되는 건가요?"

"진한건설이라고요?"

유정의 말을 들은 표 실장도 안경을 추켜올리고 눈을 동그랗게 떴다. 희건은 표정 변화 없이 유정에게 말했다.

"블라인드 테스트였고 진한건설의 기존 브랜드가 아닌 새로 시작하는 브랜드로 참여한 겁니다."

"……."

희건과 유정이 강렬한 시선으로 서로를 응시하고 있는데 난감하게 서 있던 표 실장이 물었다.

"두 분 서로 아시는……."

"어떻게 할 겁니까? 난 시간이 많지 않아서 여기서 성 대표님이 그만둔다면 다음 후보와 일을 진행해야 해서 말입니다."

희건이 하는 말이 유정이 눈썹을 모았다. 그가 느긋하게 그녀를 내려다봤다.

"그만두실 거면 이 자리에서 빨리 결정해 주셨으면 좋겠군요."

"……."

희건을 똑바로 쳐다보던 유정이 표 실장에게 시선을 옮겼다.

"죄송합니다. 방금 전에 한 말은 잊어 주세요."

유정이 다시 자리로 돌아가 앉았다.

"아, 다행이군요."

표 실장이 두 사람 눈치를 보다 안도하고 자리에 앉았다. 희건도 옆에 앉자 표 실장이 다시 물었다.

"그런데 두 분은 아시는 사이십니까?"

"네."

"아니요."

동시에 대답한 유정이 희건을 바라봤다.

'모른다고?'

아니요, 라고 대답한 희건을 유정이 당황한 눈으로 쳐다봤다. 희건이 그녀를 냉철하게 마주 보며 말했다.

"전 처음 보는 분인데."

"……."

유정이 눈을 가늘였다. 잠시 그를 보고 있던 그녀가 표정을 바꿔 차분하게 말했다.

"제가 과거에 억울한 일을 당한 적이 있어서요. 차희건 상무님은 기억조차 못 하는 일로 보이지만."

"……."

유정이 희건을 직시하며 말을 이었다.

"이해는 합니다. 이 세계에서 갑을관계라는 게 원래 그런 거니까요."

사무적인 미소를 지으며 희건을 쳐다보자 그가 유정을 속을 알 수 없는 눈으로 응시했다.

표 실장이 웃으며 끼어들었다.

"진한그룹 정도면 뭐 사실 그런 일들이 허다하긴 하겠죠. 이 나라 굴지의 대기업 아닙니까."

"이번 사업은 진한으로서가 아니라 일루미로 참여하는 겁니다."

희건이 정정하자 표 실장이 얼른 말했다.

"아! 다른 의도가 있던 건 아닙니다. 하하. 어쨌든 과거 일들은 털어 내 버릴 겸 식사부터 하죠."

표 실장이 분위기를 밝게 전환시키며 밖에서 대기하고 있던 직원을 불러 주문했다. 유정은 조용히 찻잔을 들어 올리는 희건을 쳐다봤다. 여전히 정갈한 자세로 차를 마시는 수려한 남자를 보는 그녀의 눈에 혼란스러움이 어렸다.

'무슨 생각으로 여기 나타난 거지?'

당황을 진정시키고 보니 희건의 속내를 파악할 수가 없었다. 그를 능멸하고 사라진 자신에게 복수하려는 목적 말고는.

'어쨌든 아까처럼 흔들리는 모습을 보여선 안 돼. 정신 차리고……'

생각하던 유정이 순간 그의 손목에서 시선을 멈췄다.

'저 시계는?'

희건의 손목에 채워져 있는 시계는 결혼했을 때 그의 생일 선물로 그녀가 사 준 거였다. 그 시계를 본 유정은 다시 혼란을 느꼈다.

'왜 아직 저 시계를 하고 있는 거지?'

희건의 시계를 쳐다보던 유정이 문득 그의 시선을 느꼈다. 그녀는 표정에 동요를 드러내지 않기 위해 작게 숨을 들이켰다.

　……그전에도 같은 시계를 내내 하고 있었잖아. 그저 차희건의 습관일 뿐이지 특별한 의도가 있던 건 아닐 거야.

　유정이 그렇게 생각하며 마음을 다잡으려 노력했다.

　"실례합니다."

　마침 요리가 들어오기 시작하자 집중할 다른 거리가 생겨 유정은 내심 다행이었다.

　"잘 먹겠습니다."

　"많이 드세요."

　다들 식사를 시작하고 난 뒤 자연스럽게 업무적인 이야기로 흘렀다. 이번 <도시, 숲Ⅱ> 프로젝트를 그 전의 프로젝트와 접목시킬 수 있는 친환경적 요인들에 대한 대화가 이어졌다.

　"ZEB(제로 에너지 빌딩)로 진행해야 되겠죠?"

　표 실장의 질문에 희건이 대답했다.

　"현재 공공건축물은 ZEB가 의무화되어 있어서 그렇게 진행해야 할 겁니다."

　"차희건 상무님은 평소 친환경 건축에 관심이 많으셨습니까?"

　희건이 생각보다 이론적으로 많이 알고 있다는 데 놀란 표 실장이 그에게 물었다.

　"아, 원래 자동차 쪽을 맡고 계셨다고 본 기억이 있어서 묻는 겁니다. 많이 알고 계신 것 같아서."

　표 실장이 덧붙이는 말에 희건이 물잔을 입으로 가져가며 담담하게 대답했다.

　"신재생 에너지원을 이용하는 기술들이 세계적으로 트랜드가 되는 시기입니다. JH 자동차에서도 이미 저탄소 친환경 자동차로 방향을 바꾼 지 몇 년이 됐고, 건축을 하기 위해서도 필수적으로 알아둬야 하는 사항이라고 생각합니다."

"그렇죠. 맞습니다. 세계적인 트랜드를 고려하지 않을 수 없죠."

"······."

유정은 아무 말 없었지만 그녀 역시 그가 알고 있는 게 예상 이상이라 내심 놀랐다.

'자동차 사업만 하던 남자인데 언제 저렇게 알아본 거지?'

의외였지만 드러내진 않고 조용히 식사만 했다. 가급적 그를 보지 않으려 하는데, 시선이 자꾸 희건의 손목으로 향하는 게 느껴져 난감했다.

표 실장이 이번엔 유정에게 물었다.

"성 대표님께서 기획서에 넣었던 영국의 탄소 제로 주거단지도 꽤 흥미롭던데요."

유정이 고개를 끄덕이며 대답했다.

"베드제드 말씀이시군요."

"네. 우리나라는 아직 그 정도까진 힘들겠지만 단열과 자연광을 충분히 활용한 에코 주거 단지는 시도해 볼 만한 것 같습니다."

"이번 프로젝트에서 현실 구현 가능한지 여러 가지로 시도해 볼 생각이에요."

"그게 궁극적으로 구상하는 모델이라고 했던 것 같은데 맞습니까?"

"맞아요. 제가 구상하는 친환경 도시의 모델이고, 이번 프로젝트까지 성공한다면 그 성공 노하우를 이용해 본격적으로 시도해 볼 수도 있을 것 같아요."

두 사람의 대화에 희건의 목소리가 끼어들었다.

"그 케이스는 사회적 기업인 바이오 리저널 디벨로프먼트 그룹을 포함한 파트너십이 있었기에 가능한 모델이죠."

유정과 표 실장의 시선이 그에게 향했다. 그러자 희건은 유정을 응시한 채 말했다.

"건축에 사용된 강철의 90퍼센트는 베딩톤 철로를 재사용한 것이었고, 그 외에도 지역에서 재생산된 자재가 대부분입니다."

"……."

희건을 잠시 보던 유정이 말했다.

"물론 서울이라는 환경적 요인과 다를 수 있고 완전히 똑같은 방식으로 생각하진 않아요."

"맞습니다. 기획서에도 그 건에 다양한 아이디어가 있던데, 나중에 파트너십 기업으로 관심 있다면 그때 차 상무님과 공유하겠습니다."

표 실장이 능숙하게 대화를 마무리 짓고는 시계를 바라봤다.

"아, 이제 그만 가 봐야겠군요. 일이 남아서 사무실에 들어가 봐야 하거든요."

"표 실장님도 고생 많으시네요."

"아닙니다. 일인데요, 뭘. 성 대표님도 맨날 사무실로 다시 돌아가시던데요? 오늘도 그러실 생각이십니까?"

"그래야 할 거 같은데…… 우선 일어나죠."

말을 흐린 유정이 먼저 자리에서 일어섰다. 별채에서 나온 세 사람은 같이 입구에 서서 인사를 나눴다.

"그럼 잘 부탁드립니다. 저 먼저 가 보겠습니다."

"오늘 잘 먹었습니다. 조심히 들어가세요."

"다음에 뵙겠습니다."

표 실장이 그새 누군가의 전화를 받으며 빠르게 차로 올라탔다. 차가 멀어지는 모습을 보고 있던 유정이 옆에 서 있던 희건을 향해 돌아섰다.

"무슨 의도예요?"

유정이 차가운 시선으로 그를 쳐다봤다.

"나에게 복수라도 하려는 거예요?"

그녀가 묻는 말에 희건이 느른히 선 채 유정을 내려다봤다.

"억울한 일을 당한 을에게 내가 왜 복수를 해야 합니까."

아…….

낮은 음성에 유정은 순간 심장이 뛰었다. 그걸 드러내지 않으려 유정이 곧바로 입을 열었다.

"갑자기 거부할 수 없는 내 업무적 영역까지 들어온 목적이 뭐냐고요."

유정이 희건을 노려보며 차갑게 쏘아붙였다. 자신은 그를 진저리 치며 떠나온 여자임을 잊으면 안 됐다. 만약 그가 자신을 여자로서 다시 찾아온 거라면 냉정히 끊어 내야 했다.

우연한 마주침 뒤로 몇 달을 그와 다시 마주치는 일이 있지 않을까 내심 기대하던 자신이었으니까.

"……."

유정을 조용히 내려다보던 희건이 입을 열었다.

"성유정 대표님이 뭔가 착각하시는 것 같은데."

그녀 만만치 않은 차가운 음성에 유정이 순간 흠칫거렸다. 그가 유정을 직시하며 말했다.

"저는 일을 사적 복수에 이용할 만큼 우습게 생각하지 않습니다. 내가 직접 맡게 된 건설사업의 첫 브랜드, 그중에서도 첫 번째 프로젝트를 그런 사소한 목적에 이용할 거 같습니까?"

"……."

희건과 유정의 팽팽한 시선이 허공에서 얽혀 들었다. 서늘한 눈으로 그녀를 응시하던 희건이 말했다.

"업계 평판만큼의 능력을 보여 주길 기대하고 있겠습니다. 그럼."

희건이 몸을 돌렸다. 운전 비서가 대기하고 있는 차로 멀어지는 그의 뒷모습을 보던 유정도 몸을 돌렸다.

'뭐지……?'

차로 걸어가며 유정은 혼란을 느꼈다.

'그때의 그 눈은 내 착각이었나?'

냉정한 희건의 눈은 몇 달 전 마주쳤을 때의 그 뜨거움을 담고 있지 않았다.

'내가…… 그렇게 착각한 거였나?'

자신에게 지독하게 상처를 준 여자와 마주친 분노의 표출을 그런 식으로 착각했는지도 모른다. 내가 그러길 바라서.

그렇게 생각하니 가슴이 아프도록 조여들었다.

'잊었던 거구나. 날.'

평생 사랑했다는 남자가 자신이 의도했던 대로 변해 있었다. 사랑했던 여자는 완전히 잊고 그녀에 대한 싸늘한 적대심만 남은 거였다. 이렇게 일로 얽힌 건 희건에게도 달갑지 않은 일이었던 거였고.

그런 그에게 일을 내던지는 무책임한 모습까지 보였으니 얼마나 한심하게 생각할까.

"……하아. 정말."

차에서 답답한 한숨을 내쉰 유정이 눈물 맺힌 눈으로 창밖을 응시했다. 조용히 응시하고 있던 그녀가 제 입술을 지그시 물었다. 상처를 헤집어 엉망이 된 심장이 삐걱거리며 아픈 소리를 내고 있었다.

그 소리를 무시하며 유정이 차를 출발시켰다.

희건은 차 안에서 유정의 차가 먼저 빠져나가는 모습을 지켜보고 있었다.

"……."

유정의 차를 마치 그녀인 것처럼 응시하는 그의 눈이 깊게 일렁였다.

한 달 전.

차이태 사건이 터진 일주일 뒤 범훈과 미란은 다시 차 회장의 저택을 찾았다. 저녁 식사 자리에서 마주 앉은 범훈이 말을 꺼냈다.

"이태 일로 마음이 시끄러우시겠지만 다음 주에 주총이 있지 않습니까."

"그래서?"

차 회장이 한쪽 눈썹을 휘어 올리고 묻는 말에 범훈이 얼른 대답했다.

"저에게 건설을 바로 넘기셔서 주주들의 혼란을 잠재우셔야 합니다."

"맞아요. 할아버님. 그래야 주주들 입장에서도 이 위기를 빨리 넘길 수 있다고 생각할 거예요."

"……."

미란이 거드는 말에 차 회장이 대답 없이 식사만 했다. 미란과 서로 눈빛을 교환한 범훈이 조급한 음성으로 말했다.

"이 기회에 저에게 후계자 위치를 공고히 해 주셔야 임원들도 흔들리지 않을 겁니다."

차 회장이 서늘한 시선으로 범훈을 쳐다봤다.

"그래서 진한건설을 달라?"

"어차피 차이태도 다시 돌아올 수 없게 됐으니 제가……."

"진한건설은 제가 맡겠습니다."

"!"

갑자기 끼어든 낮은 목소리에 깜짝 놀란 범훈과 미란이 다이닝 룸 입구를 쳐다봤다. 희건이 슈트 차림으로 서 있다.

"차희건?!"

범훈의 눈이 커지는데 희건이 차 회장을 똑바로 응시했다.

"제가 맡게 해 주십시오. 제 평생 아버지께 드리는 두 번째 부탁입니다."

아버지라고?

평소 회장님이라고 부르던 희건이 아버지라고 부르는 모습은 처음이었다. 한 번도 희건의 이런 모습을 본 적이 없던 범훈과 미란은 놀란 눈으로 그를 쳐다봤다.

위압적인 차 회장의 눈빛에 조금도 밀리지 않고 마주 보고 있는 희건의 모습에 불안을 느낀 미란이 빠르게 말했다.

"아니, 작은 서방님도 억지시네요. 지금껏 이 집엔 오시지도 않다가 갑자기 탐나는 게 생겼다고 달라시면 어떡해요?"

"차희건 너 이런 애였냐? 정말 실망이다."

범훈도 미란의 장단에 맞춰 한심하다는 눈으로 희건을 쳐다봤다. 그러고는 차 회장에게 고개를 돌렸다.

"할아버지. 단호하게 말씀 좀 해 주시죠. 저 녀석 정신 좀 번쩍 들게."

"……."

차 회장이 말없이 희건을 쳐다보고만 있자 범훈과 미란의 얼굴에 불안이 어렸다.

희건을 보고 있던 차 회장이 칼칼한 음성을 냈다.

"회사 일이 네가 달라고 해서 쉽게 주어지는 일이라고 생각하는 거냐."

"맞습니다!"

초조해하던 범훈이 반색하며 말했다. 미란도 얼른 끼어들어 거들었다.

"그렇죠? 엄연히 장손이 있는데 저게 무슨 억지예요?"

"니들 주겠다는 것도 아니니 가만있어."

"아, 예. 할아버지."

차 회장이 미간을 좁히자 범훈과 미란이 얼른 입을 다물었다. 다시 날카로운 시선을 희건에게 돌린 차 회장이 말했다.

"다음 주 주총에서 말하겠다. 그리 알고 다들 가 봐."

"아니 할아버지, 그럼 그때까지 기다리란……."

범훈이 볼멘소리를 하는데 희건이 곧바로 대답했다.

"알겠습니다."

그대로 차 회장에게 고개를 숙인 희건이 몸을 돌렸다. 그가 나가는 모습을 차 회장이 지켜봤다.

"그럼 저희도 가 보겠습니다."

범훈과 미란이 할 수 없다는 듯 인사하고 나왔다.

저택을 나오자 범훈이 바로 인상을 썼다.

"시간 끌어서 좋을 게 뭐 있다고 그러시는 거야? 설마 차희건에게 주실 생각은 아니시겠지?"

범훈이 불안한 눈초리로 저택을 쳐다보며 말하자 미란이 픽 웃었다. 그걸 본 범훈이 의뭉스럽게 물었다.

"왜 웃어? 당신은 안 불안해?"

"그럴 리가 있겠어? 차희건 이름이 세상에 오르내리는 거 반기시는 분도 아닌데."

"아, 하긴……."

가장 중요한 사실을 잊고 있었다는 생각에 범훈이 고개를 끄덕였다. 미란이 기사가 열어 준 문으로 도도하게 향하며 말했다.

"어차피 진한건설도 우리 게 될 거니까 너무 걱정하지 마."

미란이 느긋하게 차로 올라타자 범훈도 그녀의 옆에 탔다. 차가 출발하자 범훈이 안심한 얼굴로 웃었다.

"내가 왜 그 생각을 못 했지? 외도로 낳은 자식을 그 자리까지 올릴 리는 없을 텐데."

"평생 숨기신 분이 갑자기 그러시겠어?"

미란이 빙긋 웃자 범훈도 입술 끝을 휘어 올렸다.

주총 당일이 되자 수많은 주주들이 대회의실에 모여들었다. 범훈과 미란이 화려한 차림으로 들어서자 사람들이 힐긋거렸다.

"오늘 후계자 발표하는 거야? 왜 저리 차려입었어?"

"아주 대놓고 오늘 내가 이 회사 물려받는다고 온몸으로 말하고 있는데?"

"근데 그걸로 차이태 건이 덮어질까?"

"글쎄……."

"어? 차희건이다."

어수선하게 술렁이는 분위기가 희건이 들어선 순간 조용해졌다. 날렵한 슈트 차림으로 시선을 집중시키며 들어온 희건이 범훈과 같은 가장 앞자리에 앉았다.

'맘에 안 드는 새끼.'

차희건만 등장하면 조용해지는 분위기에 범훈이 삐딱한 시선으로 희건을 힐긋거렸다. 그때 차 회장이 정 실장과 들어섰다.

"회장님. 오셨습니까."

범훈이 얼른 일어나 차 회장에게 다가가 인사했다. 희건도 조용히 일어나 인사했다. 고개만 끄덕인 차 회장은 가장 상석에 앉았다.

단상 위로 올라온 회의 진행자가 마이크 앞에 섰다.

"모두 참석하셨으니 회의를 시작하겠습니다. 먼저, 가장 중요한 안건부터 진행하겠습니다."

범훈이 기대감에 찬 얼굴로 진행자를 바라봤다.

'뭐든 좋으니 빨리 말하라고.'

승계든 진한건설이 자신에게 넘어오는 거든 범훈 입장에선 어느 쪽도 나쁘지 않았다. 범훈이 웃으며 미란과 시선을 교환하는데 진행자가 말했다.

"지금부터 진한건설의 새 책임자를 선출하는 투표를 시작하겠습니다."

"뭐, 뭣?!"

진행자에게서 예상치 못한 말이 나오자 범훈이 벌떡 일어섰다.

"앉아라."

차 회장의 낮은 음성에 당황한 얼굴로 일어섰던 범훈이 다시 앉았다.

"투표라니, 이게 무슨……."

"걱정 마. 당신이 장손인데 뭘 걱정해? 이길 거야."

미란이 범훈에게 빠르게 말하고는 희건을 쩨려봤다.

"차범훈 상무님이 맡는 걸 원하시면 1번, 차희건 상무님이시면 2번을 터치해 주시면 됩니다. 지금 스크린을 터치해 주시죠."

진행자의 말에 따라 각자의 자리에 있는 스크린을 터치했다. 터치 버튼이 사방에서 눌리는 소리를 범훈이 초조하게 듣고 있었다. 얄밉도록 초연하게 앉아 있는 희건을 불만스럽게 힐긋거리는데 진행자의 말이 들렸다.

"투표가 끝났습니다."

범훈이 침을 꿀꺽 삼키고 고개를 들었다. 화면을 보고 있던 진행자가 사람들을 향해 시선을 들어 올렸다.

"투표 결과, 차희건 상무님으로 결정되었습니다. 축하드립니다."

"차, 차희건이라고?"

대회의실에 박수가 울려 퍼지는데 범훈과 미란만이 당혹스러운 얼굴로 주변을 둘러봤다.

진행자가 희건을 가리키며 말했다.

"앞으로 진한건설을 책임지게 되실 차희건 상무님이십니다."

희건이 자리에서 일어나 주주들을 향해 인사했다. 박수 소리가 더 커지자 범훈이 얼굴이 벌게진 채 이를 바드득 갈았다.

"저 자식……!"

미란 역시 표정을 구긴 채 싸늘하게 앉아 있었다.

주주총회가 끝나고 희건이 대회의실을 나섰다.

"축하합니다. 차 상무님."

"앞으로 진한건설 운영을 잘 부탁드립니다."

"JH 자동차의 성공신화를 다시 한번 보여 주시길 바랍니다."

따라 나온 주주들의 인사를 받은 희건이 고개를 숙였다.

"감사합니다."

인사하던 희건의 시선이 문득 한 곳에 닿았다. 대주주들과 대화
를 나누고 있는 차 회장이 그를 보고 있었다. 차 회장과 눈이 마주
친 희건이 잠시 응시했다.

"……"

조용히 머리를 숙여 차 회장에게 묵례한 희건이 걸어갔다.

희건이 그때 일을 생각하며 유정의 차가 사라진 곳을 응시하고
있었다. 사실상 자신의 두 번째 부탁을 차 회장이 들어준 거라는
걸 희건은 알고 있었다. 업무 성과 면에서 차희건이 압도적이라는
걸 주주들이 모를 리가 없었으니까.

범훈에게 맡길 생각이었다면 차 회장은 그날 회의에서 그 안건
을 올리지 말았어야 했다. 투표로 넘긴 것 자체가 희건의 부탁을
들어준 일이었다.

"이제 출발할까요?"

"네."

운전 비서의 목소리에 희건이 대답했다. 차가 출발하고 한식당

에서 벗어났다. 창밖을 응시하고 있던 희건이 조금 전 유정이 했던 말을 떠올렸다.

'갑자기 거부할 수 없는 내 업무적 영역까지 들어온 목적이 뭐냐고요.'

목적이 뭐냐고.
희건의 입술 끝이 유려하게 휘어 올라갔다.
'이번에도 도망쳐 봐. 성유정.'
찾을 수 없는 곳까지 도망치면 모를까.
다시 이 눈에 들어온 이상 그냥 놔둘 생각 없으니까.
희건의 눈이 뜨겁게 이글거렸다.

※ ※ ※

《진한그룹 악재 터져. 차이태 뇌물 비리 혐의》

대표실에서 포털 기사란에 뜬 기사를 본 유정이 놀란 눈으로 쳐다봤다.
'차이태가 뇌물 비리?'
기사를 클릭해 보니 자세한 내용이 담겨 있었다.

《진한그룹의 차남이자 상무이사인 차이태의 비리 혐의에 대해 검찰에서 조사에 착수했다.
진한 측에선 즉시 차이태 상무를 경질 조치하고 법의 판단에 겸

허히 맡긴다는 입장을 내놓았다.

이에 따라 차이태 상무가 맡고 있던 진한건설은 주주총회를 통해 삼남인 차희건 상무가 맡기로 결정됐다.

적자의 늪에 빠져 있던 JH 자동차를 업계 1위로 세운 성공 신화의 차희건 상무가 위기의 진한건설을 되살릴 수 있을지 귀추가 주목되고 있다.》

기사를 읽은 유정은 멍한 눈길로 모니터를 응시했다.

'그래서 그 사람이 맡게 된 거구나.'

언론 보도는 어느 정도 수습이 된 뒤에 나오게 한 모양이었다. 사실 뇌물 정도로 경질까지 시킬 것 같진 않았지만 드러나지 않은 사건까지 알고 싶진 않았다.

기사 창을 닫으려던 유정은 사진 속의 차희건을 잠시 바라봤다.

"……"

언론에 희건의 얼굴이 제대로 나온 건 처음 보는 것 같았다. 연예란에 있어야 할 것 같은 수려한 남자의 얼굴을 보니 기분이 묘했다.

이렇게 보니 저 남자와 결혼했었다는 게 새삼 낯설게 느껴져 스크롤을 내리는데 뉴스 댓글이 보였다.

ㄴ저 얼굴이면 진한건설 주가는 수직 상승하겠는데요. 저 미모 리얼인가요……?

ㄴ저도 주식 사러 갑니다.

ㄴ재벌이 얼굴까지 가지면 반칙임. 키 겁나 작을 듯.

유정이 댓글을 보고 있는데 인터폰이 울렸다.

- 대표님. 차 상무님 오셨습니다.

"아, 네. 회의실로 안내하세요."

유정이 얼른 대답하며 기사 창을 닫았다.

'왜 몰래 이상한 짓이라도 한 것처럼.'

유정이 순간적으로 창을 닫은 자신의 행동을 못마땅해했다. 포털 기사란에 보였기 때문에 본 것인데 왠지 희건을 스토킹이라도 한 것 같은 기분이었다. 작게 숨을 내쉰 유정은 준비해 둔 자료를 가지고 회의실로 걸어갔다. 진한그룹은 유정이 가기 불편한 장소라 우선 이곳에서 회의를 진행하기로 했다.

똑똑.

유정이 회의실에 노크한 뒤 문을 열었다.

희건은 간단히 업무용 태블릿피시만 회의 테이블 위에 올려 두고 있었다. 클래식한 분위기가 감도는 짙은 그레이 컬러의 슈트를 입고 긴 다리를 꼰 자세로 앉아 있는 희건을 보자 머릿속에 방금 봤던 댓글이 떠올랐다.

ㄴ키 겁나 작을 듯.

……많이 큰데.

유정은 속으로 그렇게 생각하다가 희건이 빤히 보고 있다는 걸 깨닫고 정신을 차렸다.

"제시간에 오셨네요."

유정이 빠르게 말하며 원형 테이블 맞은편에 앉았다.

"인사는 생략하기로 하고, 바로 시작하죠."

"그래요."

유정이 자료를 펼쳐 놓고 곧장 회의를 시작했다.

4시간에 달하는 마라톤 회의를 해 보니 희건은 생각보다 끈질기고 집요한 업무 스타일을 가지고 있었다. 유정 자신이 구상했고 팀원들과 충분히 검증한 모델이라 생각했는데 그가 제시한 문제점들을 파악하느라 끊임없이 자료를 뒤져야 했다.

심지어 희건은 태블릿피시를 거의 쳐다보지도 않았다.

'설마 내용이 다 머릿속에 들어 있는 건가?'

그렇게 생각하니 오기가 들어 유정은 몇 번이나 커피를 리필해 가며 그의 지적에 대응했다. 덕분에 완전히 녹초가 됐다.

"초안까진 우리 선에서 정리하고 그 후부터 팀원들도 함께 회의할 수 있도록 준비해야겠네요."

"그렇게 하죠."

유정이 지친 얼굴로 회의가 끝났음을 시사하자 희건이 대답했다. 그가 곧 자리에서 일어섰다.

"그럼 내일 뵙겠습니다."

"조심히 들어가세요."

인사한 희건이 회의실을 나갔다.

"하아."

유정은 테이블 위에 쓰러지듯 누웠다.

'일을 그렇게 무섭게 한다더니…… 그냥 나온 말이 아니었구나.'

부부 시절 모임에서 들었던 말들을 떠올려 보니 그 말들이 다 맞는 말이었다.

'보통 완벽주의가 아니었네.'

하긴 그 대단한 진한그룹의 버린 거나 다름없던 자동차 사업의

73

성과를 그 정도로 끌어올릴 정도면……. 아까 기사에서 봤던 내용을 머릿속에 떠올리고 있던 유정이 상체를 일으켰다.

'기를 너무 빨렸나 봐. 오늘은 그만 퇴근해야겠어.'

자료를 다시 챙겨 회의실을 나오는데 직원들이 기다렸다는 듯 유정에게 모여들었다.

"대표님!"

"무슨 일이에요?"

눈이 초롱초롱한 직원들을 유정이 의아하게 쳐다봤다.

"차희건 상무님 직접 본 건 처음인데 정말 미남이시네요?"

"아아."

직원들의 빛나는 눈의 의미를 깨달은 유정이 헛웃음을 흘렸다.

"들어오는 순간 완전 배우인 줄 알았잖아요. 포털 보셨어요? 거기 차 상무님 사진 떴는데 댓글 난리던데요?"

"그래요?"

유정이 모르는 척하는데 다른 직원이 말했다.

"그런데 차 상무님이 직접 오셔서 회의하실 줄은 몰랐는데요."

"맞아요. 건설사 대표가 직접 오진 않잖아요. 보통 실무자가 오지."

"이게 신규 브랜드의 첫 프로젝트라서 차 상무님이 전체적으로 관여할 것 같아요."

"아! 그럼 저희 앞으로도 자주 볼 수 있겠네요?"

직원들의 눈이 더 빛나자 유정은 속으로 난감함을 느꼈다. 모여든 직원들의 대화가 이어졌다.

"근데 이미지와 다르게 진짜 열심히 하는 분이라 새롭네요. 재벌들은 보통 실무자한테 다 시키고 자기가 아이디어 낸 양 거들먹

거린다고들 하던데."

"맞아요. 아, 그런데 진한그룹의 삼남이면, 이혼했다고 하지 않았나?"

"!"

직원 한 명이 하는 말에 유정이 움찔했다. 곧바로 표정 관리를 하는데 더 난처한 말이 이어졌다.

"그러게요? 들은 것 같은데 한번 찾아볼까요?"

다른 직원이 휴대폰을 들어 올리자 유정이 본능적으로 저지하듯 손을 내밀었다.

"사생활인데 그렇게까지……."

"아, 그거 제가 아까 차희건 상무님 실물 보고 궁금해서 찾아봤는데 전 부인에 대해선 언론에서 철저히 숨기는 모양이던데요? 아무것도 안 나오더라구요."

……휴. 안 나오는구나.

속으로 안도한 유정이 들어 올렸던 손을 슬쩍 내렸다.

"그런데 대표님 안색이 너무 안 좋으시네요. 회의가 힘드셨어요?"

표정을 살피며 직원이 하는 말에 유정이 흐리게 웃었다.

"처음이라 좀 그런가 봐요. 나 먼저 퇴근할 테니 다들 너무 늦게까지 있지 말고 퇴근해요."

유정이 몸을 돌리며 말하자 직원들이 그녀의 안색을 걱정하며 대답했다.

"알겠습니다. 들어가서 푹 쉬세요."

"조심히 들어가세요. 대표님!"

직원들의 인사를 받으며 유정이 사무실을 나왔다.

집으로 돌아온 유정은 간단히 씻고 침대에 누웠다.

"하아…… 피곤해라."

입술에서 저절로 한숨이 흘러나왔다. 이런 고강도의 압박 회의는 처음이었다. 누구보다 많이 준비했으니 차희건보다 더 잘 알고 있을 거라고 자신한 게 실수였다.

'만만하게 봤다가 큰코다쳤네. 내일 회의는 더 일찍 출근해서 준비해야지.'

마음을 다잡던 유정이 문득 신기함을 느꼈다.

'그와 이런 식으로 같이 일하게 될 줄은…….'

회의 내내 그에게 지지 않으려 설명하느라 말을 많이 했더니 목이 칼칼할 정도였다. 이런 자신의 모습은 아직 결혼 생활 중에 있었다면 상상도 못 할 일이었다.

'대화는 거의 없었으니까. 그땐.'

침대 위에 가만히 누운 채 유정은 생각에 잠겼다. 그의 저택에서 자신이 생각하던 이혼 후의 미래에 희건은 없었다. 그쪽 사람들은 전부 끊어 내고 완전히 타인으로 살아갈 줄 알았다.

'말했을 텐데. 나에게 아내보다 소중한 건 없다고.'

희건의 진지한 목소리를 떠올린 유정이 숨을 크게 들이켰다.

재계약한 뒤로는…… 사실 그대로 이 결혼 생활이 영영 끝나지 않을지도 모른다는 생각을 했었다. 그런데 그게 그전과 달리 끔찍하게 느껴지지 않아, 그런 자신에게 당황했다.

'내가 당신을 사랑하고 있었으니까.'

'사랑하면 안 되는 사람이라는 걸 무수히 되새기면서도 되지 않았습니다.'

갑자기 가슴이 조여드는 듯한 통증에 유정의 눈썹이 찌푸려졌다. 그때 그가 한 말은 지금 자신의 마음과 같았다.

사랑하면 안 되는 사람이라는 걸 무수히 되새기면서도…… 그게 되지 않고 있으니까.

유정은 익숙한 가슴의 통증을 느끼며 억지로 눈을 감았다.

하지만 알고 있었다.

꿈에서도 차희건에게서 도망칠 수 없다는 걸.

※ ※ ※

잘그락.

희건은 얼음을 채운 위스키 잔을 들고 서재로 걸어갔다. 책상 쪽으로 향한 그가 책상 위를 물끄러미 바라봤다.

'여기서 구상했던 건가.'

늘 서재에 있던 유정이 기억에 선명했다. 당시엔 항상 도서관에 머물던 습관 탓에 책이 있는 서재에 머무는 것인 줄 알았지만, 지금 보니 아니었다. 그녀는 업계에서 한창 주가 상승 중인 회사의 대표답게 가지고 있는 전문지식이 풍부했다. 그리고 열정도 있었다.

함께 회의를 진행해 보니 전공 분야만이 아니라 필요한 다른 분야까지 폭 넓게 공부한 지적인 매력이 느껴졌다.

"……."

희건은 유정이 공부했던 책상 위를 손끝으로 쓸며 위스키를 한 모금 마셨다.

탁. 잔을 내려놓은 그가 몸을 돌려 책장의 책들을 바라봤다.

급작스러운 이혼과 함께 유정이 이 집에서 나갔기 때문에 그녀가 공부하던 책들은 아직 남아 있었다. 자신이 가지고 있던 책들 사이 꽂혀 있는 그녀의 책들을 희건은 손끝으로 찬찬히 훑었다.

짙은 눈빛으로 책들을 훑던 그의 손길이 낡은 책에서 멈췄다.

이 책은…….

잊고 있었는데, 이건 과거 태웅에게서 받은 책이었다.

'넌 책벌레니까 이 책도 좋아하겠지. 무척 어렵거든.'

씩 웃으며 책을 건네던 태웅의 모습을 떠올리자 희건의 눈이 어둡게 내려앉았다. 책을 펼쳐 보자 그 안에 사진 한 장이 껴 있었다.

"……박태웅."

그가 사진 속의 친구 이름을 낮게 불렀다. 환하게 웃는 태웅의 얼굴을 보니 한동안 잊고 있던 죄책감이 다시 가슴속에서 되살아났다.

'그 아이, 검사가 꿈이라던가?'
'네 친구가 검사가 되지 못해도 좋으냐?'

차 회장의 목소리를 떠올린 희건의 얼굴이 굳었다.

후, 깊이 숨을 내쉰 그의 시선이 사진 속 태웅에게 다시 향했다. 희건의 눈이 깊이 침잠했다.

'박태웅을 가끔 떠올리게 된 게 언제부터였지.'

지독한 죄책감은 그 뒤로도 오랫동안 계속됐지만 유정을 다시 만나면서 잊혔던 것 같다. 여기 사진이 있던 것도 완벽히 잊고 있던 걸 보면.

한동안 사진을 내려다보던 희건이 다시 책에 껴서 책장에 꽂았다.

몸을 돌려 책상 앞 의자에 앉은 희건이 조용히 위스키 잔을 들어 올렸다. 쓰디쓴 액체를 입술 안으로 넘긴 그의 눈이 깊어졌다.

이곳에 앉아 있던 유정의 차분한 얼굴이 떠올랐다.

유정과의 이혼은 아직도 그의 안에서 납득이 되지 않는 일이었다. 떠올리기만 해도 괴로운 일이라 묻어 둔 채 보냈다. 하지만 지금은 직시해야 했다.

그때, 차 회장의 돈을 받아서라도 자신과 이혼하고 싶어 했던 그녀를 납득하기 힘들었다.

자신이 차 회장을 얼마나 끔찍해하는지 알고 있는 유정이 그런 선택을 했다는 건, 그 정도로 그녀도 자신이 끔찍했다는 거니까.

그 배신감이 이혼 뒤에 쫓아가 붙잡고 싶은 그의 욕망을 억눌렀다. 보내 주는 게 맞다고 생각했다. 그런 최악의 방법을 선택하면서까지…… 자신을 상처 입히는 방법을 택하고 저를 떠나려는 여자를.

그러나 깨달아 버렸다. 성유정을 다시 만난 뒤로.

그녀가 곁에 없는 동안 자신은 단 한 번도 괜찮았던 적이 없다는 것을. 그녀가 준 배신감보다 그녀가 없는 공허함이 훨씬 더 컸다는 것을.

그리고 여전히 이토록 뜨겁게…… 그녀를 사랑하고 있다는 것을.

희건의 눈이 채워지지 않는 열망으로 어둡게 물들었다. 그래서 차 회장에게 두 번째 부탁을 했던 거였다. 성유정을 다시 갖기 위해.

"······어쩌겠어. 나는 당신 없이는 안 되는데."

낮게 내뱉은 희건이 뒷머리를 의자에 기댔다.

당신을 보기 위해 이런 짓까지 서슴지 않게 되는데. 어쩌겠어. 성유정.

희건의 짙은 눈동자에 지독한 그리움이 일렁이고 있었다.

13

    오늘도 희건과의 마라톤 회의를 끝낸 유정이 녹초가 되어 회의실을 나왔다.

    "수고하셨어요."

    회의실 앞에서 기다리고 있던 재진이 유정에게 농담처럼 인사했다. 재진을 본 유정이 눈을 깜빡였다.

    "말도 없이 어쩐 일이세요?"

    "이 근처 지나던 길에 아직 사무실에 계시면 같이 식사하려고 왔어요. 직원분께 물어보니 회의 중이라기에 기다렸고요."

    "아아, 그래요?"

    "시간 괜찮으시면 같이 식사……."

    유정에게 말하던 재진이 회의실에서 나오는 희건을 보고 말을 멈췄다. 늘 위압적인 분위기를 풍기는 서늘한 남자를 경계 어린 눈빛으로 봤다가 빠르게 사교적인 미소로 바꾼 재진이 인사했다.

    "안녕하세요. 또 뵙네요."

"그렇군요."

희건이 간단히 인사를 받았다. 그를 보고 있던 재진이 유정 쪽으로 시선을 돌리며 물었다.

"대표님이 이번 프로젝트 같이 진행하시는 데가 진한건설이었어요?"

"네. 브랜드명은 다르지만요."

"아하, 그건 몰랐네. 어쨌든 지금 시간 괜찮아요?"

재진이 친밀한 투로 묻자 희건의 시선이 그에게 꽂혔다.

"회의까지 기다려 주셨는데 그렇게 해요."

웃으며 대답한 유정이 희건을 올려다봤다.

"그럼 다음 주에 뵐게요. 안녕히 가세요. 상무님."

"나도 같이 가죠."

"……네?"

희건의 말에 준비하러 대표실로 들어가려던 유정이 움직임을 멈췄다. 희건이 그녀를 똑바로 내려다봤다.

"나도 같이 가야 할 거 같아서 말입니다."

"상무님이 왜……."

유정이 저도 모르게 묻는 말에 희건의 표정이 서늘해졌다.

"성유정 대표님이 전 프로젝트 담당자를 만나 현 프로젝트에 대해 어떤 말을 할지 모르는 일 아닙니까."

유정이 눈에 힘을 줬다.

"무례하시네요. 제가 대외비 누설이라도 한다는 건가요?"

"회의 때 보니 뭐가 대외비인지도 잘 모르시던데요."

희건의 무시하는 듯한 발언에 유정은 기분이 더 상했다.

"그거야 분야가 다르니까 그렇죠. 그리고 그렇게 걱정되시면 업무 이야긴 하지 않겠다 약속드릴게요."

희건의 눈초리가 매서워졌다.

"그럼 업계 사람과 업무 얘기가 아닌 무슨 얘길 하러 간다는 겁니까?"

"그걸 제가 상무님께 설명드릴 이유가 있나요?"

희건의 억지에 유정이 차갑게 말했다. 그때 상황을 지켜보던 재진이 빠르게 끼어들었다.

"대표님. 그냥 같이 가죠. 식사하러 가는 건데."

"괜찮겠어요?"

유정이 재진을 바라보자 그가 밝게 웃었다.

"내가 불편할 게 뭐 있어요. 업계 사람이니 말도 더 잘 통하겠고. 초면도 아닌데."

"알았어요. 그럼 일단 퇴근 준비하고 나올게요."

고개를 끄덕인 유정이 대표실로 향했다. 그녀가 멀어지고 나자 조용해진 복도에 두 사람만 남았다.

"……."

대화 없이 시선만 오가는데 재진을 지그시 내려다보던 희건이 말했다.

"꽤 여유로운 성격이군요."

"네. 그게 장점이라."

재진이 의미심장한 미소를 지으며 대답했다. 그 미소에 희건이 픽 웃는데 이번엔 재진이 말했다.

"상무님은 좀 초조해 보이시네요."

"아아."

바지 주머니에 손을 꽂고 느긋하게 선 희건이 입술 끝을 말아 올렸다.

"초조합니다. 저 여자를 상대로 여유란 사치라서 말입니다."

"……."

낮게 깔리는 목소리에 재진은 미소를 유지했지만 속으론 숨을 들이켰다. 차희건이 보통이 아닌 남자라는 건 알고 있었지만 이 정도로 위압적인 사람인 줄은 몰랐다. 분명 미소 짓는 얼굴인데도 사람을 잔뜩 위축시키는 냉기가 흘렀다.

"참고로 저는."

희건이 냉철한 눈매로 재진을 직시했다.

"내 걸 건드는 건 그냥 넘어가지 못하는 성격이고."

입술은 그림처럼 미소 짓고 있었지만 눈에서 뿜어 나오는 위협이 장난이 아니었다.

재진이 어색한 미소를 유지하고 있는데 유정이 가방과 겉옷을 챙겨 나왔다.

"가요."

앞장선 유정이 사무실을 지나며 직원들에게 말했다.

"먼저 퇴근할게요."

"네. 대표님. 조심히 들어가세요."

"안녕히 계세요."

유정의 뒤에서 재진도 익숙하게 미소로 인사했다.

"이사님 안녕히 가세요."

"……."

직원들의 친밀한 인사를 서늘한 시선으로 본 희건이 정중히 고개를 숙이고 사무실을 나섰다.

그들이 사라지고 출입문이 닫히고 나자 조용하던 사무실이 갑자기 시끄러워졌다.

"우와, 이게 무슨 꿀잼각이야?"

직원 한 명이 흥분한 얼굴로 말하자 다른 직원들도 맞받았다.

"방금 저쪽 복도 분위기 완전 숨 막히지 않았어요? 대화 소린 안 들렸지만."

"근데 연 이사님도 상당한 미남이라 생각했는데 솔직히 차희건 상무님 앞에선 상대가 안 되네요."

"얼굴도 얼굴인데 피지컬도 완전 압도적이잖아요. 저 키, 저 어깨, 저 다리 길이, 어쩜 저렇게 사람이 완벽하죠?"

"이혼 경력이 아쉽긴 하네요."

"요즘 이혼이 흠이나 되나요? 게다가 우리 대표님도……."

아차!

우연찮게 유정의 개인사를 알고 있던 한 직원이 비밀을 발설할 뻔한 순간 입을 꾹 다물었다. 이미 모두의 시선이 그녀에게 집중된 상태였지만. 하지만 그녀는 개의치 않고 말을 돌렸다.

"아, 아니. 뭐 어쨌든 분위기나 외모나 차 상무님이 압도적인 건 사실이네요."

"근데, 아무리 봐도 삼각관계로 보이죠?"

누군가 소리 낮춰 말하자 덩달아 다른 직원의 목소리도 은밀해졌다.

"딱 보면 모르겠어요? 우리 대표님 사이에 두고 두 남자 사이에 스파크가 막 튀잖아요."

"오…… 짜릿해. 이런 거 너무 좋아. 막장 드라마보다 더 재밌어."

그때 사내 최고 연장자인 부장님이 눈을 가늘게 뜨고 다른 직원들을 둘러봤다.

"다들 누구 응원할 거야?"

"전 차 상무님요."

"저도요."

"저도……."

"역시 남자는 잘생기고 봐야 하는 거군요. 그렇다면 저는 연 이 사님입니다."

남자 직원이 말하자 부장이 덧붙였다.

"나도 연 이사."

"저도요."

차희건을 응원하는 쪽과 연재진을 응원하는 쪽이 정확히 절반 으로 갈리자 다들 눈이 진지해졌다.

"대표님의 마음이 어디로 가는지 보죠."

"그럽시다."

다들 비장한 눈으로 신경전을 벌이듯 서로를 쳐다봤다.

그 시각 회사 근처 이태리 레스토랑에서 세 사람이 마주 앉아 있었다. 재진이 익숙하게 그녀의 의자를 빼 주고 물 잔에 물을 따 라 주는 모습을 희건이 서늘한 눈으로 응시했다.

"고마워요."

누구에게나 친절한 재진의 이런 배려에도 어느샌가 익숙해진 유정이 인사했다. 재진이 와인을 따르며 말했다.

"원래 저희는 식사할 때 이런 곳은 잘 안 가는 편입니다. 이 근 처에선 해장국집이나 해물탕집을 주로 가는데 차희건 상무님과는 워낙 어울리지 않아서 말이죠."

재진의 말에 희건이 유정을 바라봤다.

"성유정 대표님은 일하는 사람과 개인적인 식사 자리를 자주 갖는 편인 것 같군요."

희건이 쳐다보며 묻자 유정이 제 잔에 와인을 따르려는 재진에게 말했다.

"전 가서 일해야 해서 사양할게요."

"오늘도 늦게까지 일하시게요? 피곤하실 텐데 좀 쉬엄쉬엄하지 그래요."

"괜찮아요."

"하지만 어제도……."

"내가 질문했는데."

이어지는 재진의 말 위에 희건의 낮은 목소리가 겹쳐졌다. 유정이 저를 똑바로 응시하고 있는 희건을 보고는 그의 질문을 떠올렸다.

"아."

그제야 생각났다는 듯한 유정에 희건의 눈썹 사이가 미세하게 좁혀 들었다.

"일하는 상대에 따라 다르지 않을까요."

"성 대표님은 팀원들과 식사나 회식 자주 하시죠?"

재진이 유정에게 물었다. 유정이 물 잔으로 대신 가볍게 건배하고는 말했다.

"이래 봬도 사장이라 불편해할 거 같아서 자주까지는 안 해요."

재진이 이해한다는 듯 고개를 끄덕였다.

"요즘은 젊은 사람들 회식 싫어하는 분위기이긴 해요. 그런데 그때 함께 일하면서 보니까 오히려 팀원들이 자주 하자고 조르던

데요? 성 대표님이 잘 대해 주고 있다는 증거 같아서 보기 좋았어
요."

"저도 직원들과 어울리고 싶어서 나름대로 노력은 하고 있어요.
생각이 유연해져서 배울 점이 많거든요."

"아, 그래서."

재진이 끄덕였다.

……하아.

식사하며 재진과 대화하던 유정은 점차 숨이 막혀 오는 느낌을
받았다.

'대체 무슨 생각이지?'

희건은 식사 자리에 굳이 따라와 놓고 요리는 거들떠보지도 않
고 유정만 응시하고 있었다. 그 시선을 재진도 모를 리가 없을 거
였다. 저렇게나 노골적이니.

희건의 시선에 점점 동요하게 되는 자신도 문제였다. 재진과 대
화하면서도 난처함이 커지는데 재진의 휴대폰이 울렸다.

"잠시 자리 좀 비우겠습니다."

재진이 휴대폰을 든 채 자리에서 일어섰다. 그가 멀어지자 유정
이 눈썹에 각을 세우고 희건을 바라봤다.

"감시하러 온 건 맞는 것 같네요."

"나 말입니까?"

희건이 느른히 묻는 말에 유정이 언성을 높이지 않고 날카롭게
대답했다.

"그럼 누굴 말하는 거겠어요? 꼭 그렇게 사람을 뚫어지게 보면
서까지 감시해야 해요?"

"그게 아닙니다."

낮게 말한 희건이 테이블 위에 팔꿈치를 대고 상체를 앞으로 기울였다.

'아.'

그가 유정과 거리를 좁히자 유정이 순간 숨을 들이켰다. 희건이 수려한 얼굴로 바짝 다가와 그녀를 응시하며 말했다.

"보지 않으려고 해도 볼 수밖에 없는데 어쩌란 말이지?"

"!"

유정의 눈이 커졌다. 그녀의 흔들리는 눈을 본 희건이 입술 끝을 말아 올리며 와인 잔을 들어 올렸다.

"눈앞에 전 부인이 있으면 누구든 보게 되지 않겠냐는 말입니다."

아…… 그런 뜻이었나.

동요하던 유정이 속으로 당황을 눌렀다. 쓸데없이 혼자만 너무 동요한 것 같다는 수치심이 들었다. 그녀가 물 잔을 들며 말했다.

"그래도 사람을 그렇게 쳐다보면 불편하니 너무 빤히 쳐다보진 말아 주세요."

"그래서 업무 중엔 그러지 않으려고 최선을 다하고 있습니다."

"지금도 그래 달란 뜻인데요."

유정이 희건의 시선을 지지 않고 쳐다봤다.

그때 통화를 마치고 돌아오던 재진이 두 사람 사이의 묘한 기류를 보고 걸음을 멈췄다. 웃고 있는 건 아니지만 서로를 쳐다보는 두 사람의 시선엔 설명할 수 없는 무언가가 느껴졌다.

"……."

잠시 보고 있던 재진이 다시 걸어갔다. 자리로 다가간 그가 말했다.

"미안하지만 일이 생겨 그만 가 봐야 할 거 같은데 일어날까요?"

"그래요."

기다렸다는 듯 대답한 유정이 일어서려는데 희건이 계산서를 들고 먼저 일어났다.

"계산은 불청객이 하겠습니다."

"아뇨, 제가……."

유정이 황급히 고개를 드는데 희건은 벌써 저만큼 가 있었다. 그의 뒷모습을 같이 보고 있던 재진이 말했다.

"걸음이 참 빠른 분이네요."

"……네. 원래 그랬어요."

혼잣말처럼 대답하던 유정이 뭔가 떠오른 표정을 지었다.

'맞아. 차희건은 원래 걸음이 빠른 사람이었어.'

그래서 자신이 항상 따라잡지 못하고 뒷모습만 보곤 했었다. 그 2년 동안을.

'하지만 재계약 이후엔 한 번도 그런 적이 없었잖아.'

그 뒤로 늘 자신의 걸음에 맞춰 줬던 거라는 걸 뒤늦게 깨달은 유정이 멍하니 그 자리에 서 있었다.

유정을 의아하게 보던 재진이 말했다.

"대표님?"

"아, 아니에요."

유정이 정신을 차리고 걸음을 옮겼다.

밖으로 나와 보니 계산을 마친 희건이 서 있었다. 재진이 그에게 다가가서 말했다.

"본의 아니게 얻어먹게 됐네요. 다음에 기회가 되면 제가 사겠습니다.”

“그러시죠.”

희건이 대답하는데 재진의 휴대폰이 또 울렸다. 재진이 전화를 받으며 황급히 유정을 바라봤다.

“그럼 성 대표님, 다음에 뵐게요. 먼저 가겠습니다.”

“조심히 들어가세요.”

재진이 휴대폰을 귀에 대고 대기한 차에 올랐다. 그의 차가 떠나고 나자 희건과 유정만 남았다.

유정이 몸을 돌려 희건에게 인사했다.

“그럼 내일 행사장에서 뵙겠습니다.”

눈도 보지 않고 인사한 그녀가 바로 다시 몸을 돌렸다. 그대로 차를 세워 둔 곳으로 걸어가는데 뒤에서 희건의 목소리가 들렸다.

“내가 두렵습니까?”

그의 목소리에 유정이 우뚝 걸음을 멈췄다. 돌아보니 희건이 그녀를 응시하고 있었다.

“아직도 매번 도망치는 느낌인데, 지금은 당신 말대로 비즈니스 관계 아닌가?”

“……”

유정은 말없이 희건을 쳐다보고만 있었다. 희건이 그녀 앞으로 천천히 걸어왔다.

유정 앞에 선 그가 가만히 내려다봤다.

“내가 두려운 겁니까, 아니면 성유정 대표 자신이 흔들릴까 봐 도망치는 겁니까.”

그의 시선이 직선으로 그녀에게 향했다. 유정의 투명한 눈동자를 담은 그의 눈빛이 깊이 가라앉아 있었다.

조용히 서 있던 유정이 입을 열었다.

"차희건 상무님이 두려운 것도 아니고 내가 흔들릴까 봐 두려운 것도 아니에요."

희건이 고개를 비스듬히 기울여 유정을 내려다봤다.

그 모습을 본 유정의 심장이 갑작스레 울렸다.

'……왜 새삼 반응하는 건데.'

고개를 아래로 낮춰 시선을 맞추는 건 그의 습관 같은 건데도 괜히 심장이 떨려서 유정이 슬쩍 눈을 내렸다. 머리 위에서 희건의 낮은 목소리가 내려왔다.

"그럼 뭘까. 당신이 날 피하는 이유가."

유정이 시선을 내린 채 말했다.

"전남편이 편한 사이는 아니죠. 가급적 피하고 싶은 상대고."

"……."

희건이 유정의 고개 숙인 얼굴의 작은 콧방울을 내려다보다가 입을 열었다.

"알겠습니다. 그럼 내일 뵙죠."

짧게 말한 희건이 돌아섰다. 기사가 대기하고 있는 차로 향하는 그의 뒷모습을 유정이 바라봤다.

잠시 서서 바라보던 그녀가 돌아섰다. 자신의 차로 들어오자 그의 차가 먼저 빠져나가는 게 보였다.

하아. 유정은 그제야 긴 숨을 내쉬었다.

이게 최선이라고 생각하고 행동하면서도 희건 앞에선 항상 마음이 양분됐다. 냉정한 여자로 보여야 한다는 마음과 희건 앞에서 약해지는 마음이 끊임없이 그녀를 뒤흔들었다.

"……일단, 들어가자."

집에 가서 남은 일을 하고 내일 있을 행사에 참석해야 했다. 유정은 복잡한 머릿속의 생각을 멈추고 우선 시동을 걸었다.

※ ※ ※

다음 날 서울시에서 기획한 <도시, 숲Ⅱ> 프로젝트 설명회 행사가 열렸다.

이 프로젝트의 주인공 중 한 명인 유정이 행사장으로 들어섰다. 하나로 높게 묶은 머리칼과 가느다란 몸에 딱 맞는 슈트는 그녀의 활동적인 면모를 보여 줬다. 거기에 귀 아래 반짝이는 골드 드롭 귀걸이와 금빛으로 빛나는 견고한 힐은 우아한 매력을 느끼게 했다.

행사장 안의 사람들 시선이 유정에게로 쏠리는데 표 실장이 알은체를 했다.

"대표님. 오셨군요."

"안녕하세요."

웃음기 없던 유정의 얼굴에 반가운 미소가 피어나자 아름다움이 더 선명해졌다.

"오늘 아주 멋지십니다. 평소에도 멋지시지만 특별히요."

"아, 감사합니다."

유정이 표 실장의 칭찬에 살짝 부끄러운 미소를 지었다. 기자들이 있는 행사장이라 더 신경 쓴 것도 사실이었다.

"차 상무님은 아직 안 오셨어요?"

유정이 주변을 보며 묻자 표 실장이 말했다.

"저기 오시네요."

유정이 고개를 돌렸다.

"!"

희건이 걸어오는 모습을 본 유정은 순간 숨을 들이켰다. 공식석상에서 봤던 희건의 모습 중 가장 댄디한 매력을 주는 글렌 체크 패턴의 슈트를 입고 헤어도 스타일리시하게 웨이브를 준 상태였다. 캐주얼한 느낌을 주는 보트 슈즈까지 모든 게 완벽한 착장이었다.

모두의 시선을 받으며 걸어오는 그는 유정에게만 시선을 두고 있었다.

주변을 전혀 신경 쓰지 않고 그녀만 응시하고 있는 모습에 유정은 심장이 빠르게 뛰었다.

"이야, 어디서 연예인이 들어온 줄 알았습니다."

표 실장이 감탄한 목소리로 말했다. 유정을 보며 가까이 다가온 희건이 그 말을 듣고서야 표 실장을 바라봤다.

"안녕하십니까."

"우선 이쪽 포토라인에 두 분 다 서 주세요. 시장님과 함께 서울시 자체 홍보용 사진 먼저 찍고 기자회견 들어갈 거라."

유정이 표 실장의 안내에 따라 포토월 앞에 섰다. 희건도 그녀 옆에 서자 대기하고 있던 포토그래퍼가 말했다.

"시장님은요?"

"그러고 보니 시장님 이쪽으로 오시라고 했는…… 아, 저기 계시네."

시장이 취재진에게 잡혀 있는 것을 본 표 실장이 난처한 표정을 지었다.

"좀 걸리겠는데요."

"기다리죠."

희건이 짧게 말하고 손목시계를 확인했다. 유정은 그의 손목시계를 힐긋 쳐다봤다.

'……여전히 그 시계네.'

자신이 선물해 준 시계를 차고 온 희건을 유정이 곁눈질로 바라봤다. 그때 그의 시선이 그녀에게 향하자 유정과 눈이 마주쳤다.

순간 당황한 유정이 빠르게 말을 꺼냈다.

"원래 언론에 얼굴 잘 안 비쳤잖아요. 최근 기조가 바뀐 건가요?"

갑자기 뱉은 말이지만 대외적으로 사진을 공개하지 않았던 희건이기에 다행히 질문이 이상하진 않았다. 희건이 그녀를 보며 대답했다.

"전면에 나서기로 해서 말입니다."

"희건…… 차 상무님이요?"

유정이 잘못 나올 뻔한 호칭을 얼른 바꿔 물었다. 그의 말이 의외라 하마터면 희건 씨라고 말할 뻔했다. 희건이 그녀를 지그시 내려다봤다.

"놀랄 만한 일은 아닌 것 같은데."

그의 말대로 유정 자신이 놀랄 일은 아니었다. 조금 민망해진 유정이 시선을 피했다.

"승계엔 관심 없는 줄 알았거든요."

"없었습니다. 2년 전까진."

2년 전이면 이혼할 무렵이었다. 유정이 그때를 떠올리고 있는데 그가 진지한 음성으로 말했다.

"내가 빼앗긴 걸 다시 찾아오려면 힘이 있어야 한다는 걸 알았거든요.”

“…….”

멈칫한 유정이 다시 희건을 바라봤다.

차희건이 2년 전에 빼앗긴 것.

‘그건 혹시…… 나를 말하는 건가?’

유정이 그렇게 생각하고 쳐다보는 시선을 희건이 강렬하게 포박했다. 유정이 아무 말도 못 하고 시선이 붙잡혀 있는데 갑자기 플래시가 터지는 소리가 났다.

찰칵!

희건과 유정이 동시에 돌아봤다. 포토그래퍼가 카메라에서 눈을 떼어 내고는 웃었다.

“아, 놀라게 했으면 미안합니다. 두 분이 너무 선남선녀시라 저도 모르게 셔터를 눌러 버렸네요. 두 분 것만 따로 몇 장 찍어도 될까요? 홍보에도 도움이 될 것 같은데.”

“아뇨. 그건…….”

“그렇게 하시죠.”

유정이 거절하려는데 희건이 먼저 승낙하고는 그녀를 내려다봤다.

“허락 없이 배포하진 못하게 할 거니 걱정하지 않아도 됩니다.”

“……네.”

그걸 걱정한 게 아닌데. 유정이 속으로 난감하게 생각하며 대답했다.

“이쪽을 봐 주세요. 네, 좋습니다.”

포토그래퍼의 요청에 따라 유정은 어색하게 서서 카메라를 바라봤다.

찰칵, 찰칵!

눈앞에서 플래시가 연이어 터졌다.

'신랑님은 신부님께 더 가까이 서 주세요. 좋습니다. 이번엔 허리에 팔을 둘러 볼까요?'

유정은 결혼식 당시 턱시도 차림의 희건과 바짝 긴장한 자신의 모습이 떠올랐다. 그때 희건의 목소리가 들렸다.

"……결혼식 때 생각이 나는군."

아.

혼잣말처럼 흘러나오는 그의 목소리에 유정이 희건을 올려다봤다.

'같은 걸 떠올렸구나.'

자신과 같은 장면을 떠올린 희건을 유정이 멍하니 쳐다봤다. 그의 눈빛이 짙어졌다.

"그날도 그랬지만 오늘도……."

희건이 뭔가 말하려는데, 마침 시장이 헐레벌떡 다가왔다.

"아이고, 기다리게 해서 미안합니다."

"아닙니다."

희건이 대답하고 유정도 인사하는 걸 본 포토그래퍼가 말했다.

"시장님, 가운데로 서시죠."

"네, 네."

시장이 웃는 얼굴로 가운데 서고 희건과 유정이 양쪽으로 벌어졌다.

"자. 찍습니다. 이왕이면 세 분 모두 자연스럽게 웃어 주세요."

활발한 포토그래퍼의 말에 따라 미소를 그려 보이면서도 유정
은 머릿속으로 다른 생각을 했다.

'그날도 그랬지만 오늘도……'

뭐라고 하려고 했던 거지?
　희건이 못다 한 말이 뭘지 생각하면서도 유정은 심장이 어지럽
게 뛰었다. 마치 그 뒷말을 알고 있는 것처럼.

※ ※ ※

"오늘도 없어요?"
　희건이 집무실에 없다는 소리에 윤아가 눈썹 끝을 휘어 올렸다.
"네. 최근 진행하시는 일이 바빠져서요."
　신 비서의 설명에 윤아가 곧바로 물었다.
"회의를 매일 해요? 그것도 멀쩡히 회사 회의실 놔두고 왜 밖에
서만 해요?"
"그건 상무님께서 정하시는 거라 저희는 알 수 없어요."
　신 비서가 웃는 얼굴이지만 선을 긋듯 잘라 말하자 윤아가 못마
땅한 얼굴로 돌아섰다. 최근 건설 쪽까지 맡게 되면서 많이 바쁘다
고는 들었지만 이 정도로 회사를 자주 비울 줄은 몰랐다. 요즘 계
속 허탕만 치게 만드는 게 짜증 나는데, 또 막상 전화까지 할 명분
은 없었다.
　'회사에 있어야 그냥 지나던 길에 들른 듯 살필 수나 있지. 대체
무슨 일을 하고 있기에 매일 자리를 비우는 거야?'

집무실로 들어온 윤아가 책상에 앉자마자 차희건 상무를 검색했다.

'혹시 진행하고 있는 걸 알 수 있을지도 모르…….'

기사를 검색하던 윤아가 움직임을 멈췄다.

"이게 뭐야?"

윤아의 목소리가 날카롭게 커졌다.

《서울시 그린 건축 사업 프로젝트 〈서울, 숲 Ⅱ〉 설명회 개최》

기사 사진엔 시장과 함께 희건과 유정이 서 있었다. 사진 설명엔 프로젝트에 참여한 진한그룹 상무 차희건, 도시의 샘 대표 성유정이라고 쓰여 있었다.

"저 둘이 또 같이 있다고?"

윤아가 눈을 부릅떴다.

하! 사진을 노려보던 윤아가 기가 찬 듯 웃었다.

"이쪽과는 엮이고 싶지도 않다더니, 뒤에선 이런 수작을 부려?"

윤아가 싸늘하게 사진 속의 유정을 노려봤다. 작은 얼굴이 드러나는 높게 묶은 머리도, 여성적인 매력을 강조하지 않은 슈트 차림임에도 흐르는 우아한 분위기에도 짜증이 났다.

특히 저 반반한 얼굴이.

"……가만 안 둬."

미소 짓고 있는 유정의 사진을 노려보던 윤아가 분노 어린 숨을 거칠게 내뱉었다.

"수고하셨습니다."

표 실장 주최로 열렸던 회의가 마무리되고 유정이 테이블 위 자료를 정리했다.

희건도 일어서는데 표 실장이 말했다.

"아, 다음 달에 제네바에서 도시재생 건축 포럼이 열리는데 참석하기로 했거든요. 두 분 시간 괜찮으세요?"

"참석해야죠. 이번 프로젝트를 홍보할 좋은 기회가 될 테니."

유정이 곧장 대답했다.

"다행이군요. 차 상무님은 많이 바쁘시죠?"

"일정 확인해 보고 연락드리겠습니다."

"워낙 바쁜 분이니 참석 못 하셔도 이해하겠습니다. 너무 부담 갖진 마세요."

표 실장이 서글서글하게 하는 말에 희건이 고개를 숙이고 회의실 문으로 향했다. 희건이 사라진 문을 잠시 보고 있던 표 실장이 신기하다는 듯 말했다.

"차 상무님은 참……."

"네?"

자료를 정리하던 유정이 고개를 들고 물었다.

"같은 남자지만 어떻게 저렇게 완벽한 남자가 있을 수 있나 싶어서요. 소문은 들었는데 같이 일해 보니 역시 다르네요. 대표님도 느껴지시죠?"

"……네. 맞아요."

유정이 수긍하듯 고개를 끄덕였다. 이번에 함께 프로젝트를 진행하며 희건에 대해 느낀 건, 일에 있어선 그녀 역시 놀랄 정도로 치밀한 구석이 있다는 것이었다. 표 실장이 고개를 주억거리며 말했다.

"저러니까 이혼했는데도 그렇게 여자들한테 인기가 많은 거군요. 그때 행사장에서 차 상무를 본 우리 시청 직원들은 벌써 똘똘 뭉쳐 팬클럽을 만드니 어쩌니 한답니다."

표 실장이 웃으며 하는 말에 유정이 덩달아 표정 관리를 했다. 표 실장이 신기하다는 얼굴로 덧붙였다.

"그런데 저런 남자와 이혼한 여자는 누굴까요? 아무래도 재벌가 여식이랑 결혼했던 거겠죠?"

"아…… 글쎄요."

유정은 대답하면서도 정리하는 손이 빨라졌다. 차희건과 이혼한 여자가 자신이라는 걸 표 실장이 알 리는 없을 텐데도 괜히 거짓말하는 기분이기도 했다.

"나라면 절대 이혼 안 해 주겠구만. 그런데 이혼한 지 벌써 3년이 되어 간다는데 왜 아직 새장가도 안 들고 혼자 있을까요? 전처와 사이에 애도 없다던데."

"다 사정이 있겠죠. 그럼 실장님 다음 회의 때 봬요."

"아, 네. 그래요."

유정이 적당히 인사하고 회의실을 빠져나왔다. 나온 뒤에야 유정은 난처함을 표정에 드러냈다. 표 실장이 누굴 저렇게 궁금해하는 건 처음 봤다. 원래 선을 넘는 질문은 하지 않는 사람인데.

'친해졌다고 생각해서 이런 말을 하는 거겠지만, 아무래도 불편해.'

당사자 입장이기도 하고…….

유정이 그런 생각을 하며 차에 올라탔다. 시동을 걸고 차를 출발시키는데 조금 전 표 실장의 말이 아직도 머릿속을 맴돌고 있었다.

어딜 가든 인기 있는 남자네. 시청에서도 팬클럽이 생길 정도라니.

표 실장의 말을 떠올리며 운전하던 유정이 차선을 바꿨다.

끼익- 쿵!

"앗!"

끼어들다가 뒤에 오던 차와 부딪쳐서 차체가 순간 크게 흔들렸다.

유정이 차를 급히 세웠다. 다행히 살짝 충돌한 정도라 부상은 없을 것 같지만 우선 차에서 빠르게 내렸다.

상대방 운전자도 여성이었다. 그 사람도 보험사에 전화하며 자신의 차 부딪힌 쪽을 살펴보고 있었다. 유정이 여자의 뒷모습을 보며 다가갔다.

"죄송합니다. 괜찮으세요?"

유정이 사과하자 여자가 고개를 돌렸다.

"네. 앞에서…… 어머, 성유정 씨?"

무선이어폰을 귀에 꽂고 휴대폰을 든 채 통화 중이던 여자는 이윤아였다.

"이윤아 씨?"

놀란 눈으로 저를 보고 있는 윤아를 유정도 당황한 눈으로 마주 봤다. 윤아가 커다랗게 뜬 눈을 믿을 수 없다는 듯 깜빡거렸다.

"세상에. 유정 씨였다니…… 아, 잠시만요. 보험사와 통화 중이어서."

"네. 통화부터 하세요. 저도 보험사 부를게요."

윤아가 통화를 하는 사이 유정도 보험사를 불렀다. 전화를 끊고 나자 윤아가 신기하다는 눈으로 유정을 보고 있었다.

"어쩜 이런 우연이 다 있대요?"

"놀랐겠어요. 미안해요."

유정이 다시 사과했다.

"괜찮아요. 좀 놀라긴 했는데 상대가 유정 씨인 게 더 놀라운데요?"

"그러네요."

유정이 난감하게 말하는데 윤아가 환하게 웃었다.

"괜찮다니까요? 처리야 보험사가 다 알아서 할 거고. 보다시피 멀쩡하니까 걱정 안 해도 돼요. 그냥 유정 씨가 밥이나 한번 사면 되니까요."

생긋 웃는 윤아에게 유정이 말했다.

"그럴 테니 편한 시간에 연락 주세요. 제 번호예요."

유정이 명함 지갑에서 명함을 하나 빼내 건넸다. 그걸 눈을 빛내며 받아 든 윤아가 잽싸게 코트 주머니에 넣었다. 그 모습을 보며 유정이 미안함이 담긴 얼굴로 말했다.

"그래도 병원 가서 검사는 다 받아 보셔야 해요."

"물론이죠. 그렇게 할게요."

목적을 이룬 윤아가 여우처럼 웃었다.

※ ※ ※

희건은 본가의 서재에서 차 회장과 마주 앉아 있었다. 평소 출근하는 날보다 집에서 업무를 보는 일이 많은 차 회장이었는데 최근엔 더 많아졌다. 그래서 연락 후 본가로 온 거였다.

"보고드릴 건 여기까집니다. 그럼 가 보겠습니다."

맡고 있는 건설과 자동차 사업에 대한 보고사항을 전달한 희건이 자리에서 일어섰다.

몸을 돌리던 그의 뒤에서 차 회장의 목소리가 들렸다.

"성유정과 같이 일하고 있다고."

희건이 움직임을 멈추고 돌아봤다. 차 회장이 예리한 시선으로 그를 응시하고 있었다.

"그 아이, 업계에서 꽤 잘나가는 모양이던데."

"……"

희건이 말없이 보고 있는데 차 회장이 똑바로 올려다봤다.

"도시의 샘이라던가?"

'그 아이, 검사가 꿈이라던가?'

태웅을 정리시킬 때 협박했던 차 회장의 말을 떠올린 희건의 얼굴이 미세하게 굳었다.

"그녀가 무얼 하든 회장님께서 관여하실 일은 아닙니다."

"……그래?"

속을 떠보듯 응시하는 시선에 희건이 냉철하게 말했다.

"저도 그때의 고등학생이 아닙니다. 내 것을 눈앞에서 빼앗기면 그때처럼 가만히 있진 않는단 말입니다."

희건이 적개심을 보이자 차 회장이 입꼬리를 비릿하게 말아 올렸다.

"누가 네 것을 뺏기라도 한다는 것처럼 말하는구나."

"물론 아니시겠지요."

희건이 싸늘하게 차 회장을 보다가 고개를 숙였다.

"가 보겠습니다."

인사한 희건이 곧장 서재를 나섰다.

표정을 굳히고 저택을 나온 희건이 차에 올라탔다.

"회사로 가겠습니다."

운전 비서의 말과 함께 차가 출발했다.

"……."

차창 밖을 응시하는 희건의 머릿속으로 과거의 일이 떠올랐다.

고등학생 시절.

희건은 무리의 우두머리로 보였지만 늘 혼자였다. 진한그룹의 후계자 중 한 명이라는 위치와 명석한 두뇌로 그를 추종하는 아이들은 많았지만, 상황이 바뀌면 언제든 제 등에 먼저 칼을 꽂을 사람들이라는 건 알고 있었다.

그때 태웅이 다가왔다.

"차희건. 너 내 이름은 아냐?"

"모를 거 같아서?"

"아니. 한 번도 안 불러 줘서."

처음 그렇게 말을 걸며 태웅은 싱긋 웃었다. 악의 없어 보이는 태웅의 웃음을 희건은 미심쩍게 여겼다. 태웅은 희건과 같은 반이라 희건에게 밀려 늘 전교 2등, 반에서도 2등을 하는 입장이었다. 그래서 자신에게 다가오는 태웅이 불순한 의도를 가지고 있다고 판단했다. 하지만 시간이 지나도 태웅은 한결같이 희건을 평범한 친구처럼 대했다.

"차희건. 너 책 보는 척하고 공부만 하지? 어떻게 또 전국 수석이야?"

"차희건. 넌 왜 맨날 만사 귀찮은 얼굴이냐? 정말 애늙은이 같다니까."

"너 집에 꿀 발라 놨냐? 학교 끝나면 어딜 그렇게 급히 간다고 사라져? 솔직히 말해. 집에 가는 거 아니지?"

태웅은 건강한 밝음을 천성적으로 타고난 성격이었다. 희건에게 남들처럼 떠받들거나 열등감을 느끼는 게 아니라 한 사람의 친구로 대해 주는 그에게 희건도 점차 마음을 열어 갔다.

"너 장래희망이 뭐야?"

언젠가 태웅이 하는 말에 희건은 어깨를 으쓱였다.

"이미 정해진 게 있는데 장래희망 그거, 말 그대로 허황되지 않아?"

"하긴 넌 회사 물려받아야 되는구나."

"너도 같은 입장 아닌가?"

"아니. 난 검사 되려고."

"검사?"

"어. 경영 같은 거 재미없고 지루해. 그건 형이나 누나가 훨씬 잘할 테니까. 난 그래서 희망해 보려고. 난 검사가 꿈이야."

희건은 내심 놀랐다. 그 학교에서 재벌 자식으로서 그 운명에 순응하지 않는 사람은 없을 거라고 생각했다. 태웅의 집도 대기업은 아니지만 상당히 탄탄한 기업에 속해 있었으니 당연히 그럴 거라 여겼다.

하지만 당당히 검사가 될 거라고 말하는 태웅에게 희건은 매력을 느꼈다. 유정에게 느끼는 것과는 전혀 다른 매력으로 인간적인 호감을 가진 최초의 사람이 태웅이었을 거다.

그렇게 그와 친하게 지낼 무렵, 학교에 가려고 방에서 나오는데 차 회장이 소파에 앉아 있었다.

늘 그렇듯 고개만 꾸벅 숙이고 지나치는데 뒤에서 차 회장의 목소리가 들렸다.

"한가하게 친구나 사귈 때냐."

냉소적인 목소리에 희건이 무시하고 나가려는데 다시 차 회장이 말했다.

"그 아이, 검사가 꿈이라던가?"

멈칫.

희건이 걸음을 멈추자 차 회장의 목소리가 이어졌다.

"네 친구가 검사가 되지 못해도 좋으냐?"

희건이 돌아섰다.

"그게 무슨 뜻입니까."

차 회장이 희건을 서늘하게 보며 말했다.

"네가 내 말을 들으면 네 친구에겐 아무 일도 일어나지 않을 거다."

"대체 뭘 바라시는 건데요."

"그 아이와 만나지 마라."

예상한 말에 희건이 입을 다물고 차 회장을 응시했다.

"남을 믿지 말란 거다. 약점이 될 뿐이야. 죽은 듯 살라는 말을 잊은 게냐?"

"제 출생이 소문날 거 같아서 그러시는 겁니까?"

희건이 낮게 말하자 차 회장이 눈을 가늘였다.

"그런 일은 없을 테니 제 일에 관여하지 마시길 바랍니다."

잠시 노려보고 있던 희건이 몸을 돌렸다. 현관으로 향하는 그의 뒤로 차 회장에 음성이 박혀 들었다.

"후회하지 마라."

저주처럼 따라붙는 그 말을 무시한 채 희건은 태웅과 여전히 붙어 다녔다. 그런데 그로부터 한 달 뒤, 태웅이 점심시간에 전화를 받았다.

"또 무슨 일로 전화야? 심심하다고 하려고 건 거죠?"

평소 모친의 전화를 장난스럽게 받는 태웅이기에 희건도 익숙하게 듣고 있었다.

"……뭐라고?"

태웅의 얼굴이 사색이 되는 걸 보고 희건은 불길함을 직감했다.

"알았어요. 지금 당장 갈게."

태웅이 전화를 끊고 황급히 가방을 싸자 희건이 물었다.

"무슨 일인데 그래."

"우리 집이…… 아, 아니다. 나중에 얘기해 줄게."

뭔가를 말하려던 태웅이 다급히 교실을 나갔다. 그 뒤로 수업이 끝날 때까지 태웅에게서 연락이 없었다. 희건이 문자와 전화 연락을 몇 번 시도해 봤지만 되지 않자 태웅의 집으로 가보기 위해 학교를 나섰다.

"차희건!"

태웅이 정문 앞에서 희건을 기다리고 있었다.

"너 왜 전화 안 받아."

희건이 미간을 좁히고 묻는데 태웅이 주변을 살피며 쫓기듯 말했다.

"차희건. 이런 부탁 진짜 너에게 하고 싶지 않은데……."

태웅의 여러 가지 감정이 뒤섞인 얼굴을 보고 희건이 재촉하듯 물었다.

"말해. 뭔데 그래."

태웅이 주먹을 꾹 쥐고 말했다.

"염치없는 부탁 미안하다. 지금 우리 집이 빚더미에 올라앉아서 조폭에게 쫓길 위험에 처했어."

"뭐?"

희건의 눈이 흔들렸다.

"우리 식구들이라도 구하고 싶은데…… 혹시 너희 집에 부탁을 해 보면 안 될까?"

정의롭고 자존심이 무척 강한 태웅이었다. 그 자존심이 완전히 무너진 얼굴로 부탁하는 모습을 보자 희건은 분노로 머릿속이 시뻘게졌다.

'후회하지 마라.'

이거였나.

이를 악문 희건이 태웅의 두 어깨를 잡았다. 턱에 단단히 힘이 들어간 희건이 충혈된 눈으로 말했다.

"박태웅. 미안하다. 그건…… 나 때문인 거 같아."

"뭐? 그게 무슨……."

"기다려. 내가 어떻게든 방법을 찾아볼게."

태웅에게 말한 희건이 곧장 대기하고 있던 기사의 차에 탔다.

"회사로 가 주세요."

기사에게 말한 희건이 주먹을 움켜쥐었다. 창밖을 노려보는 동안 그의 주먹 안의 손바닥 살이 깊이 패 들었다.

회사에 도착한 희건은 회장실로 올라갔다. 그가 들어오자 차 회장은 예상했다는 표정으로 힐긋 쳐다봤다가 다시 결재 서류로 시선을 옮겼다. 희건은 굳은 얼굴로 책상 앞으로 다가갔다.

"고작 그런 이유로 평화로웠던 남의 가정을 이렇게까지 망가뜨려야 했습니까?"

"분명 후회하지 말라고 했을 텐데."

차 회장이 금장이 새겨진 만년필로 사인을 이어 나가며 말했다.

"내 말을 명심했어야지."

"……."

주먹을 꾹 움켜쥔 희건이 그 자리에서 무릎을 꿇었다.

"도와주십시오."

바닥에 무릎을 꿇고 고개를 숙인 그가 말했다.

"부탁드립니다."

희건을 책상 너머로 냉정하게 내려다보던 차 회장이 말했다.

"기회는 두 번 오지 않는 거다. 이 기회에 배우면 되겠군."

"아버지!"

"그리 부르지 말라고 했을 텐데."

싸늘하게 응시하는 차 회장을 붉어진 눈으로 올려다보던 희건이 몸을 일으켰다. 손등으로 눈물을 털어 낸 희건이 회장실을 나왔다. 자신이 모아 둔 돈과 자신 앞으로 된 주식까지 팔아서 도울 생각으로 태웅에게 전화했다.

- 전화기가 꺼져 있어, 음성사서함으로 연결되오니…….

희건이 휴대폰을 주머니에 넣고 태웅의 집으로 달려갔다.

허억, 허억. 온몸이 땀에 젖은 희건은 숨을 몰아쉬며 태웅의 집에 도착했다. 그런데 태웅의 집 대문 앞에 동네 사람들이 모여 수군거리고 있었다.

"갑자기 사라졌어."

"아니, 야반도주한 거야?"

"대낮인데 야반도주는 아니지. 얼마나 급했는지 짐은 그대로 놔두고 몸만 빠져나갔나 봐. 아까 조폭들 몰려와서 허탕 치고 가더라고."

"대체 빚이 얼마나 있길래…… 잘나가던 사람이."

쯧쯧, 혀를 차며 집 안을 기웃거리는 동네 사람들을 보던 희건이 그 자리에 주저앉았다.

"아니! 학생, 괜찮아?"

깜짝 놀란 아주머니가 희건에게 물었다.

"괜찮, 습니다."

"얼굴이 이렇게 창백한데 괜찮긴 뭐가. 아니 이건 식은땀이야? 저기, 구급차 좀 불러 봐!"

아주머니의 다급한 목소리와 동네 사람들이 몰려드는 소리가 희건의 귓가에서 웅웅댔다.

"어? 학생? 학생!"

희건이 그 자리에 쓰러진 채 의식을 잃었다. 구급차를 부르기 전에 그의 경호원들이 먼저 와서 병원으로 데려갔다는 말을 희건이 들은 건 나중이었다.

차 회장의 명령으로 강제 입원해있던 희건은 다음 날 오후에 병원을 빠져나와 학교로 갔다. 가자마자 희건은 태웅을 찾았다.

"박태웅 안 왔어?"

"박태웅 전학 갔다던데? 너 친구라면서 그것도 못 들었어?"

"……."

희건의 팔이 아래로 축 늘어졌다. 시선을 돌려 태웅의 빈자리를 보는 그의 턱에 힘이 들어갔다.

결국 난, 아무것도 지키지 못한 건가.

그 뒤로 태웅이 어디로 갔는지 알아보기 위해 백방으로 알아봤지만 찾을 수 없었다. 그의 아버지 회사도 사라진 뒤였다. 자신 때문에 친구의 가정이 박살났는데도 아무것도 할 수가 없었다는 자괴감은 희건에게 타인과의 벽을 더 두껍게 만들게 했다.

그는 집에서도, 학교에서도 스스로를 더 고립시켰다. 말수도 더 적어졌고 웃음도 사라졌다.

문득 유정이 희건에게 어떤 존재인지 차 회장이 알게 된다면, 태웅에게 했듯 망가뜨려 버릴 거란 생각이 들었다. 그래서 그녀만은 들키지 않으려 철저히 했다.

세월이 흐르고 회사에 입사한 다음에도 희건은 태웅을 추적하는 건 멈추지 않았다. 그리고 오랜 추적 끝에 겨우 태웅의 주소를 알아낼 수 있었다.

희건은 곧장 태웅을 찾아갔다. 희건을 만난 태웅은 깜짝 놀라며 당황했다.

"미안하지만 다신 찾아오지 말아 줘."

기겁을 하는 태웅을 본 희건은 착잡함으로 가슴이 무너졌다.

"……다신 찾아오지 않을 테니 이것만 받아 줘."

희건이 자신의 명함을 건넸다.

태웅이 난처한 얼굴로 그걸 받아 들었다.

"언젠가 필요한 일이 생긴다면 연락해. 어떤 식으로든 네 일이라면 도울 테니까."

낮게 말한 희건이 그 자리에 무릎을 꿇었다.

"차, 차희건, 뭐 하는 거야?!"

태웅이 놀라 말리려 했지만 희건이 맨바닥에 무릎을 꿇은 채 말했다.

"정말 미안하다."

희건은 진심으로 사과했다. 이런 사과로 지난 일이 없던 게 될 리는 없지만 자신이 할 수 일은 이것밖에 없었다.

태웅은 아무 말도 못 하고 희건을 보고만 있었다.

그 뒤로 희건은 태웅을 찾지 않았다. 태웅에게서도 연락이 온 적은 없었다.

차 안에서 과거의 일을 떠올리던 희건의 눈이 어둡게 가라앉았다. 만약 차 회장이 태웅처럼 유정마저 망가뜨리려 한다면 절대 가만히 있지 않을 거였다.

유정만은 절대로, 그렇게 만들지 않을 거였다.

"……."

희건의 눈이 강렬하게 타올랐다.

※ ※ ※

사고가 난 후 며칠 뒤에 윤아가 유정에게 바로 연락해 왔다.

- 오늘 퇴근하고 시간 괜찮아요? 같이 밥 먹기로 했잖아요.

"네. 괜찮아요."

윤아의 전화를 받은 유정이 대답했다.

- 그럼 스페인 요리로 할까요? 잘하는 데 알거든요.

"그래요. 거기가 어딘데요?"

장소를 들은 뒤 전화를 끊은 유정이 작게 한숨을 내쉬었다.

'전에 찾아왔을 때 더 엮일 생각 없다고 했는데 이런 일이 생기다니.'

아직도 그쪽 사람들과 만나는 건 불편했다. 거리를 두고 살고 싶었지만 경미하더라도 어쨌든 교통사고를 일으킨 입장에서 자신이 거절할 명분이 없었다.

조금 불편한 마음으로 약속 장소에 나오니 윤아가 먼저 도착해 있었다.

"유정 씨."

윤아가 유정을 보고 친밀하게 손을 흔들었다. 그 모습이 예전에 보던 모습과 비슷해 기시감을 느끼며 유정이 자리로 걸어갔다.

"검사받아 봤더니 입원할 정도는 아니래요. 걱정하지 말아요."

윤아가 먼저 하는 말에 유정이 안심한 표정을 지었다.

"다행이네요."

"유정 씨는 검사받아 봤어요?"

"네. 혹시 몰라서 검사는 받았어요."

"잘했어요. 당장 이상하지 않더라도 검사는 받아 보는 게 좋아요."

윤아가 환하게 웃으며 말했다. 유정이 고개를 끄덕이는데 윤아가 메뉴판을 펼쳤다.

"우선 주문부터 할까요? 유정 씨는 어떤 걸로 할래요?"

유정이 사는 자리임에도 윤아가 말했다. 마치 교통사고로 인해 유정이 사게 된 식사 자리가 아닌 이혼 전 종종 만나서 식사할 때와 같은 태도였다. 주문을 마친 뒤에 칵테일 두 잔이 먼저 나오자 윤아가 물었다.

"요즘 일은 어때요?"

"나쁘지 않아요."

유정이 무알코올 칵테일을 스트로로 한 모금 마시고 말했다. 그런 유정의 모습을 유심히 보며 윤아가 다시 질문했다.

"전에 미래건설과 일하는 것 같던데 지금도 진행 중이에요?"

"지금은 다른 업체와 하고 있어요."

유정은 희건과 일하고 있다는 말은 굳이 하지 않았다. 사업 파트너로 일하는 사람이 누군지 보고하듯 말할 필요는 없다고 생각했다.

그 모습에 윤아가 눈을 가늘였다.

'차희건이랑 하고 있다는 건 숨긴다 이거지?'

표독스러운 표정을 지었다가 얼른 미소를 장착한 윤아가 고개를 주억거렸다.

"아아, 그렇구나. 연재진 씨와 사이 좋아 보이던데 어떤 관계예요?"

"연 이사님이요?"

유정이 눈을 깜빡였다.

"아니, 그냥 두 사람, 서로 호감 있는 그런 사이인가 궁금해서요."

윤아가 대수롭지 않은 말처럼 덧붙였다.

"아뇨. 그건 아니에요."

유정이 잘라 말하자 윤아가 입술 끝을 휘어 올리고 웃었다.

"남녀 사이가 그렇게 딱 선 그을 수 있는 문젠가요? 전에 보니까 연재진 씨가 그렇게 유정 씨를 챙기는 것 같던데요?"

"모든 사람에게 다정하세요. 배려도 깊으시고."

"그거 유정 씨만 그렇게 생각하는 거 아닐까요?"

유정이 애피타이저로 나온 부라타치즈로 만든 요리로 포크를 가져가다 멈추고 윤아를 바라봤다. 유정이 가만히 쳐다보자 윤아가 얼른 말했다.

"아, 불편했다면 미안해요. 솔직히 두 사람 너무 잘 어울려 보여서요."

"그런 쪽으로 얽히고 싶지 않은 사람이에요."

유정이 담담하게 말하고 작은 수박 조각을 치즈와 함께 떠서 입안에 넣었다. 그 모습을 보며 윤아는 슬쩍 눈썹을 모았다.

'연재진은 취향이 아니라는 건가? 이혼녀 주제에?'

헛웃음이 나오려는 걸 칵테일과 함께 겨우 삼킨 윤아가 미소 지으며 말했다.

"하긴 재벌가라 좀 그렇겠어요. 이제 얽히고 싶지 않다고 했잖아요. 혹시 유정 씨 어떤 스타일의 남자 좋아해요?"

"남자요?"

유정이 의문 어린 눈으로 보며 물었다. 윤아가 다른 뜻 없다는 듯 생긋 웃어 보였다.

"나 아는 사람 많거든요. 괜찮은 남자 많으니까 소개시켜 줄게요."

"아뇨, 생각 없어요. 시간도 없고."

유정이 바로 거절했다.

"일 때문에요?"

"네."

유정이 대답하자 윤아가 말도 안 된다는 듯 눈을 크게 떴다.

"유정 씨 아직 젊고 이렇게 예쁜데. 아깝지도 않아요?"

"전혀요. 지금은 연애도 결혼도 하고 싶은 마음 없어요."

그게 솔직한 마음이긴 했지만, 자기 친구랑 이혼한 여자에게 다른 남자 소개시켜 주겠다는 윤아의 심리를 이해하기가 힘들기도 했다. 마침 메인 요리로 이베리코 등심 스테이크가 나왔다. 잠시 식사에 집중하는 듯 보이던 윤아가 다시 유정에게 질문했다.

"그럼 유정 씨는 일하는 사람들과 대부분의 시간을 같이 보내겠네요? 예를 들면 같이 작업하는 사람들이나……."

"대부분 팀원들과 있어요."

"아, 그렇군요."

식사가 이어지며 윤아의 질문도 끊임없이 이어졌다.

'무슨 맛인지 모르겠네.'

분명히 유명한 레스토랑이었지만 유정은 윤아의 캐묻는 듯한 질문 세례에 피곤해져 맛도 느껴지지 않았다. 겨우 디저트까지 식사가 끝나 가는데 윤아가 말했다.

"그런데 우리 운명 같지 않아요?"

"네?"

유정이 입술을 닦으며 되물으니 윤아가 친밀하게 웃으며 설명했다.

"아니, 이 넓은 서울 한복판에서 교통사고가 난 게 말이에요."

"……그러네요."

교통사고를 낸 책임자라는 걸 떠올리게 하는 듯한 말이라 유정이 조금 불편함을 느끼며 대답했다. 윤아는 입꼬리를 한껏 말아 올리고는 유정에게 말했다.

"그러니까 운명을 거부하지 말고 친하게 지내요. 우리."

윤아와 헤어진 뒤 유정은 택시로 집에 오며 완전히 지친 상태였다.

'이윤아 씨가 원래 이런 느낌이었나?'

그전엔 못 느꼈는데 사업하며 다양한 사람을 만나 겪다 보니 윤아에 대한 인상이 그때와 달랐다. 특히 집요하게 캐묻는 부분에선 어떤 의도가 강하게 느껴졌는데 이유는 파악하기 힘들었다.

'왜 연 이사님과 날 그렇게 엮지 못해 안달인 걸까? 다른 남자를 소개시켜 준다고 하지 않나.'

……남자라니.

생각만 해도 피곤했다. 차희건만으로도 이렇게 힘든데.

희건을 떠올린 유정은 택시 안에서 창밖을 응시한 채 깊이 숨을 들이켰다. 생각만 해도 이렇게 숨도 잘 쉬어지지 않는 남자가 있는데, 어떻게 다른 남자를 만나겠어.

순간 유정은 어쩌면 이대로 평생 차희건의 기억에서 벗어나지 못한 채 살게 될지도 모른다는 생각이 들었다.

그렇게 생각하니 표 실장의 말이 떠올랐다.

'그런데 이혼한 지 벌써 3년이 되어 간다는데 왜 아직 새장가도 안 들고 혼자 있을까요? 전처와 사이에 애도 없다던데.'

창밖을 응시하는 유정의 눈이 가늘게 흔들렸다. 표 실장의 말대로 차희건에게 이혼남이라는 핸디캡은 큰 문제가 되지 않는다. 이번 프로젝트가 끝난 뒤엔 다시 그 전처럼 연락하지 않는 사이가 될 거고, 같은 업계에 있으니 멀리서 종종 소식이나 듣게 되겠지.

그때 만약 그의 재혼 소식이 들려온다면…….

"!"

숨이 턱 막히는 느낌에 유정이 인상을 쓰고 목 부근으로 손을 가져갔다. 목이 졸리는 기분에 인상을 쓴 채 크게 숨을 들이켜는데 앞좌석의 택시기사 목소리가 들렸다.

"괜찮아요? 어디 몸이 안 좋습니까?"

"아…… 아니에요. 그냥 좀 가슴이 답답해서요."

유정이 당황해서 대답하자 택시 기사가 룸미러로 유정을 보며 말했다.

"창문이라도 좀 열고 가요."

"네. 감사합니다."

창문을 살짝 내린 유정이 등받이에 뒷머리를 기댔다. 창문 틈으로 새어 들어오는 바람을 맞으며 어느새 눈에 차오른 눈물을 말려 보려 했는데 잘 되지 않았다.

'생각만 해도 이렇게…… 힘들다니.'

눈물이 흘러 버릴 거 같아 유정이 눈을 꾹 감았다. 차희건이 다른 여자와 결혼해서 그 집에서 살게 되는 상상만 해도 가슴이 미어졌다.

저를 보던 그 눈빛으로 그 여자를 보고…… 그 방에서, 그 침대에서 그 여자에게 사랑을 속삭일 모습을 떠올리니 심장에 날카로운 칼이 꽂힌 것처럼 고통스러웠다.

지금 깨달았다.

그에게 잊혀진 존재가 되는 게 두렵다는 게.

"……흑."

유정이 택시 뒷좌석에서 숨죽여 울었다. 항상 꾹꾹 눌러 놨던 그에 대한 감정이 다른 여자와 함께 있는 희건을 떠올리는 순간 터져 나왔다.

그를 위해 떠나왔지만, 그가 다른 여자와 행복해지는 걸 바라는 건 아니었다. 그 양가감정에 유정은 스스로 화가 치밀었다.

'대체 어쩌라는 거야.'

재벌가 아들인 차희건이 평생 혼자 살 리도 없는데 그 당연한 사실로 이렇게 고통스러우면…….

유정은 슬픔으로 가슴이 미어졌다. 사랑하는 남자를 밀어내고 냉대하기만 해야 하는 자신의 처지가 서러워서. 여전히 그를 사랑하고 있는 자신의 감정도 억눌러야 하는 현실이 서글퍼서…….

너무, 괴로워.

누구에게도 말하지 못하는 슬픔으로 가득 차오른 가슴이 아프다고 비명을 지르는 것 같았다.

눈시울이 뜨거워 한동안 눈을 감고 있던 유정이 젖은 눈을 천천히 떴다. 부연 시야에 보이는 창밖의 풍경들이 그녀의 애절한 마음만큼이나 슬프게 보였다.

※ ※ ※

"감사합니다."

수리 맡겼던 차를 인계받은 유정이 인사를 하고 차에 올랐다. 막 출발하는데 전화벨이 울렸다. 보험 담당자의 전화인 걸 확인한 유정이 우선 스피커폰을 눌렀다.

- 안녕하세요. 고객님. 보험 처리 건으로 드릴 말씀이 있는데 혹시 지금 통화 괜찮으세요?

"괜찮아요. 말씀하세요."

유정이 무선이어폰을 귀에 꽂으며 말했다. 페어링 되는 소리와 함께 이어폰으로 보험 담당자의 목소리가 옮겨졌다.

- 블랙박스를 확인해 보니 아무래도 상대 차량이 고의로 사고를 낸 것 같아서요.

"고의 사고요?"

귀 안으로 들린 목소리에 유정이 곧장 되물었다.

- 네. 고객님 차가 차선을 바꾸고 진입할 때 상대편 차가 그걸 보고 오히려 속도를 올린 게 확인되어서요.

속도를 올려……?

이해할 수 없는 말에 유정이 눈을 여러 번 깜빡이는데 보험 담당자가 말을 이었다.

- 보통 보험금을 노린 사고 중에 이런 일이 많거든요. 지금 과실 비율이 고객님 쪽에 많이 잡혀 있는데 그걸로 한번 따져 볼까요?

"그건 아닐 거예요. 아는 사람이거든요."

- 상대 차량 운전자가 아는 분이세요?

"네."

보험 담당자의 의외의 목소리에 유정이 대답했다.

- 그래도 화면 보시면 차선 변경 뒤에 급과속으로 치고 들어온 게 분명해서 그쪽 과실로 인정되는 부분이 많아요. 고객님이 원하시면 분쟁위에서 재조정할 수 있거든요.

"아니에요. 그러실 거 없어요."

- 그럼 그냥 지금 비율로 간다는 말씀이시죠?

"네. 그렇게 해 주세요."

- 알겠습니다.

전화를 끊은 유정은 생각에 잠겼다. 아는 사이가 아니더라도 이윤아가 보험금을 바라고 그런 사고를 낼 리는 없었다.

'그럼 왜지? ……나라서?'

고의로 사고를 낸 이유를 군이 추측하자면, 상대방과의 어떤 접점이 필요해서라고밖에는 생각할 수가 없었다.

그 상대가 자신이 된다면, 그 이유는?

"도무지 모르겠네."

생각에 잠겼던 유정이 고개를 저으며 답답한 표정을 지었다. 이윤아가 그렇게까지 해서 자신과의 접점을 만들려고 하는 이유는 도무지 알 수가 없었다.

'그러니까 운명을 거부하지 말고 친하게 지내요. 우리.'

'또 같이 식사해 줄 거죠?'

그날 헤어지기 전에 했던 윤아의 말들을 떠올리면 더 혼란스러웠다. 운명까지 운운할 정도의 사고를 만들고 그걸 핑계 삼아 내게서 뭘 얻으려 하는 걸까? 예전이라면 순진하게 그저 그만큼 저와 친해지고 싶다는 윤아의 말을 믿었겠지만…….

'지금은 아니야.'

유정의 눈이 예리해졌다. 그녀의 감이 말하고 있었다. 이윤아는 분명 저에게 다른 목적이 있는 거라고.

'혹시 연 이사님 관련인가?'

그때 질문의 대부분이 재진에 관련된 내용이었으니 그럴지도 모르겠다는 생각도 들었다. 하지만 뚜렷한 이유는 알 수 없어 더 모호해질 뿐이었다.

그러는 사이 유정의 차가 목적지에 진입했다.

한창 공사 중인 거대한 타원형의 건물 앞에서 유정이 차를 세웠다. 사무실로 올라가니 재진이 기다리고 있었다.

"왔어요?"

재진이 기다렸다는 듯 미소 지었다.

"먼저 오셨네요. 표 실장님은 아직이세요?"

유정이 안으로 들어서며 말했다. 오늘은 <도시, 숲> 2차 건축 현장 방문이 있는 날이었다.

"조금 늦으실 모양이에요."

재진이 시간을 확인하고는 미소를 머금은 얼굴로 유정을 바라봤다.

"잘 지냈어요? 한동안 못 봤는데."

"얼마 전에 보지 않았어요?"

"그게 벌써 몇 주 전인데요."

재진이 과장되게 실망스럽다는 표정을 지었다.

'벌써 몇 주나 지났나?'

유정은 시간이 지나치게 빨리 지났다는 데에 조금 놀랐다. 재진이 부드럽게 말했다.

"요즘 많이 바쁘신가 봐요."

"네. 그래서 정신이 없나 봐요."

유정도 웃어 보이며 대답했다.

"회사 입장에선 서울시와의 프로젝트가 큰 기회이기도 하니까요. 어떻게든 성공시켜야 하고."

그렇게 말하면서도 유정은 머릿속에 다른 생각을 하고 있었다. 물론 일로 무척 바쁜 것도 있지만 그건 어제 오늘 일은 아니었다.

……차희건 생각으로 머릿속이 가득 차서?

생각에 잠긴 유정의 얼굴을 재진이 가만히 바라보고 있었다. 유정은 늘 그 앞에서 다른 생각을 하는 얼굴이었다. 원래 그런 분위기가 있었지만 차희건이 나타난 뒤로 훨씬 심해졌다는 걸 재진도 눈치채고 있었다.

"아, 표 실장님 전화네요."

휴대폰을 본 유정이 정신을 차리고 전화를 받았다.

"네. 실장님."

- 대표님 죄송한데 지금 시청에 급한 일이 생겨서 오늘 현장 점검은 참석하지 못할 것 같아요. 죄송하지만 오늘은 연 이사님과 대표님 두 분이 수고해 주실 수 있을까요?

미안해하는 목소리에 유정이 걱정 말라는 듯 가벼운 어조로 말했다.

"그럴게요. 저희가 확인하면 되니까 걱정 마세요."

- 죄송합니다.

"괜찮아요. 끝나면 보고드릴게요. 네."

통화를 끝낸 유정이 재진을 보자 그가 먼저 물었다.

"표 실장님 못 나오신대요?"

"네. 저희가 확인하면 될 것 같아요."

유정의 말을 들은 재진이 바로 일어섰다.

"그럼 소장님께 말씀드리고 올게요. 잠시 기다리세요."

재진이 문을 열고 밖으로 나갔다.

현장 소장과 함께 점검을 마친 유정은 재진과 주차장으로 돌아왔다.

"수고하셨어요. 그럼 조심히 들어가세요."

재진에게 인사한 유정이 바로 차에 올라탔다. 그런데 시동이 걸리지 않자 유정이 다시 시동 버튼을 눌렀다.

"어? 왜 안 되지?"

몇 번 다시 시도하는데도 시동이 걸리지 않았다. 유정이 난감한 표정을 짓는데 그녀 창문 쪽에 똑똑 노크 소리가 들렸다.

재진이 서 있는 걸 본 유정이 창문을 내렸다.

"시동이 안 걸려요?"

재진이 운전석의 계기판을 확인하며 물었다.

"이상하네요. 오늘 아침에 수리 마친 건데……."

유정이 한숨을 내쉬었다.

"어디가 고장 났었어요?"

"접촉 사고가 있어서요."

그 말에 계기판 쪽을 확인하던 재진이 그녀를 바라봤다.

"교통사고요?"

놀란 목소리에 유정이 대수롭지 않게 말했다.

"네. 가볍게 난 거라 크게 망가지진 않았어요."

"그래도 많이 놀랐겠는데요. 저를 부르지 그랬어요. 바로 달려갔을 텐데."

"연 이사님을요?"

유정이 의아하게 그를 쳐다봤다. 그 시선에 재진이 살짝 표정을 굳혔다가 다시 웃어 보였다.

"일단 보험회사 불러요. 이동은 내 차로 하고."

"괜찮아요. 택시 타면 돼요."

유정이 휴대폰을 들어 올리는데 재진이 다시 말했다.

"어차피 같은 방향이잖아요. 내 차로 가요."

"보험회사 기다리고 처리하는 데 시간 걸릴 거예요. 괜히 기다리실 필요 없으니 먼저 가세요."

"……."

재진이 잠시 말없이 유정을 바라봤다. 이번엔 굳은 표정을 미소로 숨기지 못한 그가 말했다.

"성 대표님은 남에게 피해 주는 걸 극도로 싫어하시죠."

재진이 진지하게 말했다. 평소와 다른 그의 표정에 유정이 조금 당황한 눈으로 쳐다봤다. 재진이 그녀를 보며 말을 이었다.

"그건 알고 있지만, 삶이라는 게 가끔은 서로 도움도 받고 폐도 끼치고 그러면서 살아가는 거 아닐까요?"

"전……."

"지나치게 선 긋는 거에 상처받는 사람도 있다는 겁니다."

재진의 단호한 말에 유정이 입을 다물었다. 자신의 태도에 그가 상처받을 줄은 몰랐기에 유정이 말없이 있었다. 조용히 있는 유정을 보던 재진이 한숨을 내쉬고는 흐리게 웃어 보였다.

"어쨌든 전화부터 하고 내 차로 이동해요."

"……그럼 그렇게 할게요."

결국 재진의 말을 따르기로 한 유정이 이어폰을 귀에 꽂으며 보험사로 전화했다.

"네. 바로 와 주세요."

통화를 마친 유정이 창밖을 바라봤다. 저쪽에서 재진도 누군가와 통화하고 있는 모습이 보였다.

'굳이……'

사실 재진의 말대로 누군가에게 폐를 끼칠 바에야 혼자 택시를 타고 가는 게 훨씬 편했다. 이런 식으로 완강히 나오니 어쩔수 없긴 하지만 윤아에 이어 피곤함을 느끼게 되는 것도 사실이었다.

'타인에게 부채감을 주는 걸 참지 못하는 성격 탓인가.'

살다 보면 그게 편한 경우가 많았다. 그 방식을 넘어선 인간관계는 할아버지밖에 겪지 못했다. 부모도 마찬가지였고, 학교에서도 도서관에 박혀 마음을 닫고 살았기 때문에 친구가 없었다. 어쩔 수 없는 교우 관계를 유지해야 할 땐 그 무리 안에서 절대 피해를 끼치지 않는 걸 우선했다.

'가까이할 마음이 없는 상대에겐 기대를 하게 해선 안 되고 피해를 끼쳐서도 안 된다. 그게 언젠가 네 발목을 잡을 테니까.'

할아버지가 살아 계실 때 들었던 그 말이, 어디서도 마음 붙일 곳이 없던 유정이 배운 유일한 처세술이었다. 피곤한 얼굴로 창밖을 보던 유정이 조용히 의자에 뒷머리를 기댔다.

차를 다시 보험회사에 맡긴 유정이 재진의 차에 올라탔다. 이래 저래 한참을 기다리게 만들어 유정은 마음이 불편했다.

"저 때문에 시간 많이 뺏어서 죄송해요."

유정이 사과하자 운전석의 재진이 싱긋 웃어보였다.

"아니에요. 집으로 가실 거죠?"

"네."

시계를 확인한 유정이 대답했다. 그 말을 들은 재진이 잘됐다는 듯 말했다.

"그럼 도착하면 같이 밥 먹고 들어가요. 오늘 마음 불편하셨다면 특별히 저에게 밥 사실 기회를 드리겠습니다."

재진이 장난스럽게 말하자 유정이 작게 웃었다.

"요즘 저에게 어떻게든 밥 사게 하려는 사람이 많네요."

혼잣말처럼 하는 말에 재진이 그녀를 쳐다봤다.

"아니 그게 누구예요? 어떤 남자가 또 우리 성 대표님한테 밥 사 달라고 작업 겁니까?"

"여잔데요."

"아…… 여자."

재진이 무안한 얼굴로 다시 고개를 돌렸다. 그의 옆모습을 가만히 보던 유정이 말했다.

"연 이사님에겐 밥 사 달라는 의미가 작업이에요?"

"저와 대표님은 이미 같이 밥 먹어 오던 사이잖아요. 일도 함께 한 사이고. 우리 오늘도 일 같이 한 거 아닌가요?"

재진이 변명처럼 늘어놓는데 유정이 창밖으로 시선을 돌리며 말했다.

"다행이네요."

"다행이라니, 뭐가요?"

재진이 묻는 말에 유정이 창밖을 보며 대답했다.

"작업이면 같이 식사 못 하거든요."

"……."

평온한 얼굴로 말하는 유정을 재진이 바라봤다. 잠시 말없이 보던 그가 씁쓸한 미소를 지으며 중얼거렸다.

"다행이네요, 정말. 작업이 아니라서."

식사를 마친 뒤 재진은 유정의 집 주차장에 차를 세웠다. 재진이 인사하기 위해 운전석에서 내리자 유정도 차에서 내려 마주 섰다.

"오늘 고마웠어요."

"아닙니다. 저도 잘 얻어먹었거든요."

재진이 미소 지으며 말하자 유정도 웃으며 고개를 살짝 숙여 보였다.

"그럼 다음에 뵐게요."

유정이 몸을 돌리는데 재진의 손이 쑥 뻗어와 그녀의 손을 잡았다.

멈춰 선 유정이 그가 잡고 있는 자신의 손으로 시선을 내렸다가 의아하게 올려 봤다.

"연 이사님?"

재진이 웃음기를 지운 얼굴로 유정을 내려다보고 있었다.

"미안하지만, 작업이 맞는 것 같아요."

"네?"

유정이 투명한 눈을 크게 떴다. 그 눈을 똑바로 보며 재진이 말했다.

"저 유정 씨에게 계속 작업 걸고 있는 거 맞다고요."

유정이 손을 빼내려고 했지만 재진은 더 단단히 잡았다.

"이러지 않는 게 좋을 것 같아요."

유정이 차분한 목소리로 말했다. 놔 달라는 뜻이었지만 재진은 들을 생각이 없다는 듯 손을 더 단단히 잡았다.

"제 작업이 달갑지 않다는 건 알고 있어요. 유정 씨 마음이 저에게 있지 않다는 것도 알고."

재진이 그녀를 내려다보며 힘주어 말했다.

"하지만 기회는 있다고 생각합니다. 유정 씨도 조금만 마음을 열면……."

"그 손 놓으시죠."

"!"

갑자기 들린 낮은 목소리에 유정이 멈칫했다.

이 목소린?

곧장 고개를 돌리니 눈앞엔 희건이 서 있었다. 슈트 차림의 희건이 선 채 위압적으로 보자 유정의 눈이 흔들렸다.

하필 지금…….

난처함과 당황이 그녀의 얼굴에 떠올랐다. 희건이 유정을 똑바로 보며 다가왔다.

저벅, 저벅.

그들 앞에 선 희건이 재진이 잡고 있는 유정의 손을 내려다봤다.

"건들지 말라고 한 거, 못 알아들었습니까?"

희건의 서늘한 목소리에 재진이 지지 않고 마주 봤다.

"알아들었어도 그러기 싫다면요?"

희건의 눈이 무섭게 가라앉았다.

"더 제대로 알게 해 줘야겠죠."

살기에 가까운 위압적인 눈빛에 재진이 순간 흠칫거렸다.

"그만들 해요."

유정이 말하며 재진의 손에 붙들려 있던 제 손을 빼냈다. 남자들의 시선이 그녀에게 향하자 유정이 재진을 보며 말했다.

"연 이사님 먼저 돌아가세요."

재진이 걱정스럽게 유정을 바라봤다.

"괜찮겠어요?"

"계시면 더 복잡해져요. 어서요."

유정이 단호하게 말하자 짧게 한숨을 내쉰 재진이 희건을 한번 쳐다봤다. 그러고는 몸을 돌려 자신의 차로 돌아갔다. 문을 닫고 차를 출발시킨 재진이 지하 주차장을 빠져나갔다.

"……."

희건은 말없이 유정을 내려다보고 있었다. 그 시선을 조용히 올려다보던 그녀가 입을 열었다.

"앞으로 또 이러시면 상무님과 함께 일하기 힘들어요."

유정이 냉정하게 말하자 희건은 대답 없이 내려다보기만 했다. 숨이 막힐 듯한 시선에 유정이 빠르게 몸을 돌리며 말했다.

"그럼 가 보세요. 다음 주에 뵐게요."

희건이 돌아서는 유정의 팔을 잡았다. 그대로 돌려 그녀를 단단히 붙잡고 시선을 자신 쪽으로 향하게 했다.

"성유정."

"!"

얼굴을 거머쥔 희건 때문에 가까운 곳에서 시선이 부딪히자 유정의 눈이 잘게 흔들렸다. 희건이 고개를 더 가까이 기울이며 으르듯 말했다.

"내가 말했을 텐데. 난 질투가 아주 많은 사람이라고."

아…….

예전에 그가 했던 말을 떠올리자 유정의 심장이 엉망으로 뛰기 시작했다.

"당신 때문에 그걸 알게 됐다고."

희건이 낮게 말하며 고개를 더 숙였다. 바짝 가까워진 거리에 유정의 속눈썹이 가늘게 떨렸다.

"내가 질투로 얼마나 미치기 바라지?"

형형한 불꽃처럼 이글거리는 그의 눈동자에 유정은 숨이 막혔다. 저를 포박한 강렬한 시선에 아무 말도 할 수가 없었다. 그저 시선을 빼앗기고 있는 것 밖에는.

"나에게 와. 성유정."

희건이 욕망으로 짙게 배어든 목소리로 말하며 그녀의 허리를 더 바짝 당겨 안았다.

몸이 밀착됐는데도 유정은 빠져나갈 생각도 하지 못했다. 당장 키스할 듯 응시하는 타오르는 눈빛에 꼼짝없이 붙들린 채였다.

당혹으로 흔들리는 그녀의 눈을 강렬하게 노려보며 희건이 말했다.

"기다릴 만큼 기다렸어. 이제 나에게 와."

그를 보던 유정이 떨리는 입술에 힘을 주고 말했다.

"당신에게 그렇게 상처 준 여자인데, 오라고요?"

눈에 힘을 주고 노려봤지만 당장이라도 무너질 것 같아 두려웠다. 차희건에게 이대로 무너져 내릴 것 같아서.

"몇 번을 주든 상관없으니 와."

희건은 전혀 물러설 기색이 없었다. 유정을 도망치지 못하게 붙잡고 사납게 노려보며 말했다.

"하루에 열두 번을 상처 줘도 좋으니까, 내 심장을 박살 내도 좋으니까, 오라고."

"……."

힘껏 힘을 주고 있는 유정의 입술이 파르르 떨렸다. 눈물이 차오를 것 같아 눈에도 바짝 힘을 줬지만 속절없이 시야가 부예졌다.

"다른 건 다 상관없어. 내 옆에 있기만 해."

희건의 붉어진 눈을 노려보는 유정의 눈도 붉어져 있었다.

왜 이 남자는 아직도…….

오로지 자신만 보고 있는 희건의 눈과 그 안에 담겨 있는 강렬한 소유욕이 유정을 뒤흔들었다. 당장이라도 울 것 같은 이 남자를 껴안아 주고 싶은 충동이 일었다.

아니 자신이 먼저 울면서 소리칠 것 같았다. 나도 차희건 당신을 사랑한다고, 실은 전부터 그래 왔다고 고백하고 싶었다.

……하지만, 안 돼.

숨을 들이켠 유정이 엉망으로 흔들리는 마음을 억지로 다잡았다.

탁!

유정이 두 손으로 희건을 힘껏 밀어냈다.

"난 그럴 수 없어요. 이 말은 안 들은 걸로 할게요."

힘주어 내뱉은 그녀가 몸을 돌렸다. 도망치듯 공동현관을 지나 엘리베이터로 들어온 유정이 닫힘 버튼을 눌렀다.

"……흑."

문이 닫히자마자 유정이 그대로 바닥에 주저앉았다. 눈물이 쏟아져 내려 주체할 수가 없었다.

왜 아직, 저런 눈으로 날 보는 건데.

희건을 다시 마주쳤을 때 봤던 그 눈은 잘못 본 게 아니었다. 끝없이 저를 탐하던 그의 강렬한 애착의 눈빛을 똑똑히 기억하고 있었으니까.

그 눈이 여전해서, 너무 마음이 아파 눈물이 멈추질 않았다. 그 눈을 확인한 자신이 이렇게 안심한 게 슬펐다. 자신을 미워하길 바라면서도 여전히 사랑해 주길 바라고 있는 제 마음이 너무나 아팠다.

그리고 그렇게 상처를 준 저를 아직도 사랑하고 있는 희건이…… 미치도록 안쓰러웠다.

"흐윽, ……바보 같은 남자."

뜨거운 눈물을 쏟아 내며 유정이 작게 뱉어 냈다. 목이 졸리듯 아파 숨을 쉴 수가 없었다.

희건은 유정이 사라진 엘리베이터를 노려보며 그 자리에 서 있었다.

움직이지 않고 서 있는 희건의 충혈된 눈에 눈물이 맺혀 있었다. 붙잡고 싶은 욕망을 참느라 주먹을 꽉 움켜쥐고 있던 그가 가슴을 들썩이며 숨을 뱉어 냈다.

"……하."

고개를 숙여 숨을 뱉어 낸 희건이 다시 시선을 들었다.

그의 뺨을 타고 눈물이 흘러내렸다. 붙잡고 싶은 여자를 눈앞에서 놔줘야 하는 고통이 숨도 쉬지 못하도록 가슴을 짓눌렀다.

늘 그에게서 도망만 치는 여자를 향한 애절한 눈이 여전히 한

방향에 고정되어 있었다.

"차희건……."

윤아가 차 안에서 주먹을 꽉 쥔 채 서 있는 희건을 노려보며 이를 부득부득 갈았다.

좀 전에 희건이 유정을 붙잡고 키스할 듯 다가갔다가 밀쳐지는 모습까지 전부 다 본 윤아는 속에서 천 불이 일었다. 혹시 우연히 같은 프로젝트를 진행하게 된 건 아닐까 하는 생각도 했지만, 오늘 그를 미행해 보니 아니었다.

차희건은 아직도 성유정을 잊지 못하고 있던 거였다.

'어째서? 내가 평생 옆에 있었는데?'

차희건이 차 회장의 저택에 온 무렵부터 그의 옆에 있던 건 자신이었다. 그가 미국에서 돌아왔다는 형제들과 함께 행사장에 나타났을 때부터 그에게 반했으니까. 부모님들끼리 친분이 있었기 때문에 가족 모임도 자주 있었고 같은 학교를 다녀 만날 기회가 많았다.

희건이 늘 전국 수석을 하는 것도, 난다 긴다 하는 재벌가 자제들이 모인 학교에서 그가 늘 모두의 선망의 대상이 되는 것도, 어릴 때부터 특출 났던 외모와 큰 키도 좋았다. 집안끼리의 친분을 무기로 희건의 옆에 있을 수 있어 다른 여자아이들의 시샘을 받는 것도 좋았다.

미란에게서 그의 과거를 듣고 난 뒤 더욱 희건과 꼭 결혼하겠다는 생각을 했다. 혼외 자식일지언정 어쨌든 상속순위로 따지면 희건이 높았다. 차 회장의 친아들이니까.

그래서 차 회장의 저택에도 열심히 들락거리며 눈도장을 찍어

났다. 윤아는 그와의 결혼은 당연한 수순이라 생각했다.

그런데 차 회장은 뜬금없이 성유정을 데려와 희건과 결혼시켰다. 그때부터 모든 계획은 어그러졌다.

어떻게든 차희건을 자신의 옆자리로 다시 데려오고 싶었다. 그래서 성유정에게 다가가 이혼을 결심하도록 부추긴 거였다. 희건이 그녀로 인해 회사에서 어떤 취급을 받는지 아냐며 거짓말을 하고, 희건이 성유정에겐 숨기려 최선을 다했던 호영의 검찰 수사에 대해 몰래 흘렸다.

자신이 파악한 성유정은 남에게 피해를 주는 걸 무척 꺼리는 성격이었기에 그 잘난 자존심으로는 더 버티지 못할 거라고 생각했으니까. 자신의 계획대로 성유정은 얼굴이 새파래져서 자리를 박차고 일어나더니 그날 바로 희건과 이혼했다.

그렇게 차희건은 다시 혼자가 됐다.

이혼남이 됐으니 이제 자신과 결혼하긴 더 쉬워질 거라고 즐거워했다. 부모님도 차희건이라면 이혼남이어도 넘어가 주실 테니까. 그의 옆자리를 일단 다시 차지한 뒤 서서히 희건이 자신을 보게 만들려고 했다.

'그랬는데……'

윤아가 창밖을 노려보며 제 입술을 짓씹었다. 아직도 그 자리에 선 채 유정이 사라진 쪽만 응시하고 있는 희건을 믿을 수가 없었다.

"3년이 다 되어 가는데도 아직도 못 잊었다고? 하!"

허탈해서 헛웃음이 나올 지경이었다. 그동안 그토록 집요하게 접근했는데도 희건이 곁을 내주지 않는 이유가 있던 거였다.

성유정을 잊지 못해서……

희건의 뒷모습을 노려보고 있던 윤아가 차 시동을 걸었다. 이를 갈며 지하 주차장을 빠져나가는 동안에도 희건은 그 자리에서 움직이지 않았다.

14

"그럼 이번 주 회의는 여기서 마치겠습니다. 다음 주에는 출장이 있으니 그다음 주에 뵙도록 하죠."

희건이 회의를 끝내며 말했다. 그 말에 넓은 회의실 안에 있던 사람들이 하나둘 자리를 정리하기 시작했다. 유정도 그 사이에서 짐을 챙겨 일어섰다.

"수고하셨습니다. 성 대표님."

"네. 수고하셨어요."

희건이 만든 브랜드 일루미의 직원들이 유정에게 인사하고 나갔다. 매주 팀원들과 함께 전체 회의를 시작한 후부터 두 회사의 회의실을 번갈아 가며 사용하고 있었다. 진한건설에서 할 땐 희건이 회의를 주재하고, 도시의 샘에서 할 땐 유정이 주재했다.

"우리도 가죠."

"네. 대표님."

오늘은 진한건설 건물에서 회의를 한 터라 유정과 팀원들이 회의를 마치고 회의실을 나섰다.

복도로 나서자 희건의 서 있었다. 그 모습을 본 유정이 잠시 멈칫했다.

그와 시선을 마주친 뒤 서로 간단히 고개를 숙이고 지나쳤다. 엘리베이터를 타고 내려가는데 팀원들이 숙덕거렸다.

"여기 진짜 좋긴 하네요."

"엘리베이터 봐요. 아주 최신식이잖아. 우리 회사도 언젠가 이렇게 커질 수 있겠죠?"

올 때마다 눈을 빛내며 빌딩 내부를 이리저리 살피는 팀원들을 보며 유정이 작게 웃었다.

"그러게요. 우리도 어서 이런 최신식 엘리베이터가 설치된 건물로 이사를 가야 할 텐데, 아직 가난해서……."

유정이 장난스럽게 하는 말에 팀원들이 당황했다.

"아! 대표님 그런 의미는 아니었어요!"

"여긴 대기업이니 당연한데 말이죠. 저희는 대기업은 체질에 안 맞아서 우리 회사가 제일 좋습니다."

"맞습니다. 우리 회사 최고."

팀원들의 너스레에 웃음을 흘리던 유정의 얼굴에서 서서히 그 웃음이 걷혔다.

그날 이후 희건과 다시 완벽한 공적인 관계가 됐다. 오늘도 그는 필요한 경우가 아니면 시선조차 주지 않았다.

'내가 그러자고 해 놓고 왜 아쉬워해.'

유정이 속으로 한숨을 내쉬었다. 희건의 냉랭한 모습에 안도해야 하는데 감정은 그러질 못했다.

그날 희건을 밀쳐내고 올라온 뒤 밤새 울어서 눈이 퉁퉁 부을 정도였다.

'다음 날이 주말인 게 그렇게 다행일 수 없었지⋯⋯.'

그날을 떠올리면 아직도 마음 깊숙한 곳에 통증이 일었다. 밤새 수십 번을 희건에게 전화하고 싶은 마음을 떨쳐 내야 했다. 아까 그 마음은 진심이 아니라고 말하고 모든 걸 설명하고 싶었다. 결국 그럴 수 없었지만.

"그럼 다들 들어가서 쉬어요."

"대표님도 조심히 들어가세요."

주차장에 내려온 유정이 팀원들과 인사한 뒤 자신의 차로 걸어 갔다.

'이런 기분으로 다음 주 함께 출장을 가야 한다니.'

진한건설 빌딩을 빠져나오며 유정의 표정이 어두워졌다. 제네 바 출장이 다음 주였다. 당연히 시간이 안 될 거라고 생각했던 희 건이 얼마 전 표 실장에게 뜻밖의 말을 했다.

'저도 그날 참석하겠습니다.'

'네? 시간이 되시겠어요?'

'그렇게 하기로 했습니다. 일정 확정이 늦어져 죄송합니다.'

'차 상무님이 함께 가신다면 저희야 좋죠. 그럼 그렇게 준비하겠습 니다.'

진한건설을 자신이 맡은 상황에서 세계에 알릴 수 있는 기회가 될 테니 희건도 직접 가는 게 낫다고 판단한 듯보였다.

물론 그건 맞는 말이지만⋯⋯.

이러면 안 되는 걸 알면서도 요즘 자꾸만 무너져 내릴 것 같아할 수만 있다면 희건을 피하고 싶었다. 최근 그의 냉정한 모습을 보다 보니 더 마음이 그렇게 되는 것 같았다. 그런 때에 해외 출장을 같이 가게 된 게 아무래도 걱정이 됐다.

'부디 아무 일 없어야 할 텐데.'

유정은 그저 속으로 바라기만 할 뿐이었다.

※ ※ ※

제네바에서 열린 도시재생 건축 포럼은 박람회와 포럼의 성격을 둘 다 가지고 있는 행사였다. 오프닝 토론회부터 메인 행사까지 세계 각국의 친환경 모델을 많이 볼 수 있는 기회였다.

유정도 나름 준비를 많이 해서 갔지만 놀란 건 희건이 프레젠테이션 하는 모습이었다.

「세계의 친환경 도시 건축 움직임에 발맞춰 한국도 점진적으로 녹색 성장을 추구하는 건축 사업으로 변화해 왔습니다.」

거대한 규모의 회의실에 가득 찬 세계 각국의 사람들을 상대로 그는 목소리 톤 하나 흔들리지 않고 발표했다. 블랙 셔츠에 바지를 입고 인이어 마이크를 착용한 그는 손의 제스처나 시선 처리 역시 능수능란했다. 완벽한 영어 톤과 더불어 사람들을 집중시키는 중저음 목소리가 프로젝트 내용을 더 효과적으로 전달하고 있었다.

「한국 정부에서도 에너지 절감을 기본 기조로 내세우는 탄소 중립 정책과 더불어 과감한 투자를 아끼지 않는 녹색 건축 정책이 이

번 사업의 핵심입니다. 이미 설계가 끝나고 건축이 진행되고 있는 〈도시, 숲Ⅰ〉에 이어 이번 〈도시, 숲Ⅱ〉를 구현한 이미지를 보여 드리겠습니다.」

희건의 뒤로 준비된 화면이 펼쳐지며 포럼에 참석한 사람들도 흥미로운 눈으로 살펴보고 있었다. 희건이 이미지를 오가며 속도감 있게 설명을 이어 나갔다.

"차 상무님 덕분에 반응이 아주 좋을 것 같군요."

주변을 둘러본 표 실장이 싱글벙글해서 말하자 희건에게만 시선을 향하고 있던 유정이 대답했다.

"······네. 다행이네요."

이렇게 완벽한 모습을 보니 유정은 양가적 감정을 느꼈다. 같은 목적을 가지고 이곳에 참석한 동료로선 기분이 좋고, 여자로서는 새로운 매력을 발견해 버린 기분이었다.

'왜 저런 것까진 잘해선.'

진지한 표정의 희건을 보고 있던 유정이 메모하던 것을 내려놓고 가만히 앉아 있었다.

행사가 끝난 뒤 리셉션에 참석했다. 초대된 사람들을 위해 핑거푸드와 함께 근사한 저녁이 준비되어 있었다.

「오늘 아주 인상 깊었어요.」

「건설 회사 대표라고 소개했던 것 같은데, 맞나요?」

와인 잔을 든 사람들이 희건에게 몰려들었다. 덩달아 표 실장과 유정도 사람들을 상대하느라 근사한 저녁에는 손도 대지 못한 채 핑거푸드와 와인으로만 배를 채웠다. 모든 행사가 끝나고 호텔로 돌아왔을 때는 다들 지쳐 있었다.

"오늘 고생하셨습니다. 피곤할 테니 푹 쉬세요."

가장 지친 얼굴의 표 실장이 먼저 인사하고 엘리베이터에서 내렸다.

"실장님도 고생 많으셨어요."

유정이 그의 뒷모습에 대고 말하자 표 실장이 고개를 다시 숙여보였다.

체크인 할 때 유정과 희건에게는 좋은 룸을 잡아 줬지만 표 실장 자신은 일반 룸을 잡은 걸 알고 괜히 미안했다. 유정이 업그레이드를 말했지만 공무원 신분에 큰일 난다고 표 실장이 난색을 표하는 바람에 어쩔 수 없었다.

문이 닫히고 엘리베이터가 다시 올라가기 시작하자 유정은 옆에 서 있는 희건이 신경 쓰이기 시작했다.

"……."

갑자기 대화가 끊겨서 그런지 엘리베이터 안에 내려앉은 적막이 더 고요하게 느껴졌다. 힐긋. 유정은 엘리베이터 문에 비친 희건을 쳐다봤다. 정면을 응시하고 있는 희건은 제네바에 올 때부터 지금까지 그가 보여 준 태도처럼 냉정해 보였다.

아니 정확히는 지난 몇 주간 내내 보여 준 태도였다. 주차장에서의 그날 이후 희건은 그녀를 업무적으로만 대했고 늘 서늘한 눈빛으로 쳐다봤다.

희건의 냉소적인 눈을 보고 있던 유정이 시선을 바닥으로 떨어뜨렸다. 자신이 그 눈빛에 생각보다 크게 상처받고 있다는 걸 깨달았다. 이렇게 심장이 조여드는 걸 보니…….

아무 대화 없이 로열층으로 올라온 그들은 문이 열리자 밖으로 나왔다. 서로 마주 보고 있는 객실 문 앞에 멈춰 서자 유정이 먼저 말했다.

"수고하셨어요. 쉬세요."

인사하고 몸을 돌리려는 유정의 뒤에서 희건의 목소리가 들렸다.

"꽤 피곤한 상태인데."

유정이 고개를 돌렸다. 그의 말처럼 희건의 얼굴은 창백할 정도로 피곤해 보였다.

"내 방에서 와인 한잔 함께하겠습니까?"

뜻밖의 말에 유정이 멈칫했다.

"상무님 방에서요?"

"지금은 잘 수 없을 것 같아서 말입니다. 간단히 마시는 와인이 도움이 될 것 같아서."

아…… 그래서.

하긴 오늘 발표자인 희건이 가장 힘들었을 거였다. 준비된 모든 자료를 점검하고 머릿속에 넣어야 하는 것도 그랬지만 내내 다른 업무 전화까지 받고 있는 걸 알고 있었다.

'이번 일정을 위해 일을 무리한 모양이에요.'

표 실장에게 언뜻 들은 말을 유정이 떠올리고 있는데 희건이 말했다.

"생각 없다면 괜찮습니다."

"아니에요."

유정이 저도 모르게 얼른 말했다. 시선이 마주치자 그녀가 숨을 한 번 삼키고 입을 열었다.

"그렇게 해요. 간단히라면 나쁘지 않을 것 같으니."

희건의 룸으로 들어온 유정은 그의 뒷모습을 보며 작게 숨을 뱉어 냈다. 긴장을 드러내지 않으려 노력하며 넓은 공간 안을 걸어가는 희건을 따랐다. 세련된 인테리어의 공간 안은 기본적으로 유정이 머무는 룸과 비슷해서 낯선 느낌은 덜했다.

레만 호수가 내려다보이는 창가의 테이블로 걸어간 희건이 유정에게 말했다.

"앉아요. 와인 가져올 테니."

"아, 제가 도울게요."

"앉아 있어요."

희건이 다시 말하고 와인 진열대로 걸어갔다. 그의 뒷모습을 보며 유정은 망설이는 표정을 지었다.

'지금이라도 나가야 할까.'

이곳에 들어온다고 대답한 이후부터 그녀의 머릿속은 계속 갈등에 휩싸이고 있었다. 희건이 피곤해 보인다는 궁색한 이유를 스스로에게 대며 들어왔지만, 지금 이 상황을 감당할 수 있을지 자신이 없었다.

그와 단둘이 있는 지금 이 상황을.

유정이 갈등 어린 눈을 하고 있는데 희건이 아래가 둥근 형태의 와인 병과 잔 두 개를 들고 왔다.

"아까 식사도 못 했을 테니 룸서비스도 간단히 시켰습니다."

그녀의 잔에 와인을 따르며 희건이 말했다.

"네."

지금 배고픔이 느껴질 상황은 아니지만 유정은 대답했다. 아니 차라리 눈앞에 먹을 거든 뭐든 있는 게 나을 것 같다는 생각도 들었다. 그러지 않으면 저도 모르게 희건의 얼굴만 쳐다보고 있을 지도 모를 일이니까. 그렇게 된다면…….

……그가 냉담하게 자신을 대하는 동안 그를 그리워했다는 걸 들켜 버리겠지.

유정이 씁쓸하게 생각하고 있는데 희건이 잔을 들었다.

"첫날 일정을 무사히 마친 걸 건배하죠."

그가 잔을 든 채 말하자 유정도 잔을 들었다. 건배한 뒤 유정이 입을 열었다.

"상무님이 가장 고생 많으셨어요."

"누가 특별히 더 고생한 건 아닙니다. 같은 목표를 두고 한 팀으로 노력한 건 같으니까."

희건이 담담히 말하며 잔을 입술로 가져갔다. 유정도 와인을 한 모금 마시고 그를 바라봤다. 아직 그는 날렵한 블랙 셔츠와 바지 차림으로 세련되게 머리칼을 넘긴 모습 그대로였다. 아까 무대 위의 희건은 무척 멀게 느껴졌는데 지금 이렇게 가까이 있다는 게 새삼스러웠다.

희건의 눈이 유정을 향하자 그를 보고 있던 것을 들킬까 봐 유정이 얼른 시선을 내리며 말했다.

"그런데 상무님은 왜 비서실장도 없이 혼자 왔어요?"

"김 실장이 지금 다른 일이 있어 미국에 있습니다."

"그럼 다른 비서라도…….."

"혼자가 편합니다."

짧게 대답한 희건이 와인 잔에 시선을 뒀다. 그런 희건을 가만히

147

시선에 담으며 유정은 생각했다. 그와 이렇게 마주 앉아 있으니 역시 시선이 마음대로 되지 않았다. 보지 않으려 해도 눈은 자꾸만 그를 향하게 된다.

'내가 오고 싶어서 온 게 맞구나.'

희건이 먼저 말을 꺼냈지만, 그와 이런 시간을 갖고 싶었던 건 자신이었다.

……바보같이.

하지만 사랑하는 사람인데 어쩌겠어. 이렇게라도 같이 있고 싶은 건 어쩔 수 없잖아. 유정은 조용히 와인을 마셨다.

잔을 다 비울 때쯤 룸서비스로 주문한 요리들도 도착했다. 따스한 굴라쉬수프와 관자 요리, 그리고 트러플소스가 가미된 비프스테이크를 조금씩 먹는 사이 와인 병은 비워져 있었다.

일 관련으로 이어지던 대화도 끊기고 침묵이 흐르는 사이 시선만이 서로를 훑다가 부딪혔다. 시선이 허공에서 엉켜드는 시간이 점차 길어지고 있다는 걸 유정은 인지하지 못하고 있었다.

와인 잔을 든 채 비스듬히 고개를 기울이고 그녀를 보고 있던 희건이 입을 열었다.

"……꽤 새롭군."

혼잣말처럼 중얼거린 말에 유정이 되물었다.

"네?"

희건이 조금 취한 듯한 눈으로 그녀를 보며 말했다.

"성유정의 이런 사업가로서의 모습은 상상해 본 적이 없는데."

그녀에게 시선을 향한 채 희건이 말을 이었다.

"내 여자로서의 모습밖엔."

유정이 작게 숨을 들이켜며 시선을 살짝 내렸다.

"지금 여기서 나눌 대화로 적당하진 않은 것 같네요."

건조하게 말했지만 유정의 심장이 빠르게 뛰고 있었다. 테이블 위에 시선을 두고 있는 유정을 가만히 보며 희건이 말했다.

"그런데 생각 외로 상당히 잘 어울려서 말입니다. 대표로서의 모습이."

"……."

그녀가 다시 시선을 들어 올렸다. 희건은 여전히 저를 지그시 바라보고 있었다.

"이렇게 일을 좋아할 줄은 솔직히 몰랐습니다."

"말한다 해도 그땐 허락할 리가 없었겠죠. 남들과 대화도 못 하게 했잖아요."

와인 탓인지 저도 모르게 솔직한 말이 흘러나왔다.

"물론 난 질투가 아주 많습니다. ……그때도 말했지만."

희건의 말이 유정을 조금씩 더 긴장시켰다.

"한 병 더 가져오죠."

일어선 그가 새 와인을 가져와 코르크 마개를 열었다. 테이블 앞에 서서 두 개의 잔에 와인을 채우며 희건이 말했다.

"하지만 원하는 일을 하지 못하게 할 정도로 꽉 막힌 사람은 아니라고 생각하는데. 그땐 왜 말하지 않았습니까?"

"……지난 일이에요. 이제 과거 얘긴 그만하죠."

유정이 잔을 입술로 가져가며 말했다. 다시 자리에 앉은 희건도 말없이 와인만 마셨다. 침묵이 흐르는 동안 유정의 머릿속에선 다양한 생각들이 흘러갔다.

'그는 무슨 생각을 하고 있을까.'

유정은 지금 희건이 머릿속에서 뭘 떠올리고 있을지 궁금하다는 생각이 들었다.

그때 침묵을 뚫고 희건이 먼저 말을 꺼냈다.

"아직도 내가 끔찍한가?"

"!"

올곧은 시선을 한 채 그가 묻자 유정이 놀란 눈으로 그를 바라봤다.

'네. 그때와 똑같아요.'

또다시 차가운 얼굴로 거짓말을 할 차례였다. 하지만 입이 쉽게 떨어지지 않았다. 유정이 아무 말도 못 하고 보고 있는데 희건이 한층 진해진 눈빛으로 그녀를 응시했다.

"여전히 내가 성유정에게 단지, 끔찍한 사람에 불과한 건지 궁금해서."

"……."

흔들리는 시선이 얽혀 들었다.

탁. 유정이 잔을 내려놓으며 말했다.

"많이 취하셨어요. 이제 주무실 수 있을 테니 가 볼게요."

유정이 테이블에서 일어나는데 같이 일어난 희건이 그녀를 잡았다.

"!"

그가 그녀를 자신에게 끌어당기자 유정의 눈이 커졌다.

"상무님."

시선이 가까워지고 당황한 목소리가 유정에게서 흘러나왔다.

"당신도 취했겠지. 같이 마셨으니."

희건이 거리를 좁힌 채 말하자 유정은 심장이 어지럽게 뛰었다. 조각처럼 수려한 얼굴이 두 눈 가득 지독한 열망을 품고 그녀를 내려다보고 있었다.

"그래서 이런 눈으로…… 날 보는 걸 테고."

희건이 그녀의 얼굴을 지그시 잡아 자신 쪽으로 고정했다.

"……"

유정이 숨을 삼키고 보고 있는데 그녀의 두 눈을 번갈아 보던 희건의 눈동자가 어둡게 가라앉았다.

"당신은 정말 이상한 여자야. 그때도 그렇고 지금도 그렇고…… 왜 끔찍하다는 남자를 그런 눈으로 보는 거지?"

아…….

유정이 허를 찔린 표정으로 희건을 바라봤다. 강렬하게 타오르는 눈으로 그녀의 당혹스러운 표정을 응시하던 그가 고개를 가까이 기울였다.

"……갖고 싶게."

탁하게 잠긴 음성이 그의 입술에서 흘러나왔다.

유정은 흔들리는 시선으로 그를 바라봤다. 희건이 입술이 닿을 듯 가까이 다가오고 있었다. 밀어내야 한다는 걸 알면서도 유정은 꼼짝도 할 수가 없었다.

숨결이 느껴질 만큼 다가왔던 그가 움직임을 멈췄다.

"……"

바로 앞에서 시선이 엉켜들었다. 여전히 이글거리는 눈빛으로 보면서도 희건은 유정을 놔줬다.

"취했나 봅니다."

미간을 찡그린 그가 한 걸음 멀어지며 낮게 말했다.

"술김에 한 실수니 용서해요. 그만 돌아가는 게 좋겠군요."

희건이 돌아서려는데 이번엔 유정이 그를 잡았다. 움직임을 멈춘 희건이 자신의 팔을 잡은 그녀를 내려다봤다.

유정이 그를 똑바로 올려다보며 말했다.

"술김에 한 실수라면, 괜찮은 거죠?"

"……."

희건의 굵은 눈썹이 꿈틀거리는데 그녀가 두 팔을 뻗어 희건의 목에 감았다.

유정이 까치발을 하자 두 사람의 거리가 다시 바짝 가까워졌다. 희건은 흔들리는 눈으로 유정을 내려다보고 있었다.

유정이 붉어진 눈으로 말했다.

"……내일이면 없던 일이 될 거니까."

그의 목을 끌어당긴 유정이 희건의 입술에 제 입술을 포갰다.

순간 굳어 있던 희건의 입술에서 낮은 신음이 흘러나왔다.

"제기랄."

짓눌린 듯한 그의 목소리와 함께 강한 팔이 유정의 허리를 확 끌어당겼다.

"아."

두 사람의 몸이 바짝 밀착되며 희건이 그녀의 입술을 사납게 집 어삼켰다. 바짝 마른 장작에 불이 붙듯 두 사람의 몸은 순식간에 뜨거워지며 서로의 입술이 엉켜들었다.

"하, 아음. 읍……."

터질 듯한 심장 소리와 거친 숨결이 귓가에 울리며 누가 먼저랄 것이 없이 서로의 혀를 제 것처럼 입안에서 빨았다. 타액이 목구멍 으로 넘어가는 소리가 가쁘게 헐떡이는 숨결과 섞여 공간을 울렸다.

쿵!

떠밀린 힘에 유정의 등이 벽에 부딪히고 입술이 떨어졌다.

"학, 하아."

두 사람의 번들거리는 입술에서 진정되지 않는 숨소리가 터져 나왔다. 희건의 짐승처럼 이글거리는 눈이 가까이에서 그녀를 포박했다.

"이렇게 하면 못 잊어. 성유정."

희건이 꽉 잠긴 목소리로 말하자 유정이 침을 삼켰다.

'못 잊게 하고 싶어.'

위험한 욕망이 그녀 안에서 들끓었다. 그를 가질 수 있는 시간이 이 하룻밤밖에 없다면, 영영 잊지 못하게 만들고 싶다는 배덕한 충동이 유정을 뒤흔들었다.

"침대로 가요."

유정이 시선을 맞추고 하는 말에 희건의 눈이 무섭도록 어두워졌다. 두 팔로 그녀를 번쩍 안아 올린 그가 침대가 있는 곳으로 걸어갔다.

유정은 그의 목에 팔을 감은 채 희건과 강렬하게 시선을 맞췄다.

출렁!

침대 위에 유정을 내려놓은 희건이 그녀 위에 올라탔다. 타오르는 시선으로 내려다보는 희건을 올려다보며 유정이 제 블라우스 단추를 스스로 풀기 시작했다.

톡, 톡. 시선을 마주친 채 하나씩 풀어 나갈수록 그의 숨이 거칠어지는 게 느껴졌다. 목울대를 크게 꿈틀거린 희건의 가슴이 욕망으로 들썩이는 게 보였다.

셔츠가 벌어지며 그사이로 말캉한 젖가슴이 비어져 나온 순간 희건의 미간이 일그러졌다.

"제길, 대체 어떻게……"

"······앗!"

그가 뜨거워진 커다란 손으로 그녀의 가슴을 거머쥐고 곧장 입술을 내렸다.

"어떻게 하란 건데."

여유 없는 음성으로 내뱉으며 입술을 벌려 사납게 가슴을 삼켰다.

"흣, 아아······."

톡 불거진 유두와 희고 말캉거리는 젖가슴을 단번에 삼키고 빨아들이는 순간 선명한 자극에 유정의 몸이 흠칫거리며 떨렸다. 흥분으로 팽창된 선홍색 젖꼭지를 이로 씹을 듯 잘근거리며 희건이 뜨거운 숨결을 토해 냈다. 야수처럼 으르렁거리는 그를 유정이 필사적으로 껴안았다.

"못 참겠으니 어서, 어서요."

유정의 헐떡이는 소리에 희건이 이를 악물고 상체를 세웠다. 그녀의 바지와 속옷까지 순식간에 벗겨 낸 그가 지체 없이 제 바지 버클을 풀었다. 순간 희건이 멈칫거렸다. 그의 미간이 일그러졌다.

"콘돔이 없어."

거친 숨결을 흘리며 그가 말했다. 결혼 생활하던 때와 달리 이런 상황을 예상하지 못했기에 미리 준비했을 리가 없었다.

그의 손아귀 안에서 꿈틀거리는 빳빳한 페니스에서 선액이 뚝뚝 떨어지고 있었다. 그 상황에서도 초인적인 인내로 움직임을 멈춘 희건에게 유정이 침을 삼키고 말했다.

"안전한 날이니까 그냥······ 해요."

그녀의 말에 희건의 눈이 잠시 멍해졌다가 완전히 새까맣게 물들었다. 허스키한 음성으로 낮게 욕설을 내뱉은 그가 터질 듯한 페니스를 핏대 솟은 손아귀로 움켜쥐고 유정을 노려봤다.

"아플지도 몰라."

그의 여유 없는 몸짓을 보니 유정은 이상하게도 더 흥분됐다. 차희건의 인내심을 모조리 끊어 놓고 싶었다. 오로지 자신에게 이성을 잃고 빠져들게 하고 싶었다.

이 밤 동안만은.

희건이 그녀의 다리를 잡아 넓게 벌렸다. 그녀의 숲이 온통 젖어 있는 것을 본 희건의 목울대가 다시 크게 꿈틀거렸다.

"하, 성유정."

짓이기듯 내뱉은 희건이 단단한 페니스를 촉촉한 속살 안으로 단숨에 찔러 넣었다.

"아훗……!"

유정의 입술에서 아찔한 신음이 터져 나왔다. 제 몸을 찢어 버릴 듯 강하게 들이쳐 오는 그의 힘에 허리가 한껏 들쳐 올라갔다. 시트가 확 밀릴 정도로 강하게 쑤셔 들었다 빠져나가는 순간 뜨겁게 교접되어 있던 곳에서 두터운 페니스의 몸체가 빠져나가며 유정의 애액이 질척하게 달라붙었다.

예민한 귀두에 흡반처럼 촘촘하게 달라붙는 점막의 감각에 희건이 쾌감 어린 숨을 내뱉으며 더욱 거칠게 쑤셔 들어갔다.

"……아! 흐읏! 앗!"

출렁! 출렁! 거대한 침대가 뒤흔들리며 희건이 야수처럼 거칠게 움직였다. 감당하기 버거운 힘에도 유정은 그를 껴안은 채 필사적으로 버텼다.

오직 이 격렬한 움직임만이 차희건을 오롯이 느낄 수 있었다. 그를 온전히 가질 수 있는 이 순간에 유정은 더없이 뜨거워졌다.

"멈추지, 말아요."

땀에 젖은 채 엉망으로 뒤흔들리면서도 유정이 시선을 맞추고 말했다. 그녀의 흐릿하게 젖어 든 눈에 희건의 몸에 더 단단히 힘이 들어갔다.

"이대로 계속······하읏."

희건이 더 말도 할 수 없을 만큼 깊숙이 쑤셔 들어갔다.

깊어······!

한껏 얼굴이 찌푸려지며 입술이 벌어진 유정을 노려보며 그가 잠긴 목소리로 헐떡였다.

"날 미치게 만들 작정이군."

"아, 아앗!"

희건이 근육질 몸을 종마처럼 움직이며 홧홧하게 조여드는 속살 안으로 발기한 페니스를 격렬하게 쑤셔 넣어 댔다. 땀에 젖은 몸이 사납게 부딪히며 튕겨 나갈 것 같은 유정을 꽉 붙잡은 채 희건이 거칠게 움직였다. 정신없이 흔들리는 둥근 젖가슴을 힘껏 움켜쥐며 희건이 짓눌린 음성으로 말했다.

"완전히 정신이 나가게 만들면, 감당할 수 있을 것 같나?"

그의 말에 유정은 오싹한 쾌감을 느꼈다. 그렇게 해 줘. 내가 감당할 수 없게 해 줘······. 나를 온통 잊어버릴 수 있게 오로지 당신으로 가득하게 만들어 줘.

차마 입 밖에 내지 못한 말이 신음으로 연신 터져 나왔다. 강한 손아귀로 주무르는 손길에 바짝 곤두선 유두가 쾌감으로 짓뭉개지고 습하게 젖은 아래를 짓쳐 올리는 빳빳한 근육 덩어리는 유정을 견딜 수 없게 만들었다. 이리저리 체액이 튀는 소리와 젖은 살이 마찰하는 소리가 음험하게 커져 갈 때 유정이 온몸에 힘을 줬다.

"아아아……!"

희건의 근육질 몸을 할퀴며 유정이 절정으로 올랐다. 그녀의 한 껏 젖혀진 목덜미에 맥박이 세게 뛰고 있었다. 그곳을 입술로 빨며 희건이 수축하는 질 안의 감각을 즐기듯 느릿하게 왕복했다.

하으……웃.

열락으로 가느다랗게 떠는 유정의 몸을 붙잡은 희건이 뒤로 돌렸다. 시트를 손으로 짚고 엎드리게 한 희건이 뒤에서 몸을 바짝 밀착시켰다.

"하웃, 희건……."

흥분으로 발갛게 물든 얼굴로 유정이 뒤돌아봤다. 쾌락으로 붉 어진 얼굴과 헐떡이는 그녀의 얼굴을 본 그가 가슴을 들썩이며 숨 을 들이켰다.

희건이 이를 악물고 그녀의 탱탱한 엉덩이를 두 손으로 꽉 움켜 쥐었다. 도망치지 못하게 단단히 붙든 다음 뒤에서 유정의 애액으 로 허옇게 번들거리는 페니스를 단번에 쑤셔 넣었다.

"……아아!"

유정이 숨을 터뜨리며 고개를 쳐올렸다. 그대로 정신없이 들이 치자 그녀의 가느다란 몸이 앞뒤로 빠르게 뒤흔들렸다.

엉망으로 흐트러진 블라우스가 걸쳐져 있는 새하얀 몸이 출렁 이는 모습을 위에서 내려다보며 희건은 숨이 막혔다. 무자비하게 들이치는 검붉은 페니스를 받아 낼 때마다 탄력적인 엉덩이에 한 껏 힘이 들어가며 허리가 비틀렸다.

격정적으로 움직이는 희건의 눈이 일그러졌다.

제기랄, 제기랄!

유정에 대한 억눌려 있던 욕망이 터져 나오며 깊이 묻어 뒀던 감정까지 건드렸다. 멈출 수 없는 광포한 욕망이 유정의 상체를 시트 위로 완전히 짓뭉갤 것처럼 사납게 쑤셔 들게 만들었다.

"읏! 아! 하읏! 읏!"

유정은 시트 위에 얼굴을 대고 시트를 움켜쥔 채 가쁜 신음을 터뜨렸다. 흉포하게 들이치는 힘에 상체는 시트 위로 처박힌 채 엉덩이만 들쳐 올라간 자세였다. 수치스러울 정도로 적나라한 자세에서도 유정은 희건을 더욱 깊이 받아들이기 위해 본능적으로 다리를 더 벌렸다.

넓어진 길로 자궁까지 치밀어 들듯 희건의 욕망이 사납게 쑤셔 박혔다.

"아흐읏……!"

유정이 손등에 힘줄이 도드라질 정도로 시트를 움켜쥔 채 몸을 한껏 떨었다. 두 번째 절정이 까마득한 해일처럼 유정을 덮쳤다.

절정의 늪에서 한참 동안 몸을 떨던 그녀를 희건이 다시 되돌려 바로 눕게 했다.

"하아, 하아……."

유정은 온몸에 힘이 풀려 있었다. 그녀의 땀에 젖은 얼굴에 머리카락 몇 올이 달라붙어 있었다. 쾌락으로 물든 지독히 관능 어린 얼굴을 내려다보며 희건이 상체를 바짝 숙였다.

얼굴을 가까이 마주한 순간 유정의 속눈썹이 파르르 떨렸다. 그가 유정의 입술을 빨며 그녀의 왈칵 쏟아지는 애액 안으로 두꺼운 페니스를 밀어 넣고 느릿하게 움직였다.

"하아, 지금은 안……으응."

유정이 소름 끼치는 쾌감에 흠칫거리는데 희건이 그녀의 입술을 빨며 탁한 음성으로 말했다.

"못 멈춰."

희건이 남성적인 골반을 천천히 움직이며 유정의 입술을 잘근거렸다.

"아, 음……."

유정은 가슴이 터질 것 같았다. 입술을 벌려 들어온 그가 혀를 진하게 빨자 지나치게 자극이 되었다.

아직도 그를 더 원하다니.

정신을 잃을 것 같은 절정이었는데도 희건에 대한 갈증이 충족되지 않았다. 느릿하게 휘저어지는 내부가 견딜 수 없이 뜨거워지고 있었다. 문득 그가 뭉툭한 끝으로 예민한 지점을 강하게 훑듯이 긁어내렸다.

"훗, 아……."

유정이 신음을 흘리며 몸을 떨었다.

"느끼는 곳은 여전하군."

"그건 훗…… 당신이……."

"알아. 성유정의 느끼는 모든 지점은 내가 길들여 놨으니까."

유정의 귓불을 혀로 핥으며 희건이 말하자 그녀가 자극으로 흠칫거렸다.

"하, 하아!"

"여기도 그렇고."

훅, 귀 안에 뜨거운 숨결을 불어 넣은 희건이 두 손으로 그녀의 땀에 젖은 둥근 엉덩이를 꽉 거머쥐었다.

"흐읏……!"

남성적인 손가락 사이마다 탱글한 살이 튀어나오며 굵은 페니스를 물고 있는 안이 더 뜨겁게 조여들었다.

"여기도."

희건이 한껏 뜨거워지는 유정의 안을 느끼며 속도를 올리기 시작했다.

"희, 희건 씨, 하앗. 훗!"

유정이 어쩔 줄 몰라 하며 몸을 비트는 모습을 보며 그가 움직임을 멈추지 않고 말했다.

"당신의 모든 곳은 날 기억하고 있어."

희건의 더 거칠게 움직이며 유정의 얼굴을 붙잡았다.

"날, 원하고 있어."

강렬한 시선을 맞추고 그가 말했다.

"이래도 난 당신에게 그저 하룻밤 상대라는 건가?"

유정이 그에게 시선을 붙들린 채 대답하지 못했다. 희건의 눈에 고통이 들어차는 게 보였다.

희건 씨…….

충혈된 그의 눈을 보자 유정의 눈에도 눈물이 고였다.

"……빌어먹을."

낮게 내뱉은 희건이 유정의 입술을 거칠게 삼켰다. 그대로 강한 팔로 유정을 단단히 안은 희건이 무서운 힘으로 들이치기 시작했다.

"으음, 앗, 아앗!"

키스한 채 부서질 듯 빨라지는 움직임에 유정의 신음이 정신없이 터져 나왔다. 희건은 유정에 대한 소유욕을 쏟아 내듯 작은 몸이 감당할 수 없을 정도로 격렬하게 몰아붙였다. 온 세상이 부서질 것처럼 사납게 뒤흔들렸다.

마침내 그녀가 광포한 쾌감을 견디지 못하고 또 한 번 절정으로 치달았다.

"하으……읏……."

지옥 같은 쾌락 속에서 유정의 눈꼬리를 타고 눈물이 길게 흘러내렸다.

유정이 새벽에 눈을 떴다.

'여기가……?'

혼곤한 머릿속으로 순간 이곳이 어디인지 인식하지 못했다가 곧 모든 일이 되살아났다. 그리고 자신의 등 뒤에 느껴지는 탄탄한 몸의 주인도 누군지 알게 됐다.

'……미쳤어.'

와인 탓이라 돌리기엔 희건을 원하던 제 감정이 너무 컸다. 모두 제 감정 탓이었다. 작게 한숨을 내쉰 유정이 희건의 품에서 빠져나가려고 몸을 움직였다.

그때 희건이 유정을 끌어당겨 더 단단히 안았다.

"!"

익숙한 체향이 훅 끼쳐 들자 유정이 숨을 삼켰다.

'안 자고 있었나?'

당혹스럽게 눈을 굴리던 유정이 말했다.

"없던 일……."

"없던 일로 못 해."

희건은 한숨도 못 잔 목소리였다. 그녀를 안고 있는 그의 팔에 더 힘이 들어갔다.

"……."

마치 놓치지 않겠다는 듯 저를 힘주어 안는 움직임에 유정의 눈가가 뜨거워졌다. 뒤에서 안고 있는 희건의 목소리가 귓가에 들렸다.

"겨우 다시 품에 안았는데 어떻게 없던 게 되지?"

"……."

"심장이 이렇게 뛰는데, 어떻게 없는 일이 되냐고."

탁하게 갈라지는 희건의 목소리가 유정의 심장을 아프게 찔러 댔다. 유정이 눈물을 참으며 말했다.

"놔주세요. 안 그럼 상무님을 다신 볼 수 없어요."

유정의 말에 희건이 나직이 숨을 토해 냈다. 단단한 팔에 힘이 풀리고 그녀를 놔줬다.

"잔인하군. 여전히."

상처받은 듯한 잠긴 목소리에 유정은 가슴이 미어졌지만 곧장 그의 품을 빠져나왔다.

침대 밖에 널려 있는 옷들을 하나씩 주워 들어 입은 유정이 그대로 밖으로 나갔다.

"……."

그녀가 나가는 모습을 희건이 침대 위에 누운 채 짙은 눈동자로 지켜보고 있었다.

자신의 룸으로 들어와 문을 닫은 유정이 고개를 숙였다. 턱에 힘을 단단히 주고 눈물을 참으려 했지만 넘쳐흐른 슬픔은 뺨을 타고 흘러내렸다.

툭, 툭.

턱에서 바닥으로 떨어지는 눈물을 내려다보며 유정이 손으로 제 입을 가렸다.

"……흐윽, 흑."

그대로 문에 등을 기댄 채 주르륵 미끄러진 유정이 바닥에 털썩 주저앉았다. 두 손으로 얼굴을 감싸고 눈물을 쏟아 냈다. 마음이 찢어질 듯 아파서 견딜 수가 없었다.

그에게 다시 상처를 주게 되어 버렸어.

조금 전의 상처받은 희건의 얼굴이 떠오르자 유정은 눈물이 멈추지 않았다. 하룻밤으로 만족할 줄 알았던 자신의 희건에 대한 마음도 생각과 달랐다. 단 하루라도 그를 갖고 싶어서 한 행동이 오히려 더 그를 원하게 되다니…….

"이런 게 어디 있어."

울먹이는 목소리로 내뱉은 유정이 얼굴을 찡그리고 흐느꼈다.

차희건 당신을 사랑해.

밤새 그의 품에서 하고 싶었지만 하지 못했던 그 말이 유정의 흐느낌 속에 섞여 나왔다. 그의 앞에선 절대 뱉지 못할 말이.

15

희건과 유정은 표 실장과 함께 인천공항에 입국했다.

"그래도 도착했네요. 다들 고생 많으셨습니다."

"네. 고생 많으셨어요."

유정이 대답하며 표 실장 옆에 있는 희건을 쳐다봤다. 그는 의도적으로 그녀를 보지 않는 듯보였다.

출장 첫날의 일 이후로 두 사람의 사이는 더 서먹했다. 업무적 대화를 할 때 외엔 희건이 그녀를 피하는 게 느껴질 정도였다.

또 상처를 준 저를 얼마나 미워할까. 희건 입장에서 자신이 얼마나 나쁜 여자일지 생각하니 유정은 마음이 바닥에서 뭉개지는 것 같았다.

입국 수속을 하고 게이트를 막 빠져나오는데 희건의 전화가 울렸다.

"네, 한 실장님. 무슨 일입니까."

희건의 말에 뒤에 있던 유정은 잠시 멈칫거렸다.

'한 실장님은 여전히 그의 집에 있구나.'

유정이 희건의 저택에서 봤던 한 실장에 대한 기억을 혼자 떠올리고 있는데 전화를 받던 희건의 언성이 높아졌다.

"위독하다니, 회장님이 말입니까?"

차 회장님이 위독하시다고?

유정이 놀란 눈으로 보는데 표 실장도 멈춰 서서 희건을 쳐다보고 있었다.

"지금 곧바로 가겠습니다."

희건이 굳은 얼굴로 전화를 끊었다. 표 실장이 걱정 어린 목소리로 그에게 물었다.

"회장님께서 위독하신 겁니까?"

"죄송하지만 먼저 가 봐야 할 것 같습니다."

"아, 그래요. 빨리 가 보세요."

"다음에 뵙겠습니다."

인사한 희건이 급히 몸을 돌려 달려갔다.

희건의 뒷모습을 보고 있는 유정 옆에서 표 실장이 말했다.

"연세는 많아도 정정해 보이셨는데…… 별일 없어야 할 텐데요."

"네. 그래야죠."

유정이 작게 대답하며 멀어지는 희건의 뒷모습을 걱정스럽게 응시했다.

차 회장의 주치의가 있는 대학병원의 VIP실로 희건이 들어섰다. 의자에 앉아 있던 한 실장이 그를 보고 일어섰다.

"상무님."

거친 숨을 몰아쉬며 들어온 희건이 한 실장만 있는 것을 의아하게 쳐다봤다.

"아직 아무도 안 온 겁니까?"

"회장님께서 상무님만 부르셨습니다. 들어가 보세요."

"……."

한 실장의 눈이 붉어져 있는 것을 보던 희건이 한 실장 옆에 서 있는 의사와 간호사들을 바라봤다. 시선을 피하며 조용히 서 있는 그들에게서 희건은 가슴을 짓누르는 무게를 느꼈다.

숨을 들이켠 희건이 병실 문으로 시선을 옮겼다.

달칵.

문을 열고 들어서자 팔에 여러 개의 링거 줄을 달고 침대에 누워 있는 차 회장의 모습이 보였다.

이렇게 나약한 모습이라니.

희건이 본 차 회장의 모습 중 가장 상상하기 어려운 모습이었다. 차 회장은 여든이 넘은 나이었지만 그 카리스마로 끝까지 살아남아 회사를 지킬 사람처럼 느껴졌다. 이렇게 노쇠한 모습으로 병실에 누워 있는 건 절대 상상할 수 없었다.

심장박동이 표시된 모니터를 응시하던 희건이 차 회장에게 다가갔다.

"저 왔습니다."

희건이 다가가자 차 회장이 감고 있던 눈을 떴다. 그가 천천히 고개를 돌려 눈을 마주쳐 오는 순간 희건은 본능적인 불안을 감지했다. 생명의 불이 거의 소진된 사람에게만 느껴지는 분위기가 지금 차 회장에게 감돌고 있었다.

바로 얼마 전에 봤을 때보다 놀랄 정도로 살이 빠져 있었고 눈은 깊이 들어가 있었다. 핏기 없이 창백한 얼굴은 생기가 전혀 없었다. 희건이 그의 모습에 당혹스러운 표정을 짓고 서 있는데 차 회장이 힘겹게 입을 열었다.

"······갑자기 들어서 놀랐겠구나."

"어떻게 된 겁니까. 지병이 있으셨던 겁니까?"

희건이 굳은 얼굴로 물었다.

"······."

차 회장이 잠시 말없이 희건을 올려다봤다.

"죽을 때가 되어야 말할 수 있을 거 같았는데, 결국 그 예감이 맞았던 게야."

씁쓸하게 내뱉는 말에 희건의 얼굴이 더 굳었다. 차 회장이 희건을 보며 칼칼한 목소리로 말했다.

"희건이 너 결혼시킬 때 이미 난 죽을 날짜 받아 놓은 상황이었다. 예정보다 몇 달 빨리 진행되긴 했지만."

"······!"

희건이 눈을 부릅떴다. 충격을 받은 희건을 초연히 보며 차 회장이 말을 이었다.

"넌 어떻게 생각할지 몰라도, 그 결혼은 널 위한 거였다. 네가 그 아이를 내 집 정원에서 본 날부터 좋아했던 거······ 이미 알고 있었어."

목소리가 점차 쉰 듯이 잠기자 차 회장이 인상을 쓰고 목을 가다듬었다. 희건이 황망한 눈으로 차 회장을 보며 물었다.

"그걸 어떻게 아신 겁니까."

"네 눈이 계속 쫓고 있었으니까. 그 뒤에도 갑자기 이런저런 재계 행사에 자발적으로 참석했던 것도 그 아이 때문이었지. 늘 그 아이를 찾아다녔으니."

"……."

"네 잘못이 아니다. 다 널 강하게 키우려던 내 탓……."

콜록, 콜록!

차 회장이 갑자기 상체를 세우며 기침을 쏟아 냈다.

"괜찮으십니까? 물 가져오겠습니다."

희건이 당황한 얼굴로 다가가는데 차 회장이 손을 뻗어 저지했다.

"됐다."

차 회장이 입을 가리고 있던 손을 거두자 시뻘건 핏자국이 보였다. 그걸 본 희건의 눈이 크게 흔들렸다.

"이제, 시간이 얼마 없으니 빨리 말해야겠구나."

차 회장이 잔기침을 쿨룩거리며 고개를 들었다. 흔들리는 희건의 눈을 보며 그가 말했다.

"미안하다. 평생 외롭게 자라게 해서."

"……왜, 그런 말씀을 하십니까."

희건의 목이 잠겨 있었다. 이게 차 회장의 마지막이라는 게 명확하게 느껴졌다. 믿기지 않는 상황에 심장이 거칠게 뛰었다.

"나이 먹어 늦게 본 자식 귀엽지 않을 애비가 어디 있겠느냐. 하지만 내 그런 마음이…… 널 망칠까 두려웠다."

차 회장이 물끄러미 병실 천장을 응시했다. 차 회장의 눈에는 평소 같은 독기가 전혀 보이지 않았다. 회한만이 주름진 늙은 눈에 들어차 있을 뿐이었다.

"아니 정확히는 내 업보인 그들이…… 그걸로 널 공격할 구실 삼을까 봐."

"……."

차 회장의 눈이 다시 희건에게 향했다.

"그게 두려웠다. 그래서 그랬어."

담담히 말한 차 회장이 희건을 바라봤다. 희건은 지금 이 급작스러운 현실이 믿기지 않았다. 그럴 리가 없다. 저 사람이 어떤 사람인데. 저 사람은……

흔들리는 눈의 희건과 고요히 시선을 맞추고 있던 차 회장이 몇 번 망설이는 듯하다가 마른 입술을 떼어 냈다.

"……미안하다."

희건을 보며 겨우 말을 건넨 차 회장이 눈을 감았다.

띠, 띠, 띠, 띠-

화면에 미약하나마 물결치던 줄이 일직선으로 주욱 그어졌다. 그걸 본 희건의 눈이 커졌다.

희건의 시선이 다시 차 회장으로 향했다.

"아버……아버지."

쇳소리처럼 잠긴 목소리가 희건의 입술에서 흘러나왔다.

차 회장은 눈을 감은 채 고요했다.

희건의 턱이 덜덜 떨렸다. 눈앞의 장면을 그는 도저히 믿을 수가 없었다. 그의 눈이 붉어졌다.

"아버지!"

벌컥!

문이 열리고 빠르게 들어온 의사와 간호사가 차 회장에게 다가가 의식을 확인했다. 몇 가지 확인하던 의사가 깊은 한숨을 내쉬고 희건을 바라봤다.

"운명하셨습니다."

그 말에 한 실장이 손으로 제 얼굴을 감쌌다.

"회장님……."

흐느끼는 한 실장의 울음소리를 들으면서도 희건은 그 자리에 움직이지 않고 서 있었다.

붉어진 눈으로 차 회장을 노려보며 희건이 떨리는 목소리를 냈다.

"지금 와서 이런…… 이런 말을 하고 돌아가시면."

울컥 치솟은 뜨거움을 목구멍으로 삼켜 낸 희건이 뚝뚝 끊어지는 목소리를 냈다.

"대체 저보고, 어떻게, 하라는 겁니까."

차 회장은 여전히 고요할 뿐이었다.

"말해 봐요. 아버지."

한 실장이 눈물을 닦으며 희건의 어깨를 잡았다.

"돌아가셨어요. 상무님."

"……아버지."

"회장님은 돌아가셨어요."

한 실장의 목소리가 울음으로 뭉개졌다.

"아버지!"

버럭 고함을 치는 희건의 눈앞에서 차 회장의 머리 위로 흰 천이 씌워졌다. 그걸 본 희건의 붉게 충혈된 눈에서 눈물이 흘러내렸다.

"……."

그의 입술이 파르르 떨리고 턱에 단단하게 힘이 들어갔다. 주먹을 꽉 움켜쥔 희건은 움직이지 않고 계속 그 자리에 서 있었다.

※ ※ ※

차 회장의 부고 소식을 들은 유정은 장례식장에 도착했다. 차 회장의 명성만큼이나 수많은 사람들이 모여 있었다. 기자들도 여럿 보였다.

기자들이 사진 찍는 곳에 범훈 부부가 보였다. 범훈이 상주 노릇을 거하게 하고 있는 곳에 희건은 없었다.

'……그 사람은 어디 있지?'

유정이 주변을 살폈다. 장례식장 건물 바깥까지 나와 희건을 찾는데 사람들을 피해 건물 뒤쪽 정원에 서 있는 희건이 보였다.

검은 정장 차림으로 서 있는 희건을 본 순간 유정은 눈물이 차올랐다.

희건 씨…….

그의 얼굴에서 형용할 수 없는 깊은 상실감이 느껴졌다. 누구에게도 보이고 싶지 않은 슬픔을 혼자 감내하려 이런 외딴 곳에 서 있는 거였다.

겉보기에 아무리 사이가 좋지 않더라도 차 회장과 차희건은 엄연한 혈육이라는 사실이 지금 그에게서 느껴지는 상심의 크기로 드러났다.

창백한 희건의 얼굴을 보던 유정이 그에게 한 발을 내디뎠다. 저도 모르게 다가갈 뻔한 유정이 걸음을 멈췄다.

잠시 그의 모습을 쳐다본 유정이 눈물을 털어 내며 몸을 돌렸다.

'상처만 준 여자가 무슨 자격으로.'

자신은 그를 위로할 입장이 되지 못했다. 유정은 슬픔에 잠겨 있는 희건을 한 번 더 쳐다보고는 돌아섰다.

차 회장의 장례가 끝나는 날. 화장을 마치고 난 뒤 희건은 조용한 카페에서 한 실장과 마주 앉아 있었다. 희건이 가라앉은 목소리로 말했다.

"아버지 사람이었습니까."

"죄송합니다."

한 실장이 고개를 숙였다. 정중히 사과한 그녀가 희건을 보며 차분히 말했다.

"회장님은 항상 상무님 걱정이 많으셨습니다. 본인이 드러내고 챙기지 못하시기에 저를 보내신 겁니다."

"……"

희건이 말없이 테이블 위를 응시했다. 장례를 치르는 동안 희건은 거의 잠도 자지 못했다. 범훈이 상속을 위해 상주 노릇에 유난을 떨다가 사람들이 적어지면 슬쩍 사라졌는데, 그때마다 늘 희건이 자리를 지켰다. 며칠 사이 턱이 더 날렵해진 그를 잠시 보던 한 실장이 휴대폰을 꺼냈다.

"설명드려야 할 게 많지만 이걸 먼저 보세요."

"이게 뭡니까."

"보면 아실 겁니다."

한 실장이 내민 휴대폰을 희건이 받았다. 화면엔 CCTV로 보이는 장면이 나오고 있었다. 차 회장 저택 거실에 차 회장과 유정이 앉아 있는 모습을 본 희건의 눈썹이 꿈틀거렸다.

"상무님이 이혼하시던 날, 성유정 씨가 본가로 찾아왔을 때의 영상입니다."

희건이 한 실장이 쳐다보자 그녀가 담담히 말했다.

"본인이 떠난 뒤에도 두 사람 상황이 아직 진전이 없다면 이걸 먼저 보여 주라고 하셨습니다."

"……"

희건이 눈에 힘을 주고 다시 화면으로 시선을 옮겼다.

- 이혼해서라도 아비 회사를 지키고 싶다?
- 아닙니다.
- 그럼?
- 호영을 구하기 위해서가 아닙니다. 이게 모두를 위한 일이라 판단했습니다.
- 그렇게 하면 네 부모는 길바닥에 나앉을 텐데 그래도 상관없다는 뜻이겠지?
- 부모님이 저지른 일은 부모님이 감당하시는 게 맞습니다. 부탁드립니다. 회장님.

차 회장에게 무릎을 꿇는 유정을 보자 희건의 목울대가 크게 꿈틀거렸다. 그녀는 자신의 부모를 구할 힘을 얻기 위해 차 회장에게 간 것이 아니었나? 더불어 지긋지긋한 자신과의 결혼 생활도 함께 정리하면서?

하지만 영상 속 유정은 제 부모의 거취는 상관없다는 듯한 태도를 취하고 있었다. 혼란스러운 희건을 보며 한 실장이 말했다.

"이날 성유정 씨는 아버지 회사가 수사받는 걸 알게 되어 검찰에 갔다가 자신의 아버지가 상무님을 방패삼는 모습을 보고 충격을 받은 것 같았습니다."

희건이 멈칫했다.

"그녀에게도 사람을 붙인 겁니까."

"네."

한 실장이 숨김없이 대답했다. 당시 유정에겐 희건이 심어 둔 경호원도 있었지만 차 회장이 붙인 사람도 있었다. 그 사람은 검찰에도 인맥이 있는 사람이라 검찰청 안까지 따라 들어갈 수 있었다. 그래서 유정의 상황을 알 수 있던 거였다.

한 실장이 말을 이었다.

"회장님께서도 그 부모란 자들이 성유정 씨에게 도움이 되지 않을 거라고 진작 판단했기에 저 제안을 받아들였던 겁니다."

"……."

믿기 어렵단 눈으로 화면을 몇 번이나 돌려 보던 희건이 고개를 들었다.

"이걸 왜 이제야…… 보여 주는 겁니까."

희건이 낮게 잠긴 목소리로 말했다. 한 실장은 조용히 찻잔을 응시하다가 대답했다.

"회장님께선 두 분이 직접 이 난관을 헤쳐 나가시길 바라셨습니다. 오해는 당사자들끼리 푸는 게 가장 좋은 방법이니까요."

차 회장의 말을 떠올리는 한 실장의 눈빛이 고요해졌다. 잠시 생각하던 그녀가 고개를 들었다.

"하지만 그게 되지 않았을 때는 이게 필요할 거라고 가지고 있으라고 했습니다."

"……."

희건이 굳은 얼굴로 영상 속 유정의 모습을 바라봤다.

"성유정 씨가 한 일은 상무님을 사랑하지 않고선 하지 못할 선택이라고 말씀하셨습니다."

"날 사랑해서, 말입니까."

유정의 모습에 시선을 박은 희건의 낮은 목소리가 잠긴 채 흘러나왔다.

"네. 상무님을 위해 자신이 악녀가 되는 일을 선택한 거라고."

덜컹!

눈썹을 일그러뜨린 희건이 굳은 얼굴로 자리에서 벌떡 일어났다.

"가 봐야겠습니다. 나중에 연락드리죠."

"네. 상무님."

한 실장이 조용히 대답했다. 희건이 몸을 돌려 곧장 카페를 빠져나가는 모습을 한 실장이 가만히 응시했다.

창밖으로 급히 차에 오르는 희건의 모습이 보였다. 그 모습을 보며 한 실장은 차 회장과의 대화를 떠올렸다.

'회장님. 왜 두 사람을 이혼하게 두시는 겁니까? 저렇게 두었다가 영영 헤어지게 되면 상무님은……'

'한 실장이 모르는 소릴 하는군.'

'네?'

'희건이 저놈이 그 아이를 놓칠 것 같나?'

'……'

'10년이 걸리든 20년이 걸리든 다시 되찾을 거니 걱정하지 말게. 괜히 두 사람 일에 참견했다가 오히려 일을 그르칠 수 있어.'

'……그렇군요.'

차 회장은 첫째 아들이 데려온 여자의 성정을 파악하고 반대했었다. 나약한 아들은 기가 센 아버지와 마찬가지로 기가 센 여자 사이에서 어쩔질 못했다. 그때 차 회장의 거센 반대가 오히려 일을 그르쳤다. 아들은 결국 그 여자의 꼬드김대로 도망을 치게 되었고,

결국 임신까지 시켰으니까 말이다.

그 일을 차 회장은 평생 후회했다. 희건도 그렇게 만들까 봐 걱정한 이유도 그거였다. 장남을 그리 나약하게 키운 것도 자신이었으니.

회한에 잠긴 눈으로 창밖을 보며 차 회장이 나지막이 말했다.

'이왕이면 내가 죽기 전에 두 사람이 다시 함께 있는 모습을 봤으면 싶지만⋯⋯ 그건 욕심이겠지.'

탁. 죽을 날을 받아 놓은 차 회장의 처연한 모습을 떠올리던 한 실장이 안경을 벗어 테이블 위로 내려놨다.

"이제⋯⋯ 회장님께서 그렇게나 바라시던 대로 되겠네요."

작게 말한 한 실장은 조용히 손수건으로 눈물을 찍어 냈다.

※ ※ ※

유정은 희건의 집 근처에 차를 세웠다. 창밖으로 거대한 입구를 보며 그녀가 한숨을 내쉬었다.

'아직 안 돌아왔겠지?'

유정이 조심스럽게 입구 쪽을 살폈다. 어둠에 싸인 저택은 고요해 보였다. 차 회장 장례식에서 봤던 희건이 걱정되어 그의 집 앞에 온 참이었다. 하지만 벨을 누를 용기도, 그에게 전화할 용기도 그녀에겐 없었다.

'잠깐 얼굴이라도 보고 갔으면 좋겠는데⋯⋯.'

그저 괜찮은 모습만이라도. 유정이 그렇게 걱정만 하며 손에 든 휴대폰을 만지작거리고 보고 있었다.

그때 그녀의 전화가 울렸다.

'희건 씨?'

유정의 눈이 커졌다. 놀랍게도 희건의 전화였다.

"네. 저예요."

유정이 곧장 전화를 받았다. 휴대폰에서 희건이 거친 숨을 몰아쉬는 듯한 소리가 들렸다.

- 어딥니까. 집에 없는 거 같은데.

우리 집에 가 있다고?

유정이 눈을 크게 깜빡이다 당황한 얼굴로 말했다.

"아, 저 지금…… 상무님 집 앞이에요."

- …….

희건이 말이 없자 유정이 얼른 말을 덧붙였다.

"미안해요. 회장님 장례 때문에 걱정되어서 왔는데 거기로 간 줄은 몰랐어요. 제가 바로 그쪽으로……."

- 거기 있어.

"네?"

낮은 음성에 시동을 걸려던 유정이 휴대폰을 고쳐 잡으며 되물었다.

- 움직이지 잘고 꼼짝 말고 거기 있어. 지금 갈 테니까.

희건의 말과 함께 전화가 끊겼다.

"아……."

유정이 끊긴 휴대폰을 놀란 얼굴로 내려다봤다. 두근, 두근. 머리가 그의 말을 이해하기 전에 심장이 먼저 반응했다. 주체할 수 없이 뛰는 심장박동에 유정이 제 입술을 지그시 물었다.

'지금 오고 있다고…… 했지?'

희건이 오고 있다고 생각하자 가슴이 아프도록 조여들었다. 심장이 점점 더 빠르게 뛰고 숨이 막혀 와 유정은 결국 차에서 내렸다. 초조하게 차 앞을 서성이는데 헤드라이트 불빛이 비쳤다.

"!"

유정이 돌아보자 희건의 차가 앞에 섰다.

끼익!

그의 차가 멈춘 걸 본 유정이 숨을 들이켰다.

곧장 차에서 내린 그가 유정에게로 뚜벅뚜벅 다가왔다.

자신을 똑바로 보며 다가오는 희건을 보자 유정은 가슴이 터질 것만 같았다.

"상무……."

가까이 다가온 그를 부르기도 전에 희건이 먼저 그녀를 낚아챘다. 그가 그대로 유정의 얼굴을 잡고 입술을 삼켰다.

유정의 눈이 커졌다.

"사, 상무님. 잠깐……으읍."

당황한 유정이 밀어내려 했지만 희건이 그녀를 단단히 붙잡고 더 거칠게 키스했다. 진하게 얽어 드는 혀의 감촉과 끌어당기는 힘에 유정은 다리에 힘이 풀렸다.

"하!"

희건이 놔주자 유정의 입술에서 막혔던 숨이 터져 나왔다. 숨을 몰아쉬는 그녀의 혼란스러운 눈을 희건이 강렬한 시선으로 응시했다.

"왜 지금껏 말 안 한 거지?"

"……네?"

희건의 낮게 가라앉은 목소리에 유정이 떨리는 음성으로 되물었다. 그가 붉어진 눈으로 그녀를 노려보며 말했다.

"그렇게 날 위해 떠나면, 내가…… 행복할 수 있을 것 같았나?"

"!"

희건이 정곡을 찌르자 유정의 눈이 정처 없이 흔들렸다. 어떻게…….

당황해서 작게 입술을 벌린 채 쳐다만 보고 있는 유정을 희건이 이글거리는 눈으로 노려봤다.

"감쪽같이 날 속이고 이혼하게 만들면, 당신 없이 내가 정말 행복할 수 있을 것 같았냐고."

"그, 그걸……."

어떻게 희건 씨가. 말을 잇지 못하는 유정 앞으로 바짝 얼굴을 붙인 희건이 으르렁대듯 말했다.

"천만에. 난 무슨 짓을 해서든 당신을 붙잡아 다시 내 곁으로 데려올 거였어."

그가 두 손으로 유정의 얼굴을 감싸 쥐고 저에게만 시선을 고정하게 했다. 눈물이 번진 그의 눈이 강렬하게 타오르고 있었다.

"내가 가진 게 부족해서 떠났다면, 당신이 나를 탐내도록 넘치게 만들어서 내 옆에 있게 할 작정이었다고."

"……."

유정의 이리저리 흔들리는 눈도 희건처럼 붉어져 있었다.

"몇 년이 걸리든 그렇게 할 거였어. 그러니까, 당신 생각은 틀렸어."

유정의 눈에 눈물이 차오르고 작은 턱이 가늘게 떨렸다. 그 눈을 보는 희건의 충혈된 눈에서 먼저 눈물이 흘러내렸다.

"난 내가 사랑하는 여자는 죽어도 놓치지 않아. 그걸 왜 모르지?"

"……흑."

유정의 얼굴이 일그러지며 눈물이 뺨을 타고 흘러내렸다. 그녀의 눈물을 엄지로 닦아 내며 희건이 뜨겁게 토해 내듯 말했다.

"이제 안 속아 넘어가 줄 거니까 다신 내게서 떠날 생각 하지 마."

짓눌린 목소리가 꽉 잠긴 듯 흘러나왔다.

"절대 안 놔준단 말이야. 알아들어?"

이글거리는 눈으로 말한 희건이 유정의 입술을 머금었다. 눈물로 젖어 든 입술을 빨아냈다가 놔준 희건이 다시 그녀의 시선을 포박했다.

"사랑해. 성유정."

"……흐윽."

그의 뜨거운 고백에 유정이 결국 울음을 터뜨렸다. 그가 다시 키스하자 그녀의 서러운 울음이 희건의 입술 안으로 삼켜졌다. 흐느끼는 유정을 두 팔로 단단히 안은 희건이 진하게 키스했다. 그녀도 두 팔로 그의 목을 감쌌다.

매달리듯 안긴 유정을 희건이 더 꽉 끌어안으며 깊은 숨을 토해 냈다.

"……겨우 잡았네."

이제야. 유정의 귓가에 젖은 희건의 절절한 목소리가 깊은 한숨과 함께 흘러 들어왔다.

"이젠 놓치지 않아. 성유정."

희건의 방으로 들어오자마자 그가 유정에게 키스를 퍼부었다.

"하읍."

쿵!

강한 힘에 떠밀린 유정의 등이 문에 부딪혔다. 그가 숨 쉴 틈도 없이 사납게 키스했다. 입술이 맞물리고 물컹한 혀가 엉켜들었다 풀려날 때마다 짜릿한 감각이 유정의 몸을 뒤흔들었다.

"하아, 하. 희, 희건 씨……."

겨우 입술이 풀려난 유정이 가쁘게 숨을 몰아쉬었다. 희건이 그녀의 귓불을 삼키고 빨자 유정이 어깨를 움츠렸다.

"읏."

그녀의 귓속으로 거친 숨결을 흘리며 희건이 말했다.

"이 방에 당신을 다시 데려오기까지 이렇게 오래 걸리다니."

"아……."

욕망으로 짙게 물든 목소리가 예민한 귀를 자극하자 유정이 희건의 재킷을 잡고 헐떡였다.

"갈증으로 죽을 뻔했잖아."

"흐읏."

희건이 거침없이 유정의 셔츠를 두 손으로 움켜잡고 그대로 잡아당겼다.

툭! 투둑! 강한 힘에 단추가 사방으로 튀어 오르고 셔츠 사이가 넓게 벌어졌다. 그 사이로 탱글하게 드러난 새하얀 젖가슴으로 곧장 고개를 숙인 희건이 입술을 벌려 삼켰다.

"아……!"

짜릿한 쾌감이 느껴지자 유정이 몸을 떨었다. 희건이 브래지어를 거칠게 밀어 올리며 출렁 빠져나온 젖가슴을 거머쥐었다. 그가 낮게 헐떡이며 뜨거운 입술로 툭 불거진 유두를 삼키고 강하게 빨아올렸다.

"하웃, 웃⋯⋯."

동그랗게 곤두선 젖꼭지가 축축한 혀에 휘감긴 채 빨리는 감각에 유정이 흠칫거렸다. 타액으로 번진 새하얀 살결이 번들거리게 될수록 자극이 강해졌다.

"매일 잠들 때마다 여기서 당신의 신음을 떠올리게 되는 기분을 알아?"

"그, 그건⋯⋯흣."

희건이 유정의 젖가슴을 빨며 여유 없는 몸짓으로 다른 손을 그녀의 긴 스커트 안으로 집어넣었다. 순식간에 허벅지를 타고 오른 손이 탄력적인 엉덩이를 꽉 움켜쥐었다.

"아흣!"

강한 손아귀 힘에 유정이 신음을 터뜨렸다. 희건이 그녀의 탱탱한 엉덩이에서부터 얇은 팬티를 거칠게 끌어 내렸다. 그 움직임에 휘청인 유정의 몸을 단단히 잡아 지탱한 그가 거친 숨을 몰아쉬며 유정의 날씬한 다리를 잡아 올렸다.

"괴로워서 떨치려 해도 밤새 내 귓가에서 점점 더 선명해졌어."

문에 등을 기댄 채 한쪽 다리로 서게 된 유정이 두 손으로 희건의 재킷을 움켜잡았다.

"그럴 때마다 꿈에서도 당신을 안는 꿈을 꿨어."

하아, 하아.

마치 죽을 것처럼 숨이 차서 서로의 입술에서 다급한 숨결이 흘러나왔다. 희건이 고개를 들자 애절하게 충혈된 눈이 그녀에게 박혔다.

"깨고 나면 지독히 공허한 꿈을."

희건이 이글거리는 눈으로 유정을 보며 얼굴을 바짝 가져갔다.

"이게 꿈이 아니라고 말해. 이 입술로."

유정이 눈물을 삼키며 입을 열었다.

"꿈이 아니에요."

유정이 손을 뻗어 희건의 뺨을 조심스럽게 어루만졌다.

"난 당신 옆에 있어요."

"……."

희건의 눈가가 붉어졌다. 눈도 깜빡이지 않고 그녀를 응시하는 눈길이 집요했다.

"나도 항상…… 이 자리로 돌아오고 싶었어요. 당신 옆에."

그녀의 말에 희건의 눈에서 사나운 불꽃이 튀겼다.

"……성유정."

짓눌린 듯한 음성을 내뱉으며 희건이 그녀의 들어 올린 다리를 꽉 움켜잡았다. 그러고는 거침없이 깊숙한 곳까지 단번에 밀고 들어갔다.

"아……!"

유정의 고개가 젖혀지며 여리고 하얀 목에 푸른 핏대가 돋았다. 그 목에 이를 박으며 희건이 야수처럼 움직였다.

"넌 내 여자야."

소유욕으로 짙게 물든 목소리가 거친 움직임과 섞여 들었다.

"흐, 읏, 아앗!"

유정의 몸이 아래위로 뒤흔들렸다. 좁은 속살에 쑤셔 넣기 버거울 정도로 거대하게 발기한 검붉은 페니스가 음란한 소리를 내며 질퍽하게 짓쳐 들어갔다. 흠뻑 젖은 유정의 내부가 무자비하게 쑤셔 들어오는 근육 덩어리를 힘껏 조였다.

무섭게 밀고 들어오는 힘에 버거우면서도 유정은 온전히 그를 느끼고자 필사적으로 받아 냈다.

쿵, 쿵.

유정의 등이 문에 부딪히는 소리가 밖의 사용인에게 들릴 수 있을 거라는 생각도 들지 않았다. 아래에서 치받는 뜨거움이 희건의 마음을 대변하는 것 같았다. 이렇게나 너를 갖고 싶었다고, 이렇게나 너를 원한다고 온몸으로 말하고 있는 것 같았다.

"희, 희건 씨! 아읏! 아……!"

더는 아무 생각도 들지 않을 만큼 강렬한 자극이 그녀를 엉망으로 들쑤셔 댔다. 눈물이 차오른 유정의 눈이 흐릿해져 있었다. 열락에 잠식된 유정의 얼굴을 바로 앞에서 노려보며 희건이 미간을 일그러뜨렸다.

"미치겠네."

낮게 내뱉은 희건이 유정의 입술을 사납게 삼켰다.

"하읍……!"

그녀의 숨결을 빼앗으며 희건이 유정의 엉덩이를 거머쥐었다. 두 다리가 공중에서 한껏 벌어지며 흉포한 페니스가 격렬하게 쑤셔 들기 시작했다.

"으읍! 아! 아흡! 읍……!"

격정적인 치받침에 유정의 입술이 풀려날 때마다 신음이 터져 나왔다. 그녀의 입술을 집요하게 빨며 희건이 활짝 벌린 다리 사이로 굵게 휘어 올라간 페니스를 거칠게 찔러 넣었다. 점점 빨라지는 움직임에 세차게 마찰하는 살에서 체액이 사방으로 튀며 서로의 몸을 적셨다.

"아으읍……!"

입술이 삼켜진 채 유정의 가느다란 목에 푸른 힘줄이 곤두섰다. 절정으로 강하게 수축하는 안쪽 진동에 희건에게서도 낮은 헐떡임이 흘러나왔다.

쾌감에 흠칫거리는 유정의 안에서 깊이 박혀 있는 두터운 페니스를 빼내자 빈틈없이 맞물려 있던 공간이 벌어지며 미끈한 애액이 길게 새어 나왔다.

희건이 유정의 몸을 잡고 뒤돌렸다.

"아……."

유정이 휘청이며 몸을 돌리자 그에게 등을 보이고 선 자세가 됐다.

"다 젖겠는데."

희건이 탁하게 물든 목소리로 말하며 그녀의 스커트를 엉덩이 위까지 말아 올렸다.

아, 다리가…….

그 은밀하고 자극적인 말에 유정의 다리 안쪽이 강하게 조여들었다. 덜덜 떨리는 가느다란 다리로 버티고 선 유정의 뒤에서 희건이 그녀의 엉덩이를 두 손으로 거머쥐었다.

"훗."

양쪽으로 벌어지는 힘의 자극으로 유정이 문을 짚은 채 헐떡였다.

"사랑한다고 말해."

뒤에서 들리는 욕망으로 물든 허스키한 목소리에 유정이 더운 숨을 몰아쉬며 말했다.

"사랑해요. 희건, 씨……."

희건이 가슴을 들썩이며 거친 숨을 뱉어 내곤 핏대가 울퉁불퉁하게 곤두선 페니스를 그녀의 속살 안으로 사납게 쑤셔 넣었다.

"아아……! 더, 더는……!"

탄력적인 엉덩이를 양쪽으로 한껏 벌리며 더 깊이 박혀 드는 욕망에 유정이 까치발을 든 채 고개를 저어 댔다. 숨을 쉴 수 없을 정도로 깊은 곳까지 치받은 페니스가 안에서 더욱 빳빳하게 발기하는 게 느껴졌다.

"흐웃……아! 아앗! 흣!"

미친 듯이 박혀 드는 힘에 유정의 몸이 앞뒤로 요란하게 흔들렸다. 아주 깊숙한 곳까지 침입한 그가 뒤에서 손을 뻗어 유정의 젖가슴을 움켜쥐었다. 터질 듯 팽팽해진 젖꼭지를 손가락 사이로 꽉 잡은 그가 다른 손을 내려 그녀의 클리토리스를 잡아 세게 비틀었다.

"하으웃……!"

양쪽 쾌락의 중추를 동시에 자극당한 유정이 비명 같은 신음을 터뜨렸다. 그 상태로 페니스를 사정없이 뒤에서 박아 넣자 유정은 버티지 못했다.

절정의 끔찍한 쾌감 속에 무너지는 유정의 몸을 붙잡고 수축하는 뜨거운 속살 안으로 희건이 강하게 쑤셔 올렸다.

"……아, 안 돼. 흐, 웃, 지, 지금은……!"

열락에 진저리 치며 헐떡이는 유정의 귓가에 대고 희건이 낮게 말했다.

"오늘 밤 몇 번이든 널 안을 거야."

"으, 앗, 아, 아앗!"

무섭게 빨라지는 속도에 유정의 몸이 통제를 벗어나 쾌락으로 뒤흔들리기 시작했다.

"각오해. 성유정."

희건의 욕망 어린 음성이 격렬한 움직임과 함께 흘러나왔다. 그 목소리를 들으며 유정은 아찔한 희열 속에 눈을 감았다.

※ ※ ※

유정은 직원들과 함께 점심 식사를 한 후 바로 옆 건물 백화점을 찾았다.

"여긴 왜 온 거예요?"

직원의 질문에 유정이 웃으며 말했다.

"참고할 만한 사항이 있어서요."

"아아. 요즘 백화점 건물 잘 짓긴 하죠."

직원들이 끄덕이며 다시 물었다.

"그런데 뭘 참고해야 하는 건데요?"

"한번 찾아봐요."

"아, 퀴즈인가요? 그렇다면……."

승부욕이 돋은 직원들이 주변을 살피기 시작했다. 그 모습을 본 유정이 입술 끝을 끌어 올리고 미소 지었다.

"어? 대표님, 여긴……?"

명품 매장으로 간 유정은 함께 간 직원들에게 말했다.

"마음에 드는 걸로 하나씩 골라요."

유정의 말에 직원들의 눈이 커졌다.

"네? 정말요?"

"그래도 돼요?"

믿기 어렵다는 듯 되묻는 그들에게 유정이 잔잔한 미소로 말했다.

"물론 현금이 더 좋다는 분들을 위해 프로젝트 끝나면 두둑한 보너스도 지급할 예정이랍니다."

"와, 정말…… 감사합니다!!"

직원들의 시선이 빠르게 신상품 진열대로 향하는데 미소 짓고 있던 유정이 멈칫했다.

저 사람은?

유정이 매장 바깥의 누군가를 보고 있자 직원이 물었다.

"대표님 왜요? 아는 분 계세요?"

"아, 아니에요."

대답한 유정이 고개를 돌렸다가 다시 그쪽을 돌아봤다.

"……"

유심히 쳐다보는 유정의 눈이 가늘어졌다.

직원들과 백화점 지하 주차장으로 향하던 유정이 누군가의 전화를 받았다.

"아, 안녕하세요."

누군가와 통화한 유정이 알겠다고 대답하고 전화를 끊었다. 그러고는 직원들을 향해 말했다.

"들렀다 갈 데가 있으니 먼저 회사 들어가요."

"알겠습니다."

"대표님, 너무 감사드려요!"

"저도요!"

저마다 쇼핑백을 흔들어 보이며 고개를 숙이는 직원들에게 미소 지은 유정이 자신의 차로 향했다.

　잠시 후, 유정은 카페에서 재진과 마주 앉아 있었다.
　"잘 지내셨어요."
　유정의 말에 재진이 가벼이 웃으며 대답했다.
　"전 잘 지냈어요. 성 대표님은 일이 많았겠네요. 장례식장엔 다
녀오셨죠?"
　유정이 고개를 끄덕였다.
　"네. 들어가진 못했지만요."
　"그렇군요."
　재진이 옅게 미소 지었다.
　"……."
　두 사람 사이에 잠시 침묵이 흘렀다. 재진이 고백한 날 이후로
처음 보는 거였다. 조용히 있던 재진이 커피 잔에서 시선을 들어
올렸다.
　"그날 일로 포기를 해야 되는데 아무래도 확실히 듣기 전엔 포
기가 되지 않아서요."
　그의 말을 들은 유정이 담담한 어조로 말했다.
　"포기하세요. 이사님."
　잠시 그녀를 보던 재진이 흐리게 웃었다.
　"전혀 여지를 안 주시네요."
　"전 이사님이 생각하시는 쪽으론 여지를 준 적은 없다고 생각하
는데요."
　유정이 흔들림 없이 재진을 바라봤다. 그 눈에 일말의 기대를 할
수 없다는 걸 재진은 알고 있었다.

"그건 성 대표님 말이 맞아요. 제가 혼자서 좀 자신했었나 봐요."

차희건와 유정이 함께 있는 모습을 본 뒤 진작 포기했어야 됐는데 그러지 못했다. 그건 순전히 자신의 욕심이었다. 씁쓸한 얼굴로 테이블 위를 응시한 재진이 유정을 바라봤다.

"차희건 상무님과 다시 시작하시는 건가요?"

"네."

유정이 조용히 대답했다.

그녀의 대답에 재진이 조용히 무언가 생각하는 듯하다 입을 열었다.

"저 사실, 대표님께 고백할 게 있어요."

"뭔데요?"

유정이 재진을 보며 묻자 그가 조심스럽게 말했다.

"사실은 저도…… 영국에서 이혼한 여자가 있거든요."

처음 듣는 말에 유정이 눈을 깜빡였다.

"부모님과 가족은 알고 있지만 유학 시절 어린 나이에 한 결혼이라, 바깥에다간 쉬쉬했어요."

"……그랬군요."

유정이 고개를 끄덕였다. 그래서 다들 연재진이 싱글이라고 알고 있는 듯했다. 특별한 일은 아니라 생각하고 있는데 재진이 씁쓸한 미소로 말했다.

"이혼을 당당히 말하는 성 대표님이 대단하다고 생각하면서도 그러지 못했어요. 비겁하게 속여서 미안해요."

유정이 고개를 저었다.

"아니에요. 이사님 개인사인데요."

"그래도 같은 입장에서 나만 숨기고 있다는 게 늘 떳떳치 못한 기분이었거든요. 말해서 좀 후련해졌네요."

재진의 표정은 정말 한결 후련해 보였다. 숨기고 있다는 사실이 그의 마음에 지금까지 죄책감을 준 모양이었다.

"그럼 다행이고요. 이젠 숨기지 말고, 이사님도 좋은 분 만나시길 바랄게요."

"네. 대표님도 행복하길 바라겠습니다."

남은 미련을 떨쳐 내며 재진이 미소 지었다.

※ ※ ※

차 회장의 집무실에 차 회장의 변호사단과 범훈, 그리고 희건이 앉아 있었다.

"어서 시작하시죠."

범훈이 상속 변호사에게 채근했다. 눈을 번들이며 앉아 있는 범훈의 맞은편에 희건은 조용히 앉아 있었다.

"회장님의 유언에 따라 상속 지분을 발표하겠습니다."

범훈이 상체를 바짝 내밀고 기대감에 찬 시선으로 상속 변호사를 바라봤다.

"회사 주식을 포함한 저택 지분, 그리고 토지와 모든 건물의 권리를 아들 차희건에게 상속한다."

"뭐, 뭣……?!"

범훈이 눈을 크게 뜨고 벌떡 일어났다.

"모든 지분을 차희건에게 상속한다니, 그게 말이 됩니까!"

범훈이 흥분한 얼굴로 상속 변호인에게 다가갔다.

"회장님께서 육성으로도 남기신 사항으로서……."

"이리 내 봐!"

붉게 달아오른 범훈이 유언장을 빼앗았다.

"……!"

방금 들은 내용이 맞다는 걸 확인한 범훈의 눈이 이리저리 흔들렸다.

"이건 말도 안 돼! 다 거짓말이야!"

찌지직!

범훈이 고함을 치며 유서를 찢어발기자 변호인단이 인상을 찌푸렸다. 상속 변호사의 멱살을 낚아챈 범훈이 흥분한 얼굴로 소리쳤다.

"당신들 저 차희건과 짜고 지금 나 물 먹이는 거지? 그렇지!"

"뭐 하는 겁니까?"

변호사가 경멸이 담긴 눈으로 범훈을 쳐다봤다.

"내가 모를 줄 알아! 저 희건이 새끼가 내 거까지 다 처먹을라고 돈으로 당신들 다 구워삶은 거잖아!"

"말 함부로 하면 고소감입니다. 그만 좀 해요."

멱살 잡힌 상속 변호사가 정색하고 언성을 높이는데 집무실 문이 벌컥 열렸다.

"!"

자신이 접대하던 서울중앙지검 차장이 등장하자 범훈이 흠칫 놀랐다.

"아, 아니 박 차장이 여긴 왜……."

희건도 차장을 보고 눈을 크게 뜨고 자리에서 일어섰다.

"박태웅."

그는 그의 고등학교 친구였던 박태웅이었다. 검사가 되고 싶다던 그가 꿈을 이루어 나타나자 희건이 놀란 눈으로 보고 있는데 태웅이 범훈에게 말했다.

"차범훈 씨는 지금 상속이 중요한 게 아닌 것 같군요."

"그게 무슨 말…… 어? 당신들 뭐야!"

태웅의 뒤에서 사람들이 들어오더니 범훈을 양쪽에서 포박했다. 당황하는 범훈을 보며 태웅이 말했다.

"차범훈 당신이 지은 불법 범죄와 비리가 너무 많아서 이 자리에서 나열하긴 힘들 것 같습니다. 수사실에서 따로 설명하죠."

"뭐?!"

눈이 휘둥그레진 범훈을 양쪽에서 붙잡은 사람들이 끌고 나가기 시작했다.

"이거 놔! 안 놔?!"

범훈이 반항했지만 속수무책이었다. 얼굴이 시뻘게진 채 끌려나가며 범훈이 고함을 질러 댔다.

"박 차장 너 이러고도 무사할 줄 알아! 내가 너한테 먹인 돈이 얼만데 지금……!"

"당신이 청탁을 위해 넘긴 모든 것들이 다 범죄의 증거가 됐다는 걸 설명해야 알겠습니까?"

싸늘한 태웅의 말에 범훈의 입이 크게 벌어졌다.

"뭐, 뭣……."

"어서 데리고 가."

"네!"

얼굴이 창백해진 채 말을 잇지 못하는 범훈이 바깥으로 끌려 나갔다.

그제야 태웅의 시선이 희건에게 닿았다. 그를 보고 있던 희건은 태웅과 눈이 마주치는 순간 당혹스러운 표정을 지었다. 자신이 찾아갔을 때 기겁을 하던 태웅의 모습이 떠올랐기 때문이었다.

희건이 아무 말도 하지 못하고 쳐다만 보는데 그에게 다가온 태웅이 먼저 입을 열었다.

"오랜만이다. 차희건."

태웅이 희건을 보며 밝게 웃었다.

태웅은 희건의 집무실에 마주 앉았다. 태웅이 미소를 지은 얼굴로 말했다.

"네가 넘겨준 파일 잘 받았다. 내가 모은 걸로는 풀리지 않는 부분이 있었는데, 덕분에 차범훈의 범죄 행각이 완벽히 드러나게 됐어. 고맙다."

"……."

희건이 말없이 태웅을 보다가 낮게 한숨을 내쉬었다.

"너인 줄 알고 준 건 아니었어."

"그래. 그랬겠지."

과거와 똑같은 서글서글한 웃음을 짓고 있는 태웅의 얼굴을 희건이 가만히 응시했다.

"검사가 됐구나."

"내 꿈이라고 했잖아."

"……그 일로 힘들게 된 줄 알았으니까."

희건이 어두운 얼굴로 낮게 말하자 태웅이 숨을 크게 들이켰다가 어깨를 들썩이며 내쉬었다.

"후우."

갈등 어린 표정을 지은 태웅이 가슴 위에서 팔짱을 끼었다. 한쪽 눈썹을 휘어 올린 그가 결심한 듯 희건을 바라봤다.

　"회장님도 돌아가셨으니 이제 말해도 될 거 같다. 그때 사실, 회장님이 우리 집 도와주셨어."

　"뭐?"

　희건의 눈썹이 꿈틀거렸다.

　"너한테는 비밀로 하는 조건이었지만……."

　태웅이 희건의 얼굴을 미안한 표정으로 힐긋 쳐다보곤 말을 이었다.

　"그때 안 건데 우리 부모님이 큰 사기를 당하셨더라고. 그걸 너랑 가까이 지내는 나를 조사하다가 회장님이 알게 되신 모양이야."

　희건은 굳은 얼굴로 차 회장과의 대화를 떠올렸다.

　'네 친구가 검사가 되지 못해도 좋으냐?'

　'네가 내 말을 들으면 네 친구에겐 아무 일도 일어나지 않을 거다.'

　그 말은…… 태웅의 집이 사기를 당한 걸 알고 했던 말인가?

　차 회장이 태웅의 집을 망치게 하려는 게 아닌 다른 의미로 생각해 본 적이 없기 때문에 희건의 눈에 혼란이 어렸다. 그런 희건의 표정을 보며 태웅이 씁쓸하게 말했다.

　"회장님 덕분에 염치없게 위기를 모면하게 됐는데…… 미안하다. 넌 계속 죄책감 속에 살았을 텐데 우리 부모님을 위해서라도 내가 너에게 비밀로 하는 약속을 지켜야 했어."

　태웅이 희건에게 고개를 숙였다.

"……."

고개 숙인 태웅을 보며 복잡한 표정을 짓고 있던 희건이 낮게 말했다.

"미안할 거 없어. 네가 원하던 꿈을 이루는 게 내가 바라던 거였으니까."

태웅이 고개를 들었다.

"고맙다. 차희건."

안도한 미소를 지은 태웅이 몸을 일으켰다.

"우선 차범훈 수사 건 때문에 들어가 봐야 해. 내가 나중에 연락을……."

시계를 확인하며 말한 태웅이 생각났다는 듯 희건을 쳐다봤다.

"아, 회장님 돌아가시기 전에 내가 차범훈의 불법 행위에 대해 알렸어."

희건이 한쪽 눈썹을 휘어 올리자 태웅이 뿌듯한 얼굴로 설명했다.

"그 직후 회장님이 유서와 상속 부분 수정하신 걸로 알아. 그래서 아까 차범훈이 땡전 한 푼 상속 못 받은 거다."

"……그랬나."

"다행이었지. 안 그랬으면 차범훈이 상속받은 것으로 또 무슨 짓을 저지를지 알아. 아, 하긴 그랬더라도 네가 가만히 있진 않았겠지만."

태웅이 새삼스러운 눈으로 희건을 쳐다봤다.

"너 아주 치밀한 성격이더라? 이번에 검찰에 넘긴 자료들 보니까 아주 공들여서 오랫동안 불법 증거들 모아 왔던데."

"결정적인 청탁 증거를 잡은 건 너잖아."

희건의 말에 태웅이 민망한 듯 머리를 긁적였다.

"그거보다는……."

태웅이 희건을 보며 씩 웃었다.

"사실 차범훈이 나에게 먼저 접근했을 때 다행이라고 생각했어. 차 회장님께도, 네게도 빚을 갚을 기회라고 생각했으니까."

"……."

희건이 말없이 태웅을 응시했다. 다시 시계를 확인한 태웅이 몸을 돌렸다.

"간다. 연락할 테니 이제 종종 만나서 술 한잔해."

"그래."

희건의 대답에 태웅이 더 밝아진 얼굴로 문을 열고 나갔다.

문이 닫힌 뒤 희건은 창 쪽을 향해 섰다.

"……."

그가 빌딩 숲을 응시하며 생각에 잠겼다. 잠시 그러고 있던 그가 휴대폰을 들었다.

- 네. 상무님.

한 실장이 정중히 전화를 받았다. 그녀는 희건의 요청으로 여전히 그의 저택을 담당하고 있었다. 희건이 창밖에 시선을 둔 채 말했다.

"묻고 싶은 게 있습니다."

※ ※ ※

서울시 행정2부시장인 이영춘이 고급 식당의 프라이빗 룸으로 들어섰다. 안에 앉아 있던 윤아가 이 부시장을 보고 일어섰다.

"안녕하세요."

"아, 안녕하세요."

이 부시장은 의아한 표정을 지으며 인사했다. 그 얼굴을 보며 윤 아는 생글거리는 미소를 지었다.

"우선 앉으세요. 부시장님."

"아, 네."

이 부시장이 자리에 앉자 윤아가 말했다.

"아버지 통해 연락드렸는데, 아시죠?"

"아, 네. 압니다만…… 그런데 무슨 일로 만나자고 하신 겁니 까?"

이 부시장이 안경을 추켜올리며 물었다. 윤아는 웃음기 어린 얼 굴로 그를 바라봤다.

"지금 서울시에서 도시의 샘 성유정 대표와 진행하고 있는 프로 젝트 있죠?"

"네. 그런데 그건 왜……."

이 부시장이 의아하게 묻는데 윤아가 곧장 말했다.

"거기서 성유정 대표를 빼 주세요."

"성 대표님 말입니까?"

이 부시장이 눈을 크게 떴다.

"네."

당황해서 쳐다보고 있던 이 부시장이 난색을 표했다.

"그건 이미 시에서 지정한 사업이라 곤란합니다."

"알아보니 지금까지 이런 사업에서 중도 하차한 업체도 꽤 되던 데요?"

"그거야 업체 비리나 문제가 밝혀져서 그렇게 된 케이스고 성유정 씨는 지금까지 사업을 진행하는 데 아무 문제가 없습니다."

"아하, 그렇구나."

고개를 크게 주억거린 윤아가 테이블 아래 소파 위로 손을 내렸다.

달칵.

"!"

현찰이 담긴 가방을 열어 보이자 이 부시장의 눈이 확 커졌다. 그 눈을 보며 윤아가 애교 있게 웃었다.

"제가 이 정도 준비도 없이 왔겠어요?"

※ ※ ※

퇴근한 뒤의 차 안에서 희건은 표정이 가라앉아 있었다. 그는 낮에 했던 한 실장과의 통화를 떠올렸다.

'그때 회장님께서 박태웅 씨의 집을 조사하셨던 건 사실입니다. 그 과정에서 사기를 당한 정황도 알게 되셨던 걸로 압니다.'

'그럼 제가 오해하고 있는 걸 알면서 일부러 그냥 두셨다는 말입니까?'

'네. 어쨌든 당시 회장님께선 상무님이 박태웅 씨를 정리하길 바라셨기 때문에, 상무님이 그렇게 알고 계신 게 나을 거라 판단하셨던 것 같습니다.'

'……'

'나중에 조금 후회는 하셨습니다. 그렇게까지 하신 것에 대해서는.'

'아버지가 박태웅의 집을 도와주신 건 사실이군요.'

'맞습니다.'

희건의 눈이 깊이 침잠했다. 그 뒤 한 실장은 희건의 배다른 형제인 장남 차남일로 인해 차 회장이 후회했다는 말도 했다. 차남일을 나약하게 만든 것에 대한 후회로 희건을 과도할 정도로 강하게 키우려 했고 주변을 통제하려 했다는 말이었다.

'네 잘못이 아니다. 다 널 강하게 키우려던 내 탓⋯⋯.'

아버지가 죽기 전에 했던 후회가 결국 그런 의미에서였던가.

여러 가지 의미가 담긴 뜻이었겠지만, 결국 차 회장의 후회는 그런 의미가 가장 큰 것 같았다. 오늘 태웅을 만났던 일로 희건은 그의 마음속에서 태웅에 대한 오래된 죄책감이 지워졌다. 다만 차 회장에 대한 미안함은 더 커졌다. 행여 차 회장이 자초한 일이더라도.

"살아 계실 때, 말씀하셨어야죠."

희건이 낮은 목소리로 중얼거리고는 긴 숨을 내쉬었다. 그때 차가 멈췄다.

"도착했습니다."

운전 비서의 말에 희건이 고개를 들었다. 창밖에 유정의 회사 건물이 보였다. 차에서 내린 희건은 곧장 그녀의 회사로 향했다.

요즘 매일 퇴근 뒤 오고 있어서 지문 인식을 해 놓은 터였다. 보안 인증을 한 희건이 사무실 안으로 들어섰다.

'다들 퇴근한 건가.'

사무실엔 아무도 없었다. 손목시계를 확인하니 밤 9시가 다 되어갔다.

시간이 늦었긴 하군.

희건이 고개를 돌리는데 대표실 안에 유정이 있는 게 보였다. 대표실의 두 면이 통유리로 되어 있어 밖에서도 안이 보였다. 블라인드가 내려온 사이로 보이는 유정은 일에 집중해 있는 모습이었다.

"……."

희건은 가만히 서서 그녀를 바라봤다. 머리를 하나로 틀어 올리고 안경을 낀 채 모니터와 자료를 번갈아 보고 있는 유정은 무척 진지해 보였다. 아무도 없는 회사에 혼자 남아 저렇게 열정적으로 일한 노력이, 이 회사를 빠른 속도로 성장시킨 저력이라는 게 느껴졌다.

시간이 흐르는지도 모르고 희건은 유정을 보고 있었다.

그때 문득 유정의 시선이 이쪽으로 향했다.

"어?"

놀란 눈을 깜빡거리던 유정이 곧바로 일어섰다. 대표실을 빠르게 나온 그녀가 희건 앞으로 다가왔다.

"왔으면 들어오지 거기서 뭐 하고 있어요?"

유정이 의아하게 묻는 말에 희건이 미소를 지었다.

"일에 열중한 여자가 이렇게 매혹적인 줄은 처음 알았는데."

"아……."

그의 낮은 목소리에 유정이 살짝 민망한 표정을 지었다.

"잠깐만 기다려요. 마무리만 하고 나올……."

몸을 돌리는 유정의 팔을 희건이 잡았다. 그대로 그가 자신 쪽으로 끌어당기자 유정의 눈이 다시 커다래졌다.

"희건 씨?"

놀란 유정을 희건이 강한 팔 힘으로 높이 안아 올렸다. 그러고는 곧장 대표실로 걸어갔다.

"누가 보면……."

유정이 당황한 얼굴로 말하는데 희건이 제 목소리를 그 위에 겹쳤다.

"지금 사무실에 아무도 없는데 누가 봅니까."

유정을 안고 대표실로 걸어간 희건이 책상 위에 그녀를 내려놨다.

차르륵-

리모컨을 누르자 열려 있던 블라인드 부분이 다 닫혔다. 그걸 본 유정이 침을 삼키고 희건을 쳐다봤다. 희건이 그녀를 책상 위에 앉힌 채 두 팔로 양옆을 짚고 매혹적인 시선으로 그녀를 보고 있었다.

입술을 달싹이던 유정이 말했다.

"지금…… 설마…… 그런 생각하는 거 아니죠?"

"무슨 생각?"

낮은 음성으로 말하며 그가 얼굴을 더 가까이 가져갔다. 희건의 수려한 얼굴이 바짝 다가오자 유정은 긴장으로 심장이 쿵쿵 뛰어 댔다.

"아…… 그러니까……."

유정이 뭐라 말을 하지 못하고 눈을 굴리는데 희건이 손을 들어 그녀의 안경을 빼냈다. 달칵. 안경을 책상 위에 올린 그가 다시 시선을 맞추고 유정을 응시했다.

"그러니까?"

얼굴과 얼굴 사이를 가리고 있던 것이 사라지자 희건이 입술을 삼킬 듯 가까이 고개를 기울였다.

"설마 아무도 없는 사무실에서…… 그런…… 걸 하려는 생각 은……."

"그런 게 뭔데. 성유정."

희건이 탁하게 물든 목소리로 말하자 입술이 살짝 닿았다 떨어 졌다.

하…….

야릇한 감각에 유정이 침을 꿀꺽 삼키고 숨을 내쉬었다. 장밋빛 으로 물든 그녀의 얼굴을 가만히 보며 희건이 말했다.

"사무실에서 키스하면 안 됩니까?"

"아, 키스……는……."

키스하려던 거였어?

혼자 야한 생각을 한 거 같아 유정의 눈에 당황이 어렸다. 그 얼 굴을 살짝 들어 올린 희건이 입술을 겹쳤다.

"하, 음……."

야릇하게 입술이 벌어지며 촉촉한 혀가 엉켜들었다. 순간 유정 은 아랫배 깊숙한 곳이 조여드는 느낌이 들었다. 희건이 타액을 삼 키며 진하게 키스하자 유정의 숨결이 점차 거칠어졌다.

"아……."

달짝지근한 소리와 함께 입술이 떨어지고 난 뒤, 희건이 그녀의 턱을 잡은 채 흐려진 눈을 내려다봤다.

"역시 키스만으론 안 되겠는데."

"네? 앗……."

낮은 음성과 함께 희건이 유정의 셔츠 단추를 풀며 뜨거운 입술을 내렸다.

"잠깐, 만요. 희건⋯⋯씨."

목덜미에서부터 쇄골 아래까지 느릿하게 훑어 나가는 입술의 감촉에 유정이 헐떡였다.

여긴 회산데⋯⋯.

안 된다고 해야 하는데 몸의 힘이 자꾸 풀리고 뜨거워졌다.

"읏."

어느새 그녀의 셔츠 단추가 완전히 풀려 있었다. 그 사이로 드러난 탄력적으로 흔들리는 젖가슴을 거머쥔 희건이 입술을 벌려 말캉한 살을 삼켰다.

"하읏⋯⋯!"

가슴의 정점과 동시에 크게 삼키는 뜨거운 입술에 유정의 허리가 곧추세워졌다. 순식간에 척추를 타고 오른 쾌감이 그의 입술이 빨고 있는 유두까지 저릿저릿하게 했다.

하, 하아. 양쪽 가슴이 타액으로 흥건히 젖어든 채 유정이 가쁜 숨을 내쉬었다. 헐떡이는 숨결에 따라 번들거리는 새하얀 젖가슴이 아찔하게 오르내렸다. 그때 희건의 입술이 더 아래로 내려갔다.

"희, 희건 씨?"

배 아래를 입술로 훑어 내려간 희건이 문득 아래에서 그녀를 올려다봤다.

아⋯⋯.

번들거리는 입술로 올려다보는 그의 얼굴이 유정의 가슴을 흥분으로 크게 부풀게 했다. 웃음기 없는 눈동자에 이글거리는 열기가 유정의 호흡을 흐트러뜨렸다. 그녀를 똑바로 올려다보며 희건이 바지 버클을 풀었다.

그가 두 손으로 바지와 속옷을 동시에 벗겨내자 날씬한 긴 다리가 환한 공간 아래 드러났다. 책상 위에 닿은 맨엉덩이를 움켜쥔 희건이 책상 끄트머리까지 잡아끌었다.

흠칫.

딱딱하고 차가운 바닥에서 쓸리는 감각에 유정이 몸을 떨었다.

희건이 어둡게 물든 눈으로 그녀를 내려다봤다.

벌어진 셔츠 사이로 그녀의 젖가슴이 헐떡이는 숨결에 맞춰 야하게 흔들리고 있었다. 그녀 앞에 몸을 낮춰 앉은 희건이 커다란 손으로 그녀의 두 무릎을 잡아 지그시 힘을 줬다.

자신의 벌어지는 다리와 그 바로 앞에 와있는 희건의 얼굴을 보며 유정이 마른침을 삼켰다.

"아, 안 되는데……."

"늦었습니다. 대표님."

희건이 그대로 유정의 넓게 무릎을 벌린 뒤 그 사이로 고개를 숙였다.

"하읏……!"

그의 입술이 도톰한 속살을 베어 무는 순간 유정의 온몸에 바짝 힘이 들어갔다. 뜨겁게 달아오른 피부를 적나라하게 빠는 입술이 야한 소리를 내기 시작했다.

"아, 안 돼……흐, 읏, 그, 그만요."

유정이 몸을 흠칫거리며 허벅지를 경련하듯 바들바들 떨었다. 그녀의 다리를 커다란 손으로 붙잡아 고정한 희건은 마음껏 그녀의 체향을 들이마셨다. 촉촉한 살덩이를 가볍게 물었다가 입술로 물고 집요하게 빨아 대자 유정의 입술이 크게 벌어졌다.

"아, 아……!"

책상 위에서 몸을 덜덜 떨던 그녀가 발가락 끝까지 힘을 주며 고개를 젖혔다.

"……흐읏!"

달콤한 샘이 그의 입술 안으로 왈칵 터져 나왔다. 남김없이 삼킨 그가 그녀를 놔주고 몸을 세웠다.

"더는 못 참겠군."

욕망으로 들끓는 눈동자로 똑바로 마주친 그가 허스키하게 잠긴 목소리를 냈다. 절정으로 헐떡이는 유정은 그의 강렬한 눈빛에 숨을 쉴 수가 없었다.

제 바지 버클을 푼 그가 유정의 다리 사이로 자리를 잡았다.

"끝까지 갈 생각은 아니었는데."

희건이 거친 숨을 몰아쉬며 유정의 다리를 넓게 벌렸다. 여유없는 동작으로 콘돔을 씌운 그가 그의 타액과 그녀의 체액으로 흥건하게 젖어 든 곳으로 잔뜩 성이 난 페니스를 거칠게 찔러 넣었다.

"아아……!"

유정의 입술이 크게 벌어지며 그의 넓은 어깨를 힘껏 껴안았다. 잔뜩 조여드는 안쪽 깊은 곳까지 짓쳐 드는 단단한 힘이 소름 끼치도록 강한 쾌감을 일으켰다.

"당신은 도무지 날 참지 못하게 만드니까."

"희, 희건 씨……!"

그가 야수처럼 으르렁거리며 거칠게 움직이기 시작했다. 연신 쑤셔드는 빳빳한 페니스가 좁은 속살을 파고들며 그녀를 쾌락의 불구덩이로 잡아끌었다.

"아읏! 앗!"

덜컹, 덜컹!

거대한 책상이 힘에 못 이겨 뒤흔들렸다.

유정의 흐릿한 시야에 그의 양 어깨 옆에서 흔들리는 제 하얀 다리가 보였다. 그 뒤로 보이는 배경이 회사 대표실인 것이 무척 이질적이었지만 더는 아무 생각을 할 수가 없었다.

오로지 희건이 주는 강렬한 쾌락만이 그녀를 뒤흔들고 있었다.

한참 뒤, 유정은 소파 위에서 희건의 몸 위에 누워 있었다.

하아, 하아.

유정은 그의 넓은 가슴에 얼굴을 댄 채 아직 가라앉지 않은 숨을 진정시키려 했다. 그녀의 하얀 등 위에 희건의 커다란 재킷이 덮여 있었다.

"너무 괴롭힌 거 같은데."

유정의 발갛게 물든 얼굴 위에 달라붙어 있는 머리칼을 떼어 주며 희건이 말했다.

"······좀 심했어요."

유정이 목이 잠겨 목소리가 잘 나오지 않아 슬며시 인상을 썼다.

아니 회사에서, 그것도 대표실에서 이렇게 오랜 시간 과격하게 하면······.

방금 전까지 있었던 일들이 떠오르자 유정은 얼굴이 붉어졌다.

"미안합니다. 내가 참질 못해서."

그렇게 말하면서도 희건의 손은 유정의 몸을 야릇하게 매만지고 있었다. 아직 욕망이 남은 듯한 그의 손길에 유정이 더운 숨을 내쉬며 말했다.

"미안하다면서 그 손은 뭔데요?"

"아직 믿기지 않아서."

그의 말에 유정이 찌푸렸던 미간을 폈다.

"네?"

희건이 재킷 안으로 그녀의 등을 천천히 쓸어내리며 낮게 말했다.

"당신이 내 품에 있다는 게 여전히 믿기지 않아서…… 계속 확인하려고 드는 것 같아."

"……"

유정이 말없이 가만히 있었다. 희건이 자신의 몸 위의 그녀를 두 팔로 단단히 안았다. 그러고는 다시 입을 열었다.

"매일 당신을 안아도 여전히 이게 꿈인 것 같을 때가 많아. 그래서 두려워."

"……뭐가 두려워요."

유정이 안긴 채 작게 물었다.

희건이 한동안 입을 다물었다가 탁하게 잠긴 목소리로 말했다.

"깨고 나면, 당신이 없는 빈 침대에 혼자 눈뜰 것 같아서."

희건의 입술에서 낮은 한숨이 흘러나왔다.

"아무리 강하게 끌어안아도 꿈에서 깨고 나면 늘 혼자였어. 당신이 없던 2년이란 시간 동안."

잠긴 듯한 목소리에 유정은 가슴이 아팠다. 입술을 달싹이던 그녀가 말했다.

"나도…… 당신 꿈을 꾼 날은 하루 종일 일이 손에 잡히지 않았어요."

그녀의 말을 이번엔 희건이 조용히 들었다.

"꿈에서 당신이 날 안아 줄 때면."

유정이 그의 가슴에 대고 있던 얼굴을 들었다. 그와 시선을 맞추자 희건의 눈이 짙게 물들어 있는 게 보였다. 그 눈을 응시하며 유정이 말을 이었다.

"나는 당신에게 몇 번이나 끊임없이 사랑한다고 말했어요."

"……"

"꿈속에서 숱하게 사랑한다고 했는데, 현실에선 한 번도 당신에게 사랑한다고 말한 적이 없었어."

유정의 눈이 붉어져 있었다.

"그래서 꿈에서 그렇게 말했나 봐. 당신을 사랑한다고."

유정이 희건의 뺨을 부드럽게 매만지며 말했다. 그가 그녀의 손 위에 제 손을 가져다 댔다.

"지금 해."

그녀의 손 위에 제 손을 겹친 희건이 뜨거운 눈동자로 유정을 보며 말했다.

"사랑한다고 말해. 지금."

열망으로 일렁이는 그의 짙은 눈동자를 유정이 가만히 바라보다 작게 웃었다.

"여러 번 했잖아요. 요즘."

"듣고 싶어. 어서."

희건이 낮게 재촉했다. 잠시 보고만 있던 유정이 미소를 머금은 입술로 속삭이듯 말했다.

"……사랑해요."

그녀의 고백에 희건의 가슴이 크게 들썩였다. 그의 눈이 어둡게 타올랐다.

"다시 말해 봐."

유정의 뒷머리를 끌어당기며 그가 속삭였다.

"사랑해요."

입술이 닿을 듯 가까운 거리에서 그녀가 말하자 희건이 유정의 입술을 삼켰다.

"으음……."

그가 유정의 뒷머리를 잡고 진하게 키스하기 시작했다. 젖은 입술이 야릇하게 얽혀 드는 소리가 조용한 대표실을 다시 울리고 있었다.

16

집 주차장에 차를 세운 윤아가 콧노래를 부르며 차에서 내렸다.

'이제 성유정이 프로젝트에서 잘려 나가는 꼴만 보면 되겠네?'

이 부시장이 그 돈을 받아 갔으니 청탁은 성공이었다. 그 뒤로 며칠이 지났으니 일은 진행되고 있을 터였다.

'훗.'

입꼬리를 말아 올리고 기분 좋은 미소를 짓고 있는데 뒤에서 목소리가 들렸다.

"이윤아 씨."

"!"

윤아의 눈앞에 갑자기 유정이 나타났다.

성유정이 여길 왜⋯⋯.

당황한 표정을 얼른 지운 윤아가 웃으며 인사했다.

"어머, 유정 씨. 여긴 어쩐 일이에요? 설마 나 만나러 여기까지⋯⋯."

"이윤아 씨는 제가 어지간히 싫은 모양이네요."

웃으며 다가가던 윤아가 유정의 싸늘한 말에 걸음을 멈췄다.

"네?"

윤아가 되묻는 말에 유정이 그녀를 가만히 쳐다보다가 핸드폰을 들어 올렸다.

"굳이 이런 수고까지 하다니 말이에요."

유정의 핸드폰에서 며칠 전 윤아가 부시장과 나눈 대화가 흘러나왔다.

- 그럼 이 부시장님만 믿고 있을게요. 성유정 꼭 빼 주셔야 되는 거 아시죠?

윤아의 눈이 확 커졌다.

저걸 어떻게…….

윤아가 놀란 표정으로 서 있는데 음성 파일을 끈 유정이 냉정하게 윤아를 쳐다봤다.

"워낙 청탁이 많아서 녹음은 일상이라고 하시던데요. 그때 부시장님께 건넨 돈이 고스란히 청탁의 증거가 될 거예요."

"……."

윤아가 창백해진 얼굴로 입술을 깨물었다. 낭패감에 젖은 윤아를 유정이 흔들림 없이 쳐다봤다.

얼마 전, 직원들과 백화점에 갔던 유정은 익숙한 얼굴을 보고 놀랐다.

'대표님 왜요? 아는 분 계세요?'

'아, 아니에요.'

그때 본 사람들은 윤아와 미란이었다. 사이좋게 백화점을 걷고 있는 그녀들을 보자 유정은 머릿속으로 몇 가지 기억들이 빠르게 스쳐 지나갔다.

차 회장의 저택에서 자신을 두고 불어로 말하던 미란과 지연의 대화 내용은 사실 유정도 다 알고 있었다. 알면서도 모른 척했을 뿐.

그중 한 장면이 떠올랐다.

'정말 웃기지도 않아. 호영이라니.'

'수준도 정도껏 떨어져야죠. 이윤아가 있는데 왜 이런 말도 안 되는 결혼을 시킨 건지.'

'그러니까. 이윤아가 얼마나 차희건이랑 결혼하고 싶어 하는데. 주변에서 다 알잖아. 좋겠네. 얼굴 반반한 거 하나로 세상 참 쉽게 살아.'

'저런 싸구려가 뭐가 부러워요? 엄연히 우리랑 급이 다른데.'

그 대화 내용이 떠오르자 고의 사고 건도 그렇고, 이상했던 일들이 하나의 그림으로 머릿속에서 꿰어 맞춰졌다.

'이윤아가 희건 씨를 좋아해서?'

그래서 지금껏 자신에게 접근했다고 생각하면 그 모든 이상한 것들이 납득이 됐다. 최근 접근해서 끊임없이 재진이나 다른 남자를 소개시켜 주려 한 것도.

그리고 조금 전, 표 실장에게서 심각한 목소리로 전화가 왔다.

'방금 부시장님께 파일 하나 받았는데 이거 유정 씨에게 전해 줘야

할 거 같아서요.'

그게 이 녹음 파일이었다.

유정이 윤아를 똑바로 노려보고 있자 잠시 고장 난 사람처럼 멈춰 있던 윤아가 재빨리 표정을 바꿔 웃어 보였다.

"오해예요. 유정 씨. 난 그거 유정 씨를 위해서 한 일인데, 모르겠어요?"

유정은 윤아의 말에 싸늘하게 웃었다.

"날 위해 내 사업을 망치려 했다는 말이 하고 싶은 거예요?"

"희건이와 얽혀 봐야 유정 씨 좋을 거 없잖아요. 다 잊고 사는 사람들끼리 자꾸 부딪혀 봐야 예전의 안 좋은 일만 떠오를 거고."

일부러 이혼을 들먹이는 윤아를 유정은 조용히 바라봤다. 그들이 다시 만나는 줄은 꿈에도 모르고 하는 소리였다.

유정이 말없이 보고 있자 윤아가 제 말이 통한 줄 알고 생글거리며 다가왔다.

"새출발 하는 유정 씨에게도 재벌 전남편 얽혀 봐야 안 좋은 말만 나오게 되잖아요. 다 전남편이 도와줘서 잘된 거라고 할 텐데. 안 그래요?"

걱정하듯 하는 말에 유정도 우아한 미소를 지어 보였다.

"몇 주 전에 나 백화점에서 이윤아 씨 봤어요."

"아, 그래요? 어디……."

"박미란 씨와 함께 즐거워 보이던데요."

"!"

윤아의 얼굴에서 미소가 깨졌다. 그 얼굴을 보며 유정이 차갑게 말했다.

"희건 씨와 결혼하고 싶어서 꽤나 안달이 났었다면서요? 주변에 모르는 사람이 없을 정도라던데."

"누가 그런 헛소릴 해요?"

윤아가 말도 안 된다는 듯 웃었지만 입꼬리가 파르르 떨리고 있었다.

"하나하나 다 이상했어요. 노골적인 접근은 그러려니 해도, 생각해 보면 이혼한 날 당신을 통해 알게 된 불미스러운 이야기들도 이윤아 씨가 굳이 나에게 말해 주지 않았다면 몰랐을 일이잖아요."

"그건……."

윤아가 변명하듯 말하려는데 유정의 목소리가 그녀의 말을 막았다.

"우리가 이혼하길 바라서 나에게 접근했던 거죠? 희건 씨가 당신은 본 척도 안 하니까, 안달이 난 거고."

"……!"

자존심을 제대로 건드리자 윤아의 얼굴이 표정 관리가 되지 않았다. 분노로 실룩대는 입꼬리를 보며 유정이 싸늘하게 말했다.

"언제부터 희건 씨를 좋아했던 거죠?"

"……."

윤아가 유정을 표독스럽게 노려봤다. 그 얼굴을 마주 보며 유정이 도발하듯 웃었다.

"친구인 척 옆에 있으면서 언젠간 희건 씨를 가질 수 있을 거라 생각했던 건가요? 아내를 없애고서라도?"

"입 다물어. 하급 주제에."

싸늘한 목소리에 유정이 입술 끝을 말아 올렸다.

"그것도 기억해요. 그 학교에서 날 하급이라 불렀던 사람 중에 이윤아 씨도 있던 거."

윤아의 입꼬리가 경련하듯 실룩댔다.

"생각해 보니 그때도 윤아 씨는 희건 씨 옆에 착 달라붙어 있었네요. 그의 관심을 구걸하듯. 그런데 희건 씨가 나에게 빠져 있으니 얼마나 꼴 보기 싫었겠……."

짝!

윤아가 날카롭게 유정의 뺨을 갈겼다.

"어디서 주제도 모르고 입을 놀려? 감히 나에게 그딴 말을 하고도 무사할 줄 알아!"

윤아가 눈에 핏대를 세우고 유정에게 소리쳤다. 마지막까지 쓰고 있던 알량한 가면을 벗은 본얼굴이었다. 있는 대로 화가 난 그 얼굴을 보니 유정은 웃음이 나왔다. 생글거리던 그 가식적인 얼굴 아래는 늘 지금 같은 얼굴이 있었을 거였다.

"차희건과 결혼했던 게 니 자신감인가 본데, 웃기지 마. 차희건 옆에 네가 가당키나 할 거 같아? 출신 더러운 데다 애도 못 가진 게 어딜 감히……!"

"이윤아."

"!"

낮은 목소리에 윤아가 흠칫거렸다. 등줄기를 훑는 싸늘한 느낌에 빠르게 돌아본 곳엔 희건이 서 있었다.

"희, 희건아."

그의 분노로 굳어진 얼굴을 보자 윤아의 눈이 흔들렸다.

"희건 씨?"

유정도 의아한 목소리로 그를 불렀다. 희건에게 말하지 않고 찾

218

아왔는데 갑자기 나타난 그에게 유정도 놀랐다.

희건이 윤아에게 시선을 꽂은 채 무섭도록 가라앉은 목소리로 말했다.

"지금 내 여자에게 무슨 짓을 한 거지?"

윤아는 식은땀이 흘렀다. 상황을 고스란히 들킨 격이라 거짓말도 통하지 않을 거였다.

"희건아, 이건…… 이건……."

"한 실장님에게 네가 지금까지 해 온 것들을 듣고 찾아오던 참이었는데."

희건이 윤아에게 한 발 더 가까이 다가갔다.

"마침 연락이 오더군."

그의 위압적인 분위기에 윤아가 저도 모르게 뒷걸음질 쳤다. 희건의 눈이 살벌해졌다.

"간 크게도 서울시 부시장에게 청탁한 녹취록까지 듣게 될 줄이야."

"뭐?"

윤아가 눈을 홉떴다.

'성유정이 가지고 있는 파일이 희건에게도 들어갔다고?!'

윤아의 당혹으로 물든 얼굴을 희건이 차갑게 내려다봤다.

"성유정에 관련된 건 모두 나한테 들어온다는 건 몰랐겠지."

"……!"

놀란 윤아의 입이 벌어졌다.

"내 이혼을 위해 네가 그동안 최선을 다한 증거들도 가지고 있어."

희건이 잠시 말을 끊고 분노를 억누르며 낮게 말했다.

"이를 테면, 호영그룹 사람을 매수한 정황 같은 거 말이야."

그, 그걸 어떻게…….

윤아의 얼굴에 완전히 핏기가 가셨다. 희건이 서늘하게 말을 이었다.

"그 집의 비리를 캐내서 수사청에 넘기고 일부러 그녀에게 말을 흘린 건가?"

"희건……아. 그건…….”

윤아가 당황한 얼굴로 침을 삼켰다. 뭐라고 변명이라도 해야 하는데 머릿속에서 아무것도 떠오르지 않았다. 차희건 성격 상 확실하지 않은 일로 이렇게 나올 리는 없었다. 이미 그가 증거까지 가지고 있다면 어떤 말을 해도 먹히지 않을 거였다. 윤아가 하얗게 질린 얼굴로 울먹였다.

"미, 미안해. 희건아. 그래도 난 친구로서 널 걱정해서 그런 거야. 우리 어릴 때부터 항상 같이 있었잖아."

"……."

윤아가 처연하게 눈물을 흘리며 희건을 바라봤다.

"난 늘 네 행복을 바랐어. 너한테 저런 여자는 정말 어울리지 않잖아. 그런 형편없는 집안 사람이랑 네가 어떻게 결혼을 해? 난 정말 널 위해서…….”

"입 다물어. 이윤아."

희건의 분노 어린 음성에 윤아의 눈이 흔들렸다.

"……희건아."

눈물이 가득 맺힌 눈으로 보고 있는 윤아를 그가 노려봤다.

"내가 가진 모든 힘을 이용해서 널 파멸시킬 거다."

"뭐…… 뭐?"

"네가 내 여자를 망하게 하려던 권력을 모조리 다 빼앗겠다고."

"너, 너 설마, 설마 우리 집을 망가뜨리겠다는……!"

"각오해 둬."

섬뜩하게 말한 희건이 유정을 데리고 몸을 돌렸다.

"잠깐, 잠깐만, 희건아!"

넋이 나간 듯 서 있던 윤아가 뒤늦게 따라갔지만 그는 이미 유정을 차에 태우고 출발한 뒤였다.

"희건아!"

주차장을 빠져나가는 차에 대고 윤아가 소리쳤다. 차가 눈앞에서 사라지고 나자 윤아는 망연자실한 얼굴로 털썩 주저앉았다.

"나 이제…… 어쩌지?"

차희건이 마음을 먹으면 얼마나 무서워지는지 윤아가 누구보다 가장 잘 알고 있었다. 그를 오랫동안 옆에서 지켜봐 왔으니까. 그의 마음이 절대 바뀌지 않을 거란 것도.

앞으로 일어날 일을 예감한 윤아가 두려움으로 몸을 떨었다.

차 안에서 희건이 유정에게 말했다.

"나에게 말하지 그랬습니까."

유정이 그를 바라봤다. 희건이 진지한 얼굴로 그녀를 보고 있었다.

"청탁의 사실을 알았을 때 왜 바로 말하지 않았냐는 겁니다."

"……내가 해결할 문제라고 생각했어요."

말없이 유정을 보던 희건이 그녀의 손을 잡았다.

"미안합니다. 내가 더 신경을 썼어야 되는 건데."

희건의 표정이 가라앉았다. 오늘 한 실장이 갑작스럽게 회사로 찾아왔었다.

'무슨 일로 온 겁니까?'
'급히 할 말이 있어서요.'

집에서 늘 보는 사람이 찾아왔다는 건 어지간히 급한 일인 것 같았다.

'이건 사실 일이 좀 마무리되면 말하려고 했는데…… 이윤아 씨가 성유정 씨 일로 청탁을 했다는 제보가 들어와서 지금 말해야 할 것 같아요.'
'무슨 청탁을 했단 말입니까?'
'이야기가 길어요. 우선 들어 주세요.'

한 실장에게 이윤아에 대한 모든 걸 들었을 때 머리를 크게 얻어맞은 기분이었다. 특히 이혼에 이윤아가 관련되어 있다는 건 충격이었다.

'그때 성유정 씨가 이혼하던 날 이윤아 씨와 나눈 대화가 이상해서 차 회장님이 따로 조사를 하셨어요. 결과적으로 그 이혼에 가장 큰 책임은 이윤아 씨였고요.'

그 말을 하며 한 실장이 한숨을 내쉬었다. 차 회장과 친분이 있는 집안이고, 이윤아가 더 이상 욕심내지 않으면 그녀도 눈감아 줄 생각이었다고 했다. 어쨌든 두 사람은 다시 이어졌으니까.

하지만 아직도 이윤아가 유정을 쫓아다니며 괴롭힌다는 걸 알게 된 이상 가만히 두고 볼 수는 없었다고 했다.

한 실장과의 대화를 떠올린 희건의 눈이 어둡게 침잠했다. 낮게 숨을 내쉰 그가 유정을 보며 진지하게 말했다.

"앞으로 더는 당신에게 무엇도 못 할 겁니다."

"……네."

유정이 가만히 대답했다. 그가 그녀의 잡고 있는 손등을 부드럽게 쓸었다. 희건의 손의 온기를 느끼며 유정의 굳었던 얼굴이 서서히 풀리기 시작했다.

※ ※ ※

희건이 예약한 근사한 레스토랑에 두 사람이 마주 앉았다.

"멋진 곳이네요."

유정이 말하자 희건이 미소 지었다.

"다행이군요."

"그런데 괜찮아요? 지금 많이 바쁘잖아요."

차 회장의 사망 이후 모든 것을 승계받은 희건은 회사 일로 무척 바빴다. 구속된 범훈의 아내인 미란이 한 번 난동을 피우고 간 적은 있지만 희건이 회장직에 올라선 후 회사는 빠르게 안정세를 찾았다.

그가 유정을 가만히 보며 말했다.

"아무리 바빠도 함께 식사할 시간은 있습니다. 그리고 바쁜 건 당신도 마찬가지니까."

"난 내 일만 하면 되는데 희건 씨는 아니잖아요."

유정의 걱정이 담긴 말에 희건이 매혹적인 미소를 지었다.

"이렇게 잠깐이라도 봐야 내가 힘을 낼 수 있다는 건 모르는군요."

"아……."

눈을 깜빡이던 유정이 사르르 미소 지었다. 그녀의 미소를 희건이 진한 눈빛으로 바라봤다.

에피타이저가 서빙 되고 식사가 시작됐다. 희건은 식사하는 동안에도 유정에게서 시선을 떼지 않았다. 그녀의 눈빛과 작은 미소 하나까지 놓치지 않고 응시하는 희건에게선 그녀를 얼마나 사랑하는지 느껴졌다. 누가 봐도 그 깊이를 한눈에 알 수 있을 정도로 유정에게 집중한 모습이었다.

식사를 마칠 즈음 희건이 자리에서 일어섰다. 유정은 그가 의자에서 일어나 자신 앞에 다가오자 의아하게 바라봤다.

"희건 씨?"

반지 케이스를 꺼낸 희건이 유정 앞에 한쪽 무릎을 굽혀 앉았다.

그 모습을 본 유정이 놀라는데 주변에서도 술렁이는 분위기가 느껴졌다.

희건이 진지한 눈빛으로 시선을 맞추고 그녀에게 반지를 내밀었다.

"이게…… 뭐예요?"

"당신에게 프러포즈하려고."

희건이 그녀를 올려다보며 말했다.

모델처럼 수려한 남자가 레스토랑에서 사랑하는 여자에게 프러포즈하는 장면에 다들 호기심 어린 눈으로 보고 있었다.

전혀 예상하지 못했던 유정은 놀란 눈으로 희건을 바라봤다. 그가 매력적인 눈가를 휘어 보였다.

"당신과 결혼은 해 봤는데 프러포즈는 못 해 봐서 말입니다."

"……."

유정의 눈에 감동의 눈물이 차올랐다. 프러포즈를 한 번도 기대해 본 적은 없었는데, 예상하지 못했기 때문인지 더욱 놀랍고 감격적이었다. 희건이 그런 유정을 짙은 눈동자로 올려다보며 말했다.

"나와 다시 결혼해 주겠습니까?"

"물론이죠. 희건 씨."

젖은 눈을 곱게 휘며 미소 지은 그녀가 두 팔을 뻗어 희건의 목을 감았다.

"……사랑해요."

유정이 희건의 귓가에 물기 젖은 목소리로 작게 속삭였다. 그 말을 들은 그의 입술에 근사한 미소가 어렸다. 그녀의 어깨를 잡고 조심스럽게 떼어 낸 희건이 눈을 맞췄다.

"사랑해. 성유정."

시선을 맞추고 낮게 속삭인 그가 고개를 기울여 유정의 입술에 키스했다.

누가 보든 상관없다는 듯 달콤하게 키스하는 그들에게 사람들의 부러움이 담긴 시선이 닿아 있었다.

※ ※ ※

결혼식을 앞둔 유정은 하루하루가 무척 바빴다. 희건도 그녀도 일로 정신없이 바쁜 와중이었지만 결혼식 준비는 시간을 내서 같이 했다. 첫 번째 결혼식 때는 희건과 함께한 추억이 없지만 이번엔 드레스도 같이 고르고 사소한 것까지 함께 만들어 간다는 즐거움이 있었다.

퇴근 준비를 마친 유정이 대표실을 나왔다.

"먼저 들어가 볼게요."

"네. 내일 뵐게요."

유정이 인사하고 사무실을 나왔다. 그녀에게 인사한 직원들이 서로 시선을 맞췄다.

"요즘 대표님 미모가 물이 오르는 것 같지 않아요?"

"아니 일을 저렇게 바쁘게 하는데 저 미모 유지가 가능해?"

"역시 결혼을 앞둬서 그런가 봐요. 하긴 그런 남자랑 결혼하니 얼마나 좋겠어요?"

직원들이 부러움 섞인 목소리로 대화하는 사이 유정은 엘리베이터를 타고 주차장으로 내려갔다. 차로 향하는 그녀를 누군가가 불렀다.

"유정아."

유정이 우뚝 걸음을 멈췄다. 익숙한 목소리에 불길함을 느끼며 돌아보니 뒤에는 동한과 혜숙이 번들거리는 눈으로 서 있었다. 그들을 본 유정의 표정이 굳었다.

"여긴 어떻게 알고 오신 거예요?"

유정이 초라한 행색의 그들을 싸늘하게 쳐다봤다. 빚쟁이에게 쫓기는지 주변을 빠르게 훑은 그들이 유정에게 다가왔다.

"유, 유정아. 너 돈 있지?"

"뭐라고요?"

유정의 얼굴이 일그러졌다. 차 회장이 구속까지 막아 줬고 이미 유정의 결혼을 대가로 여러 차례 거액을 가져간 그들이었다. 그런 부모라는 작자들이 또 나타나 돈을 요구하는 상황에 유정은 목 안에서 쓴물이 올라왔다.

동한과 혜숙이 다급히 유정의 팔을 잡았다.

"너, 너 그 남자랑 이혼하면서 위자료 많이 받았을 거 아니야."

"그래. 아마 못해도 건물 몇 채쯤은…… 그렇지?"

"이거 놔요."

유정이 거머리처럼 자신에게 들러붙는 그들을 뿌리쳤다. 그들은 도저히 제 부모 같지 않았다. 피 냄새를 맡고 몰려와 산 채로 물어뜯을 듯한 좀비를 보는 기분이었다.

유정이 몸을 돌리려 하자 혜숙이 그녀의 팔을 꽉 움켜잡았다.

"너 혼자 잘 살겠다고 네 부모에게 이럴 수 있어?!"

손톱이 살을 파고들 정도로 세게 잡은 손에 유정의 눈썹이 찌푸려졌다.

"그깟 건물 한 채쯤은 넘길 수 있잖아! 남은 걸로도 떵떵거리고 평생 먹고살 수 있을 텐데!"

마귀 같은 얼굴로 소리치는 혜숙을 유정이 노려봤다.

"이거 놓지 않으면……."

"오랜만이군요."

뒤에서 들린 목소리에 놀란 유정이 고개를 돌렸다.

"희건 씨……."

희건이 서 있는 모습을 본 유정은 좌절했다. 예상대로 동한과 혜숙은 희건을 보고 환희에 찬 얼굴로 눈을 희번덕거렸다.

"아니, 이게 누구야. 우리 사위 아닌가."

동한이 얼른 희건에게 다가갔다. 희건이 진한그룹의 총수가 됐다는 걸 뉴스로 봐서 이미 알고 있었다. 그걸 본 그들은 크게 낙담했다.

'유정이가 그 남자랑 이혼만 안 했어도 진한그룹 돈을 우리가 맘대로 주무를 수 있던 거였는데……!'

하지만 낙담도 잠시, 차 회장이 사망했다는 건 곧 그들의 계약도 끝났단 뜻임을 깨달았다. 차 회장이 구속을 피하게 하는 대신 다시는 유정에게 접근하지 않겠다는 계약서를 쓰게 했던 것이다.

'만약 이 계약을 어기는 날엔 평생 감옥에서 썩게 될 거요.'
'아, 알겠습니다. 다신 유정이를 찾아가지 않을 테니 제발 구속만 면하게 해 주십시오. 회장님!'

그래서 차 회장이 살아 있는 동안엔 유정을 찾아오지 못했다. 하지만 차 회장이 사망했으니 이제 괜찮을 거라 생각해서 유정을 찾아온 거였다. 한번 돈맛을 본 그들은 이제 악귀처럼 끝도 없는 사치와 허영을 탐하며 돈 없이 살아갈 수 없는 지경에 이르렀다.
그래서 유정이 받았을 위자료를 노리고 찾아왔는데 뜻밖에도 희건을 만나게 된 것이다. 진한그룹 회장이 된 남자와 유정이 다시 만난다는 건 그 전엔 상상할 수도 없었던 거액을 손에 쥐게 된다는 뜻이었다.
"잘 지내셨습니까."
희건이 마주 인사하자 동한의 얼굴에 탐욕이 넘실거렸다.
그걸 예상한 유정이 희건을 막기 위해 다가갔다.

"희건⋯⋯."

유정이 다가오는 쪽으로 손을 내밀어 저지한 희건이 동한을 보며 말했다.

"다시 나타나길 기다리고 있었습니다."

"하하. 그렇지? 우리가 유정이 부모 아닌가."

"그래서 그때도 우리에게 늘 도움을 준 거잖아요. 결혼 때, 그렇죠?"

결혼 때 했듯이 이번에도 그렇게 해 달라는 의미로 혜숙이 교활하게 웃었다. 그런 그들을 향해 희건이 싸늘하게 말했다.

"다시 나타나야, 계약 불이행으로 고소할 수 있을 거 아닙니까."

"뭐, 뭣⋯⋯?!"

동한과 혜숙이 눈을 크게 뜨고 서로 쳐다봤다. 희건이 그들을 서늘하게 내려다보며 말했다.

"회장님과 계약한 걸 잊으신 모양입니다. 이렇게 계약을 바로 어기고 딸을 찾아오신 걸 보면."

동한이 당황한 얼굴로 말했다.

"아, 아니 그게 무슨 소린가? 계약한 당사자가 죽었는데."

희건의 입술 끝이 말려 올라갔다.

"계약서를 제대로 안 살펴보셨군요. 계약 당사자가 사망하여도 이 계약은 상속된다고 적혀 있는데. 상속인인 저에게 말이죠."

"그런⋯⋯!"

동한의 눈이 흔들렸다. 당시 당장 구속을 피하기 위해 계약서를 제대로 보지도 않고 사인했던 게 사실이었다. 동한과 혜숙이 당황한 얼굴로 서있는데 희건이 낮게 말했다.

"계약 상속 조항을 못 보신 건 두 분의 불찰이고, 계약을 어긴 것은 사실이니 지금 계약 불이행에 따른 절차를 밟아도 되겠습니까?"

동한의 입이 크게 벌어졌다. 희건의 차가운 시선이 그에게 박혀 들었다.

"그때 무마시켰던 수사는 종결된 게 아니었습니다. 잠시 진행을 막아 뒀을 뿐이지. 두 분 다 진한그룹을 믿어서인지 증거를 워낙 많이 남겨 두셨더군요. 새로운 증거와 함께 수사가 다시 시작될 테니 구속되기 전에 짧은 자유를 마음껏 누리시기 바랍니다."

"사, 사위."

동한이 다급히 그를 불렀다.

"무, 무슨 그런 말을 하나? 서운하게……. 우리가 유정이 부모라는 걸 잊은 건 아니겠지?"

동한이 비굴한 웃음을 흘리며 다가오는데 경호원들이 나타나 그를 저지했다.

"뭐야? 당신들!"

경호원 벽에 막힌 동한과 혜숙에게 희건이 무섭도록 낮아진 목소리로 말했다.

"미리 말씀드리지만, 아주 오랫동안 바깥 땅을 밟지 못할 겁니다."

"……!"

동한과 혜숙의 눈이 크게 흔들렸다. 그 모습을 싸늘하게 보며 희건이 유정의 어깨를 감싸고 몸을 돌렸다.

"유, 유정아!"

"유정아! 우릴 버릴 거니?! 유정아!"

뒤에서 소리치는 목소리를 무시한 유정이 희건과 함께 차에 올랐다.

희건과 함께 그의 집으로 올 때까지 유정은 말이 없었다. 희건은 표정을 굳힌 채 조용히 앉아 있는 그녀를 내려다보고만 있었다.

방으로 들어온 뒤 그가 유정을 뒤에서 감싸 안았다.

"성유정."

"……."

"왜 아무 말도 없지?"

뒤에서 들리는 목소리에 유정이 머뭇거리다가 작게 말했다.

"……창피해서요."

희건이 그녀를 안은 채 낮게 물었다.

"뭐가."

"그냥…… 그 사람들이 내 부모라는 게요."

차 회장과 했던 계약을 어기고 위자료를 탐내며 찾아오다니……. 마치 지긋지긋한 돈의 악귀들을 보는 것 같았다. 무엇보다 희건에게 또 그런 그들의 모습을 보인 게 부끄러웠다.

유정이 어두운 얼굴로 서 있는데 희건이 그녀를 천천히 돌려세웠다. 조용히 시선을 마주친 그가 말했다.

"내 모친도 돈을 노리고 재벌가에 접근해서 태어나자마자 날 돈에 팔아넘겼지."

"……."

"난 그 모친의 얼굴조차 모르고."

희건이 가만히 내려다보며 하는 말을 유정이 가만히 듣고 있었다.

"그 집에서 난 차범훈 가족으로부터 더러운 출생이라는 말을 늘 들었어."

유정이 눈을 크게 떴다.

"더럽다뇨, 그건 그저 부모일 뿐 희건 씨랑 아무 관련도……."

"내가 하고 싶은 말이 그 말이야."

희건이 유정의 뺨을 부드럽게 어루만졌다.

"그들이 그런 것과 당신 역시 아무 관련 없다고."

"……."

희건의 말의 의도를 알아챈 유정이 작게 한숨을 내쉬었다.

"그 사람들은 당신에게 계속 돈을 요구했잖아요."

결혼 생활 중에도 몇 번이나 그랬다는 걸 아까 대화로 알게 됐다. 그걸 알고 더 수치스러워졌다. 그들의 딸이라는 것이. 희건이 유정의 두 눈을 그윽하게 바라봤다.

"그때 당신이 그래도 부모라고 그들을 도와주길 바라는 줄 알았어. 그래서 그랬던 거야."

"……."

그가 시선을 맞춘 채 말을 이었다.

"하지만 지금은 그게 아닌 걸 알고 있어. 그러니까 다신 그런 일 만들지 않을 거고."

"……그걸 어떻게 알게 됐는데요?"

유정이 흔들리는 눈으로 물었다. 저는 말한 적이 없는데 희건이 어떻게 알고 있는지 알 수가 없었다. 희건이 가라앉은 목소리로 말했다.

"아버지가 알고 계셨어."

차 회장이 유정의 부모와 했던 계약서를 한 실장에게 넘겨받으며 그들이 얼마나 유정을 괴롭혔는지도 전해 들었다.

'사실 호영그룹의 기술은 회장님께서 진작에 인수하셨어요. 이미

232

그 핑계로 여러 번 돈을 가져갔거든요.'

'그럼 그녀의 부탁을 들어준 이유가 뭡니까.'

'그럼에도 유정 씨의 부탁을 들어준 이유는, 그 사람들이 유정 씨에게 다신 접근하지 못하게 하려던 의도였어요. 워낙 악랄한 사람들이에요. 그 사람들.'

"아……."

희건의 설명을 들은 유정의 입술이 작게 벌어졌다. 그날 차 회장에게 부탁하러 갔을 때 이미 호영의 기술 이전이 끝나 있었다니? 게다가 차 회장이 자신의 부모에 대해 모든 걸 다 알고 있었을 줄이야.

당황한 표정을 짓고 있던 유정이 조용히 말했다.

"그럼 회장님은…… 다 알고도 제 부탁을 들어주셨던 거네요."

생전에 오해도 많이 했는데 그런 차 회장이 저를 그렇게 생각해 주고 있는 줄은 몰랐다. 그렇게 속이 깊으신 분이셨을 줄은.

"……나도 뒤늦게 알게 된 게 많아."

희건의 목소리에 후회가 섞여 있었다. 그의 얼굴을 가만히 보던 유정이 조심스럽게 두 팔을 벌려 그를 안았다.

"너무 상처받지 말아요. 희건 씨 잘못이 아니니까."

"당신도 마찬가지야."

희건이 낮게 말하며 유정을 깊숙이 마주 안았다.

"그럴게요."

유정이 작게 대답했다. 서로를 위로해 주는 긴 포옹이 이어지는 동안, 유정은 거짓말같이 상처가 조금 치유되는 듯했다. 하아. 유정이 길게 숨을 토해 내는데 귓가에 희건의 목소리가 들렸다.

"앞으론 내가 항상 옆에 있으니까 걱정하지 마. 오늘 같은 일, 다시 없게 할 테니."

그의 말에 유정은 마음이 풀어지며 안심이 됐다. 희건의 단단한 음성이 이어졌다.

"난 늘 당신의 편이니까."

"……."

희건에게 안긴 유정의 눈에 눈물이 맺혔다. 지금껏 살아오면서 한 번도 누군가에게 의지한 적이 없었는데, 지금 이 순간 그의 진심이 느껴지며 오직 자신만을 위한 희건의 그 뜨거운 진심에 너무나 의지가 됐다.

고마워요.

유정이 물기 젖은 목소리로 작게 속삭였다. 그녀 역시 진심이었다.

※ ※ ※

날씨가 너무나 화창한 날에 두 사람의 두 번째 결혼식이 열렸다. 이미 한 번 성대한 결혼식을 올렸던 터라 이번 결혼식은 비공개로 진행됐다. 엄선된 소수의 재계 사람들과 유정의 회사 사람들, 희건의 비서실 사람들, 그리고 박태웅과 한 실장과 표 실장, 나주댁이 초대되어 결혼식에 참석했다.

턱시도 차림의 희건이 문을 열고 신부 대기실로 들어섰다.

"희건 씨."

화사한 웨딩드레스 차림의 유정이 환한 미소를 지으며 그를 바라봤다.

"……."

순간 희건은 가슴이 뻐근해지는 고통을 느꼈다.

그녀에게 시선을 떼지 못하고 다가간 희건이 유정의 앞에 섰다. 은은한 미소를 짓고 있는 그녀를 그가 짙은 눈동자로 응시했다.

천천히 손을 들어 올린 희건이 유정의 뺨을 조심스럽게 매만졌다.

"그땐, 이렇게 아름다운 모습을 앞에 두고도 손끝 하나 댈 수 없었어."

낮은 목소리에 유정이 그들의 첫 번째 결혼식을 떠올렸다. 그녀가 잔잔하게 미소 지었다.

"희건 씨도…… 그때도, 지금도 너무 멋져요."

"그때도 당신이 그런 생각을 했다고?"

희건이 믿을 수 없다는 듯 물었다. 유정이 미소를 머금고 대답했다.

"전시되듯 유리 벽 안에 앉아 있을 때 희건 씨가 다가오는 모습을 보고 심장이 뛰었어요. 생각보다 너무 멋져서요."

"……."

유정을 보는 그의 눈빛이 일렁였다.

"그땐 떨리는 걸 들킬까 봐 얼마나 애썼는지 몰라요. 그런데 지금은……."

유정이 제 뺨 위에 있는 희건의 손에 웨딩 장갑을 낀 제 손을 올렸다.

"이렇게 당신을 만질 수 있고, 감정을 표현해도 된다는 게 믿기지 않아요."

그녀가 별처럼 빛나는 눈으로 그를 응시했다. 그땐 상상이나 했을까. 그 두려운 결혼식 이후에 이렇게 또 그와 다시 결혼하게 될 줄은.

"그날 너무 도망치고 싶었는데…… 버진로드 위에서 당신 손 위에 내 손을 올린 순간 실감이 났어요. 당신과 결혼한다는 게."

유정의 촉촉한 눈망울을 보는 희건의 눈도 붉어져 있었다.

"이렇게 서로 사랑하게 될 운명이라는 걸 그때 느꼈던 건지도 몰라요. 우리가 처음 손이 맞닿은 그 순간에요."

유정이 그의 손 위에 제 손을 올린 채 눈물 맺힌 눈으로 아름답게 웃었다. 그런 그녀를 보는 희건의 목울대가 꿈틀거렸다. 열기가 맺힌 숨을 낮게 토해 낸 그가 잠긴 목소리로 말했다.

"그날도, 그리고 오늘도. 당신을 본 순간 숨이 멎을 것 같았어."

깊이 숨을 들이켠 그가 젖은 눈으로 말했다.

"너무나 아름다워서."

희건이 두 손으로 유정의 뺨을 감쌌다. 고개를 기울이며 뜨겁게 시선을 맞췄다.

"이렇게 사랑스러운 여자가 내 아내라는 게 믿기지 않아서."

"……희건 씨."

유정의 눈에서 투명한 눈물이 흘러내렸다.

"죽을 때까지 나에겐 오직 성유정뿐이야."

일렁이는 뜨거운 눈동자가 유정의 심장을 움켜잡았다.

"사랑해."

진심 어린 음성으로 고백한 희건이 그녀의 입술을 머금었다. 부드럽게 입술이 겹쳐지며 유정이 눈을 감았다.

그녀의 뺨을 타고 행복한 눈물이 흘러내렸다.

외전 01

　결혼식이 끝난 뒤 두 사람은 진한그룹 전용기를 타고 신혼 여행 길에 올랐다. 평소 차 회장이 이용하던 호화 전용기였다. 전용기 내엔 회의실과 스파, 체력단련실과 수십 명이 정찬을 즐길 수 있는 거대한 디너룸도 있었다.

　ㄷ자 형의 넓은 소파와 와인 바가 있는 곳으로 유정을 데려온 희건이 그녀를 앉히며 말했다.

　"앉아 있어요. 뭔가 마실 걸 가져올 테니."

　"그래요."

　유정이 미소 지으며 대답했다. 바 쪽으로 걸어가던 희건이 문득 그녀를 돌아보며 물었다.

　"배는 고프지 않습니까?"

　"괜찮아요."

　그녀의 대답에 고개를 끄덕인 그가 기다란 형태의 바로 향했다. 은은한 미소를 담은 얼굴로 그 모습을 보고 있던 유정이 고개를 돌려 창밖을 바라봤다.

강렬한 태양과 아름다운 형태의 구름을 보며 유정은 결혼식을 올리기 전을 떠올렸다. 신혼여행지를 정할 때 유정이 말했었다.

'거기로 가요.'
'거기? 어딜 말하는 겁니까?'
'우리 열 번째 데이트 기념으로 여행 가려던 곳이요.'
'……'

그녀의 말에 희건이 의외라는 듯한 표정을 지었다.

'가기 싫어하는 걸로만 보였는데.'
'나도 가고 싶은 거 숨기느라 힘들었어요.'

유정이 솔직히 말하며 어여쁜 웃음을 흘렸다. 의아한 표정을 짓고 있던 그의 얼굴에도 근사한 미소가 어렸다.

'거짓말이 아주 능숙해졌군.'
'희건 씨만큼 능숙하겠어요?'
'더 능숙한 걸 보여 주죠.'
'네? 앗, 잠깐……'

희건과의 대화를 떠올리던 유정은 그 뒤로 했던 일까지 떠올리고 말았다.

'정말 능숙했긴 하지만…… 난 뭘 떠올리고 있는 거람?'

유정이 슬쩍 뺨을 붉히고 있는데 그때 희건이 샴페인을 가져왔다.

"왔어요?"

그를 본 유정은 얼른 표정을 정돈했다. 희건이 그녀의 옆에 앉으며 샴페인 잔과 작은 접시를 내려놨다.

"핑거푸드가 준비되어 있어서 가져왔습니다."

"아, 귀여워라."

작게 자른 과일과 크래커, 치즈 등이 예쁘게 담긴 접시를 바라보며 유정이 곱게 웃었다.

"건배하죠."

희건이 잔을 올리자 유정이 제 잔을 그의 잔에 가져갔다. 샴페인을 한 모금 마신 희건이 입을 열었다.

"……그때 여행을 준비했던 뒤로 공백이 너무 길어져 버렸군요."

3년의 시간이 훌쩍 넘어 버린 뒤에야 열 번째 데이트를 하게 된 셈이었다. 희건이 씁쓸함이 담긴 눈빛으로 샴페인 잔을 응시하고 있자 유정이 말했다.

"앞으로 많이 다니면 되죠."

희건이 시선을 옮겨 그녀를 바라봤다.

의미심장한 눈빛으로 보고 있던 그가 부드럽게 웃으며 입을 열었다.

"그러려면 일 중독자 성유정 대표님이 시간을 내주셔야 가능한데 말입니다."

희건의 말에 유정도 작게 웃었다.

"아무리 바빠도 차희건 회장님만 하겠어요?"

"지난주에도 바쁘다고 주말에도 출근했던 걸 잊었습니까?"

"희건 씨도 출근했잖아요."

"나는 잠시 회사에 다녀온 겁니다."

"나도 잠시 다녀오려고 했는데 생각보다 조금 길어졌을 뿐이에요."

"……조금이 10시간인가?"

예리한 그의 시선에 유정이 눈을 데굴 굴렸다.

"그건 일하다 보니……."

유정이 말끝을 흐리자 희건이 그녀를 보며 잔을 들었다.

"어쨌든 앞으론 자주 여행 갈 수 있게 시간 좀 내주시죠. 대표님."

유정이 미소를 머금은 채 희건처럼 잔을 제 입술로 가져가며 말했다.

"최대한 일정 조율해 볼게요."

"……."

고개를 기울이고 그녀를 보던 희건이 잔을 내려놨다.

탁.

"그렇게 나오긴가?"

낮은 음성으로 말한 희건이 유정의 턱을 살짝 들어 올렸다. 가까이서 시선을 맞춘 그가 야릇한 눈빛으로 그녀를 바라봤다.

"……네?"

갑자기 긴장되는 분위기에 유정이 숨을 삼키고 되물었다.

"이번 결혼도 계속 애태울 생각이냐고 묻는 겁니다."

은밀해진 목소리로 낮게 묻자 유정이 억울한 듯 말했다.

"애태우다니, 나도 그때 힘들었는…… 으음."

희건이 살짝 입술을 머금자 유정이 신음을 흘렸다. 부드럽게 그녀의 입술을 머금었던 그가 촉촉해진 입술을 놔줬다.

"……."

어둡게 일렁이는 희건의 눈동자를 유정이 가만히 바라봤다.

이 눈은 언제나 심장을 뛰게 만들어.

유정이 열기가 몰리는 뺨을 느끼고 시선을 살짝 내리려는데 그가 말했다.

"신혼여행 동안 당신은 내가 독점합니다."

시선을 포박한 희건이 허스키한 음성으로 속삭였다.

"성유정의 모든 시간 전부 내 거란 말입니다."

그가 유정의 입술에 다시 키스했다. 샴페인 맛이 나는 달짝지근한 입술을 야릇하게 삼키는 움직임에 유정이 한숨을 내쉬며 말했다.

"……하아, 욕심쟁이."

"욕심쟁이라니. 한 번도 채워진 적이 없는데 너무한 거 아닌가?"

희건이 더운 숨을 내쉬는 유정의 입술을 잘근거리며 그녀를 소파 위로 눕혔다.

"그건 희건 씨가 너무……."

"그만 나에게 집중해."

그가 탁한 음성을 내뱉으며 유정의 귓불을 살짝 깨물었다.

"앗."

움츠러드는 그녀의 어깨로 그의 입술이 내려갔다. 가빠지는 숨결로 오르내리는 유정의 몸을 훑어 내리는 입술의 감촉에 그녀가 헐떡였다.

'어차피 다른 생각은 하지 못하게 만들면서⋯⋯'

달아오른 뺨을 한 채 유정은 그렇게 생각했다. 그녀의 시야에 기내 창밖으로 광활한 구름 떼가 보였다.

프랑스의 유명한 와인 산지에 세계 갑부들의 별장이 모여 있는 곳이 있었다.

그곳에 싱그러운 초록빛 포도밭을 배경으로 차 회장에게 물려받은 고딕 양식으로 건축한 별장이 서 있었다.

원래 3년 전의 희건의 계획은 프랑스의 파리가 첫 도착 예정지였다. 하지만 그때와 달리 한 달 정도의 일정으로 신혼여행을 할수 있게 되어 프랑스의 이 별장으로 오게 됐다.

"여긴 정말 날씨가 좋네요."

유정은 별장 발코니에서 청명한 하늘 아래 끝도 없이 펼쳐진 포도밭을 보며 말했다.

"탁 트인 풍경에 머리까지 맑아지는 것 같고⋯⋯ 회장님이 왜 여기에 별장을 지으셨는지 알 거 같아요."

유정이 온화한 미소로 말하자 그녀 옆에 선 희건이 발코니 난간에 팔을 올렸다.

말없이 풍경을 보고 있는 희건을 유정이 쳐다봤다.

"회장님 생각해요?"

그녀가 조심스럽게 묻는 말에 그가 부드럽게 미소 지으며 유정에게 고개를 돌렸다.

"⋯⋯덕분에 당신과 이런 멋진 곳을 함께 보고 있으니까."

유정의 미소가 진해졌다. 희건이 그녀의 손을 잡았다.

"근처를 좀 걷고 오죠."

"그래요."

두 사람은 다정하게 손을 잡고 별장을 나섰다.

소담한 하얀 꽃이 피어 있는 별장의 정원을 지나 키가 낮은 포도밭이 늘어선 길로 들어섰다. 막상 나와 보니 햇살이 무척 강했다. 해를 피할 그늘도 없이 쨍하게 내리쬐는 햇살이 눈부셔서 유정의 미간이 살짝 찌푸려졌다.

'모자 쓰고 나올 걸.'

유정이 그렇게 생각하고 있는데 그녀의 하얀 이마 위로 그늘이 드리워졌다.

'어?'

고개를 드니 희건이 이마 위로 손차양을 만들어 주고 있었다. 생각지 못한 배려에 유정이 웃으며 사양했다.

"괜찮아요. 선크림 바르고 나왔어요."

"압니다."

짧게 대답한 희건은 손을 거둘 생각을 하지 않았다. 괜찮다고 몇 번 더 말했는데도 변화가 없어 유정은 결국 포기해야 했다. 희건의 손차양을 한 채 눈이 시원해지도록 푸르게 이어진 포도나무 밭을 거닐다가 그가 멈춰 섰다.

"이 안에 와이너리가 있습니다. 들어가죠."

"여기에요?"

거대한 포도밭 안에 아담하지만 운치 있는 건물을 가지고 있는 와이너리가 있었다.

안내를 받고 안으로 들어가자 희건이 미리 예약해 놓은 것인지 화려한 꽃으로 장식된 테이블에 두 사람분이 세팅되어 있었다.

『우리 와이너리의 자랑인 프리미엄 와인입니다. 수출되지 않는 상품이라 어디서도 맛보지 못하는 와인이죠.』

와이너리의 주인이 두 개의 잔에 직접 와인을 따라 주며 말했다.

『기대되는군요.』

와인 잔을 든 희건이 수려한 얼굴에 미소를 걸었다. 그가 내민
잔에 유정이 건배했다. 맑은 소리를 낸 투명한 잔을 입술로 가져가
자 정말 신선한 포도향이 느껴졌다.

『정말 훌륭한 맛이네요. 지금까지 마셔 본 와인 중 제일이에요.』

유정이 감탄한 듯 눈을 크게 뜨고 말했다. 그 말에 와이너리 주
인이 만족스런 웃음을 지었다.

『이 포도밭에서 정성껏 키운 포도들로 만든 거라 최고의 맛을
자부합니다. 그럼 좋은 시간 되시길.』

주인이 싱글벙글한 얼굴로 돌아가자 희건이 유정을 가만히 바
라봤다.

"……."

"왜요?"

그의 표정이 진지해져 있는 것을 본 유정이 잔을 든 채 눈썹 산
을 올렸다. 희건이 그녀를 지그시 응시하며 낮게 말했다.

"불어를 하는 줄은 몰랐는데."

"아……."

유정이 난처한 표정으로 살짝 눈을 굴렸다.

"어릴 때 할아버지와 프랑스 시골에서 1년 정도 산 적이 있어
요. 그때 배웠어요."

그녀의 말에 희건의 얼굴이 어두워졌다.

"……다 알아들었겠군요."

그 집에서 미란과 지연의 말을 유정이 알아들었으리라곤 생각

지 못했다. 그 모욕적인 말들을 듣고서도 모른 척 넘어갔던 그녀의
마음을 생각하면 가슴속에서 천불이 일었다.

그의 표정이 가라앉는 걸 본 유정이 어깨를 으쓱이며 가볍게 말
했다.

"그 사람들이 했던 말들은 하나도 신경 안 써요. 상처도 되지 않
았고."

상종하지 못할 사람들이라는 걸 처음부터 알았으니 상처받을
필요도 없었다. 게다가 미란과 지연은 둘 다 남편과 함께 저지른
비리로 구속되어 있는 상황이었다. 자신들의 죗값은 자신들이 받
는 거라 생각되어 동정도 들지 않았다.

"거짓말이 아니라 진짜예요."

"……."

유정의 아무렇지 않은 얼굴을 희건이 조용히 마주 봤다. 말없이
그녀를 응시하던 희건이 가만히 한숨을 내쉬고 말했다.

"내가 괜찮지 않아서 그래."

어쩔 수 없는 상황이었다 하더라도 희건에겐 아직 분노와 후회
가 있었다. 그녀를 괴롭히는 상황을 알면서도 아무것도 하지 못했
던 그 시간들은 평생 그에게 상처가 될 수밖에 없었다.

영영 가시지 않을 상처가.

그의 가라앉은 표정을 보던 유정이 말을 돌리기 위해 탁 트인
경치로 시선을 돌렸다.

"그런데 여기 예쁘기도 하고 동네 자체가 한적해서 너무 좋지
않아요?"

주변을 둘러보며 말한 유정이 희건을 향해 말갛게 웃어 보였다.

"요즘 내내 바빴잖아요. 이런 조용한 곳에 오니 아무 생각도 안

해도 돼서 좋은데요?"

"……계속 바쁘게 지냈으니까."

희건이 조용히 잔을 입술로 가져갔다. 와인을 마시고 잔을 테이블 위로 내려놓은 그가 그 위에 시선을 뒀다.

'아직도 표정이 어둡네.'

입술을 당긴 유정이 다시 입을 열었다. 그의 신경을 돌릴 만한 다른 소재가 필요했다.

"우리 첫 번째 신혼여행지도 아무도 없었죠."

그녀가 작게 하는 말에 그의 시선이 유정에게 향했다.

"그때 우리가 갔던 곳요."

"사실 이번 신혼여행도 그런 곳으로 가고 싶었습니다."

"섬으로요?"

유정이 묻는 말에 그의 눈빛이 다른 빛으로 어두워졌다.

"당신을 완전히 독점할 수 있는 곳이었으니까."

소유욕으로 어둡게 일렁이는 희건의 눈동자에 유정은 순간 숨을 삼켰다.

한 달이나 그런 섬에 있으면…… 완전히 머리가 이상해져 버릴 것 같은데.

그때 희건과 그 섬에서 있던 일들을 떠올리던 유정은 입이 바짝 마르는 기분에 잔을 입술로 가져갔다.

유정이 와인을 목 안으로 삼키는데 희건의 목소리가 들렸다.

"묻고 싶은 게 있습니다."

"뭔데요?"

화제가 바뀌는 게 다행이라고 생각하며 유정이 물었다. 희건이 고개를 비스듬히 기울이고 그녀를 응시하고 있었다.

"그 말이 정말인지 궁금해서 말입니다."

"그 말이라니…… 무슨 말이요?"

유정이 시선을 들어 물었다. 희건은 그녀를 가만히 응시하며 말했다.

"신혼여행지를 이곳으로 정할 때 당신이 했던 말 기억합니까."

그때 대화를 떠올리던 유정이 말했다.

"아…… 나도 가고 싶었단 말요?"

열 번째 데이트로 여행 계획을 세웠을 때 그녀도 사실 가고 싶었단 말을 했던 걸 묻는 것 같았다.

"전혀 그렇게 보이지 않았으니까. 계속 밀어내는 거로만 보였는데."

진지하게 보는 시선에 유정이 테이블로 시선을 내리며 옅은 미소를 지었다.

"그래서 그 거짓말이 통했던 거겠죠."

"그때부터였습니까?"

그의 질문에 유정의 시선이 다시 올라갔다. 그 눈을 똑바로 보며 희건이 말했다.

"당신이 나에게 마음을 준 게 언제였는지 묻는 겁니다."

유정의 조금 놀란 표정을 지었다.

"내가 말 안 했어요?"

"한 번도."

희건이 곧장 대답하자 유정이 눈을 살짝 옆으로 굴렸다.

"으음, 몰랐구나……. 희건 씨."

눈썹을 작게 찌푸렸던 유정이 와인 잔을 들어 와인을 한 모금 마시고는 가만히 내려놨다.

"희건 씨가 내 첫사랑인데."

살며시 시선을 테이블 위로 내린 유정이 속삭이듯 말하자 희건이 멈칫했다. 그의 눈이 가늘어졌다.

유정이 테이블에 시선을 두고 조심스럽게 말을 이었다.

"나도 희건 씨 처음 본 순간을 똑똑히 기억하거든요. 그날도, 그 뒤에 사립학교에서도 애들이 괴롭힐 때 날 도와줬잖아요."

희건을 보지 않아서 유정은 그의 표정을 알 수 없었다. 하지만 왠지 시선을 맞추기 부끄러워 계속 테이블 위만 응시하며 말을 이었다.

"희건 씨가 날 지켜봤다고 했을 때 나도 그랬다고 말하고 싶었어요. 사교댄스 배웠던 날도…… 희건 씨가 옆으로 점점 가까워지는 거 보고 심장이 두근거렸거든요."

왠지 민망해.

과거 이야기는 이상하게 쑥스러워서 유정의 내린 속눈썹 아래의 뺨이 붉어져 있었다. 잠시 공백을 뒀던 유정이 말을 덧붙였다.

"결국 바로 옆에서 멈췄지만요."

유정이 테이블 아래에서 자신의 가느다란 손가락을 매만졌다. 이제 희건의 말을 기다릴 차례였다.

그녀를 짙은 눈동자로 보고 있던 희건이 입을 열었다.

"……호텔에서 기억 안 나는 척한 거군요."

희건이 호텔에서 엘피판을 틀고 그 이야기를 꺼냈을 때 유정이 기억나지 않는 척했던 일을 지적하자 유정이 시선을 들었다.

"미안해요. 솔직할 수 없던 때라."

결국 결과적으로 속인 게 되어 버린 것이 미안해 유정이 사과했다. 잠시 머뭇거리던 그녀가 말을 이었다.

"그런데…… 그 첫사랑 상대를 상견례 때 만날 줄은 정말 몰랐어요."

종종 희건이 생각난 적은 있었지만 멀어진 뒤론 거의 잊고 있었다. 어린 시절의 간질간질했던 감정도 시간이 지나며 완전히 사라진 줄 알았는데, 상견례 때 그를 보고 심장이 쿵 울렸다.

"실은 그때 차이태가 나올 줄 알았거든요. 그래서 절망적이었는데……."

"언제 날 다시 사랑하게 된 겁니까?"

희건이 열기가 감도는 눈빛으로 시선을 박고 묻는 말에 유정이 가만히 생각하다 고개를 저었다.

"그건 정확히는 모르겠어요. 아마 과거의 감정이 남아 있었겠죠."

"……."

유정을 보는 그의 눈이 더 깊어졌다. 그 눈을 유정이 가만히 마주 봤다.

"밉다고만 생각했었는데…… 정신을 차려 보니 그렇게 되어 있었어요."

잔잔한 목소리로 말하던 유정의 입술 끝이 어여쁘게 휘어 올라갔다.

"당신이 그렇게 데이트를 하나하나 기념하며 도망가지도 못하게 다가오는데, 어떻게 사랑하지 않을 수 있겠어요?"

유정의 말간 미소에 희건이 깊이 숨을 들이켰다.

"당신은 말로도 날 죽일 수 있는 사람이었군."

"네?"

되묻는 유정을 희건이 일으켰다. 그녀의 팔을 끌어당긴 그가 두 손으로 유정의 얼굴을 감쌌다. 일렁이는 그의 두 눈이 가까워지자 유정이 숨을 들이켰다.

"기뻐서 죽을 것 같다는 말이야."

낮게 말한 희건이 유정의 입술을 뜨겁게 삼켰다.

말캉한 입술을 벌리고 들어오는 혀의 감촉에 유정이 눈을 감았다. 햇살이 내리쬐는 포도밭을 배경으로 두 사람의 입술이 달콤하게 섞여 들었다.

하아.

촉촉한 소리를 내며 입술이 떨어지자 희건의 눈빛이 한층 더 어둡게 일렁이고 있었다. 그 눈에 유정의 몸이 본능적으로 달아올랐다.

"그만 돌아가야겠어. 이제 한계야."

유정의 귓가에 낮게 내뱉는 목소리에 그녀의 속눈썹이 가늘게 떨렸다.

다시 시선을 맞추고 똑바로 응시한 희건이 유정의 손을 잡았다. 제 손을 잡고 와이너리를 빠져나가는 희건의 등을 보며 유정은 심장이 쿵쿵 뛰었다.

별장으로 돌아온 희건은 지체 없이 유정을 안아 올렸다.

"앗."

제 몸이 강한 팔에 둥실 떠오르자 유정의 눈이 둥그레졌다. 그녀를 안고 눈높이를 맞춘 희건이 열망으로 이글거리는 눈으로 응시하며 말했다.

"첫 신혼여행처럼 첫날을 보내게 될까 봐 일부러 밖으로 나간 건데, 결국 참지 못하게 만드는군."

탁한 음성을 흘린 희건이 그녀의 아랫입술을 지그시 물었다. 열기가 느껴지는 입술에 스쳤다가 아랫입술에 알싸한 자극이 일자 유정이 더운 숨결을 흘렸다.

하…….

섬에서의 첫 신혼여행에서 바다가 보이는 통유리와 문도 안 달린 욕실 안에서 벌어졌던 일들이 떠올랐다. 유정이 붉게 상기된 얼굴로 말했다.

"욕실로 가요."

더운 숨을 흘리며 말한 유정이 속삭이듯 작게 덧붙였다.

"……그때처럼요."

그 말에 희건의 눈동자에 강렬한 불길이 타올랐다.

"어떻게 감당하려고 이럴까."

허스키하게 잠긴 목소리로 내뱉은 희건이 그녀를 안은 채 사납게 키스를 퍼부었다. 입술이 아릿할 정도로 진하게 물고 빨리는 키스에 유정이 휩쓸려 있는 사이 어느새 거대한 욕실에 들어와 있었다.

향긋한 장미로 장식된 욕실엔 정원과 멀리 포도밭이 내려다보이는 커다란 창이 있었고 그 앞에 둥근 욕조가 배치되어 있었다. 푹신한 러그가 깔려 있는 욕실 옆엔 투명한 유리로 나뉜 샤워부스가 보였다.

희건이 유정을 안은 채 욕조 난간에 걸터앉았다.

"잠시만."

자극으로 부푼 유정의 입술을 한 번 더 삼켰다 놔준 희건이 욕조에 물을 틀었다. 그러고는 유정의 몸을 돌려 제 무릎 위에 마주 본 자세로 앉게 했다. 그의 뒤 욕조 너머의 커다란 창으론 아직 한

낮의 햇빛이 쏟아지고 있었다.

"날 봐야지. 성유정."

잠시 드넓은 포도밭으로 시선을 빼앗겼던 유정이 희건의 말에 정신을 차리고 그를 바라봤다. 그가 수려한 얼굴로 미소 지으며 유정의 입술을 매만졌다.

"창에까지 질투하게 만들 건가?"

욕망으로 짙게 물든 희건의 눈을 보고 있으려니 욕조로 쏟아지는 물소리가 왠지 야릇하게 들렸다.

"그래. 그렇게 날 봐."

그의 손길이 그녀의 어깨 아래 흘러 내려와 있는 얇은 카디건 위로 연약한 등을 쓸어내렸다.

"오직 나만."

소유욕으로 꽉 잠긴 목소리로 말한 희건이 그녀의 어깨에 걸려 있는 원피스 끈에 손가락을 걸었다. 사락. 양쪽을 걸어 천천히 끌어 내리자 유정의 가빠진 숨결로 어깨가 들썩이는 것이 보였다.

새하얗고 탐스러운 젖가슴이 들썩이는 숨결에 맞춰 흔들렸다. 보기 좋은 예쁜 가슴과 잘록한 허리 라인을 희건이 강렬한 시선으로 훑어 내렸다.

뜨거워…….

그의 시선이 닿는 곳마다 유정의 피부가 불에 데일 듯 뜨거워졌다. 그녀의 장밋빛으로 물든 뺨을 희건이 커다란 손으로 감쌌다.

"생각해 보니 무척 영광이군."

"……뭐가요?"

유정이 열기로 촉촉해진 눈을 깜빡이며 희건을 바라봤다.

"당신과 두 번이나 신혼여행을 할 수 있게 된 게 말이야."

희건의 말을 들은 유정이 미소 지으며 속삭였다.

"결혼식도 두 번이었죠."

"그리고, 첫날밤도."

"……."

희건의 강렬하게 타오르는 눈동자에 유정의 입가에 매달려 있던 미소가 거둬졌다. 심장박동이 크게 울리기 시작했다.

그가 그녀에게 시선을 박은 채 맨살이 드러난 젖가슴을 크게 거머쥐었다.

"흣……."

"잊지 못할 특별한 순간이 두 번이나 주어진다는 건 어떤 행운일까."

쾌감에 몸을 떠는 유정이 신음을 흘렸다. 희건은 말캉한 가슴을 주무르며 툭 불거진 동그란 유두를 엄지로 문질렀다. 음란한 움직임에 유정의 신음에 열기가 더해졌다.

"우리가 먼 길을 돌아온 게 나쁘지만은 않은 이유겠지."

"……그래요."

유정이 신음을 흘리며 한숨처럼 작게 대답했다. 그녀의 발개진 얼굴에 시선을 맞추고 있던 희건이 쥐고 있는 가슴으로 고개를 내렸다.

"아읏."

자극으로 더 팽팽하게 곤두선 유두를 더운 입술이 삼켰다. 축축한 혀가 잔뜩 민감해진 정점을 휘어 감는 감각에 유정의 얼굴에 쾌감이 번졌다. 희건은 파르르 떨리는 동그란 젖꼭지를 혀로 눌렀다가 입술로 감싸 빨았다. 그의 타액으로 점차 번들거리는 새하얀 살결이 밝은 공간 안에서 잘 보였다.

입술을 떼어 낸 희건이 고개를 들어 열감에 취해 있는 유정을 바라봤다. 더운 숨결을 색색 흘리는 벌어진 입술을 삼킨 그가 거칠게 혀를 얽었다. 질척이며 혀가 얽혀 들수록 달아오른 숨결에 열기가 강해졌다.

"하······!"

입술이 풀려나자 서로의 입술에서 투명한 타액이 길게 이어졌다. 야릇하게 혀를 내밀고 숨을 몰아쉬는 유정의 시야에 희건이 보였다.

희건이 섹시하게 젖은 입술을 하고 유정을 응시한 채 두 손으로 자신의 셔츠를 잡았다.

트드득.

강한 힘으로 셔츠 단추를 뜯어내 버리자 남성적인 근육질 육체가 드러났다. 탄탄한 가슴과 올록볼록한 복근을 내려다본 유정이 저도 모르게 침을 삼켰다.

"만지고 싶다는 표정인데."

"아······."

희건이 그녀의 손을 잡아 자신의 가슴으로 가져가며 낮게 말하자 유정의 속눈썹이 가늘게 떨렸다. 손바닥에 닿는 단단한 근육의 촉감에 유정은 제 몸이 더 더워지는 게 느껴졌다.

그녀의 붉어지는 뺨을 보며 희건이 낮게 말했다.

"하고 싶은 대로 해 봐."

하고 싶은 대로 하라고······?

도발적으로 응시하는 조각 같은 남자의 눈에 유정은 저도 모르게 다른 손도 뻗었다. 두 손을 뻗어 넓은 가슴에 대고 천천히 쓸어내리자 그의 입술에서 거칠어지는 숨결이 흘러나왔다.

'괜찮나……?'

유정이 그의 반응을 살피기 위해 얼굴을 힐끔 쳐다봤다. 수려한 얼굴이 살짝 찡그러져 있었다. 그 모습이 무척 섹시해서 유정은 아랫배 깊숙한 곳이 조여들었다.

'좀 더 내려가도 괜찮을 것 같아.'

두꺼운 근육의 모양을 따라 훑어 내려가던 손이 선명한 윤곽의 복근을 매만졌다.

"후……."

짓눌린 듯한 신음이 그의 입술에서 흘러나왔다. 그 목소리에 더 자신감을 얻은 유정의 손이 과감하게 움직이기 시작했다. 벨트가 있는 곳까지 유정의 손이 내려가자 희건의 손이 그녀의 손을 잡았다.

"그만."

유정이 시선을 올려 보니 희건의 얼굴이 굳어 있는 게 보였다.

"이젠 내가 해."

강렬한 시선으로 그녀를 똑바로 보며 억눌린 목소리로 말한 그가 유정의 손을 거둬 냈다. 유정은 발갛게 달아오른 얼굴로 희건이 자신의 바지 벨트로 직접 손을 가져가는 모습을 쳐다봤다. 흐트러진 셔츠 차림으로 성난 근육을 드러낸 채 그녀를 응시하고 있는 남자의 눈이 유정을 참지 못하게 만들었다.

숨이 막힐 듯한 긴장감이 두 사람 사이에 흘렀다. 팽팽하게 들쳐 올라간 바지의 버클을 허리를 움직여 풀어 낸 희건이 선액을 뚝뚝 흘리는 검붉은 페니스를 드로어즈에서 꺼냈다. 유정을 노려보며 핏대 솟은 페니스를 움켜쥔 희건이 그녀의 몸을 바짝 끌어당겼다.

"아……!"

희건이 팬티를 거머쥐고 찢어 버리는 감각에 유정의 눈이 커졌다. 바짝 맞닿은 곳에서 굵고 단단한 것이 맨살에 닿았다.

원피스 자락을 거칠게 끌어 올리고 탱글한 엉덩이를 꽉 움켜쥔 희건이 젖은 속살 안으로 뭉툭한 귀두를 깊이 쑤셔 넣었다.

"하웃!"

입술을 벌리며 크게 신음을 내뱉은 유정의 얼굴을 그가 잡았다. 자신에게 시선을 고정시킨 희건이 이글거리는 눈으로 그녀를 노려보며 말했다.

"혀 내밀어 봐."

시키는 대로 붉은 혀를 내민 그녀의 혀를 희건이 달게 빨았다. 질척하게 혀를 빨아내다가 사납게 입술을 삼킨 희건이 격렬하게 쳐올리기 시작했다.

"……웃! 아! 아읍!"

정신없이 흔들리는 통에 희건의 입술에 막혔던 유정의 입술 틈이 벌어질 때마다 가쁜 신음이 터져 나왔다. 욕실의 더운 열기와 수증기가 피부를 더 습하게 만들어 젖은 살을 우악스럽게 파고드는 음란한 소리가 평소보다 적나라했다.

희건이 입술을 놔주자 살이 뒤섞이는 소리와 유정의 다급한 신음이 합쳐져 욕실 안을 울려 댔다.

"하, 웃, 희, 희건, 아, 아훗!"

희건이 그의 몸 위에서 튕겨 나갈 듯 거세게 출렁이는 유정을 노려보며 두 손으로 탱글한 엉덩이를 힘껏 움켜쥐었다.

"아아……!"

엉덩이 모양이 엉망으로 망가지도록 핏대 세운 손으로 세게 거머쥐자 그 힘으로 유정의 엉덩이가 양쪽으로 강하게 당겨졌다. 동시에 더 넓게 벌어진 틈으로 굵게 휘어진 근육 덩어리가 최대치까지 넓히며 쑤셔 들었다.

"안 돼, 아, 안……."

한계치까치 치밀고 들어오는 무서운 욕망에 유정이 얼굴을 찌푸리며 도리질 쳤다. 감당할 수 없는 쾌감이 척추를 타고 정수리까지 치밀어 올랐다.

희건은 그의 어깨를 움켜쥐고 어쩔 줄 모르는 유정의 얼굴을 짐승처럼 번들거리는 눈으로 노려보며 엉덩이를 거머쥔 채 사정없이 페니스를 쑤셔 올렸다.

"아흑! 흐, 읏! 아읏! 아!"

아래에서 끌어당기는 강한 팔 힘과 무섭게 박아 올리는 힘이 동시에 작용하며 유정의 몸을 정신없이 뒤흔들었다. 아래위로 빠르게 흔들리는 그녀의 흐트러진 원피스 위에서 탐스러운 젖가슴이 원을 그리듯 출렁이고 있었다. 견딜 수 없이 뜨겁게 달아오른 몸이 숨이 막히도록 유정을 조급하게 만들었다.

"희, 희건, 씨."

유정이 희건의 입술에 제 입술을 맞추며 그의 목을 끌어안았다.

"더 안달 나게 만들 건가?"

희건이 신음처럼 내뱉고는 눈썹을 일그러뜨렸다. 맞닿은 땀에 젖은 보드라운 몸이 그의 욕망을 더욱 위험하게 달궜다. 자신에게 안긴 유정을 근육질 팔로 마주 안은 희건이 야수처럼 거칠게 쳐올리기 시작했다. 한껏 수축한 내부를 엉망으로 찔러드는 힘에 희건의 목을 껴안은 유정에게서 다급한 신음이 터져 나왔다.

"아, 안 되겠어요. 그, 그만, 아! 아흣!"

"못 놔줘."

낮게 내뱉은 희건이 유정을 단단히 움켜쥐고 최대치까지 깊이 쑤셔 넣었다.

아……!

아찔해진 감각에 유정의 입술이 크게 벌어졌다. 그 상태에서 희건의 흉포한 페니스가 절정으로 한껏 조여드는 속살을 쑤셔 올렸다.

"두 번째 첫날밤도 절대 잊지 못하게 만들어 줄 테니까."

지독한 쾌감으로 온몸을 흠칫거리는 유정의 귓속으로 희건의 욕망 어린 음성이 흘러 들어왔다.

다음 순간, 희건은 그녀의 절정이 가라앉기도 전에 그녀의 다리를 벌리며 격렬하게 짓쳐 들었다. 유정의 가녀린 목에 푸른 핏대가 솟으며 교성이 터져 나왔다.

그녀의 흔들리는 젖가슴을 깨물며 희건은 유정의 정신을 완전히 아득하게 뒤흔들었다.

격정적으로 흔들리는 유정의 시야에 창밖으로 한가롭기 짝이 없는 포도밭이 펼쳐져 있는 게 보였다. 햇빛이 거짓말처럼 밝았다. 그 모든 게 과격하게 뒤흔들리고 있었다.

'어지러워.'

아득한 멀미를 느낀 유정이 눈을 감았다.

몇 차례 파도가 휩쓸고 지나간 이후 유정은 희건의 몸 위에서 완전히 맥을 잃었다. 한참이 지나도록 숨을 진정시키지 못하는 그녀를 희건이 안아 올렸다.

"……희건 씨?"

유정의 목소리가 하도 신음을 내질러서 쉰 듯 갈라졌다. 목도 아픈지 유정이 제 목에 손을 가져가며 살짝 인상을 쓰는데 희건이 그녀의 입술에 입을 맞추며 말했다.

"아직 정신을 잃으면 곤란해."

"네? 아……."

그가 샤워부스 안에 유정을 내려놓고 유리 벽에 등을 기대게 했다. 그대로 탄탄한 몸을 바짝 붙이자 유정이 휘청거렸다.

"서 있을 힘도 없단…… 말이에요."

유정이 발갛게 물든 얼굴로 난감하게 말했다. 그가 그녀의 목덜미에 높은 콧날을 묻었다.

"나에게 의지하면 돼."

그녀가 자신의 단단한 팔을 잡게 하며 희건이 속삭였다. 그의 힘에 의해 유정의 두 발끝이 바닥에서 떨어졌다.

"내 허리를 감아."

몸을 지탱할 수가 없어 유정이 그의 말대로 했다. 다리를 그의 허리에 감자 근육질 남자의 몸에 더욱 밀착되며 벌어진 다리 사이로 체액으로 범벅이 된 아래가 시야에 드러났다. 유정이 민망함에 시선을 올리자 희건이 기다렸다는 듯 고개를 숙여 그녀의 입술을 빨았다.

"으음……."

더운 숨결이 섞여 들며 희건이 유정을 안고 질펀하게 젖은 말캉한 속살 안으로 여전히 무섭게 발기해 있는 근육 덩어리를 찔러 넣었다. 여러 번의 절정으로 잔뜩 예민해져 있는 내부에 다시 빳빳한 페니스가 짓쳐들어오자 유정이 막힌 입술 새로 신음을 터뜨렸다.

그녀의 입술을 놔준 희건이 느릿하게 움직이며 유정의 질 안을 길게 쑤셔 올렸다.

"아, 아무리 신혼……여행이라지만 이런, 건……흐, 읏."

거친 숨결 때문에 유정의 입술에서 말이 조각조각 끊겨 나왔다.

"기억에서 절대로 사라지지 않게 만들어 준다니까."

"이미 충분……하거, 든요? 아아……."

유정의 항변에도 희건은 유정의 귓불을 삼키고 물러서지 않았다. 돌처럼 강한 허벅지 근육에 힘을 주고 조갯살처럼 도톰한 속살안을 음란하게 짓쳐 올리자 그녀의 촘촘한 속살이 두터운 페니스에 달라붙었다.

천천히 움직일수록 더 자극이 강해진다는 걸 깨달은 유정이 제입술을 깨물어 봤지만 허사였다. 이미 안쪽 깊은 곳에선 달콤한 체액을 담뿍 흘려 대고 있었다. 한층 더 부드러워진 내부를 찢을 듯넓히며 단단한 페니스가 박혀 들 때마다 그녀의 눈은 열기로 흐려졌다.

"어디까지……흐읏, 몰아붙일, 읏……!"

"당신의 이성이 완벽히 날아갈 때까지."

"앗, 잠깐……희, 희건 씨?!"

급작스럽게 빨라지는 움직임에 유정이 다급한 목소리를 냈다.

"포기하고 나에게 모든 걸 맡겨."

그녀의 귓가에 입술을 바짝 가까이 대고 으르듯 말한 희건이 유정을 유리 벽에 바짝 밀어붙였다. 그대로 유정의 다리를 잡아 활짝벌린 그가 강인한 상체 근육을 꿈틀거리며 사정없이 쑤셔 들어가기 시작했다.

차가운 유리 벽과 데일 듯 뜨거운 희건 사이에 갇힌 유정은 더이상 아무 생각도 할 수가 없어졌다.

※ ※ ※

한 달간의 신혼여행의 마지막 여행지는 이탈리아 피렌체였다.

희건과 유정은 두오모가 보이는 루프톱 카페에서 에스프레소 잔을 두고 앉아 있었다. 탁 트인 시야와 두오모와 종탑을 배경으로 앉아 있으면서도 두 사람은 테이블 위에서 손깍지를 한 채 서로에게만 시선을 뒀다.

흰색 피케셔츠를 입은 조각남이 고가의 선글라스를 멋스럽게 머리 위로 올리고 한 여자만 바라보고 있는 모습은 그곳의 여자들을 힐끔거리게 했다. 말없이 달콤한 시선만 교환하던 유정이 한숨을 내쉬었다.

"벌써 내일이면 돌아가야 한다니 믿기지 않아요. 한 달이 뭐 이렇게 빠르죠?"

그녀의 하얀 손등을 엄지로 부드럽게 매만지던 희건이 입술 끝을 휘어 올렸다.

"우연이군요. 나도 지금 똑같은 생각을 하고 있었는데 말입니다."

"정말 며칠밖에 안 된 것 같은데……."

아쉬운 한숨을 흘리던 유정이 문득 희건의 손목을 쳐다봤다.

"그러고 보니까 계속 궁금했는데요."

유정이 그의 손목에 시선을 두고 말하자 희건이 그녀의 시선을 따라갔다.

"왜 시계는 항상 하나만 차요?"

희건은 또 그녀가 결혼식 때 예물로 준 시계만 신혼여행 내내

하고 있었다. 전부터 궁금했던 일이라 유정이 묻는 말에 희건이 그녀를 보며 대답했다.

"당신이 골라 준 거니까."

유정이 눈을 깜빡거렸다. 이 시계 전에 그가 하고 있던 시계 역시 그녀가 생일 선물로 사 줬던 거였다.

"그럼 내가 생일 선물을 주기 전에 하고 있던 시계는 누가 사 준 건데요?"

처음 계약 결혼 때 봤던 시계를 묻는 거였다. 그건 유정이 알지 못하는 시계였다.

"……."

희건이 잠시 그녀를 바라봤다. 말없이 보는 시선에 유정이 의아함을 느낄 때쯤 그가 말했다.

"아무리 계약이라 해도 그렇지 예물도 기억 못 하다니."

"네? 아……."

유정이 당황한 얼굴로 말끝을 흐렸다. 예물? 그러고 보니 분명 그 시계를 어디선가 본 적이 있던 기분이 들었던 게 떠올랐다. 급히 기억을 더듬어 보니 자기가 고른 예물 시계가 맞는 것 같았다.

"아, 그…… 미안해요. 그때 팸플릿에서 뭔가 고른 것 같긴 한데 그 시계가 그거일 줄은 몰랐어요."

유정이 난처한 표정으로 사과했다. 희건은 그의 손목시계를 힐긋 쳐다보고 말했다.

"기억 못 하는 건 알고 있었습니다. 당신이 내 생일 선물로 새 시계를 사 왔을 때 말했으니까."

'늘 똑같은 시계만 하고 있길래요. 뭔가 사연이 있다면 괜한 참견

이겠지만…… 희건 씨는 뭐든 부족함 없이 가지고 있으니까 딱히 생각나는 게 없었어요.'

그 사연이 나였을 줄이야. 그때 선물을 주며 자신이 했던 말을 떠올린 유정은 난감하게 희건을 바라봤다. 생각해 보면 그 냉정했던 2년 동안에도 희건은 그 시계만 하고 있었다.

'내가 골라 줬다는 이유로…….'

그때를 떠올리니 유정은 가슴이 뭉클해졌다. 희건의 손목엔 언제나 상징처럼 그녀가 있던 거였다. 드러내지 못했던 진심을 그런 식으로 알고 나니 문득 그가 안쓰럽기도 했다. 유정은 눈시울이 촉촉해져선 입을 열었다.

"……희건 씨 시계 많이 사 줘야겠네요. 옷에 맞춰서 하게 종류별로 다 사야겠다."

유정이 젖어 든 목소리로 말하자 희건이 지그시 그녀를 바라봤다.

"그건 안 됩니다."

"왜요?"

그녀가 물기 어린 눈을 깜빡이며 묻는 말에 희건이 낮게 말했다.

"자주 차지 못하는 게 있으면 마음에 걸릴 것 같으니까."

그의 진지한 목소리에 유정의 눈이 커졌다. 그 눈을 응시하며 희건이 말을 이었다.

"당신이 사 준 건데, 혹여나 방치라도 되면 안쓰러우니까."

"……."

희건이 진심 어린 얼굴로 그녀를 보고 있었다.

젖은 속눈썹을 깜빡이며 멍한 눈빛으로 그를 보던 유정이 상체를 세웠다. 희건이 움직임을 멈추고 그녀를 바라봤다. 유정이 그대로 두 손을 뻗어 희건의 얼굴을 감싸 그의 입술에 키스했다.

순간 희건이 놀란 표정을 지었다. 그의 입술을 깊이 머금었다가 놔준 유정이 숨을 내쉬었다.

"사람 자꾸 감동시킬 거예요?"

눈물이 차오른 눈을 살짝 흘기며 유정이 말했다. 가슴이 너무 뜨거워서 당장 희건에게 키스하지 않고는 견디지 못할 것 같았다.

그녀의 급작스러운 키스에 홀린 듯 보고만 있던 그가 눈썹을 살짝 찡그렸다.

"……자꾸 놀라게 하는데."

인상을 쓰고 낮게 내뱉은 희건이 유정의 뒷머리를 끌어당겼다. 그대로 거칠게 입술을 삼킨 그가 뜨겁게 키스를 퍼부었다.

"하아, 음."

벌어진 입술 안으로 밀고 들어온 혀가 유정의 말캉한 혀를 휘어 감고 빨아 당겼다. 그녀의 타액을 모조리 빨아내 달게 삼킨 희건이 입술을 떼어 냈다. 가까이에서 시선을 포박한 그가 어둡게 일렁이는 눈으로 유정을 응시했다.

"그땐 어쩌면…… 그렇게라도 알아주길 바랐는지도 모른다는 생각이 들어."

"그 시계를 보고요?"

유정이 열감 어린 눈을 천천히 깜빡이며 물었다.

"당시 김 실장에게 당신이 그 시계를 직접 골랐다는 걸 들었으니까."

"아……."

유정이 기억을 더듬었다. 결혼식 준비를 희건 대신 하던 그때의 실장을 말하는 것 같았다. 그녀가 그때를 떠올리는데 희건이 말을 이었다.

"내 냉정한 태도에 당신이 상처받는 걸 볼 때마다, 혹시라도 당신이 기억해 준다면……."

유정의 뺨을 다정히 쓸며 희건이 그녀의 두 눈을 번갈아 바라봤다.

"내 진심을 알아주지 않을까 하고, 그렇게 생각했었어."

희건의 목소리가 낮게 잠겼다. 그땐 제 감정을 숨겨야 했던 때고 그녀가 정말로 자신의 감정을 눈치챘다면 안 될 상황이었다.

그럼에도 한편으로는 그녀가 알아주길 바랐다.

말없이 희건을 보고 있던 유정이 작게 한숨을 내쉬었다.

"그때 결혼식 준비할 땐 자포자기 심정으로 다 아무거나 대충 고른 거라…… 내가 어떻게 기억하겠어요."

"알아. 막상 당신이 눈치챘어도 곤란한 상황이었겠지."

희건이 씁쓸한 눈빛으로 유정을 응시했다. 그 얼굴을 보며 그녀가 말했다.

"……그래도 고마워요."

희건의 눈에 의외감이 어렸다. 유정이 반짝이는 눈물이 담긴 투명한 눈으로 미소를 지어 보였다.

"난 기억도 못 하는 내가 골라 준 시계, 오랫동안 하고 있어 줘서 고마워요."

"……."

입술을 끌어 올리고 말한 유정이 그의 손목의 시계를 조심스럽게 매만졌다.

"이 시계도 그렇고요."

유정이 생긋 미소를 지어 보이자 희건이 인상을 찌푸리며 깊은 숨을 내쉬었다.

"그렇게 웃으면 내가 숨을 못 쉬어."

짓눌린 목소리로 말한 그가 유정의 입술로 다시 고개를 내렸다.

"……사랑해."

그녀만 들리도록 뜨겁게 내뱉은 희건이 유정의 입술에 키스했다.

나도, 사랑해요.

유정이 그렇게 생각하며 천천히 눈을 감았다. 두오모의 종소리가 그들 뒤에서 배경처럼 울리고 있었다.

외전 02

　유정은 <도시, 숲> 프로젝트의 성공으로 세계적인 패션 잡지의 아시아판 인터뷰 요청을 받았다.

　"표지 사진요?"

　거기에 더해 표지 사진까지 찍게 되는 줄은 몰랐기 때문에 인터뷰 장소로 온 유정은 난처한 표정을 지었다.

　"사진도 몇 장 찍는다고는 하셨지만 표지까지는……."

　유정이 난감함을 드러내자 여성 포토그래퍼가 서글서글하게 웃었다.

　"걱정하시는 것만큼 어려운 일은 아니에요. 제가 최선을 다해 찍어 볼 테니까 대표님은 부담 갖지 마시고 저쪽에 준비된 의상으로 갈아입고 오세요."

　"제가 도와드릴게요."

　"아, 그렇지만……."

　"자자, 걱정 마시고 이쪽으로 오세요."

인터뷰를 총괄하는 팀장이 포토그래퍼보다 더 환한 미소를 지으며 유정을 의상실로 이끌었다. 그곳에 대기하던 스태프들이 하이에나처럼 빠르게 유정을 커튼 안으로 밀어 넣었다.

"대표님 그거 벗으시고 이거 입으시고요, 그다음은 이거고요, 그다음은……."

정신이 하나도 없어.

스태프들이 커튼 안으로 쑥쑥 손을 밀어 넣어 내민 의상을 받아서 입다 보니 유정은 눈 깜짝할 사이에 매니시한 슈트 차림이었다. 유정이 커튼을 열고 나서자 팀장이 눈을 반짝였다.

"와우, 너무 도도하고 멋져요! 워낙 미인이시다 보니 이런 슈트도 찰떡같이 소화하시네요!"

유정이 거울로 제 모습을 어색하게 쳐다봤다.

"아……그래요?"

바지통이 너무 넓은 것 같은데……. 그런 생각이 들기도 했지만 여기 있는 사람들은 패션 전문가들이니 그들 말이 맞을 거였다.

"너무 최고세요! 자, 이제 여기 앉으세요."

팀장이 이끄는 대로 유정은 밝은 조명이 달린 거울 앞 의자에 앉았다. 프로의 손길로 메이크업을 마치고 나자 거울 속엔 평소보다 눈매가 강렬한 도시적인 미인이 있었다.

"정말 완벽해요! 최고다, 진짜! 의상이랑 완전 잘 어울려요!"

유정은 사방에서 쏟아지는 칭찬을 어지럽게 들으며 카메라 앞에 섰다.

"멋지세요. 대표님, 좋습니다! 옆으로 조금만 돌아서 주시고, 네! 딱 좋아요!"

포토그래퍼의 텐션도 그들 못지 않았다.

'이렇게 된 이상 빨리 끝내고 가는 게 상책이야.'

그렇게 마음먹은 유정은 포토그래퍼의 요구에 성실히 임했다.

"한번 우아하게 웃어 볼까요?"

찰칵. 유정이 입술 끝을 휘어 올리며 미소 짓는 순간 플래시가 터졌다. 카메라로 결과물을 확인한 포토그래퍼의 눈이 번쩍 뜨였다.

"와…… 예술이다. 표지 사진 나왔네요. 표지는 이걸로 하면 되겠어요. 정말 좋은데?"

"그렇게 좋아요? 어디 봐요."

감탄하는 포토그래퍼와 사진을 구경하러 몰려든 스태프들을 민망하게 쳐다보며 유정이 말했다.

"그럼 이제 사진 촬영은 다 끝난 거죠?"

"아직 몇 벌 더 남았어요."

팀장의 말에 유정의 눈이 커졌다.

"몇 벌이나요?"

팀장은 특유의 환한 웃음을 지으며 유정을 자연스럽게 다시 의상실로 이끌었다.

"대표님처럼 훌륭한 모델을 두고 한 벌밖에 안 찍을 순 없죠. 자, 갈아입읍시다. 이번엔 2번 의상 준비해 줘요."

"네!"

손발이 척척 맞는 스태프들은 이번엔 유정을 몸에 꼭 맞는 라인의 블랙 드레스로 갈아입혔다.

"우와, 이건 더 환상적이네요."

유정이 드레스 차림의 제 모습을 거울로 보고는 미간을 좁혔다.

"이건 콘셉트에 맞지 않는 옷 아닐까요? 성공한 여성 CEO 콘셉트라고 들었는데……."

"무슨 말씀이세요. 성공한 여성 CEO의 회사 밖 상류 생활 모습을 다들 얼마나 기대하는데요."

……하아. 반짝반짝 빛나는 팀장의 눈을 보던 유정은 포기한 듯 거울 앞 의자에 앉았다. 그러고는 포기한 얼굴로 제 머리칼을 빠르게 여신 웨이브로 만들어 주는 손길을 거울로 쳐다봤다.

메이크업까지 다시 하고 밖으로 나가자 열정적인 포토그래퍼의 촬영이 다시 시작됐다. 그 뒤로 다양한 콘셉트의 의상을 몇 번이나 갈아입은 후에야 유정은 본래 목적인 인터뷰에 들어갈 수 있었다.

"수고하셨습니다."

인터뷰까지 전부 마치고 완전히 녹초가 된 유정이 자리에서 일어서며 인사했다. 만족스러운 결과물을 얻은 팀장이 웃으며 말했다.

"대표님 오늘 정말 수고 많으셨어요. 덕분에 알찬 구성으로 신년호 만들 수 있을 것 같아요."

"다행이네요."

유정이 흐린 미소를 지어 보이는데 팀장이 슬쩍 물었다.

"이제 남편분과 데이튼가요?"

유정이 성공한 여성 CEO이기도 하지만, 진한그룹 회장과 두 번이나 결혼한 여성이라는 것도 이곳 여자들의 호기심을 자극하는 일이었다. 젊은 재벌 총수와의 신혼 생활이 궁금한 눈빛을 팀장이 숨기지 못하고 있는데 유정은 기대와 다른 대답을 했다.

"아직 일이 남아서요."

"퇴근 시간 지났는데, 또 일하러 가세요?"

팀장이 안경을 추켜올리며 물었다. 유정은 손목시계를 확인하고는 빠르게 몸을 돌렸다.

"시간이 늦어서 이만 가 볼게요. 수고 많으셨어요."

"아, 네. 감사합니다. 조심히 들어가세요!"

시간에 늦었는지 서둘러 촬영장을 나서는 유정에게 팀장과 포토그래퍼가 큰 소리로 인사했다.

유정이 문밖으로 사라지자 팀장이 옆에 서 있는 포토그래퍼에게 슬쩍 말했다.

"예비로 준비했던 옷까지 전부 다 입히고 찍어서 힘들었을 텐데 또 바로 일하러 간다니, 대단하네요."

"피사체가 저렇게 좋은데 욕심이 나서 말이죠."

포토그래퍼도 고개를 끄덕이며 말했다.

"연예인도 아닌데 촬영이 얼마나 힘들었겠어요. 그런데도 촬영 내내 싫은 티 전혀 안 냈잖아요. 성격도 좋은 것 같아요."

"저러니까 성공한 거겠죠. 여러 가지로."

"아아."

다양한 뉘앙스가 담긴 말에 포토그래퍼가 이해한 듯 머리를 주억거렸다.

유정은 진한건설 본사 회의실에서 희건과 회의 중이었다.

"오늘은 여기까지 하죠."

희건이 하는 말에 유정이 자료를 정리했다. 인터뷰 일정이 생각보다 늦어져 회의도 늦어질까 봐 걱정했는데 다행히 약속 시간에 늦지 않게 도착할 수 있었다. 무사히 하루 일정을 마쳤다는 생각에 유정이 안도의 한숨을 내쉬는데 희건의 목소리가 들렸다.

"생각해 봤습니까?"

그의 말에 테이블 위를 정리하던 유정이 고개를 들었다. 희건은 깔끔한 셔츠 위에 솔리드 타이를 맨 차림으로 유정을 똑바로 보고 있었다. 장시간 이어진 회의에도 흐트러짐 하나 없는 완벽한 남자의 얼굴을 홀린 듯 보고 있던 유정이 생각났다는 듯 말했다.

"아, 진한건설과 합치는 문제요?"

"맞습니다."

희건이 그녀에게 똑바로 시선을 꽂았다. 그 시선을 마주 보며 유정이 천천히 눈을 깜빡였다.

"그건 그때 거절했는데요."

"그래서 더 생각해 보라고 했을 텐데요."

곧장 이어지는 낮은 목소리에 유정이 자료를 정리하던 손을 놓고 희건을 쳐다봤다.

"다시 말씀드리지만 전 진한과 합칠 생각이 없습니다."

유정이 진지한 표정으로 말했다. 결혼 뒤에도 함께 업무를 볼 땐 늘 공적인 관계로서 어느 정도의 거리를 유지하고 있었다. 사생활과 업무가 얽히는 일은 유정이 선호하지 않기 때문이었다. 그런데 회사가 합쳐진다면 그 경계가 허물어질 거란 걱정이 있었다. 그 외에도 몇 가지 이유가 있었기에 유정은 희건의 제안을 처음부터 거절했다.

그런 유정의 생각을 알고 있다는 듯 조용히 응시하고 있던 희건이 입을 열었다.

"일을 하는 건 좋습니다. 하지만 내가 알 수 있는 영역에서 했으면 합니다."

"이건 내 힘으로 이룬 내 회사예요. 큰 자본에 휘둘리고 싶지 않아요."

유정이 잘라 말하자 희건의 눈이 가늘어졌다.

"큰 자본이 힘이 될 때가 있을 텐데요. 대표님."

"……"

진한이 가지고 있는 대기업의 자본력은 누구보다 유정이 잘 알고 있었다. 대답 없이 마주 보고 있던 유정이 사무적인 미소를 얼굴에 걸었다.

"그게 필요할 때 고려해 볼게요. 아직은 제 회사 능력만으로도 충분히 유지 가능한 정도라서요."

유정의 빈틈없는 방어에 희건의 눈매가 더 예리해졌다. 그 얼굴을 못 본 척한 유정이 정리를 마치고 일어섰다.

"그럼 다음 회의 때 뵙겠습니다."

인사한 유정이 나가려는데 희건이 그녀의 팔을 잡았다.

"회장님?"

유정이 의아하게 내려다보는데 희건이 의자에 앉은 채 그녀를 올려다봤다.

"내 눈에 보이는 데서 일하라는 겁니다. 못 알아듣겠습니까?"

"……"

유정이 조용히 희건을 내려다봤다. 그의 눈이 진지하게 빛나고 있었다.

끼익. 그녀의 팔을 놔준 희건이 몸을 일으켰다. 내려다보던 시야가 껑충 높아져 유정이 올려다보게 되자 희건이 말했다.

"그 회사에 남자들 들락거리는 거 불안해서 그럽니다."

"내 회사에요?"

유정이 미간을 살짝 좁혔다.

"매일 밤늦게까지 야근하는데, 거기 출입 패스워드 아는 사람

한둘인가?"

희건이 화를 억누르는 얼굴로 최대한 언성을 낮췄다. 유정을 데리러 그녀의 회사에 갔을 때 멋대로 패스워드를 누르고 들어오는 남자들을 벌써 여러 번 봤다. 그 사람들은 물론 유정 회사의 직원들이 대부분이었지만 종종 함께 프로젝트 하는 업체 관련 사람들도 있었다. 자료 문제로 회사는 언제든 사람들이 오고 갈 수 있게 오픈되어 있는 상황이었는데 그게 희건의 심기를 거슬렸다.

"아, 그거요."

유정이 그가 뭘 말하는지 알아들었다는 듯 고개를 끄덕였다. 이제야 그녀가 알아들은 걸로 보여 희건이 안심하려는 찰나 유정이 생긋 웃었다.

"걱정하지 말아요. 경호원들 있잖아요."

풀어지려는 희건의 얼굴이 다시 굳었다.

"회사 안까지 경호원을 둘 순 없지 않습니까. 대표님."

희건이 눈썹을 찌푸리고 초조함을 드러냈지만 유정은 개의치 않는 얼굴이었다.

"남편이 눈에 불을 켜고 수시로 회사 찾아온다는 거, 우리 회사 출입하는 사람들 중에 모르는 사람이 없어요. 한두 번 마주쳤어야죠. 그러니까 걱정 안 해도 돼요."

"하지만……."

희건이 뭔가 반론하려는데 유정이 이어 말했다.

"아무리 협력 관계라지만 지나칠 정도로 아내 회사에 찾아오는 건 좀 지양해 주셨으면 하고요. 회장님."

유정이 희건을 빤히 쳐다봤다. 희건이 매일 감시하듯 회사에 들이닥쳐선 일하러 온 남자들에게 눈으로 레이저를 쏜다는 말을 한 두 번 들은 게 아니었다.

'일하러 가는 건데 무섭습니다. 대표님. 시선만으로 사람 죽일 것 같아요.'

직원들의 볼멘소리를 들은 뒤로 언제 한번 말해야지 했는데, 이 기회에 하는 게 좋을 것 같아서 꺼낸 말이었다. 희건이 유정을 말 없이 내려다봤다.

"……너무하는군."

그가 한숨을 쉬고는 낮게 말했다.

"네? 아……."

희건이 두 손으로 유정의 뺨을 감싸자 유정이 멈칫했다. 그대로 얼굴이 가까워졌다. 유정의 눈이 동그래지며 숨을 들이켰다.

"여긴 회의실……."

"매번 나만 초조하고 나만 조급하게 굴게 만들지 않습니까."

미간을 좁힌 희건이 입술이 닿을 듯 바짝 고개를 숙였다.

"당신이 그럴수록 난 더 애가 타는 걸 모르나?"

어둡게 일렁이는 눈동자에 유정이 살짝 당황한 눈을 굴리며 말했다.

"여긴 회사……잖아요. 회장님."

"그런 걸 생각 못 하게 만든다고. 당신이."

탁한 음성으로 말한 희건이 유정의 입술을 삼켰다.

"으음."

말랑한 입술을 그가 베어 물자 유정의 입술에서 작은 신음이 흘러나왔다. 희건이 그녀의 입술을 벌리며 매끈한 혀를 깊이 밀어 넣

었다. 진하게 키스하는 움직임에 유정이 숨을 들이키며 뒤로 물러
났다.

탁. 회의실 테이블에 유정의 엉덩이가 닿았다.

더 도망갈 수 없게 만든 희건이 유정의 턱을 들어 올리며 입술
을 더 크게 벌렸다. 촉촉한 혀가 얽혀 드는 짜릿한 감각에 유정의
머릿속이 어질해졌다.

"이러면…… 하아, 안 되는……."

입술이 풀려난 유정이 숨을 몰아쉬며 이성을 찾으려 애썼다. 하
지만 자극받은 그녀의 입술을 잘근거리며 깨무는 감각에 이성은
더 멀리 아득해져 갔다.

아, 안 되는데…… 정말. 유정이 흐릿해지는 머릿속으로 이 열기
에서 정신 차리려 노력하는데 희건이 그녀의 예민한 귀로 입술을
옮겼다.

"매번 나만 제정신인 게 마음에 들지 않습니다."

"언제 나만, 훗, 제정신이었다고…… 그래요?"

더운 숨을 헐떡이는 유정의 상체가 점점 더 뒤로 기울어졌다. 책
상 위를 두 손으로 짚은 그녀가 고개를 젖히자 희건의 입술이 유정
의 하얀 목덜미를 훑고 내려갔다.

"매번 그러는데. 모릅니까?"

희건이 그녀의 가슴 앞에서 강렬한 시선으로 유정을 올려다봤
다. 관능으로 물든 그의 섹시한 눈에 유정의 눈이 흔들렸다.

"앗, 셔츠는…… 안 돼요."

안 된다고는 하지만 온몸은 완전히 흐물흐물해져 버려선 힘이
하나도 들어가지 않았다. 셔츠의 단추를 하나하나 풀어 내려간 희
건이 들썩이는 유정의 새하얀 젖가슴을 응시했다.

"몸은 이렇게 솔직하면서 항상 냉정한 태도를 보이는 게 더 화가 난단 말입니다."

낮게 말한 희건이 고개를 기울였다.

"훗……!"

그의 입술이 탐스러운 가슴 위에 내려앉자 유정이 얼른 손을 들어 자신의 입술로 가져갔다. 입술 새를 비집고 나오는 신음을 손으로 막은 유정의 얼굴이 점점 더 붉게 달아올랐다. 희건이 브래지어를 아래로 끌어 내리며 환한 공간에 노출된 선홍빛 유두를 혀로 휘어 감았다.

"아, 아웃."

어떡하지? 자극이 너무 강해. 희건의 회사에서 이런 일을 벌이는 건 말이 안 되는데도 그의 말처럼 몸은 속수무책으로 그에게 반응하고 있었다. 도저히 거부할 수 없는 열망에 유정의 신음이 입술을 막은 손안에서 점차 커져 갔다. 야릇한 쾌감이 몸 전체로 번져나가 머릿속에는 그를 원한다는 생각밖에는 들지 않았다.

"여기도, 이렇게 되어 버렸잖아."

"그, 그만……."

희건이 꼬집듯 잡아 비튼 유두에 단단하게 피가 몰려 유정은 더 흥분이 됐다. 야릇한 쾌감이 몸 전체로 번져 나가 머릿속에는 그를 원한다는 생각밖에는 들지 않았다.

"전혀 그만하라는 반응이 아닌데."

희건이 짓눌린 음성을 토해 내곤 상체를 들어 유정을 내려다봤다. 유정의 흐트러진 숨결에 맞춰 들썩이는 번들거리는 젖가슴과 발갛게 달아오른 얼굴, 흐릿해진 눈과 숨을 헐떡이는 붉은 입술을 차례로 응시한 그가 자신의 타이를 잡아당겼다.

"뭐 하는, 거예요?"

타오르는 눈으로 유정을 보며 타이를 풀어내는 희건에게 그녀가 숨을 몰아쉬며 물었다.

"좀 더 애원하게 만들고 싶어서."

"네?"

눈이 동그래진 유정의 두 손을 잡아 모은 희건이 그녀의 손목을 타이로 묶었다.

"잠깐……."

휘청이는 유정의 몸을 그대로 넓은 회의 테이블 위에 엎드리게 하자 그녀의 벌어진 셔츠 사이로 비어져 나온 탱글한 젖가슴이 단단한 테이블에 닿았다.

"훗."

차가워. 차가운 테이블 위에 뜨겁게 자극된 젖꼭지가 짓뭉개지는 자극에 유정이 몸을 흠칫거렸다. 타이로 묶인 손을 앞으로 뻗은 채 테이블 위에 엎드린 유정의 뒤에 희건이 섰다. 그녀의 엎드린 자세를 내려다보는 그의 눈이 위험한 빛을 냈다.

"아주 멋진데요. 대표님."

"대표님이라고 부르지 말……아요."

꼭 무슨 플레이라도 하는 것 같잖아.

유정이 난처한 표정을 짓는데 이상하게도 몸은 더 자극되어 뜨거워지는 것 같았다.

왜 이러지? 이런 난감한 상황에서도 흥분하는 자신의 몸에 당황한 유정이 가쁜 숨을 흘리는 제 입술을 지그시 물었다.

"풀어 주길 바랍니까?"

희건이 은근한 목소리로 물으며 그녀의 뒤에서 한쪽 무릎을 굽혀 바닥에 앉았다.

"그, 그렇게 말하면…… 풀어 줄 거예요? 아, 읏."

뒤에 앉아 스커트를 엉덩이 위까지 들춰 올리는 그의 손길에 유정이 흠칫거리며 말했다. 팬티와 스타킹을 동시에 허벅지까지 끌어 내리자 유정의 발끝에 힘이 들어갔다.

"물론입니다. 대표님이 원하신다면."

낮게 잠긴 목소리에서 말과는 전혀 다른 강렬한 욕망이 느껴졌다. 침을 꿀꺽 삼킨 유정은 팔을 뻗어 엎드린 자세라 뒤를 돌아볼 수가 없었다. 희건의 모습이 보이지 않는다는 사실이 더 감각의 상상력을 자극시켰다.

희건이 유정의 하얗고 탱탱한 엉덩이를 두 손으로 잡아 벌렸다.

"잠깐, 만요. 거긴……!"

유정이 작게 소리치는데 벌어진 사이로 지체 없이 그의 입술이 내려앉았다.

"하읏……!"

은밀한 부위에 닿은 입술의 감각에 유정의 묶인 손목에 단단히 힘이 들어갔다. 엉덩이를 움켜잡은 손에 더 힘을 줘 사이를 넓게 벌린 희건이 흥건하게 젖어 있는 속살을 야릇하게 빨았다.

"아, 아아! 아읏."

유정이 쾌감에 몸부림칠수록 테이블 위에 짓눌린 그녀의 유두가 이리저리 쓸리며 흥분을 높였다. 바닥을 지탱하고 선 유정의 두 다리가 덜덜 떨리고 있었다. 풀어 달라고 하긴커녕 희건의 의도대로 헐떡이며 신음을 쏟고 있는 자신을 유정은 믿을 수 없었다. 이곳은 회사인데도.

"말해 봐요. 내가 풀어 주길 바라는지, 아니면."

"……아!"

그의 타액으로 범벅이 된 곳에 뭉툭하고 단단한 것이 닿았다. 흥분으로 한껏 부푼 속살을 당장 짓쳐들어올 듯 강한 힘이 느껴지자 유정의 눈이 커졌다.

"이대로 계속 대표님을 지배하길 바라는지."

뒤에서 탁한 음성이 들렸다.

"계, 계속……해 줘요."

유정이 참을 수 없다는 듯 쥐어짜는 소리를 냈다. 온몸이 너무 뜨거워서 견딜 수가 없었다. 당장 희건이 자신을 엉망으로 뒤흔들어 주길 바랐다.

희건이 낮게 웃는 소리가 들렸다.

"좋군요. 하지만 난 대표님을 더 조급하게 만들고 싶습니다."

"언제까지……!"

다급하게 소리치던 유정은 갑자기 몸을 급습한 손가락의 감촉에 순간 숨을 멈췄다. 질척한 애액을 뚝뚝 흘리고 있는 속살 안으로 손가락을 쑤셔 넣은 희건이 거칠게 휘젓기 시작했다.

"……흣! 으, 웃. 아!"

사납게 유정의 안을 쑤셔 대는 희건의 남성적인 팔뚝에 핏대가 곤두섰다. 그 거친 힘에 따라 유정의 엉덩이가 푸딩처럼 흔들렸다. 굵고 기다란 손가락이 깊숙이 찔러 들었다가 갈고리처럼 내벽을 긁어내릴 때마다 참을 수 없는 자극이 유정을 덮쳤다. 테이블 위에 밀착된 상체를 이리저리 비틀며 엉덩이에 바짝 힘을 준 유정의 신음이 다급해졌다.

"하으읏……!"

엉덩이를 한껏 곤추세운 유정이 절정으로 치달았다.

희건이 절정으로 조여드는 그녀의 내부에 박아 넣은 손가락을 빼내자마자 그녀의 엉덩이를 벌리며 상체를 숙였다.

"아, 자, 잠깐……!"

유정이 당황한 눈으로 발갛게 물든 얼굴을 들었다. 희건은 탐스러운 엉덩이를 사납게 움켜쥐고 벌린 뒤 쾌락의 샘물을 잔뜩 흘리고 있는 속살을 입술로 삼켰다.

순간 유정은 비명 같은 신음을 삼키며 입술을 깨물었다.

마침내 그녀가 흘린 애액을 모조리 제 입술 안으로 집어삼킨 희건이 일어섰다. 하아, 하아. 테이블 위에 옆얼굴을 댄 채 열감 가득한 얼굴로 가쁜 숨을 흘리는 유정의 몸을 그가 뒤에서 잡았다.

"이제부터가 진짜 애원할 차례입니다. 대표님."

흥분으로 탁하게 잠긴 목소리가 그의 번들거리는 입술에서 흘러나왔다.

애원이라니…….

유정의 눈이 쾌락으로 흐릿하게 젖어 들어 있었다. 거부할 수 없는 말임을 알고 있었다.

한참 뒤, 유정은 땀에 젖은 채 희의실 의자에 앉은 희건의 몸 위에 기대어 앉아 있었다.

"……들키면 어쩌려고, 정말."

유정이 잘 나오지도 않는 잠긴 목소리로 말하고는 눈썹을 찌푸렸다. 희건이 유정의 이마에 댄 입술을 느른하게 휘어 올렸다.

"몇 번이나 애원한 사람이 할 말은 아닌 것 같은데."

"그거야 희건 씨가…… 으음."

항변하려는 유정의 턱을 들어 올린 그가 그녀에게 키스했다. 진하게 입술을 삼켰다가 놔준 희건이 가까이에서 시선을 맞췄다. 진지한 그의 얼굴을 유정이 아직 상기된 얼굴로 마주 보고 있는데 그가 입을 열었다.

"당신이 회사에서 일하는 모습을 옆에서 보고 싶어. 가까이에서."

"아…… 아까 말했던 거요?"

유정이 기억을 더듬어 보니 아직 진한건설과의 합병 건 대화가 마무리되지 않았다는 걸 떠올렸다. 희건이 땀에 젖은 유정의 뺨에 붙어 있는 머리칼을 다정하게 떼어 주며 말했다.

"알아. 어린애 같은 생각인 거."

낮은 음성에 한숨이 섞여 있었다.

"……."

유정이 말없이 그의 얼굴을 조용히 바라봤다. 그 얼굴을 마주 본 채 희건이 말을 이었다.

"하지만 내가 분명 도움이 될 거야. 내가 가진 모든 힘으로 당신을 밀어줄 거니까."

그의 단단한 눈빛을 보며 유정이 작게 한숨을 내쉬었다.

"그래서 싫다는 거예요. ……당신이 그렇게 밀어줄 거 아니까."

시선을 내린 유정이 희건의 흐트러진 셔츠 위로 조심스럽게 손을 올렸다. 탄탄한 가슴근육을 손끝으로 천천히 훑어 내려가며 말했다.

"내 회사는 그냥 크든 작든 내 능력으로 일궈 나가고 싶어요. 당신의 도움을 받으면 물론 성장이 무척 빠르겠지만…… 그건 내 힘으로 이뤘다는 성취감이 덜할 것 같아요."

조곤조곤 흘러나오는 목소리를 희건이 말없이 듣고 있었다. 넓은 가슴을 손끝으로 가만히 쓸어 가던 유정이 기다란 속눈썹을 들어 다시 그와 시선을 맞췄다.

"온전히 내 회사라는 실감도 들지 않을 것 같고."

확고함이 담긴 눈으로 말한 유정이 그의 표정을 살폈다.

"어떤 말인지 알겠어요?"

유정이 그의 표정을 살피며 묻는 말에 희건의 입술에서 가느다란 한숨이 새어 나왔다.

"……그래. 당신 생각이 그렇다면 그렇게 해."

포기한 듯한 희건의 미소에 유정의 입술에도 예쁜 미소가 걸렸다.

"이해해 줘서 고마워요. 희건 씨."

그녀의 아름다운 미소를 홀린 듯한 눈으로 보고 있던 희건의 얼굴이 찡그려졌다.

"이 미소 앞에서 어쩌란 거야."

신음처럼 흘린 희건이 유정의 입술을 사납게 삼켰다. 다시 거칠어지는 키스에 유정이 그의 가슴 위에 올리고 있던 손으로 셔츠를 지그시 움켜잡았다. 희건이 그녀의 몸을 또다시 뜨겁게 달구기 시작했다.

※ ※ ※

두 사람이 함께 집으로 돌아온 시간은 늦은 밤이었다. 결혼 뒤 희건은 유정과 함께 차 회장에게 상속받은 대저택으로 들어왔다. 대저택 건물의 돌계단 아래에서 운전 비서가 차를 세우자 희건이 차에서 내렸다.

"수고하셨습니다."

운전 비서에게 인사한 유정이 희건이 잡아 준 문으로 내렸다. 희건이 유정의 허리를 다정하게 감싸며 말했다.

"가죠."

그녀가 그를 올려다보며 생긋 미소 지었다.

"네. 가요."

희건은 유정과 함께 천천히 돌계단을 올랐다. 돌계단을 오르던 유정이 문득 말을 꺼냈다.

"아직도 종종 떠오르는 거 알아요?"

"뭘 말입니까?"

희건이 묻는 말에 유정이 돌계단을 오르는 구두 앞코에 시선을 내리고 말했다.

"예전에, 우리 결혼하고 여기 왔을 때 이 돌계단을 혼자 성큼 오르던 희건 씨의 뒷모습요."

"……."

희건이 우뚝 멈춰 서서 유정을 내려다봤다.

"처음으로 이곳에 왔던 날을 말하는 겁니까."

낮은 목소리에 유정의 눈이 살짝 커졌다.

"기억하고 있네요?"

'차희건 씨. 걸음을 좀 늦춰 줬으면 하는데요.'

유정의 그 말은 희건 역시 똑똑히 기억하고 있던 말이었다.

"기억합니다. 도망치듯 당신에게서 멀어져야 했으니까."

희건이 짙어진 눈으로 유정의 얼굴을 내려다봤다.

"그땐 뒤따라오던 당신에게 숨겨 둔 감정을 들키지 않기 위해

늘 필사적으로 도망치던 때였고."

"……."

"그래서 같이 가자는 말에도 난 따르지 않았기 때문에…… 아직도 항상, 미안하게 생각하고 있어."

그의 표정이 가라앉았다. 죄책감이 어린 희건의 얼굴을 유정이 미소로 마주 봤다.

"이 집으로 이사 온 뒤 이 돌계단을 오르면서 그때 기억이 가끔 떠오르면 신기해요. 당신의 등을 더 이상 미워하지 않게 되었다는 게요."

선선한 미소를 지으며 말한 유정이 말없이 내려다보고 있는 희건의 손을 가만히 잡았다. 그러고는 다시 그와 시선을 맞췄다.

"이렇게 매일…… 당신과 함께 이 집에 들어가게 된 지금도 신기하고."

손을 잡고 있는 유정을 희건이 조용히 보고 있었다. 움직이지 않고 있던 그가 그녀의 손을 제 손으로 단단히 잡았다.

"아직 날 더 미워해야 합니다. 그 모든 시간을 쉽게 용서하지 말고."

"왜요?"

유정이 빤히 쳐다보자 희건이 진지하게 그녀를 내려다봤다.

"아무리 시간이 지나도 난 당신에게 미안할 테니까."

"……."

"내가 그 미안함을 갚기 위해 평생 당신에게 잘할 테니 천천히, 아주 천천히 날 용서해요."

희건이 진심을 토해 내듯 낮게 말했다. 그의 짙은 눈동자를 보며 유정이 입술 끝을 휘어 올렸다.

"이미 다 용서해 버렸는데 어떡해요. 할 수 없죠."

녹아들 듯한 미소를 지은 유정이 잡은 손을 놓고 희건의 팔짱을 꼈다.

"배고프다. 어서 올라가요."

유정이 웃으며 하는 말에 희건도 다시 천천히 걸음을 옮겼다. 현관으로 들어서자 한 실장이 대기하고 있었다.

"오셨습니까."

반듯하게 서서 인사한 한 실장이 유정에게 물었다.

"식사는 준비해 뒀는데 바로 하실 건가요?"

보통 이런 의사 결정은 유정이 하기 때문에 희건이 아닌 유정에게 묻는 거였다. 유정이 안으로 들어가며 대답했다.

"바로 할게요. 잠깐 옷만 갈아입고 나올게요."

"알겠습니다. 천천히 준비하고 나오세요."

한 실장이 다이닝룸 쪽으로 걸어갔다.

잠시 후 유정이 다이닝룸으로 오자 막 식탁을 다 차린 나주댁이 웃으며 인사했다.

"다녀오셨어요."

"네. 와, 오늘도 맛있겠네요."

나주댁이 솜씨를 발휘한 저녁 식탁을 유정이 눈을 빛내며 바라봤다. 야근 때문에 저녁을 못 먹고 올 때가 많아서 나주댁은 언제든 차려 줄 수 있게 식사 준비를 해 두곤 했다.

'차 회장이 살아 있었을 땐 짠한 모습만 봐 왔는데……'

못된 시댁 식구들 때문에 유정의 안쓰러운 모습만 봤던 나주댁은 지금 이렇게 희건과 행복해진 모습에 다행이라고 생각하고 있었다. 그때 깔끔한 피케 셔츠로 옷을 갈아입고 나온 희건도 유정의

286

맞은편에 앉았다.

"잘 먹겠습니다."

"어서 들어요. 식기 전에."

나주댁에게 감사를 표한 두 사람이 식사를 시작했다. 정갈하게 젓가락질을 하던 희건이 유정에게 물었다.

"오늘 촬영한 건 언제 나오는 겁니까?"

잡지 인터뷰를 묻는 말에 유정이 대답했다.

"신년호래요. 나오면 회사로 보내 준다고 했어요."

"그렇군요."

희건이 고개를 끄덕이는데 유정이 말을 덧붙였다.

"근데 희건 씨는 안 봤으면 좋겠는데."

그녀의 작게 속닥거리는 목소리에 희건의 눈이 가늘어졌다.

"노출이 있는 의상이라도 입었던 겁니까."

희건이 낮아진 목소리로 말하자 유정이 고개를 저었다.

"아니, 그건 아니었어요. 다만 좀…… 민망해서요."

오늘 찍은 다양한 사진들을 떠올린 유정이 입매에 힘을 줬다. 게다가 표지 모델까지 하는 줄은 자신도 몰랐기 때문에 희건도 아직 모르는 일이었다.

'지금은 말하지 말자.'

어차피 잡지가 나오면 알게 될 일이지만 지금은 부끄러우니 유정은 일단 숨기기로 했다. 유정이 밥그릇에 시선을 내린 채 그런 생각을 하고 있는데 희건이 말했다.

"촬영장에 가지 못한 게 한스럽군요. 하필 중요한 회의가 있던 날이라."

진심으로 아쉬운 듯한 얼굴로 그가 말하자 유정이 고개를 들었다.

"희건 씨가 거기 따라나서려 했으면 내가 못 오게 했을걸요? 그냥 혼자 있어도 민망한데 희건 씨가 보고 있으면 더 창피하죠."

"직원은 간다고 들었는데."

희건이 눈을 가늘게 뜨고 유정을 쳐다봤다. 그의 말에 유정이 얼른 손사래 쳤다.

"아무도 못 오게 했어요."

희건은 미간을 좁히고 그녀를 보고 있었다.

"……그럼 됐습니다."

여전히 불만스러운 표정이었지만 마지못해 다시 식사를 시작하는 그를 본 유정이 작게 웃었다. 식사가 끝나고 난 뒤 나주댁이 다가와 물었다.

"다 드셨으면 차 준비할까요?"

"네. 고마워요."

유정이 생긋 웃었다. 나주댁도 부드러운 눈빛으로 유정에게 말했다.

"올라가 계세요. 준비해서 보낼 테니."

테이블 앞에서 몸을 일으킨 두 사람은 익숙하게 계단으로 향했다. 옥상과 이어진 곳에 위치한 루프탑은 층고가 높고 전면이 유리로 되어 있어 하늘을 볼 수 있었다. 운치 있는 벽난로와 푹신한 소파도 있어서 유정은 식사 후 그곳에서 희건과 함께 앉아 대화하는 걸 좋아했다.

소파에 나란히 앉아 있는데 한 실장이 찻잔이 담긴 트레이를 들고 왔다.

"직접 오셨어요?"

유정이 한 실장을 보고 눈을 깜빡였다. 보통 사용인이 가져다주는데 한 실장이 직접 와서 묻는 말이었다. 다가온 한 실장은 조용히 트레이를 테이블 위로 내려놨다. 달그락. 찻잔을 내려놓은 한 실장이 옆구리에 끼고 온 것을 유정에게 내려 줬다.

"날이 쌀쌀하니 이걸 덮으세요."

"아, 감사합니다."

춥진 않지만 한 실장의 배려에 유정이 담요를 받으며 감사 인사를 했다.

"그럼 필요한 게 있으면 불러 주세요."

한 실장이 말하고는 몸을 돌렸다. 입구로 걸어가던 한 실장이 걸음을 멈추고 두 사람을 잠시 쳐다봤다.

"……."

찻잔을 들고 행복한 표정으로 서로를 바라보는 두 사람의 모습에 한 실장의 얼굴이 온화해졌다.

……회장님도 기뻐하시겠지.

차 회장을 떠올리며 두 사람을 보던 한 실장이 다시 고개를 돌렸다.

한 실장이 그곳을 빠져나간 뒤 차를 마시며 도란도란 대화를 나누던 유정은 문득 벽난로 옆의 조명을 바라봤다. 조명을 보고 뭔가 떠오른 유정이 희건을 바라봤다.

"희건 씨."

그녀가 희건에게 시선을 향하며 부르자 이미 유정을 보고 있던 그가 부드럽게 시선을 맞췄다.

"음……."

유정이 떠오른 말을 하려다 희건과 눈을 마주치고는 눈을 옆으로 살짝 굴렸다. 그걸 본 희건이 말했다.

"그건 말을 돌리려고 할 때 표정인데, 무슨 말인데 그럽니까."

"어떻게 알았어요?"

유정이 신기하다는 듯 물었다. 희건이 옆에 앉은 그녀의 뺨을 다정하게 매만지며 낮게 속삭였다.

"당신만 봐 온 세월이 얼마인데."

그녀에 대한 열망으로 잔잔하게 빛나는 눈동자를 가만히 보던 유정이 입을 열었다.

"그럼 그것도, 날 봐 오다가 알게 된 거예요?"

"뭘 말입니까?"

"내가…… 정전 공포 있던 거요."

유정이 조심스럽게 말했다.

이젠 희건 덕분에 나아진 증상이긴 하지만 초등학생 때 생긴 이후로 평생 불편을 겪어야 했던 공포증이었다. 그걸 희건이 처음부터 알고 있던 걸 나중에 눈치챘지만 아직 묻진 못하고 있었다.

"……."

희건의 표정이 진지해지는 것을 보며 유정이 말을 이었다.

"정전 공포 자체를 잊고 있었는데 방금 저 조명을 보고 떠올랐거든요."

정확히는 폐소 공포와 합쳐진 증상이긴 했지만, 어둡지 않은 폐쇄된 공간에는 반응하지 않은지 상당히 됐다. 가장 크게 반응했던 건 눈앞이 갑자기 어두워질 때였다. 그럴 땐 과거의 어두움이 떠올라 숨이 쉬어지질 않았다.

잠시 생각하던 희건이 입을 열었다.

"당시 전학 갔던 당신을 따라다니던 때, 당신이 엘리베이터에 잘 타지 못하던 모습을 몇 번 봤습니다."

아, 역시 그렇게 알게 된 거였구나.

자신의 예상과 맞자 유정이 천천히 고개를 끄덕였다. 희건이 조용히 말을 이었다.

"이상하다고 생각해서 더 자주 당신을 보러 갔습니다. 집까지 가는 길을 계속 멀리 도는 모습에서 그 집을 싫어하는 걸 알 수 있었고."

그 모습을 본 희건은 유정을 처음 봤을 때 자신의 집 가든 파티장에서의 기억을 떠올렸다. 재벌 집 아이들에게 무시를 당한 유정은 다시 아이들이 있는 쪽으로도, 모르는 사람들이 많은 곳으로 갈 수도 없어 그 근처를 뱅글뱅글 돌고 있었다. 그녀의 할아버지가 올 때까지.

"맞아요. 그땐…… 집에 들어가기 싫었어요."

유정이 시선을 내리며 말했다. 자세한 이야기는 하고 싶지 않았지만 희건이 본 대로였다.

"그때 할아버지가 돌아가신 뒤 부모님과 살게 되면서 세상에서 내가 가장 불행하다고 생각할 때였어요."

유정이 시선을 들어 신기한 듯 눈을 깜빡이며 그를 바라봤다.

"그런데…… 당신이 그때의 날 보고 있었다니, 다시 생각해도 신기해요."

희건이 그녀의 보드라운 뺨을 손끝으로 쓸어내리며 말했다.

"그러다 어느 날 당신이 다니던 학원 차가 있던 지하 주차장에서 기다리고 있었습니다."

"정말요?"

거기서 날 보고 있었다고?

유정의 눈이 커졌다. 중학생이 되어 학원에 다닌 적이 있었는데 희건이 거기서 자신을 기다렸다는 말이 새삼 놀라웠다. 희건은 흔들리지 않는 짙은 눈동자로 그녀를 응시했다.

"그때 당신이 나오는 모습을 봤습니다. 그런데 마침 그곳이 정전이 됐고."

아……

유정은 희건이 언제를 말하는지 정확히 떠올랐다. 학원에서 지하 주차장으로 내려가다가 갑자기 정전이 된 적이 있었다. 그때 기절까지 했던 기억이 떠오르자 유정은 왠지 창피해졌다.

"……그런 부끄러운 모습까지 보였네요. 당신한테."

유정이 난처하게 시선을 내리는데 희건이 그녀의 턱을 지그시 들어 올렸다. 시선을 맞춘 그가 말했다.

"그때 바닥에 쓰러진 당신에게 나도 모르게 달려갔어."

학원 사람들이 몰려들고 구급차가 올 때까지 의식을 잃은 유정을 필사적으로 안고 있었다.

"새하얘진 당신의 얼굴을 보고, 심장이 멈추는 줄 알았고."

지금 생각해도 심장이 조여드는지 희건의 목소리가 낮게 잠겼다.

"그럼 희건 씨가 병원까지 같이 갔던 거예요?"

유정이 묻는 말에 희건이 낮게 한숨을 내쉬고 고개를 끄덕였다.

"누구냐고 물어서 오빠라고 하고 같이 갔습니다."

유정이 놀란 눈으로 희건을 쳐다봤다. 그때 이 사람이 같이 있었다니…….

"그때 응급실에서 들었습니다. 당신의 증상에 대해선."

희건이 가라앉은 목소리로 말했다. 그래서 그 뒤엔 유정이 그런 상황에 빠질까 봐 전전긍긍하며 달려갔었다. 학교에서 늦게 끝나는 날이면 어떻게든 빠져나와서 유정이 집에 가는 시간에 맞추도록 했다.

……그러고 보니 과외도 학원도 보내지 않은 그 집에 고마운 일이 하나 생겼군.

희건이 씁쓸한 미소를 짓고 있는데 유정이 깊이 숨을 내쉬고 속삭였다.

"그랬구나……."

처음 듣는 이야기에 유정은 가슴이 뭉클해졌다. 그래서 계약 결혼 시기에 정전이 일어났을 때 희건이 처음으로 2층에 올라왔던 거였다.

밝은 조명을 들고.

유정이 촉촉하게 눈물이 맺힌 눈으로 희건을 바라봤다.

"다 알고 있었으면서 왜 지금까진 말 안 한 거예요?"

희건이 유정을 잔잔한 눈빛으로 응시하며 그녀의 머리칼을 부드럽게 매만졌다.

"당신을 지켜봤던 일을 어디부터 어디까지 설명해야 되는지 몰랐으니까."

낮은 음성으로 말한 그가 유정의 이마에 지그시 입을 맞췄다.

"그건…… 그렇겠지만, 그래도……."

유정이 눈물이 그렁그렁해선 한숨을 포옥 내쉬었다. 그가 엄지로 그녀의 눈가에 눈물을 닦아 내 주며 말했다.

"궁금한 게 있으면 언제든 물어보면 돼. 말해 줄 테니까. 지금처럼."

깊고 다정한 목소리에 유정이 숨을 크게 들이켰다 내쉬었다.

"그럴게요. 그럼."

할 수만 있다면 자신이 모르는 희건이 저를 지켜보던 과거를 전부 다 알고 싶었다. 하지만 하나하나 선물함을 풀어 보듯 천천히 해 나가기로 했다. 그게 더 오랜 시간 행복할 수 있을 것 같아서. 유정이 눈꼬리에 투명한 눈물이 매달린 채 생긋 웃었다.

"고마워요."

"뭘 말이지?"

희건이 다정한 눈빛으로 유정의 물기 어린 눈을 깊이 들여다보며 물었다.

"그때 혼자 응급실 보내지 않아 줘서요. ……이제야 알았지만."

눈을 떴을 땐 병실에 혼자 있었다. 부모가 와서 계산은 다 해 뒀으니 몸이 회복되는 대로 가면 된다는 간호사의 말을 듣고 내심 상처를 받았다.

'돈만 내고 간 거구나.'

쓰러진 자식이 깨어날 때까지 기다리지도 않는 그 몰인정함에 또다시 상처를 받았다. 그런데 그때 희건이 옆에 있어 줬다는 말을 듣고 지금이라도 위안이 됐다.

"고마워요. 희건 씨."

유정이 진심을 담아 다시 속삭이듯 말했다. 눈물이 번진 그녀의 얼굴을 일렁이는 눈으로 응시하던 희건이 천천히 고개를 기울였다. 그가 입술을 맞물리자 유정이 눈을 감았다.

루프탑의 전면창 밖에서 별빛이 반짝이고 있었다. 그 별빛을 받으며 두 사람의 키스가 조금씩 깊어졌다.

외전 03

"이거 봤습니까?"

희건이 심기 불편한 얼굴로 유정에게 휴대폰을 건넸다.

"뭔데요?"

출근 준비를 하던 유정이 의아한 얼굴로 휴대폰을 받아 들었다. 화려한 자막이 붙은 동영상 화면이 눈에 들어왔다.

「요즘 인기 많은 셀럽, 건설계 핫세로 불리는 성유정 대표를 따라 가다! (부제: 대저택의 그녀?)」

"이게 뭐예요?"

유정의 눈이 동그래졌다. 영상에는 퇴근하는 자신을 차로 뒤쫓는 장면이 이어지고 있었다.

"집 근처까지 따라오는 남자들을 저지시킨 적이 몇 번 있다고 경호팀장이 그러던데."

서늘한 목소리에 유정이 화면에서 시선을 들어 희건을 바라봤다.

"그런 일이 있었어요……?"

유정은 전혀 모르는 일이었다. 그 패션 잡지 인터뷰와 함께 표지 모델로 나간 이후로 그녀가 꽤 유명해져 버린 걸 자신만 모르고 있던 것이다.

"이상하네요. 그 뒤로 인터뷰 요청이 여러 번 들어왔긴 했지만 다 거절했는데?"

유정이 고개를 갸우뚱거렸다. 사진 촬영이나 인터뷰는 성격상 맞지 않아 업계 관련 매체 말고는 하지 않기로 방침을 정했다. 그런데 그녀가 모르는 다른 세계에서 유정은 이미 충분히 유명해져 버린 거였다.

한번 보면 잊을 수 없는 우아한 외모 때문에.

천진한 유정의 얼굴을 내려다보던 희건의 미간이 좁혀 들었다.

"비서팀에서 보내 준 영상인데, 바로 내리도록 조치할 겁니다."

"그래야겠네요."

유정이 간단히 대답하고 다시 출근 준비를 하려는데 희건이 화를 억누르는 목소리로 낮게 말했다.

"이미 조회수는 수십만이 넘어서 문제지만."

"수십만이나 봤다고요?"

저걸 왜? 유정이 이해할 수 없는 눈으로 희건을 쳐다봤다.

"한창 떠오르고 있는 셀럽에게 대저택에 사는 미스터리 한 배경까지 추가되었으니 그런 게 아닐까요, 대표님."

"아……."

희건이 눈을 예리하게 뜨고 다가오자 유정이 저도 모르게 한 걸음 물러났다. 그가 그대로 따라붙으며 그녀를 위압적으로 내려다봤다.

"회사 앞을 기웃거리는 남자들도 꽤 늘었던데요."

"회사 앞에요? 난 못 봤는데?"

뒤로 물러나는 만큼 희건이 곧장 따라붙어서 어느새 유정은 벽까지 몰렸다.

'갇혔잖아?'

유정이 눈을 굴리며 빠져나가려 했지만 희건의 어깨가 너무 넓어서 도저히 틈이 보이지 않았다.

"보이는 즉시 경호원이 쫓아내고 있으니 못 봤을 겁니다."

그녀를 바짝 몰아붙인 희건이 서늘하게 말했다. 빠져나가려던 궁리를 멈춘 유정이 그를 슬쩍 올려다봤다.

"희건 씨 화났어요?"

"내 여자 주위에 다른 남자가 기웃거리는 걸 누가 참아 줍니까."

칼날 같은 시선에 유정은 고양이 앞의 쥐가 된 심정이었다.

"그건 방금 전에도 말했지만 내 의사가 아니라…… 희건 씨가 과민한 것일 수도……."

상황을 좋게 풀어 보려 되는 대로 말을 내뱉었지만 희건의 냉기는 더 강해졌다. 유정을 벽으로 밀어붙인 희건이 고개를 내렸다. 싸늘한 시선으로 거리를 좁힌 그가 말했다.

"왜 인터뷰에 결혼한 사실을 숨긴 겁니까?"

"네? 숨겼다니, 그럴 리가요. 인터뷰 때는 말했어요."

유정이 억울한 표정을 지었다. 분명 인터뷰 당시 결혼 생활에 관한 내용을 물어봤었고 자신도 몇 가지 답변을 했던 기억이 있었다. 희건이 냉기가 풀풀 날리는 시선을 꽂은 채 말했다.

"정작 인터뷰가 실린 곳엔 그 내용이 빠져 있더군요. 나와 연관된 일은 포털에 전부 삭제시켜 뒀기 때문에 당신의 개인정보는 '도시의 샘 성유정 대표'로밖에는 없다는 뜻이고."

"아…… 그렇구나."

유정이 고개를 끄덕였다. 포털에 자신의 이름을 따로 검색해 보지 않았기 때문에 어떤 정보가 나오는지까진 모르고 있었다. 유정의 반응에 희건의 표정은 더 싸늘해졌다.

"그렇게 고개를 끄덕일 때가 아닐 텐데요. 방송사에서도 인터뷰 요청이 들어간 걸로 아는데."

"그건 다 거절하고 있으니 걱정 말아요. 해 보니까 난 그런 쪽은 영 맞지 않다는 걸 알게 됐거든요."

"……."

생긋 웃는 유정의 얼굴을 희건이 가늘어진 눈매로 응시하고 있었다.

'전혀 모르는군.'

희건의 미간이 좁혀 들었다. 자신이 밖에서 건설계 핫세로 지금 얼마나 인기 있는지 전혀 모르는 순진한 얼굴을 보고 있자니 속이 끓었다.

"어머, 벌써 시간이 이렇게 됐네요? 나 늦겠어요."

유정이 놀란 얼굴로 손목시계를 확인하더니 막고 있는 희건을 재빠르게 빠져나갔다. 그 모습을 못마땅하게 보고 있는 희건에게 유정이 갑자기 몸을 돌렸다.

"아, 희건 씨. 말하는 걸 깜빡할 뻔했는데요. 나 2주 후에 해외 출장 일정이 있어요."

희건의 눈썹 사이에 굵은 선이 패였다.

"······해외 출장 말입니까?"

"네. 싱가포르에서 건축 포럼이 있어서 2박 3일로 짧게 다녀올 거예요. 그럼 나 먼저 나갈 테니 천천히 준비하고 나와요."

차에서 읽을 서류와 가방을 챙기며 유정이 빠르게 몸을 돌렸다. 곧장 문으로 향하는 그녀에게 희건이 말했다.

"나도 같이 가겠습니다."

"네?"

유정이 멈춰 서서 돌아봤다. 의아하게 쳐다보는 그녀에게 희건이 뚜벅뚜벅 다가갔다.

"정확한 날짜가 언젭니까?"

"21일 출발이요. 그런데 희건 씨가 왜······."

지난번 같은 공동 프로젝트로 인한 출장도 아니고 이건 유정 개인의 일정이었다. 의문 어린 눈을 깜빡이는 유정을 희건이 똑바로 바라봤다.

"집까지 따라오는 놈들이 있는 판에 해외를 어떻게 혼자 보내지? 일정 조절해서 함께 갈 거니까 그렇게 알고 있어."

"네? 괜찮아요. 희건 씨 바쁘잖······."

덜컥. 유정이 뭐라 말하기도 전에 희건이 먼저 문을 열었다. 냉기를 날리며 방을 나서는 그를 그녀가 눈을 둥글게 뜨고 쳐다보고 있었다.

"그렇게 걱정되나?"

고개를 갸웃거리던 유정의 입술에 슬며시 웃음이 피어났다. 희건 씨도 참. 애처가라니까. 유정이 입술 끝을 휘어 올리고 있는데 밖에서 희건의 목소리가 들렸다.

"출근 안 합니까?"

"아, 네. 가요."

유정이 뒤늦게 정신을 차리고 얼른 방을 나섰다.

※ ※ ※

출장 당일이 되자 희건이 유정의 캐리어를 끌고 현관 밖으로 나
왔다.

"제가 하겠습니다."

대기하고 있던 운전 비서가 빠르게 다가와 그의 손에서 캐리어
를 가져갔다. 희건과 함께 나오던 유정이 그에게 말했다.

"바쁜데 일정 조절한다고 너무 무리한 거 아니에요?"

"이틀 정도 시간 내는 게 그리 무리는 아닙니다."

유정에게 뒷문을 열어 주면서도 희건의 표정은 냉랭했다. 최근
유정을 따라다니는 남자들 숫자가 늘어서 그런지 그의 심기는 무
척 불편했다. 거기다 비슷한 영상들은 늘어나고 있었다. 그녀를 회
사에 데려다주고 데리러 갈 때 일부러 손을 잡고 나오거나 자잘한
스킨십을 하는데도 그 모습은 삭제한 듯 유정의 외모를 극찬하는
스토킹류의 영상들만 늘어 갔다.

비서실에서 수시로 확인해서 제제를 하는데도 미꾸라지처럼 감
시망을 벗어난 영상들이 자꾸 튀어나와 희건의 인내심은 한계에
다다르고 있었다.

'반지를 더 큰 걸 사 줘야 하나.'

유정의 손가락에 끼워져 있는 결혼반지를 그가 예리한 시선으
로 응시했다. 공항에 도착한 다음에도 희건의 시선은 유정의 손가
락에 끼워진 반지에 박혀 있었다.

지금 반지는 너무 커플 반지처럼 보이는 걸지도. 한눈에 결혼반지라는 걸 알 수 있을 정도로 크고 화려한……

희건이 그렇게 생각하며 전용기 탑승구로 향하고 있는데 문득 유정의 목소리가 들렸다.

"희건 씨."

희건이 시선을 내리자 그의 손을 잡은 유정이 환한 미소를 짓고 있었다.

"예상하지 못했던 일이긴 하지만 희건 씨랑 같이 해외 출장은 두 번째 가는 거라 왠지 설레요."

"……"

유정의 말간 미소에 그의 머릿속에 있던 오만 가지 걱정들이 전부 사라졌다. 뭘 걱정하는 걸까. 성유정은 지금 내 눈앞에 있는데. 이렇게 아름다운 미소를 지으며…….

희건이 그의 손에 있는 하얀 손을 힘주어 잡고서 매혹적인 미소를 지었다.

"그러고 보니 제네바 출장 땐 이렇게 손을 잡고 가지 못했군요."

"그땐 그랬죠."

유정이 미소를 매단 눈으로 희건이 잡고 있는 제 손을 바라봤다.

"들어가죠."

"네."

눈웃음을 지으며 시선을 맞춘 그들은 함께 탑승구로 들어갔다.

※ ※ ※

싱가포르 도착 다음 날 오전부터 예정된 포럼이 진행됐다. 아시아의 젊은 신생 건축 기업인들을 초청해서 열린 자리였다. 본 회의가 끝나고 관련 행사가 이어지자 유정은 초조하게 시계를 확인했다.

'생각보다 오래 걸리네. 희건 씨가 마치는 시간에 맞춰 건물 밖에서 기다리고 있겠다고 했는데…….'

희건에게 말한 시간이 벌써 1시간 40분이나 지나 있었다. 뒤풀이 격으로 샴페인과 함께 간단히 인사를 나누는 자리에 얼굴만 비친 유정이 급히 홀을 빠져나왔다.

거대한 빌딩을 달리듯 뛰어나오니 도로 건너에 강을 배경으로 서 있는 훤칠한 남자가 보였다. 세련된 블루 컬러의 셔츠와 하얀색 바지를 입은 우월한 뒷모습은 절대 착각할 수 없는 차희건, 그였다. 유정이 반가운 얼굴로 눈을 반짝였다.

"희건……."

손을 들고 그를 부르려던 유정이 멈칫했다.

'저 여잔 누구야?'

유정의 눈이 순간 가늘어졌다. 마침 사람들이 우르르 지나고 있어 희건밖에 못 봤는데, 그들이 지나가고 나니 웬 모델 같은 여자가 그의 옆에 서 있었다.

쭉 뻗은 긴 다리와 화려하게 웨이브 진 머리칼의 여자는 딱 봐도 스타일이 탁월했다. 선글라스를 끼고 자신감 있는 몸매를 드러내 보인 그녀는 희건과 웃으며 대화 중이었다. 모델 같은 남자 옆에 모델 같은 여자가 서 있으니 두 사람은 그야말로 화보 그 자체였다.

"……."

그 모습을 본 유정의 눈썹이 바짝 모아졌다. 도로를 건너 빠르게

302

다가간 유정이 두 사람 사이에 끼어들었다.

"희건 씨."

두 사람의 시선이 높은 곳에서 유정에게 내려왔다.

"뭐 하고 있어요?"

유정이 눈앞의 여자가 누구냐는 듯 눈을 가늘이고 희건을 쳐다봤다.

"끝났습니까?"

희건은 전혀 찔리는 구석이 없는 얼굴로 청량한 미소를 지으며 유정을 내려다봤다.

'이 남자 좀 봐?'

와이프는 일하는 사이 다른 여자와 같이 있었으면서 천연덕스럽게 굴다니. 유정의 눈빛이 싸늘해지는데 모델 같은 여자가 말했다.

「아, 저분이 와이프군요. 그럼 짧았지만 즐거웠어요.」

유정을 내려다보며 입술 끝을 말아 올린 여자가 희건에게 손을 흔들었다. 여자가 뒤돌아서 가자 유정의 눈이 더욱 가늘어졌다.

"저 여자는 누구예요? 무슨 대화 중이었어요?"

유정이 뾰족하게 묻는 말에 희건이 그녀의 어깨를 다정하게 감싸며 말했다.

"별거 아닙니다. 가죠."

희건이 그대로 이끌려고 하자 유정이 멈춰 섰다. 그러고는 희건의 팔에서 빠져나와선 의아한 표정의 그를 똑바로 쳐다봤다.

"나에겐 별거 아닌 게 아니니까 말해요. 방금 그 여자가 누군지, 무슨 대화 했는지."

유정의 눈에서 질투의 불꽃이 활활 타올랐다. 여자가 가기 전에 자신을 위아래로 훑으며 입매를 말아 올린 것이 특히나 불쾌했다. 희건은 난처한 표정을 지었다.

"정말 별거 아닙니다."

"그럼 왜 말을 못 하는데요?"

희건이 평소와 달리 말을 숨기는 것 같아 유정은 더욱 의심이 들었다. 솔직히 자신이 지금 괜한 질투를 하고 있다는 건 알고 있었지만 그래도 이상하게 화가 났다.

희건이 그녀를 가만히 내려다봤다. 그 시선에 뾰족하게 쳐다보고 있던 유정이 고개를 내렸다.

"……말하고 싶지 않으면 됐어요."

늦게 나온 내 죄지. 유정이 씁쓸하게 몸을 돌렸다.

일부러 그런 건 아니었지만, 저렇게 잘생긴 남자를 밖에서 오래 기다리게 한 자신의 잘못일 거였다. 그걸 알면서도 질투로 날카롭게 희건을 몰아세웠으니 그가 실망해도 할 수 없는 문제였다.

그때 희건이 뒤에서 유정의 손을 잡았다.

"말하겠습니다."

"아니 괜찮……."

유정이 죄책감을 느끼며 돌아보는데 그가 진지하게 그녀를 응시하고 있었다.

"조금 난처한 부분이 있어서 말하기 힘들었을 뿐입니다. 그 여자는 모델 에이전시를 한다는 사람이었고, 날 모델로 스카우트하려 했으니까."

희건이 민망한 표정을 짓고 있는 얼굴을 커다란 손으로 쓸어내리며 설명했다.

'아…… 그런 거였어?'

유정이 눈을 동그랗게 떴다. 모델처럼 보이긴 했는데 에이전시 쪽 사람이었구나. 유정이 그렇게 생각하며 쳐다보자 희건은 쑥스러운 듯 시선을 잠시 피했다가 말을 이었다.

"그래서 그런데 관심 없다고 했는데 가질 않고 여러 가지를 물어봐서 난감하던 차였습니다."

거절했음에도 미련을 못 버린 여자는 왜 여기 있는지, 누구랑 왔는지, 어느 나라 사람인지 희건에게 꼬치꼬치 물었다. 그건 개인적인 호감에서일 수도 있을 것 같다는 생각이 들자 유정은 또 질투가 올라왔다.

"안 한다는 남자를 왜 그렇게 붙잡아 두고…… 정말 이상한 사람이네요."

뾰족하게 말한 유정이 슬쩍 희건의 팔에 팔짱을 꼈다. 그런 그녀를 희건이 내려다봤다.

"화는 풀렸습니까?"

희건이 유정의 표정을 섬세하게 살피며 물었다.

"아니 화낸 건 아니라…… 그냥 궁금했을 뿐이죠. 숨기는 거 같아서."

"숨길 생각은 아니었습니다."

낮은 목소리에 유정이 뾰로통했던 얼굴을 풀고 미소 지어 보였다.

"알아요. 가요. 당신 기다릴까 봐 잘 먹지도 못하고 나왔더니 배고파요."

그녀의 환한 미소에 희건의 표정에 안도가 흘렀다.

멀라이언 파크에 위치한 전망 좋은 레스토랑에 두 사람이 마주 앉았다. 카나페로 시작된 코스 요리에 화이트 와인을 곁들여 식사를 시작했다. 전면 유리 밖으로 보이는 시원한 강과 고층 빌딩들의 모습을 잠시 보던 유정이 말을 꺼냈다.

"요즘 희건 씨가 어떤 기분이었는지 알 거 같아요."

"나 말입니까."

느른하게 와인 잔을 든 희건이 그녀를 바라봤다. 유정이 작게 한숨을 쉬고는 말했다.

"난 신경도 쓰지 않는 일인데 왜 희건 씨가 걱정하고 그러는지 몰랐거든요. 그런데 오늘 알았어요. 난 희건 씨가 다른 여자랑 대화만 해도 질투하는 여자였다는걸요."

"……아까 일을 말하는 거군요."

희건이 테이블에 잔을 내려놓고 고개를 비스듬히 기울였다. 유정은 반성하는 얼굴로 와인 잔 위를 응시했다.

"사람은 상대방 입장이 되어 봐야 안다더니 내가 딱 그랬던 것 같아요. 미안해요. 희건 씨."

반대로 국내에 희건을 따라다니는 여자들이 있었다면 얼마나 속에서 천불이 났을까. 그가 다른 여자와 대화하는 것만 봐도 눈에 쌍심지가 켜졌는데.

"그에 비해서 희건 씨는 참 이해심이 넓은 것 같아요. 그걸 다 참아 줬으니."

"설마."

"네?"

낮은 목소리에 유정이 시선을 들어 올렸다. 희건이 짙은 눈동자로 그녀를 바라보고 있었다.

"난 그 질투로 여기까지 따라온 건데 누가 더 낫다는 말을 어떻게 할 수 있을까 해서."

유정이 천천히 눈을 깜빡였다.

"하지만…… 그건 질투가 아니라 걱정해서잖아요."

희건이 유정의 시선을 마주한 채 말했다.

"내 눈에 안 보이는 사이 누군가가 당신에게 말이라도 거는 일은 용납 못 해서 따라온 겁니다."

"아……."

"명백한 질투고. 그건."

그런 거였어? 유정의 뺨이 살짝 붉어졌다. 희건이 질투 때문에 모든 일정을 다 미루고 여기까지 따라온 거라니. 그렇게 생각하니 가슴께가 간질간질해져서 유정이 괜히 목을 다듬는데 그가 말했다.

"다른 남자가 당신을 쳐다보는 것도 화가 나는데. 난."

"……."

전혀 장난기 없는 진지한 얼굴에 유정은 작게 숨을 들이켰다. 희건의 타오르는 눈동자에 심장이 빠르게 뛰고 있었다. 똑바로 시선을 박고 있던 그가 내려뒀던 와인 잔을 들어 올렸다.

"그러니 당신의 질투 정도는 귀여운 수준이라는 겁니다. 나에 비해선."

"……나도 만만치는 않아요."

작은 소리로 대꾸하며 유정이 제 잔을 희건의 잔에 부딪혔다.

"그거 기분 좋은 말이군요."

잔을 입술로 가져가는 그의 수려한 얼굴에 매혹적인 미소가 걸렸다. 유정도 온화하게 미소 지으며 달콤한 샴페인을 입술 안으로 흘려보냈다.

식사를 마치고 나온 두 사람은 산책 겸 멀라이언 파크를 걸었다. 아직 한낮이라 싱가포르의 새파란 하늘과 탁 트인 전경이 보기만 해도 눈을 시원하게 했다. 강변을 끼고 관광객들이 삼삼오오 몰려다니는 길을 천천히 걸으며 희건은 익숙하게 유정의 이마에 손바닥을 대어 그늘을 만들었다.

혹여 그녀가 눈부시지 않을까 하는 마음에 습관처럼 하는 행동이었다.

눈에 띄는 외모의 남자가 매너 있는 행동을 하니 지나가는 사람들의 시선이 유정에게 닿았다. 부러움이 담긴 시선에 유정은 조금 민망했지만, 자신이 아무리 말해도 희건은 손을 거둬들이지 않을 것임을 알고 있기에 그냥 타인의 시선을 무시하기로 했다.

그때 어린 남자아이가 유정에게 부딪힐 듯 달려왔다.

"조심."

희건이 빠르게 아이를 잡았다.

「감사합니다!」

해맑게 인사한 아이가 부모가 있는 쪽으로 다시 달려갔다. 부모에게 꾸지람을 듣는 듯했지만 아이는 다시 쏜살같이 다른 곳으로 달려갔다. 포기한 듯한 부모는 웃으며 아이가 달려간 쪽으로 향했다.

"……."

그 모습을 가만히 보고 있는 희건을 유정이 올려다봤다.

"희건 씨?"

그제야 정신을 차린 듯 희건이 그녀를 내려다봤다.

"아닙니다. 가죠."

다시 유정의 이마 위로 손 그늘이 드리워졌다. 바람개비처럼 날

듯이 내달리는 아이에게 희건의 시선이 종종 닿았다. 조용히 걷던 유정이 희건에게 말했다.

"우리 저거 탈까요?"

그녀의 손가락 끝이 가리킨 곳에 희건의 시선이 따라갔다.

"대관람차 말입니까?"

거대한 크기의 대관람차를 본 희건이 의아한 얼굴로 유정에게 물었다.

"네. 저거요."

"놀이기구는 좋아하지 않는 줄 알았는데."

"다른 건 별로 안 좋아하는데 대관람차는 많이 무섭지 않아서요. 곧 노을 질 시간이니까 맞춰서 타면 경치도 예쁠 것 같지 않아요?"

그녀의 말에 희건이 부드러운 미소를 지었다.

"그렇겠군요. 그렇게 하죠."

두 사람은 손을 잡고 대관람차가 보이는 곳으로 걸어가기 시작했다.

아시아 최대 크기라는 명성을 가진 대관람차는 28개의 캡슐이 장착되어 있었다. 원래 한 캡슐당 28명이 타는 공간이었지만 희건은 두 사람만 탈 수 있도록 조치했다.

그들이 탑승한 캡슐이 서서히 올라가며 푸르른 강이 아래로 멀어지기 시작했다. 조명이 달린 넓은 사각형 모양의 의자에 희건과 앉은 유정은 유리창 밖을 쳐다보며 신기해했다.

"움직이는 게 전혀 느껴지지 않네요. 흔들릴까 봐 조금 걱정했었는데."

"속도가 느려서 그럴 겁니다."

희건이 커다란 손으로 유정의 어깨를 다정히 감싼 채 말했다.

"그렇구나."

대답한 유정이 희건의 넓은 어깨에 살짝 머리를 기댔다. 두 사람은 강 사이로 야자수가 심어진 길과 싱가포르의 랜드마크가 차례대로 내려다보이는 전경을 가만히 응시했다. 마침 노을 지는 시간이라 황금색으로 물들어 가는 하늘이 감탄이 나올 만큼 아름다웠다.

홀린 듯 보고 있는 유정을 내려다보던 희건이 멈칫했다.

"우는 겁니까?"

"네? 아…….."

놀라 눈을 깜빡이던 유정이 제 손끝으로 더듬어 눈가에 흘러내린 눈물을 확인했다.

"가만히."

희건이 낮게 말하고 엄지로 그녀의 눈물을 털어 냈다. 그러고는 물기로 반짝이는 유정의 눈을 걱정스럽게 응시했다.

"왜 우는 건지 물어봐도 됩니까."

시선을 맞추고 진지하게 묻는 음성에 유정이 민망한 듯 시선을 떨어뜨렸다.

"……이상하죠. 나이가 들었는지, 이런 아름다운 모습을 보면 눈물이 나요."

"아무 이유 없이 말입니까?"

"네. 그냥 나도 모르는 새에 흐른 것 같아요."

"……."

그가 염려가 담긴 시선을 거두지 않자 유정이 다시 입을 열었다.

"정말이에요. 이런 걸로 거짓말할 생각 없어요."

희건이 손을 뻗어 그녀의 뺨을 가만가만 어루만졌다.

"당신을 믿어."

젖은 눈에 시선을 맞춘 채 하는 말에 유정이 희미하게 웃었다.

"우리 많이 힘들었잖아요. 난 내 인생에 이렇게…… 행복한 날이 올 거라고 기대하지 않았거든요."

할아버지와 살 때를 제외하곤 유정의 인생은 암흑이었다. 그저 집에서 벗어날 생각만 하고 지내다가 희건을 다시 만나게 되고, 여러 일들을 겪게 되고…… 그 모든 일들이 영화필름처럼 머릿속을 스쳤던 것도 같다.

"그랬는데 지금은 이렇게 당신과 느긋하게 저런 아름다운 풍경도 함께 볼 수 있다니, 믿기 어려울 정도의 행복이잖아요."

사랑하는 남자가 옆에 있고, 열심히 할 수 있는 일이 있고. 그 모든 게 꿈같을 정도의 기적 같았다.

"……"

눈물이 번진 눈으로 조곤조곤 말하는 유정을 조용히 응시하던 희건이 그녀의 뺨을 다정히 쓸었다.

"하루하루 더 행복하게 해 줄게."

그가 노을이 번진 매혹적인 눈동자로 그녀를 직시하며 말했다.

"오늘보다 내일 더 행복하고, 내일보다 모레 더 행복하다고 느낄 수 있도록…… 내가 그렇게 해 줄게."

"……"

"그러니 지금의 행복에 익숙해지지 마. 점점 더 행복해질 거니까."

"……응. 그럴게요."

유정이 눈물이 그렁그렁 맺힌 눈으로 어여쁘게 웃었다.

하아. 작게 숨을 토해 낸 유정이 다시 그의 어깨에 옆머리를 기댔다. 희건이 가녀린 그녀의 어깨를 커다란 손으로 힘주어 잡았다가 놔주고는 정수리에 입을 맞췄다.

어느덧 캡슐은 정상에 올라 있었다. 가장 높은 곳에서 내려다보이는 풍경을 천천히 움직이는 캡슐 안에서 감상하던 유정이 작게 말했다.

"희건 씨. 아까요……."

들릴 듯 말 듯 한 목소리에 그녀만 보고 있던 희건이 유정 쪽으로 고개를 기울였다.

"아까 우리 쪽에 부딪히려던 남자아이요. 희건 씨가 한참 보고 있던데…… 왜 그랬던 거예요?"

아까는 묻지 못했지만 묘하게 마음에 남은 모습이라 유정이 결국 말을 꺼냈다. 희건이 잠시 생각하다가 입을 열었다.

"내 어릴 때 생각이 나서 말입니다."

"희건 씨 어릴 때요?"

유정이 다시 물었다.

"그때 나와 전혀 다른 모습인 게 신기해서."

아, 그런 뜻이었구나.

유정이 알고 있는 그의 모습과는 정반대의 천진난만한 모습이긴 했다. 죄송하다고 말하면서도 천진하게 활짝 웃던 남자아이를 떠올리며 유정이 미소를 머금은 채 말했다.

"그렇게 아무렇게나 뛰어다녀도 웃으며 봐주는 부모가 있으니 그렇게 마냥 밝을 수 있는 거겠죠."

"나 역시 똑같은 생각을 했습니다. 아마도 그럴 거라고. 그리고……."

희건이 말을 멈췄다. 한동안 그대로 가만히 있던 그가 다시 서서히 아래로 내려가는 캡슐 밖의 풍경에 시선을 옮기고 말했다.

"그리고, 만약 아이를 갖게 된다면 그렇게 밝은 아이를 갖고 싶다는 생각도."

유정이 멈칫해선 그의 어깨에서 고개를 들었다.

"아이 생각을 했어요?"

희건과 시선을 마주친 그녀가 의외라는 얼굴로 물었다.

"지금까지 희건 씨는 아이 이야기를 한 적이 없어서 생각이 없는 줄 알았어요."

다시 결혼한 뒤 유정이 슬쩍 말을 꺼냈을 때에도 그는 미소 지으면서도 부정적인 대답을 했었다.

'천천히 생각하죠. 지금은 서로 일로 너무 바쁘니.'

그 말에 유정은 두 가지 생각이 동시에 들었다. 회사 일을 생각하면 지금 희건이 아이를 원해도 그의 말대로 당장은 어려울 것 같다는 생각과, 혹시 그가 아이를 원하지 않는 게 아닐까 하는 생각. 유정은 희건과 다시 결혼하게 된 뒤 저절로 아이를 갖고 싶다는 생각을 하게 되었다. 그리고 당연히 그도 같은 마음일 거라 생각했다. 그래서 그 말에 조금은 충격을 받았다.

'다시 확인하는 게 겁나서 그 뒤론 말을 꺼내지 않고 있었는데……'

유정이 그렇게 생각하며 희건을 보고 있는데 그가 그녀의 머리칼을 조심스럽게 어루만지며 말했다.

"지금까진 그랬습니다."

부드럽게 머리칼을 쓸어 넘겨 준 희건이 유정의 두 눈을 하나하나 깊이 쳐다봤다.

"……그런데 아까 그 아이가 달려오는 순간에 처음으로 그런 생각을 하게 됐습니다."

우리의 아이에 대해.

낮게 덧붙이는 말에 유정은 시선을 떼지 못하고 희건을 보고 있었다.

"그동안은 자신 없다는 생각이 강했습니다. 내 불행했던 어린 시절을 떠올리면 아이에 대해 긍정적으로 생각하기 어려웠으니까."

"……"

"당신만 사랑하기에도 너무 벅찬 시간이기도 했고."

열망으로 빛나는 눈동자가 유정을 향했다. 그녀를 보며 희건이 말을 이었다.

"그런데 이젠 당신을 닮은 아이를 갖고 싶습니다. 그 아이가 남자아이든, 여자아이든……."

유정의 턱을 들어 올린 희건이 가까이에서 뜨거운 눈빛을 맞췄다.

"갖고 싶어졌어."

탁한 목소리로 말한 희건이 유정의 입술을 가만히 머금었다. 촉촉하게 머금었던 입술을 벌려 혀를 밀어 넣자 말캉한 혀가 얽혀 들었다. 부드럽게 빨아낸 그가 입술을 놔줬다.

촉. 젖은 소리를 내며 입술이 떨어진 뒤 희건이 한층 더 짙어진 눈으로 유정을 응시했다.

"그렇게 해 줄 수 있겠어?"

강렬하게 타오르는 눈빛에 유정이 작게 숨을 삼키고 대답했다.

"……난 훨씬 전부터 갖고 싶었어요. 당신과 나의 아이가."

그녀의 입술에서 흘러나온 말에 희건의 가슴이 크게 들썩였다. 유정의 턱을 더 들어 올리며 그가 짓눌린 듯한 음성으로 말했다.

"오늘 밤까지 기다리기 힘들겠군."

"희건…… 으읍."

빠르게 내뱉은 그가 유정의 입술을 거칠게 삼켰다. 캡슐이 바닥에 닿을 때까지 희건은 그녀의 입술을 놔주지 않았다.

싱가포르 초호화 호텔로 돌아온 희건은 엘리베이터에서 내리자마자 유정을 번쩍 안아 올렸다.

"아, 음."

그대로 키스하며 객실로 향하자 유정이 그의 목덜미에 팔을 둘렀다. 객실은 VIP 전용이라 층 전체를 그들만 사용하기에 유정은 평소보다 좀 더 대범해졌다.

객실 문을 열고 호화로운 룸으로 들어간 희건은 유정에게 키스를 퍼부으며 그대로 걸어갔다. 침실로 들어간 그가 거대한 침대 위에 그녀를 내려놨다.

출렁!

하아, 그제야 입술이 풀려난 유정이 크게 숨을 내쉬었다. 그가 두 팔로 유정을 가두고 숨을 몰아쉬는 모습을 가까이에서 응시했다.

"겨우 참았군."

희건이 그녀의 부푼 입술을 손끝으로 쓸며 허스키하게 잠긴 목소리로 말했다.

"여기까지 못 참을 뻔했는데."

야수처럼 타오르는 눈동자에 유정은 온몸이 더 뜨거워졌다.

"나도 참기…… 힘들었어요."

촉촉하게 젖은 입술로 유정이 말하자 희건의 눈썹이 꿈틀거렸다.

"여기서 더 자극하면 어쩌란 거야."

짓눌린 목소리를 내뱉은 희건이 유정의 입술을 다시 거칠게 삼켰다. 사납게 키스를 퍼부으며 두 손으로 유정의 셔츠를 잡아 뜯을 듯 두 손으로 당겼다.

투드득!

"아!"

억센 손의 힘에 단추가 튀어 오르고 유정의 새하얀 젖가슴이 그의 손아귀에 들어왔다. 짓뭉개듯 젖가슴을 거머쥐는 힘에 유정이 헐떡였다.

"숨이, 터질 것 같아요."

"나도 그래."

희건이 그녀를 강렬한 시선으로 응시하며 유정의 손을 가져가 제 가슴 위에 올렸다.

아…….

흐트러진 셔츠 사이로 닿은 근육질 가슴 위로 빠르게 뛰는 심장 박동이 느껴졌다. 거친 박동에 유정의 입술이 살짝 벌어졌다. 그 입술을 다시 삼켜 야릇하게 잘근거리며 희건이 그녀의 바지를 벗겨 냈다.

"지금 당장 심장마비로 죽어도 이상하지 않을 정도야."

희건이 탁한 음성을 뿌리며 유정의 말랑한 허벅지 안쪽을 입술로 빨았다. 흐읏, 신음을 흘리는 유정의 팬티마저 그의 거친 손길이 벗겨 냈다. 희건이 아무것도 입고 있지 않은 다리 사이에 고개를 파묻고 달콤한 샘을 빨아 마시기 시작했다.

못 참겠어.

"그만요."

움켜쥐고 있던 그의 머리칼을 놓고 몸을 일으키게 한 유정이 다급하게 그의 바지로 손을 가져갔다.

"후······ 성유정."

짐승처럼 낮게 헐떡이는 목소리에 유정의 머릿속이 어지러워졌다. 탄력적인 근육이 유정의 손길에 따라 터질 듯 팽팽해졌다. 위험할 정도로 크게 발기해 있는 페니스 때문에 잘 벗겨지지 않는 바지를 어렵게 벗기는 데 성공한 유정이 흥분으로 촉촉해진 눈으로 말했다.

"희건 씨. 어서요."

"안 돼."

"왜······ 으음."

조급한 그녀의 음성을 키스로 달래며 희건이 유정의 탐스러운 젖가슴을 움켜쥐었다. 그의 입술 안에서 그녀의 신음이 아찔하게 터져 나왔다. 두 사람의 열기 어린 숨결이 어지럽게 얽혀 들었다.

"지금은 당신을 다치게 할 거 같아."

미간을 일그러뜨리고 억눌린 목소리로 말한 희건이 거머쥔 유정의 젖가슴으로 고개를 숙였다.

"희, 희건 씨······ 흐읏!"

바짝 곤두선 젖꼭지를 희건이 사납게 집어삼키고 빨기 시작했다.

"흐, 웃, 으웃……."

유정이 흠칫거리며 신음을 흘렸다. 이미 타오를 듯 뜨거워진 몸이 그의 입술 때문에 견딜 수 없이 달아올랐다. 짓씹듯 유두와 젖가슴을 거칠게 빨던 희건이 아래로 내려가 그녀의 다리를 벌렸다.

"아아, 앗!"

흥분으로 벌름거리는 예쁜 색의 음순을 삼킨 희건이 게걸스럽게 빨았다. 갈라 터진 길을 따라 혀로 훑다가 동그랗게 팽창된 음핵을 뜨거운 입술로 집어삼켰다. 순간 온몸을 고통스럽게 만들 정도의 강렬한 쾌감이 그녀의 전신을 훑어 내렸다.

머리끝부터 발끝까지 전기에 감전된 것처럼 짜릿한 자극이 흐르자 유정이 침대 시트를 꽉 쥐어 감쌌다.

"……흐윽."

견딜 수 없어진 유정이 눈물을 터뜨렸다. 그녀의 애액을 담뿍 삼키던 희건이 상체를 세웠다. 유정의 뺨으로 흘러내린 짭짤한 눈물을 혀로 핥으며 희건이 그녀의 다리를 넓게 벌렸다.

"이제 만족시켜 줄게."

짐승처럼 낮은 울림을 내뱉은 희건이 빳빳하게 발기한 근육 덩어리를 조금 전까지 그의 입술이 있던 곳으로 강하게 쑤셔 넣었다.

"……하읏!"

가늘게 몸을 떨던 유정의 눈앞이 순간 새하얗게 변했다.

맙소사……!

고통스러울 정도로 강렬한 쾌감이 번개처럼 내리치기 시작했다.

유정은 희건의 품에서 살풋 눈을 떴다.

벌써 아침……?

창밖에서 새어 들어오는 환한 햇빛에 유정이 눈이 부신 듯 눈가를 찡그렸다. 그때 그 위를 커다란 손이 덮었다.

"눈 감고 있어요."

유정에게 말한 희건이 몸을 일으켰다. 리모컨을 조작해 커튼을 닫은 그가 작은 조명만 켜 두고 다시 침대로 돌아왔다. 유정을 다정하게 팔베개해 주며 희건이 말했다.

"당신이 잠든 사이에 커튼을 칠 생각이었는데, 나도 모르게 자는 모습을 보고만 있었군."

"계속 보고 있던 거예요? 민망하게."

유정이 살짝 뺨을 붉혔다. 어제 초저녁부터 호텔로 돌아와 새벽까지 이어진 일 때문에 모습이 완전 엉망일 것 같은데…….

민망함으로 시선을 내리는 유정의 턱을 들어 올린 희건이 가볍게 입을 맞췄다. 다시 시선을 맞춘 그가 말했다.

"이렇게 예쁜데 어떻게 안 봅니까."

"……."

유정이 저도 모르게 웃음을 짓고는 희건의 품에 안겼다. 그의 탄탄한 가슴에 보드라운 뺨을 댄 유정이 길게 숨을 토해 냈다.

"희건 씨 닮은 아들 가지고 싶다."

그녀가 숨결과 함께 작게 내뱉는 말에 유정의 가녀린 등을 쓸어내리던 희건의 손이 문득 멈췄다.

"난 당신을 닮았으면 좋겠는데. 아들이든, 딸이든."

의외로 진지한 희건의 음성에 유정이 웃었다.

"난 희건 씨 닮았으면 좋겠으니까 공평하게 두 명은 낳아야겠네요. 한 명씩 닮는다잖아요."

"두 명 다 당신 닮았으면 좋겠습니다."

"안 돼요. 내 생각도 해 줘야죠."

그의 헛된 꿈을 자른 유정이 넓은 가슴에 뺨을 비비고는 입술 끝을 휘어 올렸다.

"아이가 빨리 생겼으면 좋겠어요."

"지금은 일이 많아서 힘들지도 모릅니다. 무리하면 안 되니까."

그의 말에 유정이 고개를 들었다. 그녀를 내려다보는 희건과 시선을 마주친 유정이 생긋 웃었다.

"괜찮아요. 우리 회사 복지가 꽤나 좋거든요."

희건이 잔잔한 미소를 짓고 유정의 입술에 입을 맞췄다. 야릇하게 입술을 빨아 낸 그가 입술을 떼어 냈다. 그런 다음 촉촉하게 벌어진 유정의 입술을 다시 삼키고 진하게 키스했다.

더운 숨결과 함께 입술이 떨어지고 난 뒤 유정이 몽롱해진 눈으로 쳐다봤다. 희건이 섹시한 얼굴로 유정의 젖은 입술을 응시하며 의미심장한 미소를 지었다.

"그럼 우리 대표님 바람에 충실해야겠군요."

"네? 아……."

희건이 유정의 몸을 빙글 돌려 제 몸 위에 올라오게 하자 그녀의 눈이 커졌다.

그를 타고 앉은 자세에서 유정이 놀란 표정을 지었다.

"희건 씨?"

설마 또? 당혹스럽게 눈을 깜빡이는 유정의 뺨을 매만지며 희건이 관능 어린 표정을 지었다.

"대표님이 빨리 아이를 갖고 싶다는데 그 역할에 충실해야겠죠?"

희건이 능글맞은 미소를 지으며 그녀의 다리를 옆으로 더 벌렸다. 당황한 유정이 엉덩이를 달싹였다.

"자, 잠깐만요. 나 몸이 버티지 못할 것 같⋯⋯!"

다급한 목소리를 내던 유정의 입술이 크게 벌어졌다. 희건의 강한 욕망이 그녀의 안을 깊숙이 짓쳐들어왔다. 그녀의 말랑한 엉덩이를 움켜쥔 그가 그녀의 몸을 아래위로 흔들었다.

"하, 웃⋯⋯으웃, 아!"

어느새 달짝지근한 신음을 흘리는 그녀의 모습을 희건이 아래에서 짙은 눈동자로 응시했다.

"늦었습니다. 대표님."

희건이 은밀하게 낮아진 목소리로 말했다. 굵은 페니스가 느릿하게 짓쳐 올라가며 밤새 예민해진 점막을 자극했다. 어쩔 줄 몰라하며 신음을 흘리는 유정의 발갛게 달아오른 얼굴을 매만지는 그의 입술이 휘어 올라갔다. 매혹적인 미소와 다르게 그녀를 치받는 힘은 점점 더 흉포해지고 있었다.

그리고 그날, 희건의 말처럼 유정은 바람을 이룰 수 있었다.

그것도 한 번에 서로를 닮은 이란성 쌍둥이를 갖게 된 거였다. 마치 기적처럼.

신이 내린 축복처럼.

외전 04

쌍둥이를 임신한 유정은 입덧이 워낙 심해 음식을 입에 대지 못할 정도였다. 말라 가는 유정을 보며 희건은 입덧에 좋다는 온갖 것을 다 써 봤지만 효과가 없어 속이 타들어 갔다. 그런 그녀가 어느 날 조금 난처한 표정으로 말을 꺼냈다.

"저, 희건 씨. 우리 신혼여행 갔을 때 프랑스에서 먹었던 시골 레스토랑 있잖아요. 빨간 벽돌 건물의…… 거기서 먹었던 게 먹고 싶어요."

유정의 말에 희건은 곧장 김 실장을 프랑스로 보냈다.

"얼마가 들든 좋으니 모셔 와요."

거액을 주고 모셔 온 셰프가 고국에서 가져온 신선한 재료로 직접 그때 먹었던 요리를 만들어 줬다.

"어머. 맛있어요."

유정이 오랜만에 음식을 먹는 모습에 초조하게 보고 있던 희건의 얼굴에 안도가 흘렀다.

"입에 맞습니까."

"네. 그때랑 똑같아요. 어떻게 그때와 똑같은 맛이 나지?"

희건이 순간 나주댁을 쳐다봤다. 유정이 부담을 가질까 봐 셰프를 직접 초빙한 건 숨겼기 때문에 나주댁이 얼른 말했다.

"제가 웬만한 건 한번 맛을 보면 다 비슷하게 만들 줄 알거든요. 호호호."

"너무 대단하세요."

유정이 눈에서 하트가 나올 듯 쳐다보고 있는데 희건이 그녀에게 권했다.

"어서 들어요. 식기 전에."

"아, 네. 희건 씨도 어서 먹어요."

유정이 먹는 걸 보느라 자신의 포크는 들지도 않던 희건이 그제야 손을 가져갔다. 뒤늦게 포크를 들었지만 그의 시선은 트러플 향이 물씬 나는 파스타를 돌돌 말아 입으로 넣는 유정에게 계속 닿아 있었다.

그동안 유정이 잘 먹지를 못해 애를 끓인 만큼 희건도 수척해져 있었다. 보기만 해도 배부른 기분이 뭔지 그 의미를 희건은 지금 충분히 알 것 같았다.

유정이 잘 먹는 모습을 희건이 다정하게 보고 있는데 유정이 말했다.

"미안해요. 왜 임신한 건 싱가포르였는데 신혼여행 때 음식들만 당겨선······."

그나마 싱가포르는 가까운 편이었으니 부담이 덜했을 텐데 유럽 식자재까지 공수해 오게 만든 게 유정은 미안했다.

"뭐가 미안합니까. 언제든 당기는 음식이 있다면 말만 해요. 전혀 무리 되는 일이 아니니까."

희건이 강조하듯 말하자 유정은 그제야 미안함이 조금 가시는 기분이었다.

"신혼여행 이후로 그리 길게 떠나지 못해서 그런 걸까요? 한 달 동안 너무 좋았었나 봐요. 그때 음식이 이렇게 그리운 걸 보면요."

접시를 싹싹 비운 유정이 작게 한숨을 토해 냈다.

"하긴 희건 씨 때문이 아니라 내 일 욕심 때문에 오래 나가 있지 못했구나."

그 뒤로 몇 번 해외여행은 했지만 전부 희건이 추진한 거고 열흘 넘는 일정은 유정이 일정 상 힘들다고 선을 그었다. 사실 바빠도 희건이 그녀보다 훨씬 바쁠 거였다. 그런 그가 두 사람의 여행을 위해 배려해 준 거였을 텐데 괜한 일 욕심에 다 미루고 보니 미안했다.

"아이 태어나고 나면 그런 여유 있는 여행은 이제 못할 텐데…… 그때 좀 할 걸 그랬어요."

유정이 뒤늦은 후회에 씁쓸하게 포크를 응시하는데 희건이 말했다.

"언제든 할 수 있으니 괜한 걱정은 안 해도 됩니다."

유정이 그를 바라봤다. 희건은 부드러운 미소로 유정을 응시하고 있었다.

"날 믿어요."

"……그럴게요."

확신을 주는 말에 유정이 안심한 얼굴로 웃었다. 희건은 자신의 말은 어떤 식으로든 지키는 사람이었다. 그런 희건이 걱정하지 말라고 했으니 정말 안 해도 될 거라고 유정은 생각했다.

※ ※ ※

희건의 노력 덕분으로 유정은 무사히 입덧 시기를 지날 수 있었다.

그 뒤 입맛이 안정을 찾고 식욕이 왕성해지자 나주댁이 팔을 걷어붙이고 매일 몸보신 음식을 만들었다. 임산부에게 좋은 재료들로 푹 고아 만든 보양식을 매일 먹으며 유정은 나날이 얼굴에 윤기가 돌았다.

"잘 먹었습니다."

오늘도 고봉밥을 싹 비운 유정이 나주댁에게 감사 인사를 했다.

"아유, 잘 먹으니 보기가 참 좋아요."

나주댁은 뿌듯한 얼굴로 유정이 비운 그릇들을 바라봤다.

"내일은 뭐 드시고 싶은 거 있어요?"

"전 아무거나 괜찮아요."

"아이들이 잘 먹으려나 봐요. 안 가리고 잘 드시는 걸 보니."

"그럼 다행인데요."

유정이 생긋 웃으며 일어서는데 식탁 위에 올려 뒀던 그녀의 휴대폰이 울렸다.

"네. 희건 씨."

- 뭐 하고 있습니까?

휴대폰으로 다정한 목소리가 들려왔다. 유정의 빠졌던 살이 다시 찌고 보기 좋은 얼굴이 되자 노심초사하던 희건도 안심한 듯 보였다.

"지금 막 점심 먹었어요. 희건 씨도 식사했어요?"

유정이 휴대폰을 귀에 대고 다이닝룸을 나섰다.

"사모님. 조심, 조심."

한 실장이 따라 나오며 걱정 어린 눈으로 쳐다보자 유정이 걱정 말라는 의미로 손가락으로 동그라미를 그려 보였다. 최근 배가 살짝 불러 오기 시작해서 걸음도 천천히 걷고 있었다. 충분히 조심히 걷고 있다고 생각하고 있는데도 희건을 비롯한 한 실장과 나주댁은 막 걸음마를 뗀 아이를 보듯 조심, 조심을 입에 달고 살았다.

- 지금 식사하러 가는 길에 전화한 겁니다. 오늘 먹고 싶은 거 있습니까?

"오늘요? 음⋯⋯."

매일 희건은 유정이 그날 먹고 싶은 걸 말할 때까지 전화하곤 했다. 마치 임신한 아내가 먹고 싶은 음식을 사 들고 가는 일이 사는 이유가 된 남자처럼 보일 정도였다.

"오늘은 딸기가 먹고 싶어요."

- 딸기⋯⋯ 알겠습니다. 그럼 퇴근하면 바로 가죠.

비장한 목소리로 딸기를 중얼거린 남자는 곧 전화를 끊었다. 끊긴 휴대폰을 보던 유정은 작게 웃었다.

"요즘은 하우스 딸기 많이 나오니까 구하긴 쉽겠지?"

까딱 구하기 어려운 걸 말했다간 김 실장님이 전국을 헤매게 될 거 같아 비교적 쉬운 거로 말했는데⋯⋯.

유정이 임신한 뒤 김 실장 역시 그녀의 먹을거리를 찾아다니는 일이 주 업무가 된 사람처럼 보일 정도였다. 오늘도 최고의 당도를 가진 딸기를 찾기 위해 백화점을 몇 군데를 돌아야 할 운명임을 유정은 알지 못했다.

저택 1층 내에 작은 정원처럼 꾸며 놓은 테라스로 유정이 나오자 곧 한 실장이 차를 가져왔다.

"오늘은 루이보스 티입니다."

"고마워요."

평소 커피를 즐겨 마시던 유정이었지만 요즘은 한 실장이 알아서 임산부에 좋은 차를 종류별로 가져오고 있었다.

유정은 차를 마시며 채광이 좋은 통창으로 쏟아지는 햇살을 담뿍 받는 식물들을 바라봤다. 이렇게 가만히 보고 있다가 서재로 넘어가서 책을 읽거나 하는 게 그녀의 요즘 일이었다.

"……여유 있는 일상이 참 좋긴 한데, 갑자기 한가해져서 영 낯서네요."

차를 마시던 유정이 뒤에 서 있는 한 실장에게 웃으며 말했다. 한 실장이 찻잔을 내려놓는 유정을 보며 엄격한 얼굴로 안경을 추켜올렸다.

"안정이 중요한 시기니까요."

사실 안정기는 들어선 지 좀 됐지만 유정이 회사에만 갈라 치면 희건을 포함한 모든 사람들이 안절부절못해 하며 극구 반대하는 통에 화상회의로만 하고 있었다. 재택업무량도 한 실장이 뒤에서 감시하는 눈이 워낙 강해서 하루에 1시간을 넘기지 못했다. 중요한 보고만 받고 서둘러 끝낸 뒤 한 실장이 바라는 대로 안정을 취해야만 안심한 얼굴로 돌아갔다.

이번에도 안정기임을 강조하는 한 실장을 설핏 웃으며 보던 유정이 말했다.

"한 실장님이 나 생각해 줘서 하는 말인 거 알아요. 그런데 한 실장님은 결혼 안 하셨죠?"

한 실장의 정확한 나이는 알지 못했지만 대략 50대 정도로 알고 있었다. 한 실장이 대답 없이 보고 있자 유정이 아차, 한 얼굴로 얼른 말했다.

"갑자기 개인적인 질문 해서 실례죠? 평소 궁금했던 게 그냥 입으로 나와 버렸나 봐요. 죄송해요."

"아닙니다. 오래 보셨으니 궁금하실 법도 하죠. 전 미혼입니다."

한 실장이 담담하게 대답하자 유정이 조심스럽게 다시 물었다.

"늘 바쁘셔서 그럴 것 같긴 했어요. 연애도 생각 없으세요?"

매일 저택 일을 돌보는 그녀의 업무상 연애할 시간이 있나 싶었다.

"글쎄요. 예전엔 있었던 것도 같은데 이쯤 되니 생각이 없어지네요."

한 실장이 희미한 미소를 지었다. 그 미소를 보니 유정은 그녀가 생각보다 미인이라는 걸 알았다.

'평소에 웃음이 없는 엄격한 얼굴이라 몰랐는데 웃는 얼굴을 보니 미인이시구나……'

유정이 그런 생각을 하며 보다가 내친김에 평소 궁금하던 것을 더 물어보기로 했다.

"한 실장님은 어떻게 차 회장님과 일하게 되신 거예요?"

한 실장이 유정을 보며 안경을 추켜올렸다.

"지금 회장님의 아버님 말씀하시는 겁니까?"

"아, 네. 그러네요. 지금 희건 씨도 직함이 회장이니까…… 시아버님이요."

"제가 처음 입사한 곳이 진한그룹 임원의 비서팀이었는데 운 좋게 승진하여 회장실 비서실로 가게 되었습니다."

"아아. 비서실에 계셨군요."

처음 듣는 이야기에 유정이 호기심 어린 눈을 빛냈다. 한 실장은 개인적인 이야기를 하지 않아 그녀에 대해 아는 것이 거의 없었다. 원래 차 회장의 사람이었다는 것밖엔.

"전 회장님께서 그때 저를 좋게 보셨던 모양입니다. 개인적인 일들을 몇 번 맡겨 보시더니, 그 뒤로 계속 그분을 모시게 되었습니다."

"그래서 희건 씨의 저택에서 일하게 되신 거였어요?"

"네. 전 회장님의 사람이라는 건 숨기고 지원서를 내서 고용됐습니다. 현 회장님께서 독립하셨을 때요."

"그랬군요."

유정이 찻잔을 들고 고개를 천천히 끄덕였다. 희건에게 듣기로 차 회장이 가장 가까이 두고 모든 걸 말한 사람은 한 실장이 유일했다. 차 회장의 비서실장은 업무적인 영역을 총괄했고 더 개인적인 일들은 한 실장이 알고 있었다고 들었다. 그걸 생각하니 유정은 한 실장에게 묻고 싶은 것이 많아졌다.

'그래도 막 이것저것 물어보고 그런 건 실례겠지.'

유정이 구체적인 질문을 하진 못하고 찻잔만 만지고 있자 한 실장이 먼저 말을 꺼냈다.

"전 회장님에 대해 궁금하신 겁니까?"

"네. 제대로 알지 못한 채 돌아가셔서……."

한 실장이 유정을 가만히 보다가 물었다.

"회장님께 이야기는 들으셨죠?"

"대충은요."

차 회장이 별세한 뒤 희건이 알게 된 것들을 유정도 나중에야 들을 수 있었다. 그가 말해 준 게 전부인지는 알 수 없었지만 적어도 희건은 그녀에게 최대한 많이 말해 주려 노력하는 모습을 보였다.

잠시 생각하던 한 실장이 말했다.

"전 회장님은 처음부터 알고 계셨습니다."

"처음부터요?"

유정이 눈을 크게 떴다. 처음부터라니 언제를 말하는 거지?

"두 분이 처음 만났을 때도 아시고, 회장님께서 초등학교 다니실 때부터 학교 끝나면 다른 학교에 다니던 사모님을 보러 가셨던 것도 아십니다."

"그때부터 아셨다고요?"

희건에게 듣지 못한 이야기라 유정의 놀란 표정을 지었다. 한 실장이 그녀를 조용히 보다가 말했다.

"이건 사실…… 현 회장님도 아직 모르는 이야기일 겁니다."

아, 그래서 못 들었구나. 희건에게 듣지 못한 이유를 안 유정이 살짝 망설이는 표정을 지었다.

"희건 씨가 모르는 이야기를 제가 들어도 될지 모르겠어요."

유정이 조심스럽게 말하자 한 실장이 차분한 어조로 대답했다.

"제 판단으로 말씀드리는 겁니다. 아마 현 회장님도 한편으로는 알지 않으실까 싶어요. 전 회장님은 끝까지 말씀 못 하셨지만요."

"……그러고 보니 그렇겠네요."

생각해 보면 한 실장 말이 맞았다. 관심이 아예 없었으면 모를까, 희건이 매일 하던 일을 차 회장이 모를 리는 없을 거였다. 한 실장이 다시 입을 열었다.

"그때 전 회장님이 모르는 척 그냥 두셨던 이유는, 사모님이 마음에 들어서라고 알고 있습니다."

"저를요……?"

유정이 의아한 표정을 지었다.

"처음 사모님께서 할아버지와 함께 이 저택에 오셨을 때 알아보셨다고 했습니다. 심성이 착하고 영특한 아이라고."

혼란스러운 표정을 지은 유정은 처음 만났을 때 차 전 회장의 눈빛을 떠올렸다. 잘 기억나진 않지만 그때도 역시 무서운 이미지만 떠올랐다.

"그 뒤 현 회장님께서 관심을 두고 계시기에 따로 지켜보시기도 했습니다. 그래서 본인의 시한부 삶을 아셨을 때 무리하게 두 분의 결혼을 추진했던 것도 있으십니다."

유정이 혼란스러운 듯 이마를 살짝 찡그렸다.

"전 몰랐어요. 늘 무서운 분이라고만 생각했는데……."

"누구든 그 부분을 파악하기 어려웠을 겁니다. 속내를 표현하기 어려운 상황이라 더 그리 보이게끔 하신 것도 있으실 겁니다."

"……."

유정이 말없이 정원 한편에 쏟아지는 햇살을 응시했다. 한 실장의 말들이 혼란스럽게 느껴졌지만, 아들에게도 솔직하지 못하셨던 분이셨으니 한편으로는 이해가 됐다. 유정이 작게 한숨을 내쉬었다.

"전 그분은 더 오래오래 사실 것만 같았어요. 워낙 강한 인상이 있으셔서…… 생각해 보면 우리 할아버지가 돌아가신 연세보다 훨씬 많으셨는데도요."

차 전 회장을 떠올리던 유정은 마음속에 죄책감을 느꼈다.

"전 그것도 모르고 살아 계실 때 한번을 살갑게 군 적 없는데……."

유정이 말끝을 흐렸다. 한번 밀려든 죄책감은 과거의 기억들과 함께 그녀의 마음속에서 점점 커져 가고 있었다. 한 실장이 유정의 어두운 얼굴을 보며 부드러운 어조로 위로하듯 말했다.

"전 회장님께서 일부러 의도하신 거니 죄책감 느끼지 마세요. 사모님께서 그러시면 오히려 슬퍼하실 겁니다."

"……네."

유정이 붉어진 눈으로 눈물을 참으며 깊이 숨을 들이켰다. 그 모습을 본 한 실장이 미소 지으며 말했다.

"현 회장님이 그동안 버틸 수 있던 건 모두 사모님 덕분이라고 전 회장님께서 늘 말씀하셨어요. 지금도 분명 하늘에서 기뻐하고 계실 겁니다. 두 분이 이렇게 행복한 가정을 꾸리셨으니."

"그렇다면 좋겠어요."

유정은 진심으로 그렇게 생각했다. 정말 하늘에서 기뻐해 주신다면 좋겠다고.

혼자 남은 유정이 테라스에 앉아 생각에 잠겨 있었다. 한 실장에게 들은 이야기를 떠올리며 가만히 앉아 있는데 뒤에서 낮은 음성이 들렸다.

"여기 있었군요."

희건의 목소리에 유정이 돌아봤다.

"희건 씨 벌써 왔어요?"

아직 퇴근 시간이 아닌데 슈트 차림으로 서 있는 그를 유정이 놀란 눈으로 바라봤다. 희건이 천천히 걸어와 유정의 옆에 앉았다.

"딸기가 일찍 구해져서 바로 왔습니다."

"아, 그랬군요."

유정의 얼굴을 들여다보던 희건이 순간 표정이 진지해졌다.

"울었습니까?"

"아뇨. 운 게 아니라……."

"운 얼굴인데."

고개를 돌리려는 유정의 턱을 잡고 고정한 채 얼굴을 집요하게 쳐다보자 그녀가 할 수 없다는 듯 실토했다.

"실은 아까 여기서 한 실장님과 전 회장님 이야기를 했거든요."

희건의 눈에 의외감이 어렸다.

"……아버지 이야기를 한 겁니까."

"네."

작게 고개를 끄덕인 유정이 한숨을 내쉬고는 말했다.

"지금까진 잘 몰랐는데 그분이 날 많이 예뻐하셨다고 하니까…… 죄책감이 들어서요."

"왜 죄책감이 듭니까."

"생각해 보면 아버님께 도움받은 게 참 많은데, 살아 계실 때 아무 것도 해 드린 게 없어서요."

유정의 콧등이 다시 붉어졌다. 희건과 처음 결혼하게 된 것도, 나중에 그와 다시 재결합하게 된 것도 뒤돌아보면 차 회장의 역할이 컸다. 그들을 다시 이어 준 건 차 회장이라고 해도 과언이 아닐 정도였으니까. 투명한 눈물이 맺히는 유정의 눈을 본 희건이 손끝으로 그녀의 눈꼬리를 부드럽게 쓸어 냈다.

"어떤 마음인지 압니다. 그건 나 역시 같은 후회를 하고 있으니."

"희건 씨도…… 그렇겠죠."

유정이 빨개진 코를 훌쩍이며 말했다. 그가 유정의 뺨을 다정하게 매만지며 시선을 맞췄다.

"우리가 행복해지는 게 그 마음에 보답하는 길이라고 생각하기로 했습니다. 그러니 당신도 그렇게 생각해요."

"……한 실장님도 그렇게 말씀하시긴 했어요. 죄책감 갖지 말라고요."

그럼에도 늦게 본 아들 마음 편히 한번 예뻐해 주지도 못하고 뒤에서 걱정만 할 수밖에 없었던 차 전 회장에게 연민이 이는 건 어쩔 수 없었다. 위압적이고 냉정한 모습으로 무장된 차 전 회장의 안에는 아들을 걱정하는 애끓는 부정이 있던 거였다. 평생 숨기고 살 수밖에 없던 그 마음이 유정은 생각할수록 아팠다.

"딸기 가져왔어요."

나주댁의 밝은 목소리에 유정과 희건의 시선이 입구로 향했다. 희건이 딸기를 받기 위해 일어서고 유정은 얼른 눈물을 털어 냈다.

"어디서 이렇게 좋은 딸기를 가져오셨대요? 선대 회장님 살아 계실 때도 이 정도로 좋은 건 못 봤는데."

새빨갛고 싱싱한 딸기가 담긴 접시를 희건에게 건네며 나주댁이 웃었다.

"많이 사 왔으니 일하는 분들 다 같이 드시도록 하세요."

"아유, 정말요? 잘 먹을게요. 고마워요. 회장님."

"잘 먹을게요."

웃으며 인사하는 나주댁에게 유정도 얼른 말했다. 테이블 위에 딸기가 담긴 접시를 내려놓은 희건이 포크로 딸기 하나를 찍었다. 그대로 유정의 입술로 가져가자 그녀가 익숙하게 입술을 벌려 받아먹었다.

"어머, 정말 맛있네요."

유정이 눈을 반짝이며 감탄하듯 말했다. 그 얼굴에 희건이 미소 지었다.

"다행이군요."

하나를 더 찍어 유정의 입술로 가져가자 그녀가 사양했다.

"희건 씨도 먹어요."

"난 당신이 먹는 걸 보는 게 더 기분 좋습니다."

결국 그가 또 하나를 유정의 입술로 넣어 줬다. 이번에는 거부할 수 없어 얌전히 받아먹은 유정이 오물오물 딸기를 씹었다.

"아, 희건 씨가 딸기 먹여 주니까……."

뭔가 생각난 듯 말하던 유정이 얼른 입을 다물었다.

'나도 참. 뭘 말하려는 거야?'

첫 번째 결혼 때 요트에서 있던 일이 떠올라 유정의 뺨이 붉어 졌다. 그런 그녀의 얼굴을 희건이 가만히 바라봤다.

"왜 얼굴이 붉어집니까? 뭘 생각했기에."

"뭐, 뭘 생각하다뇨. 그냥 딸기 맛있다고…… 생각하고 있는데."

어물거리며 말을 넘긴 유정이 딸기 하나를 제 입술에 쏙 넣었다.

오물, 오물.

열심히 딸기를 씹고는 있었지만 의미심장한 눈으로 보고 있는 희건 때문에 유정의 뺨이 더 붉어졌다.

"갑자기 먹고 싶어졌는데."

낮게 말한 희건이 고개를 기울여 유정의 입술을 삼켰다.

"으음……."

입술 안에서 딸기 조각을 혀로 가져간 희건이 제 입술 안으로 옮겨 갔다.

……꿀꺽.

서로 딸기를 삼켜 내고는 가까이서 마주 보자 그의 눈동자가 한층 더 어두워져 있었다. 잘생긴 얼굴이 유정에게 똑바로 향한 채 섹시한 미소를 머금었다.

"여전히 세상에서 가장 맛있는 딸기군요. ……당신 입술 안에 있는 딸기가."

"희건 씨도, 참."

유정의 얼굴이 화르륵 붉어지는데 희건이 낮게 웃으며 그녀의 뒷머리를 잡았다.

"더 맛보고 싶어졌습니다."

속삭이듯 말한 희건이 그녀의 입술을 다시 삼켰다. 딸기 향이 섞여 든 달콤한 키스에 유정의 눈이 사르르 감겼다.

※ ※ ※

날씨 좋은 주말.

그들은 첫 번째 데이트를 했던 놀이공원으로 나들이를 떠났다. 봄을 맞아 화려한 꽃들이 온통 흐드러지게 피어 있는 꽃의 정원에 도착하자 유정의 얼굴에도 웃음꽃이 활짝 피었다.

"여기 다시 오고 싶었어요. 다시 봐도 너무 예쁘네요."

유정이 환한 미소를 지으며 희건을 바라봤다.

"다행이군요."

대답하면서도 희건의 표정은 웃음 지을 여유가 없었다. 오고 가는 수많은 사람들에 유정이 부딪힐까 봐 그의 신경은 바짝 곤두서 있는 상태였다. 과보호로 보일 정도로 인상을 쓰고 사람들을 경계하는 희건과 상관없이 유정은 마냥 즐거워 보였다.

이제 제법 배가 나와 임산부 티가 나는 유정은 넘치는 사랑을 받아서인지 피부에 윤기가 흘렀다. 하늘하늘한 원피스 위에 카디건을 걸친 그녀는 너무 말랐던 원래 체형보다 조금 살이 붙어 딱 보기 좋았다.

"한 실장님도 오고 계시죠?"

유정이 돌아보니 조금 떨어진 곳에서 한 실장이 나주댁과 함께 어떤 꽃을 가리키며 대화를 나누고 있었다. 친밀해 보이는 그들을 쳐다보던 유정이 다시 희건을 바라봤다.

"저 두 분 요즘 부쩍 친해 보이지 않아요?"

"조심해요."

유정이 돌아보다가 마주 오는 사람과 부딪힐 뻔하자 희건이 미간을 좁히고 얼른 단단한 팔로 그녀의 어깨를 감싸 끌어당겼다.

"아, 고마워요."

유정이 생긋 웃자 희건의 미간에 주름이 더 깊이 패어 들었다.

"지난번처럼 하는 게 나을 뻔했습니다. 역시 주말엔 사람이 너무 많아 위험합니다."

희건은 이번에도 그때처럼 이 놀이공원을 통째로 빌리려 했지만 유정이 저지했다.

"활력 있잖아요. 사람 구경도 하고 좋은데요?"

희건과 한 실장의 과보호 때문에 거의 저택에서만 지내던 유정은 이렇게 사람들이 많은 모습은 오랜만에 본 거였다.

"저 사람, 그 건설계 핫세던가 그 사람 아니야?"

종종 그녀를 알아보는 사람들이 힐긋거릴 때마다 희건의 경계의 눈초리가 삼엄하게 따라붙었다.

"근데 옆에 있는 남자 진짜 잘생겼어. 남편인가?"

사실 유정을 알아보는 사람들보다 희건의 비주얼이 워낙 우월해서 먼저 시선이 간다는 걸 그는 모르고 있었다.

"그런가 봐. 그 젊은 재벌 총수 닮았다."

"아, 그 남자? 그러네."

힐긋거리던 여자들이 대수롭지 않게 시선을 거뒀다. 설마 재벌 총수가 주말 한낮에 놀이공원에 올까 하는 생각에 다들 닮았다고만 생각할 뿐 그가 진짜 진한그룹의 차희건이라고는 생각하진 못했다.

만발한 꽃밭을 내려다볼 수 있는 높은 지대의 널따란 잔디밭에 네 사람이 피크닉 분위기로 모여 앉았다.

"그래도 이쪽은 사람들이 좀 적네요."

한 실장이 예리한 시선으로 주변을 체크하며 말했다. 그 말에 나주댁이 허허롭게 웃었다.

"경호원들이 저렇게 둘러싸고 있으니 못 다가오는 거겠죠."

결계처럼 동그랗게 원을 그리고 있는 경호원들은 누가 봐도 시선을 끌었다. 거리를 두고 따라붙게 하던 경호원들로 방어막을 치게 만든 건 희건이었다. 덕분에 예민한 신경이 좀 누그러진 희건이 유정의 이마에 송골송골 맺힌 땀을 다정하게 닦아 줬다.

"갑자기 너무 많이 걸은 거 아닙니까?"

걱정스레 묻는 말에 유정이 미소 지었다.

"이 정도 운동은 해 주는 게 의사 선생님도 좋댔어요."

"그렇군요."

희건이 안심한 얼굴로 끄덕이다가 다시 그녀의 안색을 진지하게 살폈다. 희건의 과보호에 유정은 최근 의사 선생님을 자주 핑계로 대곤 했다. 반쯤은 거짓말이지만 의사가 그렇다고 하면 희건이 안심하기에 붙은 습관이었다.

"세상에, 김밥 종류가 대체 몇 종류예요?"

나주댁이 가져온 찬합들을 열자 색색의 김밥들이 보기 좋게 층마다 쌓여 있었다.

"사모님이 드시고 싶다고 하셔서 다양하게 만들어 봤는데 너무 과했나요?"

나주댁이 민망한 듯 말하자 유정이 얼른 고개를 저었다.

"아니에요. 소풍 분위기도 나고 너무 좋은데요."

유정이 나주댁을 향해 웃어 보였다. 그런 그녀를 희건이 옆에서 가만히 바라봤다.

"소풍 좋아했었습니까?"

그가 기억하기에 유정은 소풍 다녀온 날도 늘 혼자였고 표정이 어두웠다. 그 기억을 떠올리며 묻는 말에 유정이 조용히 미소 지었다.

"사실 학교 다닐 땐 소풍을 한 번도 즐겁게 느낀 적이 없어요."

바람결에 흩날리는 머리칼을 귀 뒤로 쓸어 넘기며 유정이 말을 이었다.

"……그런데 지금 좋은 사람들과 함께 나와서인지 그때는 몰랐던 소풍의 즐거움이 느껴져서 좋아요. 이게 진짜 소풍이구나 싶어서요."

"다행이네요."

한 실장이 은은한 미소를 지었다. 최근 유정에게 살짝 미소를 보일 때가 많아진 한 실장에게 유정도 하얀 치아를 드러내며 마주 웃었다.

"진심이에요. 할아버지 외엔 평생 가족이란 지긋지긋하기만 했는데, 이런 게 가족이구나 하고 최근 자주 생각하거든요."

유정이 한 실장, 나주댁을 천천히 바라보며 말했다. 임신한 뒤로 특히 더 지극정성으로 대하고 걱정해 주는 그들에게 유정은 처음으로 가족의 정을 느꼈다.

"그래서 오늘 함께 오고 싶었어요. 가족끼리 놀러 온다는 기분으로."

"……."

분위기가 조용해지더니 나주댁이 눈시울을 붉혔다.

"나이가 드니까 주책맞게 눈물이 많아지네요."

한 실장이 건넨 손수건으로 눈가를 찍던 나주댁이 아련한 표정을 지었다.

"회장님도…… 이런 모습 보셨으면 좋았을 텐데요."

나주댁이 길게 한숨을 내쉬었다. 정확히는 알지 못했지만, 언제부터인가 나주댁도 차 회장의 진심을 어느 정도 눈치채고 있었다. 함께 오래 살다 보니 알게 되는 일이 있는 법이니까.

나주댁의 말에 먹먹해진 유정이 덩달아 눈물이 그렁그렁해지는데 한 실장이 빠르게 젓가락을 배분했다.

"분명 하늘에서 기뻐하고 계실 겁니다. 다들 식사부터 하죠."

"그래요. 다들 배고플 텐데 일단 식사부터 해요."

유정이 얼른 웃어 보이며 김밥을 하나 입술로 가져갔다. 그녀가 작은 입술 안에 김밥을 쏙 넣고 오물거리는 모습을 주시하며 희건이 물었다.

"어떻습니까?"

"와, 정말 맛있어요."

유정이 눈을 반짝이자 희건의 수려한 얼굴에 미소가 흘렀다.

"다행이군요."

"새콤한 게 들었는데, 뭐지?"

고개를 갸웃거리는 유정에게 나주댁이 말했다.

"아, 샐러드 김밥에 유자 향을 살짝 뿌렸어요."

"유자 향이었군요. 특이하고 맛있어요."

유정의 칭찬에 나주댁의 얼굴에도 환한 미소가 걸렸다.

"이것도 드셔 보세요. 몸에 좋은 채소와 고기가 듬뿍 들었어요."

"그럴게요. 너무 맛있어요."

나주댁이 유정 앞에 이것저것 권하며 밀어 줬다.

그 모습을 보던 희건이 한 실장을 잠시 바라봤다. 자칫 분위기가 가라앉을 수 있었는데 한 실장 덕분에 모면할 수 있었다. 그녀의 빠른 대처 능력에 희건이 고마움을 느끼고 있는데 옆에서 불쑥 나온 김밥 하나가 그의 입술 앞으로 다가왔다.

"희건 씨도 먹어야죠."

"이건 내가……."

유정이 김밥 하나를 내민 채 말하자 희건이 순간 난처한 시선으로 주변을 바라봤다.

"세상에, 날씨가 너무 좋네요."

"정말 그렇군요. 어머, 저 사람들은 뭐지?"

눈치 빠르게 한 실장과 나주댁이 주변으로 시선을 돌렸다. 그제야 희건이 입술을 벌려 유정이 준 김밥을 받아먹었다.

"맛있죠?"

햇살처럼 환하게 웃는 유정에게 희건이 부드럽게 미소 지었다.

"맛있습니다."

그때 유정이 생각났다는 듯 찬합들을 바라봤다.

"아, 이거 우리가 다 먹기엔 너무 많으니까 경호원분들 드시라고 나눠 드려요."

유정이 재빠르게 찬합 몇 개를 들어 올리자 희건이 더 빠르게 그녀의 찬합을 자신이 가져갔다.

"내가 건네고 오겠습니다. 앉아 있어요."

유정이 일어설 새도 없이 먼저 일어선 희건이 여러 개의 찬합통과 젓가락을 들고 경호실장 쪽으로 걸어갔다. 그 모습을 푸근한 눈길로 보고 있던 나주댁이 말했다.

"……회장님이 저렇게 다정한 분인지는 상상도 못 했네요."

혼잣말처럼 흘러나온 말에 유정이 나주댁을 바라봤다.

"희건 씨요?"

"네. 회장님이 어릴 때 그 집에 처음 오던 날부터 쭈욱 봐 왔는데…… 두 분이 다시 결혼하신 뒤에야 알았어요. 회장님의 본모습을요."

안쓰럽던 희건의 과거를 떠올린 나주댁이 조용히 그의 모습을 응시했다.

저마다의 생각으로 한 실장과 유정도 말이 없는데 나주댁이 유정을 바라봤다.

"사모님께서 처음 회장님을 만났을 때가 초등학교 4학년 무렵이죠? 회장님이 6학년이었으니까."

"어떻게 아셨어요?"

유정이 눈을 동그랗게 뜨자 나주댁이 주름진 얼굴에 인자한 미소가 떠올랐다.

"그 무렵에 갑자기 회장님이 밝아진 게 기억이 나요. 친구가 생긴 건가 했는데…… 나중에 보니 사모님을 그때 처음 만나신 것 같아요."

"아……."

"어린 나이에 와서 냉대만 당하던 그 집에서 저도 해 줄 수 있는 게 아무것도 없어서 안쓰러운 마음만 가지고 있었는데…… 갑자기 눈에 띄게 밝아진 모습에 안도했었거든요."

"그때가 맞을 거예요."

조용히 말을 보탠 한 실장이 보온병에서 따뜻한 차를 따라 유정에게 건넸다.

"……감사합니다."

컵을 받으며 작게 말한 유정이 경호실장에게 찬합을 건네고 다시 이쪽으로 걸어오는 희건을 바라봤다. 유정에게만 똑바로 시선을 향한 채 걸어오는 훤칠한 남자에게 그녀가 부드럽게 미소를 지어 보였다.

"참 보기 좋아요. 두 사람."

나주댁도 희건이 걸어오는 모습을 보며 그렇게 말했다.

"보기 좋죠."

한 실장도 오직 한 여자만을 바라보며 걸어오는 남자를 보면서 그렇게 말했다.

유정의 시선도 희건에게 닿아 있었다. 쏟아지는 햇살을 맞으며 미소 지은 두 사람은 서로에게 점점 가까워지고 있었다.

※ ※ ※

돌아오는 차 안에서 유정은 희건의 어깨에 기대어 곤히 잠들어 있었다.

"사모님께서 많이 피곤하셨나 봅니다."

운전 비서가 하는 말에 유정을 내려다보고 있던 희건이 낮게 말했다.

"……그런 것 같군요."

오랜만의 나들이라 그런지 유정은 하루 종일 열심히도 돌아다녔다. 거의 저택에만 있던 일상이라 오랜만의 강행군이 피곤하기도 했을 거였다. 희건은 말없이 유정의 동그란 이마와 기다란 속눈썹, 그리고 아담한 코를 내려다봤다. 그의 어깨에 머리를 기댄 채 세상모르고 잠든 여자를 보니 가슴께가 뻐근해졌다.

……후우.

유정이 깨지 않도록 천천히 숨을 들이켰다가 내쉰 희건이 잡고 있던 유정의 손을 조심스럽게 어루만졌다.

매일 수도 없이 사랑한다 속삭이지만, 이 마음을 표현하기엔 너무나 부족하다.

볼 때마다 가슴이 벅차고 눈물이 터질 것처럼 차오르는 감정을 어떻게 설명해야 할까. 아마도 평생 설명할 수 없겠지. 그저 하루하루 최선을 다해 표현하려 노력할 밖에는…….

유정을 내려다보는 희건의 눈이 짙게 일렁였다. 이 꿈같은 일상이 어느 날 갑자기 정말 꿈일까 봐 미친 듯이 불안해질 때가 있었다.

유정과 이혼했던 시기에 꿨던 어떤 행복했던 꿈처럼, 깨고 나면 그녀도 없고 이 가슴 벅찬 행복도 전부 다 사라져 버릴까 봐 참을 수 없이 불안해졌다. 그럴 때마다 이렇게 작은 손을 끌어당겨 매만지고 확인하게 되곤 했다.

보드라운 손등을 매만지고 온기를 느끼면 그제야 안도하게 되

는 거였다. 성유정은 지금 내 옆에 있다고…… 이게 꿈이 아니라
고.

만약 꿈이라면 영영 깨어나지 말길.

희건은 진심으로 그렇게 생각했다. 그녀가 없는 현실과 그녀가
있는 꿈이라면, 평생 그 꿈속에서만 살 테니까. 일말의 고민도 없
이 꿈속의 성유정을 선택할 테니까.

이런 말을 한다면 아마 그녀는 또 핀잔주듯 웃을 거였다.

'또 그런 바보 같은 생각을 했어요?'

……하고. 하지만 그 정도로 행복하기 때문이라는 걸 설명할 수
없기에 늘 웃음을 담은 그 예쁜 입술에 입을 맞추기만 할 뿐이지.

짙은 눈으로 유정을 내려다보던 희건이 그녀의 귓가에 입술을
가까이 가져갔다.

"사랑해."

그녀만 들리도록 낮게 속삭인 희건이 조용히 창밖으로 시선을
옮겼다. 그의 입술에 행복으로 충만한 미소가 매달려 있었다.

외전 05

쌍둥이를 건강하게 출산한 유정은 아이들이 세 살이 되고 얼마 지나지 않아 회사에 다시 출근하기로 결정했다.

본격적인 출근은 아직 이르다는 희건의 걱정과 한 실장과 나주 댁의 쏟아지는 우려를 딛고 출근하게 된 첫날.

"환영합니다. 대표님!"

유정이 출근하자 꽃다발을 들고 서 있던 직원들이 크게 소리쳤다. 사무실로 들어서던 유정이 토끼 눈을 뜨고 쳐다봤다.

"세상에. 저를 위해 이런 이벤트를 준비한 거예요? 다들 너무 고마워요."

유정이 얼떨떨한 표정으로 꽃다발을 받아 들었다. 꽃다발을 건넨 주미영 실장이 미소를 지으며 말했다.

"화상 회의하면서 자주 뵈었지만 정식 출근은 실로 오랜만이시니까요. 다시 대표님을 매일 회사에서 볼 수 있다니 저희 모두 기쁜 마음이랍니다."

"……감동이네요. 정말."

유정이 꽃다발을 안은 채 입술 끝을 곱게 휘어 올렸다. 그때 누군가가 찾아왔다.

"실례합니다. 성유정 대표님 계십니까?"

"전데요?"

유정이 고개를 돌리니 입구에 커다란 꽃바구니를 든 남자가 서 있었다.

"차희건 회장님께서 보내셨습니다."

대형 꽃바구니를 든 남자가 유정에게 다가와 내밀었다.

"어머, 희건 씨가……."

"대표님. 그건 일단 저 주세요."

유정이 꽃바구니를 받을 수 있도록 주 실장이 얼른 먼저 들고 있던 꽃다발을 건네받았다. 꽃다발 안에 꽂혀 있는 카드를 열어 보니 희건의 필체가 보였다.

《오랜만의 출근 축하해.》

희건의 메시지를 본 직원들이 눈을 반짝였다.

"차 회장님 센스 있으시네요. 이런 것도 보내 주시고."

"출근 반대하지 않으셨어요? 두 분 유명한 잉꼬부부시잖아요."

직원들의 질문에 유정이 멋쩍게 웃었다.

"사실 어젯밤에도 출근을 좀 더 미루는 게 어떻겠냐고 물었거든요. 조금 전에도 여기까지 태워다 주고 가면서도 표정이 그리 좋진 않았어요."

주 실장이 눈을 크게 떴다.

"그래도 이렇게 챙겨서 보내 주신 거구나. 어쩜."

"차 회장님께서 정말 대표님을 사랑하시나 봅니다."

"그러게요. 너무 부러워요. 대표님."

"고마워요."

유정이 꽃처럼 화사한 미소를 매달고는 대답했다. 대표실로 들어온 유정은 직원들이 준 꽃다발과 희건이 보낸 꽃바구니를 책상 위에 올려놨다. 빙그레 미소를 지은 그녀가 희건에게 전화를 걸었다.

"조금 전까지 기분 안 좋은 줄 알았는데 이렇게 사람 감동 주는 게 어디 있어요?"

핀잔주듯 하는 말에 전화기 저편에서 낮게 웃는 소리가 들렸다.

- 감동했습니까.

"당연하죠. 조금 전까진 내색도 안 했으면서."

- 그럼 성공이군요. 당신을 기쁘게 하고 싶었으니까.

다정한 목소리에 유정의 눈가에 웃음이 진해졌다.

"고마워요. 정말로."

- 오늘 퇴근 언제 합니까.

희건의 질문에 유정이 시계를 짧게 보고 대답했다.

"4시엔 할 생각이에요."

- 그럼 첫 출근을 기념할 겸 밖에서 저녁 먹죠.

"그래도 될까요? 아이들이……."

한 실장과 나주댁, 그리고 유모를 포함한 사용인들이 유정이 회사에 있는 동안 아이를 봐 준다는 걸 알고 있었다. 그럼에도 지금 껏 집을 오래 비운 적이 없어 유정이 머뭇거렸다.

- 아침에 한 실장님께 말해 놨습니다. 외식도 자주 못 하지 않았

습니까.

그건 사실이었다. 매일 아이들 돌보랴, 화상으로 회사 일 챙기랴 집에서도 마음 편히 식사하긴 힘든 나날이었다. 그래도 요즘은 모두의 도움으로 식사 정도는 할 수 있게는 됐지만 외식까지는 여력이 없었다. 고민하던 유정이 대답했다.

"그럼 그렇게 해요, 희건 씨."

- 퇴근 시간 맞춰 회사 앞으로 가겠습니다.

"그래요."

전화를 끊은 유정이 자신의 책상을 바라봤다. 직원들이 청소해 뒀는지 성유정 대표라고 적힌 명패와 책상이 반들반들 빛나고 있었다. 미소를 머금고 책상을 바라보던 유정이 자리에 앉았다. 노트북을 켜며 기다리는 동안 휴대폰으로 영상통화를 눌렀다.

- 네. 사모님.

유모의 모습이 화면에 보이자 유정이 걱정스럽게 물었다.

"아이들은 잘 있어요?"

- 오랜만의 출근이라 걱정되셨나 봐요. 지금 장난감 가지고 놀고 있어요.

유모가 장난감을 가지고 놀고 있는 유건과 유림의 모습을 화면으로 비춰 줬다.

- 유건아, 유림아. 여기 엄마. 엄마 봐야지.

- 이거 내 꺼라고 해짜나.

- 시러. 아니야.

장난감이 많은데도 하나 가지고 서로 밀고 당기고 하느라 유모 말은 들리지도 않는 모양이었다. 유모가 난처한 표정으로 말했다.

- 어쩌죠? 애들이 인형에 정신이 팔려서……

"괜찮아요. 잘 놀고 있으니 놔두세요. 또 전화할게요."

유정이 웃으며 전화를 끊었다.

'생각보다 잘 놀고 있잖아?'

유정은 안도와 함께 약간의 서운함도 들었다. 출근을 결정하며 가장 맘에 걸렸던 게 아이들이었다. 첫날부터 엄마만 찾지 않을까 내심 걱정했는데 유모와 함께 잘 놀고 있는 모습을 보니 여러 가지 감정이 드는 것도 사실이었다.

'그래도 엄마만 찾으면 얼마나 마음이 아프겠어. 씩씩해서 다행인 거지.'

유정은 가방에 챙겨 온 아이들 사진이 담긴 액자를 꺼내 노트북 옆에 놓았다. 아이들 사진과 희건과 함께 찍은 가족사진까지 가장 잘 보이는 곳에 올려 둔 그녀가 잠시 사진에 시선을 뒀다. 한참 보고 있던 그녀의 얼굴에 부드러운 미소가 걸렸다.

점심시간이 되자 유정이 대표실에서 나왔다.

"그럼 출발할까요?"

"네!"

직원들이 기다렸다는 듯 자리에서 일어섰다. 직원들과 오랜만에 다 함께 점심 식사하러 가기로 했기에 원래 식사 시간보단 조금 일찍 움직였다.

"어?"

사무실 입구로 향하던 유정이 문득 멈춰 섰다. 설마, 하는 눈으로 한 곳을 쳐다본 그녀가 기겁하며 소리쳤다.

"꺅! 이게 뭐야?!"

도시의 샘 성유정 대표라고 커다랗게 써진 잡지엔 유정의 얼굴이 커다랗게 실려 있었다. 그 잡지가 몇 권이나 나란히 가장 잘 보이는 곳에 진열되어 있었다. 그걸 본 유정의 얼굴이 하얗게 질렸다.

"왜 여기 이런 게……!"

후다닥 달려간 유정이 잡지들을 얼른 뒷면으로 뒤집어 놨다. 그 모습을 본 직원들이 어리둥절하게 물었다.

"멋진데 왜 그러세요?"

"머, 멋지다뇨?"

유정이 발갛게 달아오른 얼굴로 돌아봤다. 직원들이 서로 시선을 맞추고는 의아하게 말했다.

"얼마나 자랑스러운데요. 저희 개인적으로도 다 사서 소장 중인데요?"

유정의 얼굴에 그나마 있던 핏기마저 가셨다.

"안 돼요! 그건 큰일 날 소리예요. 오늘 집에 가면 당장 버려 버리도록 해요."

주 실장이 고개를 갸웃거리며 유정이 뒤집어 놓은 잡지를 다시 빼들어 앞면을 바라봤다.

"부끄러우세요? 이렇게 예쁘게 나왔……."

"꺅!"

유정이 비명을 지르며 주 실장이 들고 있는 잡지를 얼른 빼앗았다. 그러고는 나머지 잡지들도 빼들어 챙긴 뒤 짐짓 엄격한 얼굴로 말했다.

"이건 내가 수거해 가겠어요. 사무실에 왜 이런 걸 놔두고……."

잡지를 다 회수한 유정이 대표실로 빠르게 걸어갔다. 귀까지 빨개진 그녀의 모습을 보던 직원들이 뒤에서 웃음을 흘렸다.

"민망하신가 봐요. 저런 귀여우신 면도 있으시네."

"그러게요. 이번엔 대표님이 잘 안 보이는 곳에 진열하죠."

"좋은 생각이에요."

직원들이 모략을 꾸리는 새에 유정은 아직 발간 감이 남은 얼굴로 태연한 척 나왔다.

"자, 식사하러 갑시다."

유정이 앞장서서 사무실을 빠져 나갔다.

퇴근 뒤 유정은 희건과 근사한 레스토랑에 마주 앉았다. 슈트를 빼입은 희건은 아침과 똑같이 완벽한 모습이었다.

"회사 복귀 축하합니다."

"고마워요."

오랜만에 샴페인으로 건배한 두 사람은 각자의 잔을 입술로 가져갔다. 꼴깍. 한 모금 마신 유정이 눈을 반짝였다.

"와, 샴페인 오랜만에 마시네요. 무알콜인데도 너무 좋다."

유정이 생기 넘치는 표정을 짓자 희건의 얼굴이 부드러워졌다.

"오랜만에 출근한 느낌은 어떻습니까."

샴페인이 묻은 제 입술을 혀로 핥은 유정이 눈을 굴렸다.

"음, 좋았어요. 제대로 일하는 느낌도 들고. 집에서 할 땐 아무래도 현장감이 떨어지는 부분이 있으니까요."

대답하는 유정을 희건이 가만히 응시했다.

"피곤하진 않습니까."

"오히려 힘이 막 차오르는 느낌인데요?"

"……다행이군."

희건이 안도한 듯 입술 끝을 휘어 올렸다.

"그런데……."

미소를 짓고 있던 유정이 시선을 살짝 내리고 말했다.

"아이들 생각이 많이 나서 그건 좀 힘들긴 했어요."

희건이 조용히 유정을 건너다봤다.

"종종 전화해 봤는데 생각보다 너무 잘 놀고 있더라고요. 엄마가 일하러 가서 애들이 너무 힘들어할까 봐 걱정했는데…… 또 막상 잘 놀고 있으니까 왠지 아쉬운 마음이었어요."

유정이 복잡한 심경을 내비치며 작게 말했다.

"오히려 마음의 준비는 내가 덜 된 게 아닌가 하고 말이죠."

"여러 가지 감정이 드는 것도 당연합니다. 집에만 있다 오랜만에 출근한 거니 엄마로서 걱정되는 일도 많을 테고."

"그건…… 그렇겠죠."

유정이 천천히 고개를 끄덕였다.

"충분히 잘하고 있으니 자책은 하지 말아요."

희건의 위로에 유정이 어두운 얼굴을 거두고 생긋 웃어 보였다.

"그럴게요. 희건 씨."

마주 웃은 희건이 잠시 샴페인 잔을 매만지다 말했다.

"그동안 힘든 점은 없었습니까. 쌍둥이 키우는 일이 보통은 아닌데."

"희건 씨도 거의 집에서 같이 봤잖아요. 집에서 도와주시는 분들이 많아서 이렇게 안심하고 나와 있을 수도 있고…… 난 정말 복 받은 사람인 것 같아요."

유정이 행복한 표정을 지어 보이자 희건이 가만히 시선을 맞췄다. 말간 미소를 한동안 보고 있던 그가 입을 열었다.

"당신과 함께 사는 나라는 남자가 세상에서 가장 복 받은 사람일 것 같은데."

"네? 희건 씨도 참."

눈을 동그랗게 떴던 유정이 환한 웃음을 흘렸다. 미소를 매단 채 샴페인을 한 모금 마신 그녀가 다시 말했다.

"그리고 내 일이 확실히 있다는 게 역시 좋다는 생각을 했어요. 아이를 키운다는 일도 보람되고 너무 좋지만, 집중해서 일을 하는 것도 행복이거든요."

"그랬습니까."

희건이 다정한 눈빛으로 유정의 말에 귀를 기울였다. 그리 수다 스러운 성격이 아님에도 유정은 오랜만의 출근이 기분 좋았던 듯 조곤조곤 말을 이어 나갔다.

"네. 일에 충실할 때만이 느껴지는 느낌 있잖아요."

"그건 나도 잘 압니다."

"희건 씨도 그렇겠…… 아, 맞다!"

유정이 생각났다는 듯 눈을 반짝였다.

"오늘 직원들도 아침에 꽃다발 전해 줬거든요. 너무 감동이었어요."

"훌륭한 직원들이군요."

"직후에 희건 씨의 꽃다발이 도착해서 화제가 옮겨 갔지만요."

희건이 천천히 고개를 끄덕였다.

"마음에 드는군요."

"네?"

유정이 의아하게 물었다. 희건이 그녀를 가만히 바라봤다.

"당신의 관심이 다른 사람이 준 꽃다발에 오래 머물길 바라진 않아서."

"희건 씨 질투는 정말……."

유정이 잔을 들고서 못 말린다는 듯 웃었다. 그녀가 맛있게 샴페인을 삼키는 모습을 보며 희건이 말했다.

"식사가 끝나면 갈 곳이 있습니다."

잔을 테이블 위로 내려놓으며 유정이 시선을 올렸다.

"집으로 가는 게 아니었어요?"

그녀의 질문에 그가 그녀를 직시했다.

"오랜만의 데이트인데 식사만 하고 보내 줄 생각은 없어."

"아……."

은밀한 뉘앙스에 유정이 작게 숨을 삼켰다. 희건의 야릇함을 담은 눈동자가 심장을 두근거리게 했다.

아이들이 아직 어려서 부부 침실에서 함께 자는 바람에 자다가도 애들 보느라 유정이 많이 피곤해했다. 아이들이 칭얼거릴 때마다 희건이 그녀를 깨우지 않고 자신이 보려고 해도 유정은 눈도 제대로 뜨지 못하면서 기계처럼 일어나 아이들 침대로 다가왔다.

'내가 볼 테니 가서 자지 그래.'
'아니에요. 희건 씨도 피곤한데.'

아이가 둘이다 보니 한 명씩 안고 달랠 수밖에 없었다. 그런 나날이 이어지며 유정이 지쳐 있는 걸 알기 때문에 희건은 꽤 오랫동안 육체적인 욕망이 쌓였음에도 참고 있었다.

"우리 두 사람만 있을 수 있는 곳으로 갈 겁니다."

속내를 숨기지 않고 드러내는 말에 유정이 살짝 붉어진 얼굴로 대답했다.

"……네."

"우선 식사 마저 하죠."

"그래요."

유정이 대답하고 마저 먹는데 오랜만의 긴장이라 그런지 방금 전까지 맛있던 요리가 갑자기 무슨 맛인지 알 수 없게 되어 버렸다.

하아, 못 먹겠어.

심장이 두근거리는 통에 결국 유정은 깨작거리던 포크질을 그만둬야만 했다.

희건과 유정은 호텔 스위트룸으로 들어섰다.

이혼 후 본격적으로 연애할 때 함께 자주 오던 곳이었다. 국내에서 가장 비싸다는 호텔답게 여전히 초호화 인테리어로 장식된 공간이었다. 스위트룸 안을 둘러보며 유정이 말했다.

"여기 오랜만에 오니까 기분이 새롭네요. 그때 생각도 많이 나고……어?"

희건이 유정의 팔을 끌어당겼다. 그가 자신 쪽으로 돌려세우자 그녀의 시야에 타오르는 남자의 눈동자가 들어왔다.

"꽤 여유 있군. 난 지금 그런 감상에 젖을 여유가 전혀 없는데."

잠긴 음성을 내뱉은 희건이 유정의 턱을 잡아 올렸다.

"희건 씨, 아음……."

벌어진 입술을 그대로 집어삼킨 그가 좁은 틈을 파고 들어가 젖은 살결을 빨아들였다.

집에서 나누던 키스와는 전혀 달랐다. 그의 욕망이 고스란히 드러나는 거친 키스에 유정의 입술이 더 크게 벌어지며 턱을 타고 타액이 흘러내렸다.

하아!

입술이 풀려난 유정이 커다란 숨을 터뜨렸다. 타액으로 반들거리는 윤기 나는 입술을 엄지로 쓸며 그가 어둡게 물든 눈으로 내려다봤다.

"매일 당신을 옆에 두고 참느라 참는 데는 이골이 났다고 생각했는데."

"훗……."

희건이 유정의 아랫입술을 살짝 깨물었다. 아릿한 통증에 유정이 신음을 흘리자 그가 자극된 입술을 혀로 느릿하게 핥았다.

"오늘 보니 전혀 아니군."

희건의 입술이 뺨을 타고 옆으로 이동해 유정의 귓가로 다가갔다. 뜨거운 입김과 조급함이 섞여 든 탁한 음성이 무척 관능적이었다.

"식사 시간 내내 여기서 당신을 갖는 생각에 계속 이 상태였으니까."

"앗."

그가 유정의 작은 손을 잡아 끌어당겨 자신의 팽팽하게 부푼 바지 위로 가져갔다.

어머!

거대한 감촉에 유정의 귓불까지 붉어졌다. 너무나 오랜만이라 유정이 당황하는데 그녀의 손을 꽉 잡아 고정시킨 희건이 귓가에 헐떡이듯 속삭였다.

"당신이 출근할 때까진 참자고 다짐해 놓고 그 다짐이 하루에도 수도 없이 흔들렸어."

"희, 희건 씨……."

예민한 목덜미를 그가 입술로 훑으며 내려갔다. 그 자극에 흠칫거리는 유정을 단단히 잡은 그가 제 몸에 바짝 맞붙였다.

"아이를 안고 있는 모습에까지 미친놈처럼 욕망이 날뛸 정도로 오래 참았단 말이야."

"그, 그건……아!"

희건이 유정을 두 팔로 번쩍 안아 올렸다. 그대로 침실로 걸어간 그가 거대한 침대 위에 그녀를 내려놨다.

출렁!

탄성이 좋은 침대 위에 등을 대고 누운 유정의 위를 커다란 남자의 몸이 가두듯 올라탔다. 양손으로 매트를 짚고 강렬한 시선으로 내려다보자 유정은 심장이 강하게 떨려 왔다.

"이젠 못 참아."

이글대는 눈을 박고 말한 희건이 그녀의 옷을 벗겨 냈다. 순식간에 셔츠와 브래지어를 벗겨 내고 바지와 팬티까지 벗겨 낸 그가 자신의 재킷을 거칠게 젖혀 어깨 뒤로 떨어뜨렸다. 제 셔츠 단추를 풀어내면서도 그의 타오르는 시선은 오로지 유정에게 향해 있었다.

눈빛이…… 지독히 야해.

유정이 침을 꿀꺽 삼켰다. 그의 눈빛에 포박된 채 숨도 쉬지 못하고 보고 있는데 셔츠 단추를 여러 개 풀어낸 희건이 근육질 상체를 드러냈다. 오랜만에 보는 적나라하게 꿈틀거리는 근육질 육체에 유정의 뺨이 붉어졌다. 희건이 거친 숨결을 흘리며 곧장 고개를 숙였다.

"……하읏."

뜨거운 남자의 입술이 유정의 새하얀 젖가슴을 크게 베어 물었다. 축축한 혀가 맨살을 자극하자 동그란 유두가 바짝 곤두섰다.

한쪽 젖가슴을 빨며 다른 쪽 젖가슴을 크게 쥐고 주무르는 손길에 유정의 허리가 달싹였다. 오랜만의 자극이라 그녀의 몸이 더 뜨겁게 반응했다. 유정이 다디단 신음을 흘리자 희건의 입술에서도 짓눌린 신음이 새어 나왔다.

"이 헐떡이는 소리도 달아서 미칠 것 같아."

젖가슴이 온통 번들거리도록 빨던 희건의 입술이 거침없이 움직이며 아래로 내려갔다.

"희, 희건 씨. 어서……."

유정도 참을 수 없다는 듯 아래로 내려가려는 희건을 저지했다. 희건이 고개를 들어 붉게 달아오른 그녀의 흐릿한 눈을 확인했다.

"제길."

섹시하게 미간을 일그러뜨린 그가 여유 없는 몸짓으로 유정의 다리를 붙잡아 벌렸다. 상체를 세운 뒤 꺼덕이는 페니스를 움켜쥐고 끌어내려 맑은 액을 흘리는 속살 안으로 단번에 쑤셔 넣었다.

"아훗……!"

유정의 등허리가 침대 위로 한껏 곤두섰다. 오랜만에 느껴지는 강한 자극이 통증처럼 둔탁하게 아랫배 깊숙이 밀고 들어왔다가 빠르게 치받는 힘에 금세 쾌락으로 변했다.

"아, 아웃, 훗!"

희건이 온몸의 근육에 힘을 주고 울퉁불퉁하게 핏대가 선 흉포한 페니스를 유정의 좁은 틈새로 사정없이 박아 넣었다. 퍽퍽거리는 거친 움직임이 연달아 이어지자 유정의 몸이 이리저리 뒤흔들렸다.

"후우, 주체가 되질 않아."

희건의 찡그려진 얼굴을 올려다본 유정이 손을 뻗어 그의 얼굴을 감쌌다.

"괜찮으니 그냥, 해요. 희건 씨 원하는 대로……."

유정이 버거운 신음을 색색거리면서도 속삭이듯 말하자 희건이 턱을 단단히 굳혔다.

"후…… 유정아. 그런 말은 날 지나치게 자극시킨다는 걸 알아야지."

낮게 토해 낸 희건이 감당할 수 없을 정도로 격렬하게 들이치기 시작했다.

"희, 희건 씨! 아아!"

땀에 젖은 그녀의 몸을 강하게 움켜잡고 남성적인 복근에 팽팽하게 힘을 주자 유정의 신음이 비명처럼 높아졌다. 빳빳한 페니스가 조갯살처럼 달라붙는 속살 사이에 박혀 들었다가 빠져나올 때마다 끈적한 애액이 질척하게 서로의 몸으로 이어졌다.

쾌락으로 아찔하게 찡그러지는 유정의 얼굴을 노려보며 희건은 미친 듯이 허리를 쳐올렸다. 주체할 수 없는 갈망에 땀에 젖은 그녀의 다리를 더 넓게 벌리고 그 각도만큼 넓어진 속살 안으로 체액이 엉망으로 달라붙은 뿌리까지 단번에 쑤셔 넣었다.

"하윽……!"

유정의 가녀린 목이 뒤로 젖혀지며 희건의 팔뚝에 손톱을 박았다. 공중으로 넓게 벌어진 그녀의 가느다란 다리가 덜덜 떨렸다. 한껏 좁혀 드는 내부의 감각에 희건이 쾌감에 짓눌린 신음을 흘리며 그녀의 벌어진 두 다리를 허공에서 모았다. 그대로 두 다리를 들어 올린 채 모아 앞에서 안은 뒤 애액으로 범벅이 된 속살 안으로 단단하게 발기한 페니스를 연신 쑤셔 올렸다.

"……흐으! 앗! 안 돼에……!"

누운 채로 두 다리를 직각으로 들어 올린 자세로 유정이 고개를 저어 댔다. 더는 감당할 수 없는 쾌감에 울음 같은 신음이 터져 나왔지만 희건은 기어코 그녀의 한계치까지 몰아붙였다.

"아아……!"

시트를 움켜쥔 유정의 땀에 젖은 아랫배가 빠르게 오르내렸다. 오르가슴으로 강하게 수축하는 내부의 감각을 즐기며 희건이 한숨을 길게 내쉬었다.

"훗……지금, 움, 직이면……으, 응."

느릿하게 질 안을 짓쳐 올리는 근육 덩어리의 힘에 유정이 헐떡이며 몸을 비틀었다.

"안 놔줘. 유정아."

희건이 그녀의 모아 쥔 다리를 단단히 고정한 채 음란하게 장골을 움직여 그녀 안으로 길고 천천히 삽입했다.

"아, 잠, 깐, 기, 기분이 이상……하으웃……!"

허벅지 사이를 경련하듯 떨던 유정이 손등에 푸른 핏대가 도드라질 정도로 시트를 강하게 움켜쥐었다. 연달아 치민 절정은 오랜만이어서 그런지 평소의 절정과 전혀 달랐다. 번개처럼 강렬하게 내리치는 쾌감에 입술이 벌어졌다.

"……성유정."

그녀의 허벅지를 다시 벌리며 그 사이로 상체를 숙인 희건이 그녀의 벌어진 입술을 집어삼켰다.

"으음, 음, 하읍……."

감당할 수 없는 쾌락에 몸을 떠는 유정의 입술을 질척하게 빨아들이며 희건이 다시 격렬하게 쑤셔 들기 시작했다.

"미, 미쳤, 어요? 지금 그러면 나……!"

"미친 거 맞아."

탁하게 내뱉은 희건이 유정의 다급한 신음을 입술로 삼키고 야수처럼 사납게 유정의 안을 쑤셔 들었다. 유정의 신음이 모조리 그의 입술 안에 삼켜 들었다. 동시에 땀과 체액으로 미끌미끌해진 육체가 격하게 부딪히며 음란한 소리를 멈추지 않고 내고 있었다.

희건이 세 번 연속으로 그녀를 몰아붙였을 때, 결국 유정은 더는 버티지 못하고 그의 품에서 의식을 잃었다. 기절하듯 잠이 든 유정을 내려다본 그가 깊이 숨을 토해 냈다.

"……너무 무리하게 했군."

오랜만인데 너무 거칠었던 모양이었다. 괜찮다고는 하지만 괜찮을 리가 없을 텐데. 발개진 뺨으로 잠이 든 유정의 땀에 젖은 머리칼을 귀 뒤로 넘겨 주며 그가 진하게 물든 눈으로 응시했다.

"……."

한동안 보고 있던 희건이 조용히 몸을 일으켰다.

샤워가운을 걸치고 휴대폰을 집어든 그가 조용히 침실을 빠져나왔다. 스위트룸 거실로 나온 희건이 휴대폰을 귀로 가져갔다.

"한 실장님, 접니다."

- 네. 회장님.

"아이들은 잘 있습니까."

밖으로 나와 있는데도 혹여 유정의 잠을 방해할까 목소리를 낮춘 희건이 물었다.

- 애들이 순해서 잘 있어요. 놀 거 다 놀고먹을 것도 다 먹고 지금은 둘 다 곤히 자니까 걱정 안 하셔도 됩니다.

한 실장의 말을 들은 희건의 표정에 안도가 흘렀다.

"다행이군요. 좀 늦어질 것 같은데 잘 부탁드립니다."

- 염려 놓으시고 좋은 시간 보내세요. 회장님.

전화를 끊은 희건은 다시 침실로 들어갔다. 유정은 여전히 곤히 잠든 모습이었다. 침대로 걸어가며 그가 자신이 입고 있던 샤워가운을 벗었다.

사락.

조심스럽게 유정의 몸 위로 덮어 준 희건이 그녀 옆에 길게 누웠다. 한 팔로 머리를 기대고 느른히 유정을 바라보는 그의 얼굴에 매혹적인 미소가 걸렸다. 사랑스러움이 가득 담긴 눈길로 지켜보던 그가 고개를 기울였다.

촉.

동그란 이마에 살짝 입을 맞춘 그가 귓가에 속삭였다.

"사랑해. 유정아."

한 팔을 길게 뻗어 그 위에 머리를 대고 유정과 높이를 맞춰 바라봤다. 자신의 여자를 바라보는 남자의 얼굴에 깊은 미소가 감돌았다.

※ ※ ※

퇴근 시간이 다가올 무렵 주 실장이 유정의 대표실로 들어섰다.

"대표님. 지난주에 말씀하셨던 보고서입니다."

"수고했어요."

유정이 보고서를 받아 내려놓는데 주 실장이 그녀의 얼굴을 가만히 바라봤다.

"……?"

빤히 보는 시선에 유정이 의아하게 마주 보는데 주 실장이 웃으며 말했다.

"대표님 한동안은 계속 아이들 사진만 보고 계시더니 조금 나아지신 것 같네요."

"아, 저요."

책상 위에 아이들 사진 액자가 첫날보다 훨씬 늘어 있었다. 잠시 떨어져 있는 시간 동안 아이들에 대한 그리움을 그런 식으로 해소하듯 늘어놓고 틈만 나면 보고 있던 것을 말한 거였다.

"솔직히 처음엔 좀 힘들었는데 최근엔 좀 적응한 거 같긴 해요."

"그럴 만하죠. 아이들 떼어 놓고 회사 나오는 게 어디 쉬운가요. 그래도 좀 나아지셨다니 다행이네요."

"걱정해 줘서 고마워요."

"아닙니다. 나가 보겠습니다."

유정에게 인사한 주 실장이 대표실을 나갔다. 닫히는 문을 보던 유정은 쪼르륵 늘어서 있는 아이들 사진으로 시선을 옮겼다.

"엄마 열심히 할게."

다부진 눈으로 사진을 보며 말한 유정이 다시 일에 몰두했다.

한창 일에 빠져 있다가 문득 시계를 보니 4시가 가까워지고 있었다.

"어머. 늦겠네?"

유정이 퇴근 준비하고 빠르게 일어섰다. 출근은 하고 있지만 아이들이 더 클 때까지는 퇴근은 4시로 정해 놓은 상태였다. 재킷을 걸치고 가방을 든 유정이 얼른 대표실을 나섰다.

"그럼 먼저 퇴근할게요. 내일 봐요."

유정이 빠른 걸음으로 밖으로 나오자 희건이 차 앞에서 기다리고 있었다.

사람들의 시선을 받는 훤칠한 남자는 차가운 분위기가 감돌았지만, 유정을 본 순간 그림 같은 미소를 지어 보였다.

"희건 씨."

유정이 얼른 희건에게 다가왔다.

"조금 늦었는데 기다렸죠."

"괜찮습니다. 가죠."

희건이 다정하게 유정을 에스코트해서 차로 들어갔다.

"아……."

호텔 스위트룸 침실 안에는 뜨거운 열기가 가득했다. 유정의 뒤에서 그녀를 안은 희건이 땀에 젖은 몸을 욕망 어린 손길로 잡고서 귓가에 말했다.

"오늘은 평소보다 더 뜨거운데."

"희건, 씨가 매일 그렇게 만드니까 그렇잖……."

유정이 뒷말을 잇지 못할 정도로 강하게 파고드는 힘에 그녀의 몸이 크게 흔들렸다.

"!"

아찔해지는 쾌감에 유정이 고개를 젖혔다. 그 얼굴을 잡아 자신 쪽으로 돌린 희건이 야릇하게 입술을 빨았다.

"으음."

"내 갈증이 쉽게 가시지 않을 거라고 하지 않았나."

"그래도 매일은 너무 지나친……."

"몸과는 다른 말을 하는군."

희건이 벌을 주듯 유정을 괴롭혔다. 탄력적으로 흔들리는 젖가슴을 두 손으로 거머쥐고 손가락으로 유두를 비틀자 유정이 헐떡였다.

"아니 나, 나도 좋……지만 그래도."

"이제야 솔직해지는군."

만족스럽게 말한 희건이 거칠게 움직이기 시작했다. 한껏 유연해진 유정의 속살 안으로 남자의 빳빳한 욕망이 격렬하게 쑤셔 박혔다.

"희, 희건 씨……아, 아아."

유정의 더운 숨결이 터져 나오며 침실 안의 온도가 더 올라가고 있었다.

유정은 늦은 저녁 시간 희건과 함께 집으로 돌아왔다. 손을 꼭 잡고 함께 퇴근하는 다정한 모습을 흐뭇하게 보며 한 실장이 다가왔다.

"오셨습니까. 식사 준비해 뒀으니 준비하고 내려오세요."

"네. 실장님."

침실로 건너간 두 사람은 곧장 아이들 얼굴부터 확인했다.

"오셨어요."

침대 앞에서 유모가 인사했다. 침대 위에는 유건과 유림이 천진한 얼굴로 세상모르고 잠들어 있었다.

"조금 전까지 잘 놀다 잠들었어요."

유모가 목소리를 낮춰서 하는 말에 유정이 자는 아이들에게서 눈을 떼지 못한 채 고개를 끄덕였다.

"고맙습니다."

"뭘요. 둘 다 천사 같아서 보는 제가 다 힐링 되고 좋네요."

푸근한 눈으로 아이들을 본 유모가 다시 유정과 희건에게 시선을 돌렸다.

"제가 더 볼 테니 천천히 식사하고 오세요."

"감사합니다."

희건이 인사하고 유정을 데리고 드레스룸으로 향했다. 옷을 갈아입은 뒤 다이닝룸으로 가자 따스한 밥이 정갈하게 차려져 있었다. 희건과 유정이 마주 앉자 나주댁이 막 국을 퍼서 유정의 밥그릇 옆에 놔주며 말했다.

"어서 드세요."

"잘 먹겠습니다."

상당히 허기진 상태라 유정은 젓가락을 들고 오물오물 맛있게 먹었다. 한창 식사하는 모습을 유심히 지켜보고 있던 나주댁이 유정에게 물었다.

"사모님 요즘 너무 무리하시는 거 아니에요?"

통통한 조기살을 젓가락으로 집어 들던 유정이 멈칫거렸다.

"저요?"

방금 호텔에서 온갖 무리를 다 하고 온 유정이 찔리는 표정을 애서 숨기며 나주댁을 바라봤다. 나주댁은 측은한 표정으로 유정을 보며 말했다.

"회사 다시 출근하셔서 많이 힘드신가 봐요. 야근도 잦으시고…… 원래 이렇게 잘 드시진 않았는데 밤마다 한 공기 싹 비우시는 거 보니 에너지가 많이 필요하신 것 같아서요."

"아…… 하하. 아무래도 오랜만의 출근이니 그런가 봐요."

유정이 어색한 미소를 흘리자 나주댁이 푸근하게 마주 웃으며 고개를 끄덕였다.

"그래도 잘 드시는 건 참 보기 좋네요. 많이 드세요."

"감사합니다."

입술을 당기고 웃는 유정을 희건이 낮게 웃음을 흘리며 바라봤다. 그녀의 밥그릇에 갈비 한 점을 올려 주며 그가 말했다.

"회사 일도 좋은데 너무 몸에 무리 가진 않게 하는 게 좋겠습니다."

유정이 슬쩍 희건에게 눈을 흘겼다.

"……에너지 필요하게 만든 사람이 할 소리예요?"

멀어진 나주댁이 듣지 못하도록 속닥이며 하는 말에 희건이 부드럽게 눈웃음 지었다.

"그러니 많이 먹으라고."

유정이 새우 눈을 떴다가 시선을 내리고 다시 밥공기에 집중하기 시작했다. 햄스터처럼 볼을 빵빵하게 채우고 열심히 먹는 유정을 희건이 귀엽다는 표정으로 바라봤다.

유정은 식사를 끝낸 뒤 아이를 보러 방으로 들어왔다. 유건과 유림은 쌍둥이답게 두 팔을 만세하듯 위로 올리고 똑같은 모습으로 잠들어 있었다. 포동하게 살이 오른 동그란 뺨과 입을 헤 벌리고 자는 무구한 모습을 보고 있자니 눈에 넣어도 아프지 않을 정도였다.

조심조심 이불을 끌어 올려 토닥거려 준 유정이 침대 기둥에 기대어 앉았다. 피곤한 눈가를 비비며 잠 든 아이들의 모습을 가만히 보다가 피곤을 이기지 못하고 스르륵 잠이 들었다.

샤워하고 나온 희건이 그 모습을 발견했다.

"……."

그는 그 자리에 선 채 천진하게 잠든 아이들과 그 옆에서 같이

369

잠이 든 유정을 바라봤다. 한동안 조용히 보고 있던 그가 천천히 다가가 그녀를 조심스럽게 안아 올렸다.

"으응…… 희건 씨? 더 못 먹……."

칭얼거리듯 잠꼬대를 한 유정이 다시 잠이 들었다. 그 모습을 본 희건이 피식 웃었다.

"꿈속에서 뭘 그렇게 맛있게 먹고 있는 걸까."

느른히 말한 그가 유정을 침대 위로 옮겼다. 조심스럽게 눕힌 그가 폭신한 이불을 덮어 가슴 위까지 끌어 올려 줬다. 그런 다음 침대 위에 걸터앉아 곤히 자고 있는 유정을 잠시 바라봤다.

"……이왕이면 날 먹고 있는 꿈이면 좋겠는데."

꿈속에라도 다른 것에 빼앗기기 싫으니.

낮게 중얼거린 희건이 보드라운 유정의 뺨을 손끝으로 쓸었다. 손끝에 느껴지는 감촉에 그의 입술이 기분 좋게 휘어 올라갔다.

세상에서 가장 행복한 일을 하는 것처럼, 희건은 시간 가는 줄도 모르고 유정이 자는 모습을 바라보고 있었다.

"흐엥……."

그때 유림이 작게 칭얼거리는 소리가 들렸다. 유정이 깨지 않도록 얼른 몸을 일으킨 희건이 유림을 품에 안았다.

"쉬이, 유림아. 착하지."

낮은 음성으로 유림을 안고 달래며 거실로 나갔다.

"……아빠?"

"그래. 아빠야."

유림을 안은 희건이 익숙하게 거실을 걸어가며 등을 토닥였다.

"으응…… 아빠, 오느을……."

유림의 칭얼거림에 잠투정 같은 목소리가 섞여 들었다.

"이짜나, 오느을……."

"그래."

잠에 취해서인지 말이 제대로 이어지진 않았다. 귀를 기울이던 희건이 그대로 천천히 거실을 걸었다. 고사리 같은 손으로 아빠의 가슴을 조몰락거리던 유림이 곧 안심이 되었는지 칭얼거림이 잦아들었다.

그러고도 완전히 잠이 들 때까지 안고 다독이던 희건이 유림의 얼굴을 확인했다. 작은 입술을 벌리고 몸이 따끈따끈해진 걸 보니 잠에 빠져든 것 같았다.

'후.'

안도의 숨을 내쉰 그가 유림의 이마에 입을 맞췄다.

희건은 침실로 돌아가 유건의 옆에 유림을 눕혔다. 새근새근 잠이 든 아이들의 숨소리와 유정의 곤히 잠든 숨소리가 합쳐져 아름다운 음악 소리처럼 들렸다. 꿈결처럼 들리는 그 소리에 귀를 기울인 희건은 가슴이 뻐근할 정도로 강한 충족감을 느꼈다.

이렇게 행복해도 되는 걸까.

두려울 만큼 행복함을 느끼며 하루를 마무리하는 이런 일상이 희건은 여전히 믿기지 않았다. 실감하듯 유정의 부드러운 머리칼을 조심스럽게 어루만지며 그가 깊이 숨을 들이켰다.

꿈이라면 부디 영영 깨지 않길.

절실한 기도를 되뇌며 희건도 천천히 눈을 감았다.

여전히 기적 같은 하루가 그렇게 마무리되고 있었다.

외전 06

대저택의 널따란 정원에 파티 준비가 한창이었다. 차 전 회장의 생일마다 저택 정원에서 열었던 가든파티를 희건이 이어 가고 있었다. 재계의 유명 인사들이 속속들이 도착하며 금세 정원에 활기가 돌았다.

그때 저택 안의 드레스룸에서는 유정이 마무리 준비를 하고 있었다.

아이를 출산한 다음에도 여전히 아름다운 미모를 유지하고 있는 유정은 한쪽 어깨만 드러낸 원숄더 드레스를 입고 있었다. 우아하게 틀어 올린 머리칼 아래 찰랑이는 금빛 귀걸이가 빛났다.

그때 문이 열리고 희건이 들어왔다.

멋스러운 슈트 차림의 그가 유정에게 다가오며 다정하게 물었다.

"준비 끝났습니까."

"네. 다 했어요."

유정이 화사한 미소를 지으며 희건을 바라봤다. 그녀를 보던 희건의 미간이 슬며시 좁혀 들었다.

"너무 파인 거 아닙니까."

드러난 하얀 어깨에 입술을 내리며 희건이 못마땅하게 말했다.

"이 정도는 괜찮아요."

유정이 간지러워서 웃음을 흘리는데 문이 벌컥 열렸다.

"엄마아!"

다섯 살인 유림과 유건이 드레스룸 안으로 뛰어 들어왔다. 꼬마 숙녀처럼 공주 드레스를 입은 유림과 귀여운 턱시도 차림의 유건을 보자 희건과 유정의 얼굴에 자동적으로 미소가 어렸다.

"우리 아가들도 준비 다 끝났네?"

유정이 키를 낮추며 두 아이를 품에 안았다.

"응. 실장님이 다 했다고 들어가도 된댔어."

유림이 방긋 웃었다. 그 모습이 유정이 어릴 때의 모습과 닮아 있어서 내려다보는 희건의 미소가 짙어졌다.

"아빠. 나도 아빠처럼 입었어."

유건이 제 옷차림을 자랑하듯 제자리에서 한 바퀴 빙글 돌았다. 희건이 커다란 손으로 유건의 머리통을 쓸어 줬다.

"아빠보다 멋있네."

"정말?"

유건의 얼굴에 해맑은 미소가 어렸다. 유림은 유정을 꼭 닮았고 유건은 희건을 꼭 닮았다. 할아버지와 살 때의 밝았던 유정의 모습과 유림은 닮아 있었지만, 유건은 희건의 과거와는 정반대 모습이었다.

"나가서 애들한테 자랑해야지."

아빠한테 칭찬받은 게 기쁜지 우쭐거리는 유건은 마냥 천진한 어린 남자아이였다.

'희건 씨가 사랑을 받고 자랐더라면 이런 모습이었을까.'

유정은 유건의 모습을 보며 자주 그런 생각을 하곤 했다. 사랑받지 못했던 그의 어린 시절을 보상하듯 부모의 사랑을 듬뿍 줘서 그런지 유건은 항상 웃고 밝은 모습이었다. 그래서 참 다행이라고 유정은 생각했다.

"자, 다 같이 내려가자."

유정이 아이들에게 말하자 유건과 유림이 뛰듯이 내달렸다.

"조심히."

"네!"

대답만 크게 할 뿐 까르르 웃으며 밖으로 달려 나가는 아이들의 모습에 유정과 희건이 서로 쳐다보며 픽 웃었다.

"우리도 내려가죠."

"그래요."

다정하게 유정의 어깨를 감싼 희건이 그녀와 함께 드레스룸을 나섰다.

희건과 유정의 가족이 정원으로 나오자 삼삼오오 모여서 대화하던 재계 사람들이 인사하러 다가왔다.

"초대해 주셔서 감사합니다. 회장님."

"와 주셔서 감사합니다."

"오랜만이시네요. 잘 지내셨죠?"

정중하게 인사하는 희건 옆에서 유정이 은은하게 미소 지으며 인사했다. 보기만 해도 눈이 호사스러워지는 선남선녀 부부에 인사를 나누는 사람들의 얼굴에도 절로 웃음꽃이 피었다.

그때 유정의 손을 잡고 있던 유건이 올려다보며 말했다.

"엄마. 나 저기 애들 있는 데서 놀고 있어도 돼?"

"어디?"

"저기."

유건의 고사리손이 가리키는 방향을 보니 또래로 보이는 아이들이 분수대 쪽에서 놀고 있는 게 보였다.

"그럼 아이들이랑 다른 데는 가지 말고 저기에만 있어야 해. 엄마 인사 마친 다음에 데리러 갈 테니까. 알았지?"

"응. 유림아. 가자."

유림은 기다렸다는 듯 유건과 함께 아이들이 있는 쪽으로 달려갔다.

"......"

유정이 그 모습을 잠시 바라봤다. 방금 자신이 유건이에게 한 말은 이 집에 처음 왔을 때 할아버지가 자신에게 했던 말과 똑같다는 게 떠올라서 왠지 기분이 묘했다. 유정이 아이들의 뒷모습을 보고 있는데 희건이 그녀의 허리를 다정히 감쌌다.

"아이들끼리 놀러 간 겁니까?"

희건이 귓가에 입술을 가까이 가져다 대고 친밀하게 말하자 유정이 가볍게 웃었다.

"그런 것 같아요."

희건의 시선이 아이들이 몰려 있는 곳에 향했다.

"오늘은 또래들이 꽤 있어 보이니 다행이군요."

"그러게요. 유림이나 유건에겐 인사하는 일이 지겨울 뿐일 테니."

유정이 친화력 있게 아이들과 놀고 있는 유건과 유림을 보고 있는데 인사하는 목소리가 들렸다.

"오랜만이군요."

시선을 드니 재계에서 소문난 잉꼬부부인 엘른의 후계자 부부였다.

"오랜만입니다."

희건이 이강준 사장과 친밀하게 악수를 나눴다. 차희건 회장과 이강준 사장은 여러 가지로 닮은 부분이 많은 걸로 재계에서 유명했다.

아직 젊은 나이에 후계자의 자리에 올라섰다는 것부터 우월한 외모와 재벌가 출신이 아닌 여성과 결혼한 것, 그리고 그 아내와 사이가 무척 좋은 것이 비슷한 이미지를 풍기게 했다. 그리고 또 하나의 특징은 두 집 다 쌍둥이를 낳았다는 거였다.

인사를 나누는 남편들 옆에서 유정과 서원도 웃으며 인사했다.

"안녕하세요. 잘 지내셨어요?"

"나날이 예뻐지시네요."

"어머, 제가 할 말인데요."

미모의 아내들이 웃으며 칭찬을 주고받는 동안 희건과 강준은 업계 이야기를 짧게 나눴다.

"어디서 조각상들이 얘기하고 있는 줄 알았습니다. 저도 끼어도 되겠습니까?"

"물론입니다. 박 회장님."

그 사이에 다른 재벌가 총수가 끼어들자 유정과 서원은 시선을 맞췄다.

"일 얘기가 좀 길어질 거 같은데 우리끼리 저쪽에서 잠시 대화

나눌까요?"

유정이 미소 지으며 하는 말에 서원이 바로 대답했다.

"좋아요."

각자 남편들에게 눈인사로 알린 그녀들은 인파를 벗어나 조용한 테이블 쪽으로 향했다.

"애들은 잘 크고 있죠?"

유정이 묻는 말에 서원이 끄덕였다.

"네. 이제 제법 말도 잘해서 보는 맛이 있네요."

같은 해에 쌍둥이를 낳은 그녀들은 작년 어딘가의 행사장에서 그 주제로 대화를 나누다 친해졌다. 재벌가와 결혼한 평범한 집안의 여자들이라는 사실도 어딘가 친밀감을 느끼게 하는 부분이 있었는데, 아이들까지 쌍둥이인 걸 알게 되자 더 가깝게 느껴졌다.

"아이들 데리고 오셨어요?"

"네."

서원이 대답하자 유정이 눈을 빛냈다. 아직 아이들에 대해 말로만 들었지 한 번도 본 적은 없었기에 어떤 쌍둥이들인지 궁금했다.

"어디 있어요?"

"아, 저쪽에서 놀고 있어요."

서원이 가리킨 곳이 분수대 쪽인 걸 알고 유정이 눈을 깜빡였다.

"어머, 우리 애들도 저기 있는데."

"그럼 같이 놀고 있겠네요."

신기한 듯 서로 쳐다본 그녀들은 얼른 일어서서 분수대 쪽으로 걸어갔다. 가까이 가니 똑같은 얼굴을 한 아이들 두 명과 유건과 유림이 함께 놀고 있는 게 보였다.

"지금 저기 네 명 중 두 명이 서원 씨네 쌍둥이들이죠?"

"맞아요."

"정말 신기하네요. 지금 같이 놀고 있는 게 우리 애들이거든요."

"아, 정말요?"

서원도 눈을 둥글이고는 놀고 있는 아이들을 다시 쳐다봤다.

"그러네요. 다른 아이들도 있는데 어떻게 서로 알고……."

"쌍둥이들끼리 통하는 게 있는 걸까요?"

유정이 시선을 아이들에게 향한 채 온화하게 미소 지었다.

"애들 놀게 우선 두고 우리는 여기 앉아 있을까요?"

"그래요."

유정과 서원은 분수대가 보이는 테이블에 앉았다. 애들끼리 노는 걸 방해하지 않기 위해 더 다가가진 않고 멀찍이서 아이들이 노는 걸 지켜봤다. 까르르 웃는 소리가 여기까지 들려와서 엄마들 얼굴에도 잔잔한 미소가 걸렸다.

"……아이들은 참 신기하죠. 처음 만난 사이인데도 저렇게 금세 친해지고."

서원이 하는 말에 유정이 고개를 끄덕였다.

"앞으로 아이들 동행하는 곳엔 같이 두면 좋겠네요. 사이가 좋아진 것 같으니까요."

"괜찮겠네요. 애들도 친구들 만나러 간다고 하면 더 좋아할 거 같아요."

"그럼 우리 번호 교환할까요?"

아직 이런 자리에서 마주칠 때나 대화를 나누는 사이여서 서로의 연락처는 가지고 있지 않았다. 이 기회에 서원과 연락처를 교환한 유정이 맑게 웃었다.

"저도 또래 친구가 생겨서 좋네요. 우리 공통점도 많잖아요."

"맞아요. 유정 씨는 쌍둥이 아니시죠?"

"저요? 전 아니에요. 서원 씨는 쌍둥이에요?"

"네. 저도 제 아이들처럼 제 남동생과 똑같이 생겼는데. 기회가 된다면 다음에 자리 한번 마련할게요."

유정이 신기한 듯 서원을 바라봤다.

"남동생분이 이렇게 미인이시라니 상상이 잘 안 되네요."

"막상 보면 그렇지도 않아요."

서원이 작게 웃었다. 그때 그녀들을 발견한 아이들이 달려오는 소리가 들렸다.

"엄마!"

"엄마아!"

유건과 유림, 그리고 서원의 아이들인 다온과 다훈이 우다다 달려와선 각자의 부모에게 매달렸다.

"재밌게 놀았어?"

얼마나 열심히 놀았는지 예쁘게 땋아 준 머리가 헝클어진 유림을 귀엽다는 눈으로 쳐다보며 유정이 물었다.

"응! 엄마, 얘네도 쌍둥이래."

"근데 쟤네는 왜 얼굴이 똑같아? 우린 쌍둥인데 안 똑같은데."

"이름이 다온이랑, 뭐였지? 아, 저기 아빠 온다."

조잘대던 아이들이 작고 통통한 손으로 뒤를 가리켰다. 유정이 돌아보자 희건이 강준과 함께 다가오고 있었다.

"여기 있었군요."

부드러운 미소를 띤 희건이 유정의 어깨에 다정히 손을 올리며 말했다.

"아빠, 얘네도 쌍둥이래."

옆의 다온 다훈 남매를 가리키며 유림이 말하자 희건의 시선이 똑같은 얼굴의 아이들에게 향했다.

"그래. 같은 쌍둥이니까 친하게 지내야지."

희건이 커다란 손으로 유림을 안아 올렸다. 익숙하게 높은 곳까지 올라간 유림이 인형처럼 귀여운 얼굴로 방긋 웃었다.

"응! 친하게 지낼게. 자주 같이 놀기로 했어."

"잘했어."

희건이 근사한 미소를 지었다. 그 얼굴을 유정이 부드러운 미소로 보고 있는데 유건이 불쑥 말했다.

"엄마. 나 다온이랑 결혼하기로 했어."

"……뭐?"

순간 그 자리에 있던 모든 사람들의 시선이 유건에게 향했다. 유건은 어느새 다온과 손을 꼬옥 잡고 유정을 보고 있었다.

"다온아, 맞지?"

"응. 나 유건이 신부 될 거야."

다온이 천진하게 고개를 끄덕였다. 서원이 놀란 눈으로 보다가 다온에게 물었다.

"너 신부가 무슨 말인진 알아?"

"알지. 왜 몰라? 각시잖아."

당당하게 말한 다온이 유건을 향해 방긋 웃었다. 유건도 사이좋게 손을 잡은 채 방긋 마주 웃었다.

"……."

잠시 정적이 감돌았다. 그들을 놀란 눈으로 보던 사람들 중 가장 먼저 웃음을 터뜨린 건 서원이었다.

"와, 우리 다온이 벌써 남자 친구 생기겠네?"

"그건 아직 이른 것 같은데."

강준이 빠르게 다온을 안아 올리고 유건을 잠시 쳐다봤다. 냉정한 얼굴에 당황이 깃든 강준이 혼란스러운 표정으로 유건을 쳐다보다가 희건에게 정중하게 인사했다.

"그럼 다음에 또 뵙도록 하죠."

강준은 인사한 뒤 곧장 몸을 돌렸다.

"어머, 강준 씨? 왜 이리 급히…… 유정 씨, 전화할게요!"

강준은 순식간에 서원과 아이들을 데리고 그곳을 빠져나갔다. 멀어지는 그들의 모습을 보던 유정이 신기한 듯 말했다.

"이강준 사장님 저렇게 당황한 모습 처음 보네요?"

늘 냉정한 모습으로 정중히 인사하는 모습만 봤던 유정이 놀라운 표정을 짓는데 희건이 이해한다는 듯 웃음을 흘렸다.

"아직 딸을 뺏기고 싶진 않을 겁니다."

"아, 그것 때문이구나……. 우리 유건이가 이강준 사장님을 아주 깜짝 놀라게 한 모양인데?"

동그란 눈을 끔벅이는 유건을 웃으며 보던 유정이 시선을 맞추고 물었다.

"너 정말 다온이가 좋아?"

"응. 좋아."

유건이 일말의 망설임도 없이 고개를 끄덕였다.

"신기하네. 같은 쌍둥이라서 그런가?"

유정이 호기심 어린 눈으로 유건을 바라봤다. 희건을 닮은 잘생긴 얼굴로 아이들 사이에서도 어디서나 인기가 많은 유건이지만 한 번도 이런 말을 한 적이 없었다.

"아빠, 나 배고파."

유림이 희건의 목에 안기며 칭얼거렸다. 유림의 작은 등을 토닥이며 희건이 유정에게 말했다.

"대충 인사는 끝난 것 같으니 그만 식사하러 가죠."

"그래요."

유정도 유건의 손을 잡고 몸을 일으켰다.

가든파티를 마치고 저택 안으로 돌아온 유정이 샤워하는 사이 희건이 아이들을 씻겼다. 네글리제로 갈아입은 그녀가 나와 보니 희건이 유건과 파자마 차림으로 소파에 앉아 있고 유림은 옆에서 잠들어 있었다.

유정이 잠든 유림을 보고 발소리를 죽여 조용히 다가가는데 희건의 목소리가 들렸다.

"다온이의 어떤 부분에 반했어?"

"그냥 다 좋아."

생각만 해도 좋다는 듯 헤실거리는 유건을 본 희건이 미소 지었다. 유건의 작은 머리통을 부드럽게 쓰다듬어 주며 그가 말했다.

"아빠도 그 분수대 앞에서 네 엄마에게 첫눈에 반했단다."

살금살금 다가가던 유정이 걸음을 멈췄다. 유건이 눈을 동그랗게 뜨는 게 보였다.

"아빠도 그랬어?"

"그래. 열세 살 때였지."

희건이 유건의 머리를 만져 주며 잔잔한 목소리로 말을 이었다.

"그날 처음 본 네 엄마가 눈이 부시도록 아름다웠어. 한눈에 반한다는 게 뭔지 그때 처음 알게 됐고."

"아아…… 그러니까 엄마가 예뻤단 거지?"

유건이 정확히 알아듣진 못했는지 눈을 굴리고는 고개를 주억거렸다.

"그래. 무척."

"근데 다온이가 더 예쁜데?"

"그래? 이거 엄마가 들으면 서운하겠는데?"

"그치만 눈도 그렇고, 코도 그렇고, 입도 그렇고……."

유건이 희건 앞에서 손가락을 하나씩 꼽으며 다온이 예쁜 곳을 나열하기 시작했다. 희건이 입술 끝을 휘어 올리고는 유건을 잠시 바라봤다.

"좋아. 그럼 유건아. 그렇게 예쁜 다온이랑 결혼하려면 어떻게 해야 하지?"

"음……. 다온이랑 같이 있어야 해!"

"다온이 아빠가 도깨비처럼 앞을 막아서는데도?"

"상관없어! 난 슈퍼 울트라 파워를 가질 거니까!!"

"그렇지, 그래야 내 아들이지. 내 아들이라면 절대 놓치지 않을 거야. 아빠처럼."

유건이 조각 같은 희건의 얼굴을 보며 고개를 갸웃거렸다.

"다온이를 안 놓친단 말이야?"

"그래."

"맞아. 난 절대 안 놓칠 거야."

유건이 비장하게 고개를 끄덕이는 모습을 희건이 잔잔한 미소로 바라봤다.

"……."

장식장 뒤에서 그 모습을 보고 있던 유정도 작게 미소를 띠고 있었다.

똑똑.

그때 방에 노크 소리가 들렸다.

"네."

유정이 대답하자 한 실장이 들어섰다.

"유림이는 먼저 잠들었네요."

유림을 익숙하게 안아 올린 한 실장이 유건에게 말했다.

"유건아. 자러 갈 시간이다."

"네!"

벌떡 일어선 유건이 의젓하게 희건과 유정에게 인사했다.

"안녕히 주무세요."

배꼽인사 하는 유건 뒤에서 한 실장도 인사했다.

"그럼 좋은 밤 되세요."

"한 실장님도 좋은 밤 되세요."

유정이 인사하자 한 실장이 아이들을 데리고 방을 나섰다. 문이 닫히고 나서 유정이 입술 끝을 휘어 올리며 희건을 바라봤다.

"나 방금 두 사람 대화 다 들었어요."

희건이 눈썹을 살짝 찌푸리고는 매혹적으로 웃었다.

"남자끼리의 대화인데 그걸 들은 겁니까."

낮은 음성으로 말한 그가 유정을 끌어 당겼다. 소파에 앉은 채 유정의 허리를 감싸 안은 그가 그녀를 올려다봤다.

"부자는 닮는다던데 이런 것까지 닮는 줄은 몰랐군요."

"나도 놀랐어요. 서원 씨네 쌍둥이한테 반하다니……. 유건이는 아직 누굴 좋아해 본 적이 없잖아요."

"나도 당신이 첫사랑이었으니까."

짙은 눈빛으로 올려다보는 희건을 유정이 작게 웃으며 마주 봤다.

"나도 당신이 첫사랑이거든요?"

그녀의 말에 희건이 눈을 가늘였다.

"그날은 아니지 않나."

"뭐 그거야……."

유정이 살짝 눈을 굴리고는 말했다.

"당신이 나보단 조금 빨랐을 뿐이지 나도 학교에서 당신을 몰래 좋아했으니깐 비슷한 시기죠."

희건의 수려한 얼굴에 근사한 미소가 어렸다.

"난 첫눈에 반했습니다. 당신에게."

"……."

그의 말에 유정이 맑은 미소를 지었다.

"나도 아까 유건이 말했을 땐 순간 잊고 있었는데…… 방금 당신이 말해서 떠올랐어요."

"처음 만난 순간에 한 여자에게 반하는 건 유전일지도 모르겠군."

예쁜 미소를 머금은 유정이 희건의 얼굴을 두 손으로 잡고 고개를 숙였다.

"……그러게요."

속삭이듯 말한 유정이 그의 입술에 입을 맞췄다. 장난스럽게 입술을 부비며 간질이는 감촉에 희건이 낮은 웃음을 흘렸다.

※ ※ ※

멀리서 서로를 알아본 유건과 다온은 눈을 반짝였다.

"다온아!"

"유건아!"

엄마 손을 놓고 쪼르르 달려간 아이들은 고사리 같은 손을 꼬옥 맞잡았다.

"보고 싶었어."

"응, 응. 나도."

눈에서 하트가 나올 것 같은 아이들을 보고 있던 유정과 서원이 서로 시선을 마주치곤 웃었다.

"애절하기가 이루 말할 수가 없네요."

"정말요."

애절한 상봉을 마칠 때까지 기다려 준 그들은 손을 잡고 레스토랑 입구로 들어갔다. 유건과 다온이 하도 보고 싶다고 성화를 부려서 일주일도 안 돼서 식사 약속을 잡은 참이었다. 창가 석에 앉자 유정이 먼저 입을 열었다.

"덕분에 우리도 이렇게 만날 기회를 찾게 되어 다행이네요."

"맞아요. 친해지고 싶었는데."

서원이 미소 지으며 하는 말에 유정도 마주 웃었다.

"이상하네요."

"네?"

서원이 눈을 깜박이자 유정이 잠시 생각하다가 말했다.

"전에 그런 말을 했던 사람이 있는데 그땐 친해지고 싶다는 말이 부담스러웠거든요."

예전에 이윤아가 초면에 친하게 접근했을 때는 부담스럽기만 했는데 서원은 달랐다. 자신과 공통점도 많은 것 같고 친해지고 싶다는 생각이 들었다.

"아아……."

"그런데 지금은 전혀 그렇게 들리지 않아서요."

부드럽게 미소 짓는 유정을 서원도 입술 끝을 올리며 바라봤다.

"같은 쌍둥이 엄마들이라 그런 게 아닐까요?"

"그것도 아무래도 크겠죠."

대화하던 그들은 마주 앉아 있는 유건과 다온이 서로를 바라보며 방긋방긋 웃고 있는 걸 눈치챘다.

"저렇게 좋을까요?"

서원이 신기한 듯 쳐다보며 말했다.

"정말요."

유정도 신기한 건 마찬가지라는 듯 대답했다.

"……그래도 참 행복해 보이네요."

아이들을 보던 유정이 은은한 미소를 지었다.

유건과 다온의 방긋거리는 웃음은 보고 있는 사람도 행복을 느끼게 할 정도였다.

"그런데 이강준 사장님은 괜찮으세요? 그날 보니까 조금 충격이 크신 것 같던데……."

유정이 생각났다는 듯 조심스럽게 물었다.

"아, 그 사람요."

서원이 작게 한숨을 내쉬었다.

"충격이 이만저만이 아닌 것 같아요. 언젠간 벌어질 일이라고는 생각했는데 이렇게 빨리 올 줄은 몰랐다고 한숨을 푹푹 쉬더라고요."

"한편으론 이해해요. 만약 우리도 유건이 아니라 유림이었으면 희건 씨도 충격이 컸을 것 같거든요."

"아무래도 아빠들에게 딸은 좀 다른 존재니까요."

"맞아요."

유정이 고개를 끄덕였다. 같은 남자끼리의 유대로 희건은 유건을 응원했지만, 만약 다훈과 유림이 결혼한다고 나왔으면 희건도 유림을 안고 도망가지 않았을까? 그렇게 생각하니 왠지 웃음이 나와 속으로 웃음을 삼키는데 서원이 말했다.

"유정 씨는 남편분과 사이가 참 좋으신 것 같아요. 볼 때마다 참 보기 좋더라고요."

탄산수를 마시던 유정이 눈을 둥글게 떴다.

"저도 항상 같은 생각했었는데. 그러고 보니 서원 씨는 남편분을 어떻게 만나게 되셨어요?"

잉꼬부부라는 소문은 났지만 연애 스토리에 대해선 알려진 바가 없었다.

"아, 저희요?"

서원이 살짝 난감한 듯 웃어 보였다.

"네. 서원 씨는 생물학 쪽 연구실 재원이시라고 들었는데 엘른과 접점이 없는 것 같아서요."

"음, 저희가 실은……."

미소 띤 얼굴로 잠시 고민하던 서원이 조심스럽게 말을 꺼냈다.

"대외적으로는 비밀인데요. 사정이 있어서 제가 동생 대신 엘른 부사장실 비서실에 들어갔었어요."

"엘른 부사장실이요?"

유정의 눈이 커졌다.

"네. 당시 남편이 부사장이었거든요."

이야기를 듣던 유정이 기억을 더듬으며 눈썹을 모았다.

"동생이라면 전에 남동생이라고……."

서원이 이해한다는 듯 웃었다.

"맞아요. 처음엔 남편과 남자끼리로 만났어요."

그게 가능한가……?

유정이 눈을 깜빡였다. 자신의 반응이 실례가 되지 않을지 고민하며 유정이 어렵게 말을 꺼냈다.

"상상이 잘 되질 않네요. 서원 씨는 이렇게 아름다우신데요."

딱 봐도 뛰어난 미모를 가지고 있는 서원이 남자 행세를 했다니 유정은 도저히 상상이 가지 않았다.

"저도 지금 생각하면 어떻게 그랬을까 싶어요. ……그런데 사람이 궁지에 몰리면 어떤 일이든 하게 되어 있더라고요."

서원이 잔잔하게 말했다. 당시엔 교통사고로 절망에 빠진 도원과 난감한 상황에서 무척 힘들었는데, 지나고 보니 다 꿈결 같았다. 하지만 당시의 힘든 기억을 고스란히 가지고 다시 그 시간으로 돌아가더라도 같은 선택을 할 거였다.

그런 일이 없었더라면 강준을 만나지 못했을 테니까.

서원이 말없이 그런 생각을 하고 있는데 유정이 천천히 고개를 끄덕였다.

"하긴…… 그 말엔 동감해요."

유정 역시 자신의 기억을 떠올렸다. 처음 희건과의 계약 결혼부터 여러 가지 일들이 있던 것을 떠올리며 서원에게도 만만치 않은 사정이 있을 거란 짐작만 할 따름이었다.

"힘드셨겠어요. 남자로 회사 생활하기엔 여러 가지 현실적인 어려움이 있었을 텐데요. 남편분과도 그랬을 것 같고."

"회사 생활의 고충은 있었지만 신기하게도 제 남편은 제가 여자인지 남자인지를 전혀 중요하게 생각하지 않더라고요."

서원이 웃으며 말하자 유정이 눈을 둥글였다.

"정말요?"

"네. 그래서 저도 많이 당황했었어요."

성별이 상관이 없다니……?

유정은 놀랍다는 표정을 짓고 있다가 진심으로 감탄한 얼굴로 말했다.

"남편분도 대단하시네요. 어떻게 성별을 논외로 할 수가 있지? 서원 씨가 정말 좋았나 봐요."

"……그 사람도 그렇게 말하긴 했어요."

서원이 탄산수 잔을 만지작거리며 솔직하게 말했다. 자신의 비밀을 타인에게 이렇게 쉽게 꺼낼 수 있을 줄은 몰랐다. 유정과는 공통점이 많아서 그런지 편하게 생각되는 면이 있었다. 서원이 고개를 들어 유정을 바라봤다.

"이 이야기를 아는 건 주위에도 정말 소수인데, 처음 같이 식사하는 자리에서 하게 될 줄은 몰랐네요."

서원의 은은한 미소에 유정도 부드럽게 웃어 보였다.

"아마 식구가 될 사이라 그렇지 않을까요?"

유정이 유건을 힐긋 바라봤다. 유건은 자기 접시에 있는 맛있는 음식을 다온의 접시에 죄다 옮겨 주고 있었다. 평소 좋아해서 절대 양보하지 않는 슈가 시럽을 바른 방울토마토까지 아낌없이 양보하는 모습을 보니 웃음이 나왔다.

"저도 저희 남편하고 유건이랑 다온이처럼 그 집 정원의 분수대에서 처음 만났거든요."

"아, 얼마 전에 애들 놀던 거기요?"

서원의 커다란 눈이 더 커졌다.

"네. 그때 제 남편도 유건이처럼 저에게 한눈에 반했대요."

사르르 눈웃음을 지으며 유정이 말하자 서원은 마치 동화 속의 이야기를 듣는 것 같았다.

"어쩜…… 신기하네요."

"그날부터 제 남편은 한 치의 흔들림도 없이 저만 봤거든요. 아마 유건이도 그 사람처럼 어떻게든 다온이의 마음을 차지할 테니까 우리도 자연스럽게 식구가 되겠죠."

"……."

서원은 유정의 말을 듣고 묘한 기분을 느끼며 다온을 바라봤다.

"다온이에게도 언젠가 결혼할 상대가 생길 거라고는 막연히 생각했지만 아직 너무 어려서……."

"아직 어려서 상상은 잘 되지 않을 것 같긴 해요."

유정이 이해한다는 듯 고개를 끄덕였다. 고작 다섯 살 아이들이니 미래는 알 수 없는 일이긴 했다. 다온을 보던 서원이 입술 끝을 둥글게 휘어 올리며 유정을 바라봤다.

"그래도 이렇게 마음에 드는 분의 아들이라면 한편으로는 일찍 맺어지는 것도 좋을 것 같네요."

"선택은 아이들이 하는 거지만 저도 정말 그랬으면 좋겠네요."

유정이 진심으로 웃었다. 서원과 미소를 나누던 유정이 유건에게 시선을 옮겼다.

"저의 엄마로서의 감으로는 유건인 아빠와 똑같을 것 같아요."

첫눈에 반한 상대는 절대 놓치지 않는. 유정이 그런 생각을 하고 있는데 서원이 고개를 기울였다.

"우리 다훈이가 자기 아빠랑 똑같다면……."

고개를 비스듬히 기울인 서원이 혼잣말처럼 말했다.

"성별을 안 따질 수도 있겠네요."

"아……."

유정이 뭐라 반응해야 할지 몰라 조금 당황한 표정을 지었다. 그 얼굴을 보며 서원이 맑게 웃었다.

"그래도 다훈이가 행복하다면 전 상대가 누구든 상관없어요."

"아, 맞아요. 본인의 행복이 가장 중요한 거죠. 어쨌든 앞으로 잘 부탁드려요. 미래의 사부인."

유정이 탄산수 잔을 들어 보였다.

"저도 잘 부탁드릴게요."

서원도 잔을 들어 두 사람은 탄산수 잔으로 건배했다.

식사가 끝나고 나자 희건과 강준이 동시에 나타났다. 모델 같은 남자 두 명이 레스토랑으로 함께 들어오자 사방에서 시선이 쏠렸다. 한 여자들에게만 시선을 향한 남자들은 창가석으로 곧장 걸어 갔다.

그들을 본 유정이 눈을 둥글게 떴다.

"두 사람이 같이 왔네요?"

"입구에서 만났습니다."

"아, 그랬어요? 사장님 안녕하세요."

유정과 강준, 그리고 희건과 서원이 간단히 인사를 나눴다.

"자. 이제 헤어질 시간이 됐네."

유정이 유건에게 말하자 유건은 다온의 두 손을 꼬옥 잡았다. 순간 강준의 눈썹이 미세하게 휘어 올라갔지만 서원은 슬쩍 모른 척 했다. 작은 두 손을 맞잡고 유건과 다온은 커다란 눈망울을 마주친 채 헤어짐을 아쉬워했다.

"우리 몇 밤만 자고 또 만나자."

"응."

"나 보고 싶어도 울지 말고."

"응."

절절한 분위기를 끊고 더 이상 들어줄 수 없다는 듯 강준이 다온을 안아 올렸다.

"그럼 다음에 또 뵙겠습니다."

기계적으로 말한 강준이 한 손으론 다온을 안고 다른 손으론 서원의 손을 잡고 성큼성큼 걸어 나갔다. 서원이 못 말린다는 듯 고개만 돌려 유정에게 웃어 보였다.

"또 봐요. 유정 씨."

"네. 조만간 또 만나요."

마주 웃으며 인사한 유정이 빛의 속도로 사라지는 서원에게 손을 흔들었다. 그들이 시야에서 멀어지고 나자 유정이 작게 한숨을 내쉬며 미소 지었다.

"이강준 사장님이 받아들이는 데는 시간이 좀 걸리겠네요."

"그렇겠군요."

커다란 손으로 유정의 어깨를 감싼 희건이 그녀를 내려다봤다.

"우리도 가죠."

"그래요."

다정한 희건의 얼굴을 보며 유정이 입술 끝을 휘어 올렸다.

"유건아. 가자."

유정이 유건의 손을 잡으려는데 시무룩해진 아이를 발견했다.

"유건아? 왜 그래?"

유정이 의아하게 쳐다보자 아이가 밤톨 같은 머리를 푹 숙였다.

"몇 밤을 또 어떠케 기다리지?"

유건이 좌절한 목소리로 한숨을 길게 내쉬자 유정과 희건이 서로 시선을 교환했다. 누가 먼저랄 것도 없이 웃음을 흘린 뒤 유정이 무릎을 굽혀 유건과 시선을 맞췄다.

"유건아. 엄마가 다온이 자주 만나게 해 줄 테니까 걱정 마."

"정말……?"

"그럼. 엄마들끼리 친해진 거 아까 봤잖아."

"못 봤어. 다온이 보느라."

"아, 그러니?"

새어 나오는 웃음을 참으며 유정이 유건에게 다시 말했다.

"어쨌든 엄마 믿지?"

"그럼 약속해."

작은 손가락을 내미는 유건에게 유정이 자신 손가락을 걸었다.

"응. 약속."

그걸 본 유건이 그제야 안심한 표정으로 웃었다.

집으로 온 뒤 유정이 옷을 갈아입기 위해 드레스룸으로 향했다. 그녀를 따라 들어온 희건이 유정의 앞을 막아섰다.

"희건 씨?"

유정이 의아하게 올려다보는데 그가 갑자기 진지한 얼굴로 유정에게 말했다.

"한서원 씨와 너무 친해지면 안 됩니다."

"왜요……? 혹시 당신도 유건이 때문에 질투 나서 그래요?"

유정이 눈을 깜빡이는데 희건이 표정을 풀지 않고 말했다.

"내가 질투 나니까."

"네?"

놀란 표정을 지었던 유정이 웃음을 흘렸다.

"질투도 많은 남자네요."

유정이 어여쁘게 웃으며 희건의 품으로 안겼다. 그가 그녀의 머리칼을 부드럽게 매만지며 내려다봤다.

"당신에겐 언제나 질투가 많은 거 모릅니까."

"······알죠."

유정이 그의 품에 얼굴을 기댄 채 미소를 매단 입술로 말했다.

"아, 희건 씨."

그에게 안겨있던 유정이 문득 생각난 게 있어 고개를 반짝 들었다.

"당신 나한테 처음 만났을 때부터 반했다고 했잖아요."

"그건 맞는데."

희건이 고개를 끄덕이며 의문 어린 눈으로 응시했다. 유정이 갑자기 눈을 가늘이고는 물었다.

"그런데 만약에, 그때 내가 남자였더라면 어땠을 거 같아요?"

희건의 미간이 의문으로 좁혀 들었다.

"······남자 말입니까?"

"네. 알고 보니 내가 남자였던 거죠."

희건이 미간을 좁힌 채 잠시 생각했다. 진지한 얼굴로 생각하던 그가 고개를 저었다.

"상상이 힘들군요."

한 번도 생각해 본 적이 없는 데다 유정이 남자라는 건 더욱 상상하기 어려워 희건이 솔직히 대답했다.

"막상 남자라는 걸 알면 쉽게 좋아하긴 힘들겠죠?"

유정이 질문을 계속하자 그가 그녀를 가만히 내려다봤다.

"무슨 의도로 하는 질문인지는 모르겠지만."

희건이 그녀의 뺨을 두 손으로 감싸고 시선을 맞췄다.

"이미 좋아하게 된 다음이라면 어쩔 수 없지 않을까."

낮게 말한 그가 고개를 기울여 유정의 입술을 가볍게 삼켰다. 부드럽게 빨아들인 뒤 놔준 희건이 가까이에서 시선을 마주했다.

"감정이 그렇게 되어 버렸다면."

"……희건 씨도 그렇구나."

유정이 작게 미소 지으며 말하는 입술에 그가 자잘하게 입을 맞췄다.

"그런데 그건 왜 묻는 겁니까."

"아니에요. 그냥 물어봤어요."

생긋 웃은 유정이 두 팔을 뻗어 희건의 목을 감쌌다. 그가 일렁이는 눈빛으로 다시 거리를 좁혀오는데 유정이 말했다.

"근데 희건 씨. 만약에 유림이도 유건이처럼 다른 남자애랑 첫사랑 모드에 들어가면 어떨 거 같아요?"

입술을 가까이 기울이던 희건의 움직임이 멈췄다. 고장 난 듯 서 있던 희건의 미간이 찌푸려졌다.

"그건 안 됩니다."

단호하게 흘러나오는 음성에 유정이 픽 웃었다.

"역시."

"유림이는 아직 어리고……."

"알았어요. 알았어."

딸이라고 애지중지하기는. 살짝 눈을 흘긴 유정이 걱정된다는 듯 말했다.

"이강준 사장님은 고통의 밤이겠네요."

"다른 남자를 생각하는 겁니까."

"네? 엇……."

그가 유정을 달랑 안아 올렸다. 그대로 침대로 성큼성큼 향하자 유정이 눈이 둥그레졌다.

"나 아직 옷도 안 갈아입었는데요?"

"내가 벗길 건데 무슨 상관입니까."

희건이 걸어가며 불만스러운 표정으로 말하자 유정이 그의 얼굴을 유심히 쳐다봤다.

"당신 지금 이강준 사장에게도 질투하는 거예요?"

"그 이름 그만 불러."

"아니 지금…… 앗, 잠깐……."

풀썩!

유정을 그대로 침대로 내려놓은 희건은 그녀가 더 이상 아무 생각도 할 수 없도록 만들기 시작했다. 유정에겐 남자의 질투가 이렇게 무섭다는 걸 또다시 깨닫는 밤이었다.

특별 외전

드레스룸에서 외출 준비를 하던 유정은 전화벨 소리에 화장대 위의 휴대폰으로 시선을 옮겼다. 뮌헨 출장 중인 희건에게서 온 전화였다. 익숙하게 뜬 이름을 보며 입가를 당긴 유정이 스피커폰으로 바꿔서 전화를 받았다.

"잘 잤어요?"

독일은 아침이었다. 출장 중에도 아침에 일어나면 늘 전화하는 희건이기에 유정이 귀걸이를 꺼내며 물었다. 웃음기를 담고 있는 그녀의 얼굴은 화장을 마친 상태라 평소보다 은은한 광택이 돌았다.

낮은 음성이 스피커폰에서 울렸다.

- 물론입니다. 오늘 한서원 씨 만나는 날이라고 들은 것 같은데.

"맞아요. 오늘은 애들 빼고 둘만요."

유정이 화장대 거울을 보고 한쪽 귀걸이를 착용하며 대답했다.

- 지난주에도 둘이 만난 것 같은데 너무 자주 만나는 거 아닙니까?

멀리 떨어진 곳에서도 사그라들지 않는 소유욕을 보이는 모습에 잠깐 웃은 유정이 귀밑에서 예쁘게 달랑거리는 드롭 귀걸이를 거울 속으로 확인했다.

"지난주는 애들이 만나기로 한 날이었고 오늘은 서원 씨가 남편 생일선물 고르러 같이 가자고 해서요."

희건이 잠시 텀을 두고 말했다.

- ……다른 남자 선물을 고른다고?

"말이 그렇단 거지 생각해 둔 건 있대요. 같이 식사하고 차 마시러 가는 거죠."

- 다른 남자 선물을 고르러 가는 건 마찬가지 아닙니까.

한층 낮아진 목소리가 스피커폰으로 흘러나왔다. 그때 유정이 시계를 보고 깜짝 놀란 표정을 지었다.

"어머, 늦겠어요. 그만 나가 봐야할 거 같은데, 당신도 오늘 주말이니 쉬어요?"

- 아마도 그렇겠지만 그러니까 다른 남자 선물을 사러 당신이…….

"늦어서 우선 다녀올게요. 희건 씨도 오늘은 푹 쉬어요."

- ……조심히 다녀와.

불만이 담긴 목소리였지만 결국 허락한 희건에게 유정이 웃으며 말했다.

"네. 다녀올게요."

유정은 서원과 약속 장소인 백화점에서 만났다. 보자마자 밝게 손을 흔든 서원이 유정에게 다가왔다.

"일주일만이네요. 잘 지냈어요?"

유정이 반갑게 먼저 물었다. 앞으로 다가온 서원은 희고 가지런한 치아를 드러내 보이며 미소 지었다.

"그럼요. 유정 씨는요?"

"유건이가 다온이 보고 싶다고 하루에 열두 번씩 말하는 것만 빼면 잘 지냈어요."

유정의 말에 서원이 입을 손으로 가리며 웃었다.

"열두 번까진 아니지만 다온이도 그래요. 아이들에게 한 달은 긴 시간이니까요."

"그렇죠."

유정이 고개를 끄덕였다. 강준의 철저한 감시 속에 한 달에 한 번의 만남만 허락되었기 때문에 더욱 애틋한 아이들이었다. 오히려 그 애틋함이 서로를 더 그리워하게 만든다는 걸 강준은 모르는 모양이었다.

"점심시간이니 우선 식사부터 할까요?"

"그래요."

서원의 제안에 유정이 대답했다. 백화점 내 일식당에서 마주 앉은 두 사람은 친밀한 분위기로 식사를 했다. 처음엔 유건과 다온을 주제로 한 이야기가 끊이지 않고 이어졌다. 그다음엔 유정의 회사 일과 서원의 연구소 일로 화제가 옮겨졌다. 업종은 다르지만 사고방식이 비슷해서인지 서로 공감을 표하는 일이 많았다. 그래서인지 한층 더 친밀해진 분위기에서 대화를 나눴다.

식사한 뒤 서원이 예약해 놓은 선물을 받아 나오는데 서원이 문득 말했다.

"아, 유정 씨. 근처 호텔에 입점한 카페에 가 보고 싶은데 차는 거기서 마셔도 될까요?"

"물론이죠. 가요."

흔쾌히 말한 유정이 앞장서서 백화점을 빠져나왔다.

동양적인 미를 살린 카페는 통창에서 쏟아지는 빛까지 인테리어에 계산한 듯 빛의 아름다움을 아주 섬세하게 구현시킨 공간이었다. 평소 건축과 인테리어에 관심이 지대한 유정은 탐구하듯 카페 내를 살피며 말했다.

"서원 씨가 궁금해할 만하네요. 이런 곳은 저도 처음 봐요."

호기심 어린 표정으로 한 바퀴 살펴본 유정이 눈동자를 반짝이며 말을 이었다.

"아주 멋진데요? 국내에서 이런 분위기를 내는 곳은 못 본 것 같아요."

서원이 다행이라는 얼굴로 웃었다.

"실은 그래서 왔어요. 유정 씨가 좋아할 것 같아서요."

유정이 멈칫거리며 서원을 바라봤다.

"정말요?"

서원이 우아한 미소를 지으며 고개를 끄덕였다.

"네. 생긴 지 오래되지 않은 곳인데 국내에 없는 독특한 미가 있다고 건축업계 계시는 분들이 많이 오신다고 하더라고요. 그 말을 듣고 유정 씨 생각이 났어요."

놀란 표정을 지었던 유정이 곧 맑게 웃었다.

"생각해 줘서 고마워요. 정말 멋진 곳이네요."

"뭘요."

미소를 나눈 두 사람이 세련된 전통 문양이 새겨진 찻잔을 들어 올렸다. 찻잔의 디자인도 평이하지 않고 고급스러우면서도 절제된 아름다움이 있었다. 유심히 보던 유정이 입술로 가져가 차를 한 모금 마셨다.

유정은 회사 일로, 서원은 연구소 일로 바쁘지만 아이들이 초등학교에 입학한 다음엔 한결 여유가 생겼다. 그래서 시간이 닿는 한 자주 만남을 가지고 있었다.

서원은 특별히 대화를 이어 가려 노력하지 않아도 편한 느낌을 주는 사람이라 신기했다. 비슷한 성향과 상황 때문이 아닐까 하고 유정은 생각하고 있었다.

조용히 차를 마시던 서원이 문득 입을 열었다.

"가끔 그런 생각 들지 않으세요?"

잔잔한 목소리를 들으며 유정은 이런 외모와 목소리로 어떻게 남자로 생활했는지 새삼 의문이 갔다. 누가 봐도 이렇게 연약한 미인인데…….

"어떤 생각이요?"

의문을 누르며 되묻자 서원이 연한 미소를 지으며 창밖을 바라봤다.

"이런 일상이 거짓말 같다는 생각이요."

"아…….."

창밖을 보는 서원의 담담한 얼굴에서 유정은 서원이 자신과 비슷한 생각을 한다는 걸 깨달았다.

자세히는 몰라도 서원의 삶도 치열했다고 들었다. 서원과 친해진 뒤 회사 직원들에게 엘른 사모에 대한 이야기가 종종 나와서 듣게 된 이야기였다. 유정과 비슷한 케이스라 그런지 직원들이 엘른 사모 이야기를 꽤 자주 꺼내 저절로 알게 된 거였다.

학생 때 부모님이 사고로 돌아가셔서 쌍둥이 동생과 의지해서 살았다고 했던가.

그리고 그 엘른 이강준과의 러브스토리도 대단했다고.

유정 자신도 비슷한 서사를 겪고 오늘이 왔기 때문에 서원의 말이 어떤 뜻인지 알 수 있었다. 자세히는 몰라도 아마 서원 역시 지금의 평온함이 있기까지 힘든 시기를 지나왔을 거였다.

"이렇게 행복해도 되는지 믿기지 않는다는 거죠?"

유정의 말에 서원이 잠시 눈을 깜빡이다 눈꼬리를 곱게 휘었다.

"정확히 아시네요."

"저도 그런 생각을 종종 하거든요. 아이들은 눈 깜짝할 사이에 커 버려서 순간순간 놀라긴 하지만요."

"정말 그래요."

서원이 공감한다는 듯 고개를 끄덕였다. 그러고는 조곤조곤한 목소리로 속삭이듯 말했다.

"가끔 일이 너무 바쁠 땐 완전히 지친 상태로 집에 들어오는데요. 늦은 시간까지 기다려 준 남편과 천사처럼 잠든 아이들을 보면 피로가 싹 날아가요."

이번엔 유정이 공감한다는 듯 고개를 끄덕였다.

"저도 그래요."

유정 역시 수시로 느끼는 감정이었다. 회사 일이 아무리 바빠도 희건은 늘 그녀가 퇴근할 때까지 기다려 줬다. 수고했다며 입을 맞춰 주는 희건과 하루가 다르게 쑥쑥 큰 아이들이 무방비한 자세로 잠들어 있는 모습을 보면 피로는 사라지고 온전한 충만감이 가슴 가득 차오르곤 했다.

서원 씨도 똑같구나.

어쩌면 이렇게도 거울처럼 닮아 있는지 신기하다는 생각도 들었다.

"이런 일상에 익숙해질 만도 한데…… 그게 잘 안 되죠."

"내가 느끼는 걸 비슷하게 공감하는 사람이 있다는 건 참 신기하고 감사한 일이네요."

"맞아요. 제 생각도 정확히 같았어요."

조용하고 정적인 공간에서 유정과 서원이 부드러운 웃음을 지었다. 아름다운 두 여자의 미소도 자매처럼 닮아 있었다.

차를 마시며 적당한 침묵과 조용조용한 대화를 즐기는 사이 시간이 금방 지났다.

"아, 벌써 시간이 이렇게 됐네요. 서원 씨 시간 괜찮으세요?"

유정이 시계를 보며 하는 말에 서원이 웃었다.

"그럼요. 저는 유정 씨와 대화하는 시간이 너무 즐거운데요?"

"다행이네요. 저도 오늘 여유가 아직 있으니 잠시 화장실에 다녀올게요."

"그래요."

일어선 유정이 자리를 벗어났다.

화장실에 다녀오던 유정은 호텔 내의 내부 마감재에 흥미를 가지고 잠시 살펴봤다. 예전에 호텔 인테리어 참고할 겸 온 적이 있는 곳인데 최근 리모델링했다고 들었다. 그래서인지 그때와 다르게 좀 더 현대식의 마감재로 바꾼 모양이었다.

전체적인 톤이 그때보다 격식 있어진 분위기라 세심히 살펴보고 있는데 문득 엘리베이터 쪽에 서 있는 사람들에게 시선이 갔다.

순간 유정의 눈이 커졌다.

'……희건 씨?'

엘리베이터 앞에서 어떤 여자와 다정히 대화하고 있는 남자는 희건이었다.

뮌헨에 있는 남자가 여기 있을 리 없다는 걸 알면서도 착각할 수 없는 남자의 모습에 유정의 눈이 작게 흔들렸다.

잘못 본 거겠지. 닮은 사람일 거야.

머릿속으로 반복해서 생각했지만 어떻게 봐도 차희건이었다. 유정의 얼굴에 핏기가 가셨다.

엘리베이터가 도착하자 희건은 여자와 함께 안으로 사라졌다.

문이 닫힌 뒤에도 유정은 창백해진 얼굴로 그 자리에 서 있었다.

"유정 씨? 괜찮아요?"

흠칫 놀란 유정이 시선을 들었다. 맞은편에 앉은 서원이 걱정이 담긴 눈길로 유정을 보고 있었다.

"화장실 다녀온 뒤로 안색이 안 좋아 보이는데 몸이 안 좋은 거예요?"

"아, 아니에요. 아무 것도."

빠르게 말한 유정이 억지로 웃으며 찻잔을 들어 올렸다. 찻잔을 든 손가락이 미세하게 떨리고 있었다.

뮌헨에 출장 간 남자가 호텔에 있다. 그것도 처음 보는 여자와.

그 두 가지 사실이 주는 선명한 현실을 유정은 믿을 수가 없었다. 아닐 거야. 이유가 있겠지. 뭔가 오해가 있을 거야.

그렇게 생각하면서도 머릿속에는 젊은 여자와 서 있던 희건의 모습과 엘리베이터로 사라지는 두 사람의 모습만 반복적으로 떠오르고 있었다. 갑자기 눈앞의 시야가 깜깜해지는 것 같은 기분이 들었다.

"……죄송하지만 오늘은 이만 들어가 봐야겠어요."

유정이 핏기 하나 없이 새하얗게 질린 얼굴로 몸을 일으키자 서원이 걱정스럽게 쳐다봤다.

"많이 안 좋으세요?"

유정은 서원을 향해 억지로 입술을 끌어 올렸다.

"갑자기 몸이 안 좋아진 것 같아요. 미안해요. 서원 씨. 내가 나중에 연락할게요."

"혼자 갈 수 있겠어요? 제가……."

"아니에요. 괜찮아요."

사양한 유정이 휴대폰을 움켜쥐고 몸을 돌렸다.

우선 전화해 봐야겠다는 생각으로 카페를 나서면서 희건에게 전화를 걸었다.

뚜르르르- 뚜르르르-

신호음만 갈 뿐 연결이 되지 않았다. 몇 번을 해도 마찬가지였다.

"하."

호텔을 나서던 유정이 머리칼을 쓸어 넘기며 멈춰 섰다. 그대로 돌아서서 높은 호텔 건물을 올려다봤다.

'이 안에 있으면서 받지 않는 건가?'

아까 그 여자와 들어가서 대체 뭘 하고 있기에…….

상상하기 싫은 장면이 떠오르자 유정이 세차게 고개를 흔들었다. 그러다 휘청 다리가 꺾였다.

"아."

크게 비틀거린 그녀가 그대로 계단을 구를 뻔하다가 겨우 몸을 바로 잡았다.

정신 똑바로 차려야 해.

유정이 그렇게 생각하며 호텔 입구의 계단을 내려가 걸어가기 시작했다. 이럴 때일수록 정신을 똑바로 차려야 했다. 섣부른 판단도 해선 안 되고 감정적이 되어서도 안 됐다.

업무상의 일일 수도 있잖아. 하지만 업무를 여자와 둘이 호텔에서? 게다가 출장 중이라는 사람이? 그럼 출장도 처음부터 거짓말이었다는 건가?

아무리 현실적으로 생각해 보려고 해도 납득이 되지 않는 현실 때문에 유정은 자신이 어디로 가는지도 모르고 도심 속을 걷고 있었다.

그때 뒤에서 누군가가 유정을 잡아챘다.

"!"

강한 힘에 돌려세워지고 보니 눈앞에 익숙한 남자의 얼굴이 보였다. 조금 전 호텔 엘리베이터 앞에서 봤던 희건이었다.

"희건……씨."

희건이 유정의 손목을 움켜쥐고 거친 숨을 몰아쉬었다. 급히 달려온 것이 여실히 드러나도록 숨결이 거칠어져 있었고 아까는 단정했던 머리칼이 이마 위로 흐트러져 내려와 있었다. 유정의 흔들리는 눈을 똑바로 내려다보며 희건이 말했다.

"로비에서 날 본 겁니까?"

"……."

유정이 대답을 못 하고 눈에 힘을 줬다. 그녀가 붉은 눈으로 노려보자 희건이 미간을 일그러뜨리며 흐트러진 머리칼을 거칠게 쓸어 넘겼다.

"……미치겠네."

짓눌린 음성을 내뱉은 희건이 그대로 유정의 손목을 잡고 돌아
서서 걸어가기 시작했다.

"뭐하는 거예요? 잠깐만요. 이 손 놓고……."

날카로운 목소리에도 희건은 멈추지 않고 걸어갔다. 유정이 손
목을 빼내려 했지만 그는 완강한 힘으로 잡고 있었다. 다시 호텔로
그녀를 데려온 그가 엘리베이터에 태웠다.

"어디로 데려가는 거예요?"

엘리베이터 문이 닫힌 뒤 유정이 희건을 노려보며 물었다. 빠른
걸음 때문에 그녀의 숨결도 가빠져 있었다.

"……"

희건은 표정을 굳히고 말없이 앞만 쳐다보고 있었다. 유정의 손
목만을 꽉 잡은 채. 유정은 그런 희건을 답답하게 올려다보다 입술
을 깨물었다.

설마 들킨 김에 소개라도 시킬 생각인가?

자신이 아는 차희건으로선 도저히 상상할 수 없는 일이지만 아
까 여자와 올라갔던 남자가 자신을 데리고 다시 올라가는 건 그런
의미로밖에 해석할 수 없었다. 유정은 눈에 눈물이 차올랐다. 만약
희건에게 다른 여자가 생긴 게 맞다고 해도 이런 식으로 비참해지
는 걸 원하진 않았다.

유정이 눈물이 차오른 눈에 힘을 주며 더 날카로워진 목소리로
말했다.

"정말 왜 이러는 거예요? 설마 그 여자가 있는 방으로 날 데려
가려는 건……!"

그때 엘리베이터 문이 열렸다.

"축하합니다!"

"축하드립니다!"

"!"

뭐, 뭐야?

갑작스럽게 커다란 목소리가 사방에서 들리자 유정이 깜짝 놀라서 쳐다봤다. 눈앞에 화려한 꽃들로 장식된 넓은 이벤트 홀이 펼쳐져 있었다. 한 실장과 나주댁, 그리고 회사 직원들까지 있는 모습을 보자 유정이 눈을 빠르게 깜빡였다.

"지금 이게……."

"엄마!"

유건의 목소리에 유정이 멈칫거리며 시선을 옮겼다. 유건과 유림이 알록달록한 과일로 분장해선 그녀를 향해 손을 흔들고 있었다.

"아이들이 왜 여기…… 있어요?"

유정이 혼란스러운 얼굴로 희건에게 묻는데 익숙한 목소리가 들렸다.

"유정 씨."

"서원 씨?"

아까 헤어진 서원까지 이곳에서 나타나자 유정의 얼굴에는 더욱 혼란만이 가득했다. 미안한 표정을 지으며 다가온 서원이 맞잡은 두 손을 난처하게 만지작거리며 말했다.

"미안해요. 유정 씨."

"미안하다니 서원 씨가 왜……."

"실은 오늘이 두 분 결혼기념일 10주년이라고 희건 씨가 이벤트를 기획했거든요. 그런데 제가 여기까지 유정 씨를 데려오는 역할이었는데 책임을 다하지 못했어요."

서원이 작게 한숨을 내쉬며 유정에게 말하자 희건이 곧장 말했다.

"한서원 씨 책임이 아닙니다. 제가 더 주의를 기울였어야 했습니다."

"하지만 제가……."

"잠깐만요."

유정이 손을 들어 말을 끊고 희건을 올려다봤다.

"그러니까, 오늘이 우리 결혼기념일 10주년이라 나에게 말하지 않고 이런 이벤트를 준비한 거라고요?"

희건이 눈썹을 살짝 찡그렸다가 대답했다.

"맞습니다. 완벽하진 못했지만."

유정의 입술이 작게 벌어졌다. 그런 거였어……?

그래서 희건이 이 호텔에 있던 거였다니.

유정의 당혹스러운 얼굴을 내려다보며 희건이 고개를 비스듬히 기울였다.

"설마 내가 다른 여자와 바람이라도 핀다고 생각한 겁니까?"

"그럼 출장 중이라고 한 남편이 이 시간에 여자와 호텔에 있는 모습을 보면 뭐라고 생각해요?"

유정이 억울하다는 듯 항변했다. 그러자 희건이 뒤쪽을 가리켰다.

"그분은 이벤트 담당 직원입니다. 저기 계신."

희건이 가리킨 곳에 호텔 직원들과 서 있는 여자는 아까 희건과 있던 여자가 맞았다. 유정과 눈이 마주친 그녀가 미소를 지으며 고개를 숙여 보였다. 유정의 눈빛이 당혹스럽게 흔들렸다.

자신을 위해 몰래 이벤트를 준비하고 있던 남편의 모습을 보고 바람을 피운다고 오해했다니…….

사실을 알고 나니 뒤늦게 민망함이 올라왔다. 서원에게서 갑자기 자신이 카페에서 나가 버렸다는 이야기를 듣고 희건이 무슨 생각을 하며 달려왔을지를 생각하니 뺨이 홧홧하게 붉어지는 느낌이었다.

희건이 유정의 난처한 얼굴을 보며 입술을 휘어 올렸다.

"내가 그 정도로 믿음이 없었나."

"아니, 난……."

"우선 다들 기다리니 갑시다. 아까부터 주인공만 기다리고 있으니."

당황한 목소리를 내는 유정의 손을 잡은 희건이 안쪽으로 이끌었다. 유정을 데려와 가장 앞쪽의 자리에 앉히는 동안 호텔 직원들이 박수를 치며 환영해 줬다.

피아노가 있는 무대 위에 과일로 분장한 아이들과 함께 서 있던 진행자가 마이크를 들었다.

"오늘의 주인공이 등장했으니 지금부터 차희건 회장님과 성유정 대표님의 결혼기념일 10주년 행사를 시작하겠습니다!"

진행자의 경쾌한 음성과 함께 사람들의 박수가 커졌다.

"먼저 우리 귀여운 과일 요정들의 축하 무대부터 감상하시겠습니다."

진행자의 말과 함께 피아노 앞에 앉아 있던 연주자가 반주를 시작했다. 그리고 무대 위에 서 있던 유건과 유림이 율동하며 노래를 부르기 시작했다. 얼굴은 보였지만 딸기와 포도 복장을 머리까지 뒤집어쓰고 있어서 커다란 딸기와 포도가 춤을 추는 것 같았다. 귀엽고 익살스러운 아이들의 모습에 다들 웃음을 터뜨리며 박수를 쳤다.

"엄마 아빠가 세상에서 제일 좋아요!"

천진난만한 멘트로 끝낸 아이들이 유정을 향해 손가락 하트를 만들며 환하게 웃었다.

마주 웃는 유정의 눈시울이 붉어졌다. 전혀 예상하지 못했던 이벤트이기 때문인지 그녀 자신은 그다지 화려한 행사를 좋아하지 않음에도 벅찬 감동이 차올랐다.

눈물이 맺힌 붉어진 눈으로 희건을 쳐다보자 그가 부드럽게 미소 지으며 유정의 머리칼을 넘겨 줬다.

"……희건 씨."

유정이 물기 어린 목소리로 그를 불렀다. 이렇게 자신을 위해 몰래 준비하느라 얼마나 힘들었을까. 그럼에도 못난 의심만 한 자신이 한심하고 희건에게 다시 미안한 감정이 치밀었다.

"감사합니다!"

배꼽 인사한 아이들이 앙증맞게 무대에서 내려가고 진행자가 다시 올라왔다.

"귀여운 과일 요정들의 축하 무대 잘 봤습니다. 이번엔 준비된 영상 함께 보시겠습니다."

영상……?

유정이 눈물이 맺힌 눈을 깜빡이는데 조명이 어두워지더니 진행자가 서 있던 벽 뒤로 화면에 영상이 펼쳐졌다.

"아……."

유정의 입술이 작게 벌어졌다. 언제 찍은 건지 다양한 유정의 사진들이 음악과 함께 편집되어 펼쳐지고 있었다. 아이들과 함께 찍은 사진 외엔 전부 유정의 사진들이었다. 집에서 재택근무 하던 모습과 여행 갔을 때 미소 짓던 얼굴. 꽃을 보며 경쾌하게 걸어가는 뒷모습. 어린 유림을 안아 주는 모습…….

끝없이 펼쳐지는 10년간의 유정의 사진에선 찍은 사람의 애정이 진하게 묻어나고 있었다.

이 사진을 찍은 사람이 누구인지 도저히 모를 수가 없도록.

"당신……."

결국 참지 못한 눈물이 유정의 눈에서 흘러내렸다. 희건이 수려한 얼굴에 다정한 미소를 띠우고 유정의 눈물을 부드럽게 닦아 줬다.

"10년을 준비한 이벤트인데 마음에 듭니까?"

희건이 닦아 주는 것이 무의미하게도 투명한 눈망울에서 쉼 없이 눈물이 흘러내렸다.

"……어떻게 10년을……."

유정이 말을 잇지 못하는 사이 영상이 끝났다. 조명이 켜지지 않은 상태에서 진행자의 목소리가 들렸다.

"우리 회장님의 사랑이 듬뿍 묻어나는 아내 사진전 잘 봤습니다. 이번엔 도시의 샘 직원 분들이 준비해 주신 사진입니다."

유정이 눈물에 젖은 긴 속눈썹을 깜빡거리며 뒤쪽에 앉아 있는 직원들을 의아한 눈으로 쳐다봤다. 몇 개의 테이블에 나눠 앉아 있는 직원들은 의미심장한 미소를 지으며 어서 화면을 보라고 손짓했다. 그들의 손짓에 따라 유정의 시선이 다시 정면으로 향했다.

"아."

유정이 놀란 눈을 둥글게 떴다.

여러 명이 찍은 듯 회사 다양한 장소에서의 유정의 모습이 나타났다. 대표실에 앉아 골똘히 생각에 잠긴 모습을 유리문 밖에서 찍은 모습과 직원과 티타임을 가지며 찻잔을 들고서 웃는 모습, 업무에 집중한 진지한 모습, 회식 중에 살짝 붉어진 뺨으로 미소 짓고 있는 모습까지 차례차례 펼쳐졌다.

"저 사진을 대체 언제 찍은 거예요?"

유정이 놀라서 저도 모르게 묻는 말에 희건이 대답했다.

"작년에 미리 부탁했습니다."

"희건 씨가요?"

부끄러운 듯 살짝 붉어진 뺨으로 유정이 희건을 바라봤다. 그가 고개를 끄덕이고는 놀란 유정의 속눈썹에 매달려 있는 눈물방울을 털어 내 줬다.

"나 역시 궁금하던 모습이었으니까."

개인 소장의 욕망도 있었다는 걸 숨기지 않는 희건의 말에 유정이 눈가를 찡그리며 웃음을 흘렸다.

"당신 진짜……."

주먹을 쥐어 희건의 가슴을 살짝 때리는 유정의 손을 잡아 올린 희건이 그 손에 입을 맞췄다. 시선을 맞춘 채 손등에 입을 맞추는 얼굴이 근사해서 유정도 결국 웃었다. 조금 부끄러웠지만 자신을 위해 몰래몰래 찍었을 직원들의 고생을 생각하니 고마웠다. 대표의 결혼기념일 10주년을 위해 직원들 모두가 한마음 한뜻으로 1년간 사진을 찍어 모았을 테니.

사진전이 끝나고 진행자가 마이크를 들었다.

"회사에서도 너무 멋지고 사랑스러운 우리 대표님이시네요! 그럼 이번엔 우리 회장님의 순서입니다."

"희건 씨 순서라뇨?"

의아하게 쳐다보는 유정과 시선을 맞춘 채 희건이 일어섰다. 입술을 휘어 올린 그가 그녀의 손을 놔주고 무대로 걸어갔다. 희건이 무대로 올라서자 사방에서 박수가 터졌다.

근사한 슈트를 빼입은 훤칠한 남자가 무대에 선 것만으로도 모든 이들의 시선을 압도했다. 이런 자리에서도 빛을 잃지 않는 존재감이 새삼 대단하다고 생각하며 유정이 보고 있는데 희건이 재킷 안에서 준비한 봉투를 꺼냈다.

"와, 편진가? 편지 읽으시려나 봐."

뒤에서 흥분된 목소리가 들렸다. 유정도 희건에게 시선을 고정하고 있었다.

그런데 희건은 빼낸 봉투를 열지 않고 그저 가만히 쳐다보고만 있었다.

"……."

"근데 왜 안 여시지?"

"잘못 가져오셨나?"

의아한 목소리로 짧게 웅성거리는 사이 희건이 봉투를 다시 재킷 안으로 넣으며 고개를 들었다.

"미리 준비한 글은 있었는데, 이 자리에 선 지금 이 순간의 제 마음을 말하는 게 좋을 것 같습니다."

마이크 앞에서 듣기 좋은 중저음의 음성으로 말한 희건이 유정을 바라봤다. 그와 시선을 맞춘 유정이 작게 숨을 들이켰다.

"내 인생은 온통 한 여자였습니다."

진지한 음성과 유정을 향한 곧은 시선에 사위가 조용해졌다. 아이들도 분위기를 아는 건지 조잘대던 것을 멈추고 무대 위의 희건을 빤히 바라보고 있었다.

적막 속에서 희건이 말을 이었다.

"내 삶의 이유를 알지 못했던 13살 때 나는 그녀를 알았습니다. 그녀를 본 날 이후로 나는 그 전과는 전혀 다른 사람이 되었습니다. 그녀가 웃으면 나도 웃음이 났고, 그녀가 눈물을 흘리면 나도 울고 싶어졌습니다."

"……."

"그 감정의 이유를 모를 때부터 그랬습니다. 그래서 그녀만 원하고 갈망하는 시간을 그리도 오래 보냈던 것 같습니다."

유정만 보고 있는 희건의 눈빛이 깊이를 알 수 없을 만큼 깊었다. 그 시선을 마주 보는 유정의 눈이 다시 붉어졌다. 오직 한 여자만 보는 희건의 눈빛과 음성에서 느껴지는 진심에 그들을 잘 모르는 호텔 직원들까지 숨도 못 쉬고 집중하고 있었다.

"이제 그녀가 온전한 내 여자가 된 지 10년이 되는 날입니다. 오늘 이 자리에서 그녀에게 꼭 하고 싶은 말이 있습니다."

희건이 잠시 말을 멈추고 짙은 눈동자로 유정을 응시했다. 유정의 두 눈 가득 일렁이는 눈물을 보며 그가 입을 열었다.

"평생 사랑했고, 지금도 미친 듯이 사랑하고…… 앞으로도 영원히 너만을 사랑할 거야. 성유정."

꺄악-!

여기저기서 여자들의 비명과 함께 박수가 터져 나왔다.

유정은 뺨을 타고 흘러내린 눈물이 맺힌 입술을 끌어 올려 희건을 향해 어여쁜 미소를 지었다.

유정만을 시선에 담은 희건이 자리로 돌아와 그녀를 안아 주자 박수소리가 더 커졌다. 유정도 두 팔을 뻗어 희건을 마주 안았다.

귀가 먹먹할 정도로 박수를 치며 유정의 회사 직원들이 감동 어린 얼굴로 말했다.

"정말 영화에 나오는 커플 같아요……."

아니 어떤 영화에 나온 커플들보다도 더 멋지게 보였다. 영화엔 그들의 10년 후의 사랑까지는 나오지 않으니까. 평생 한 사람만을 사랑하고 10년이 흘러도 그 사랑이 전혀 변치 않는, 오히려 그 시간의 두께만큼 단단해진 모습은 영화 속에선 볼 수 없으니까.

유정의 옆에 앉은 희건이 눈물을 닦아 내는 그녀의 어깨를 커다란 손으로 감싸 끌어당겼다. 그의 가슴에 옆얼굴을 댄 유정이 연신 눈물을 훔쳤지만 눈물은 쉬이 그치지 않았다.

"그럼 마지막 순서인 케이크 커팅식 시작하겠습니다."

희건의 요청으로 특수제작 된 5단 케이크는 결혼식 때보다 더 커 보일 정도였다. 희건과 유정이 함께 나이프를 잡고 케이크 커팅을 하자 유건과 유림이 올라와서 손가락에 크림을 묻혀 서로의 얼굴에 바르며 장난을 쳤다. 커다란 과일들이 장난치는 것 같은 모습에 사람들이 웃음을 터뜨렸다.

공식적인 행사가 마무리된 뒤 이벤트 홀에 준비된 뷔페에서 식사가 시작됐다. 호텔에 특별히 요청한 뷔페는 바닷가재와 킹크랩을 비롯한 신선한 해물과 호텔 요리사들을 초빙해서 즉석에서 구워 주는 각종 스테이크까지. 이 호텔의 정식 뷔페보다 훨씬 수준이 높았다.

유정은 식사하기 전에 희건과 함께 테이블을 돌며 참석한 사람들에게 감사 인사를 했다.

"와 줘서 고마워요. 다들 나 몰래 준비해 준 것도 너무 고맙고요."

직원들의 테이블에서 유정이 진심을 담아 말했다.

"대표님 매년 이벤트 해 주시면 안 돼요? 여긴 천국이네요."

호화로운 산해진미로 가득 담은 접시를 가리키며 하는 직원의 장난스러운 말에 유정이 웃었다.

"많이 드세요."

　유정이 희건과 함께 몸을 돌렸다. 서원은 그 옆 테이블에서 직원들과 함께 앉아 있었다.

　눈을 빛내며 서원에게 질문하는 직원들에게 그녀는 유하게 웃어 주며 대답하는 중이었다. 아마도 평소에도 궁금해하던 엘른 회장과의 러브스토리에 대해 묻고 있는 중인 듯 했다.

"내 손님을 곤란하게 하는 중은 아니겠죠?"

　유정이 테이블로 다가와 말하자 서원이 아니라는 듯 손을 저었다.

"괜찮아요. 즐거운 대화 중이었어요."

"그래요……?"

　유정이 미심쩍은 눈빛으로 직원들을 훑었다. 평소에도 유정과 비슷한 서사 때문인지 직원들의 서원에 대한 관심도가 높았다는 걸 알고 있었기 때문에 유정은 안심이 되진 않았다. 그래도 그 질문들을 불편해하지 않고 받아 준 서원에게 고맙게 느꼈다.

"서원 씨, 오늘 고마웠어요."

　유정이 진심으로 말하자 서원이 고개를 저었다.

"고맙긴요. 제 역할을 완벽히 하지 못했는데요."

"충분히 해 주셨습니다. 감사합니다."

　희건이 옆에서 말했다. 그 말에 서원이 입술을 끌어 올렸다.

"다행이네요. 두 분 기념일 진심으로 축하드려요."

　서원의 축하에 유정이 울어서 사슴처럼 촉촉해진 눈으로 그녀와 미소를 교환했다.

테이블을 돌며 인사를 마친 유정은 희건과 자신의 자리 바로 옆에 있는 테이블로 갔다. 한 실장과 나주댁이 아이들을 챙기고 있었다. 익숙한 식구들에게 온 유정이 한결 풀어진 표정으로 물었다.

"저 몰래 이런 준비를 언제 다 하신 거예요?"

"다 회장님이 하셨어요."

"맞아요. 우리야 오라는 대로 온 것밖엔 없죠."

한 실장이 웃으며 하는 말에 나주댁도 고개를 끄덕였다. 유정이 과일 요정들에게 시선을 옮겼다.

"너네는 엄마한테 왜 말 안 했어?"

"우린 비밀을 꼭 지키지!"

"지키지!"

나라를 지키는 중대한 비밀이라도 공유하는 사람처럼 입술 앞에 손가락을 댄 아이들이 엄숙한 표정으로 희건과 시선을 맞췄다. 유정이 쳐다보니 희건도 느른한 미소를 지으며 입술 앞에 기다란 손가락을 대고 있었다. 그 모습을 보니 유정은 작게 웃음이 나왔다. 지금까지 어떻게 아이들의 입을 막을 수 있었는지 예상이 가능한 장면이었다.

"덕분에 엄마 엄청 많이 감동했어. 고마워."

"정말? 다행이야!"

유정이 팔을 넓게 벌려 과일 요정들을 하나씩 끌어 안아줬다. 방긋 웃는 아이들과 마주 웃은 유정이 맛있게 먹으라고 말하며 뺨에 입을 맞춘 뒤 돌아섰다.

유정이 희건에게 말했다.

"이제 우리도 식사해야……."

"앉아 있어요."

"네? 아……."

유정을 테이블 앞에 앉힌 희건이 뷔페가 차려진 쪽으로 혼자 걸어갔다. 훤칠한 남자의 뒷모습을 보고 있으려니 그는 유정이 좋아하는 걸로만 한 접시 먼저 가져다주며 말했다.

"먼저 먹고 있어요."

유정이 배가 고플까 봐 포크까지 손에 쥐어 준 희건이 다시 뷔페가 차려진 곳으로 가서 자신의 접시를 담아 왔다. 그가 올 때까지 기다린 유정은 미소 지으며 샴페인을 따라 놓은 잔을 들어 올렸다.

"고마워요. 희건 씨."

희건도 조각 같은 미소를 지으며 유정의 잔에 잔을 맞췄다.

"아까 놀랐겠어요."

"아까?"

샴페인을 마시고 잔을 입술에서 떼어 낸 희건이 되물었다.

"내가 오해하고 나갔을 때요."

"아, 그때 말이군요."

희건이 눈썹 끝을 슬쩍 올렸다가 잔을 테이블 위로 내려놨다.

"카페 쪽과 다른 곳에 있는 엘리베이터라 방심했던 게 실수였습니다."

이벤트 홀로 혼자 올라온 서원이 난처하게 하는 말을 듣고 유정이 카페에서 언제 자리를 비웠는지부터 확인했다. 서원의 대답으로 자신이 이벤트 담당자와 로비에 있던 시간과 일치한다는 걸 알았다.

참석자들은 용의주도하게 주차장을 통해서만 올라오게 했는데 정작 자신이 실수했다는 생각에 희건은 자신에게 화가 치밀었다. 기사에게 전화하려 휴대폰을 꺼내니 바로 조금 전에 유정의 부재

중 전화가 여러 번 와 있었다.

'하필.'

음향 조율 중이어서 시끄러운 소리 때문에 전화를 받지 못했다
는 걸 깨닫자 미간이 일그러졌다. 곧장 기사와 통화한 희건은 바로
호텔 앞으로 달려 나갔다. 기사가 대기하고 있는 차로 유정이 가지
않았다면 근처에 있을 거였다.

아까의 상황을 떠 올린 희건이 가라앉은 눈으로 사과했다.

"미안합니다. 내가 좀 더 신중했어야 했는데."

유정이 고개를 저었다.

"나야말로 미안해요. 내가 쓸데없는 오해를 하는 바람에……."

"그런 상황이라면 나 역시 같은 오해를 했을 겁니다."

아까는 유정의 기분을 풀어 주기 위해 장난스럽게 말했지만 호
텔 앞으로 달려 나가는 동안 유정이 받았을 깊은 배신감에 심장이
움켜잡히는 것 같았다. 오해의 빌미를 준 자신에게 더 화가 난 것
도 그녀가 그 오해로 인해 받았을 상처 때문이었다.

제 뺨을 부드럽게 어루만지는 희건의 진지한 얼굴을 보며 유정
이 작게 한숨을 내쉬었다.

……하아.

숨을 헐떡이며 달려온 희건의 모습이 떠오르니 가슴을 송곳으
로 찌르듯 아팠다. 조금만 더 기다렸으면 되는 거였는데……. 자신
이 전화했을 때 그가 이벤트 준비로 전화를 받지 못했지만 곧 통화
가 됐을 거였다. 그랬다면 전부 알 수 있을 일인데 그 짧은 시간 동
안 희건을 믿지 못해서 그가 숨이 차도록 자신을 찾아다니게 했다
는 게 미안했다.

뺨에 닿아 있는 희건의 손을 살짝 잡았다 놓은 유정이 표정을

바꿔 웃어 보였다.

"그래도 빨리 찾았던데, 어떻게 내가 있는 곳을 알았어요?"

"멀지 않은 곳에 있을 것 같았습니다. 다행히 많이 헤매지 않았던 건 내가 운이 좋았던 거고."

희건의 짙은 눈매가 유려하게 휘어지며 미소를 그렸다. 그 눈을 바라보며 유정이 입술을 열었다.

"그래도…… 정말 감동했어요. 고마워요. 희건 씨."

유정이 곱게 웃으며 하는 말에 희건이 매혹적인 얼굴로 마주 웃었다.

오랜 준비의 대가는 그걸로 충분했다. 오늘 유정을 행복하게 만들기 위해 준비했던 거니까. 그녀가 이렇게 아름답게 웃어 주었으니 그걸로 넘치는 보상을 받은 거였다.

현기증이 일 정도로 아름다운 유정을 보는 희건의 입술이 천천히 휘어 올라갔다.

집으로 돌아와 아이들을 재운 뒤 방으로 오니 테라스에 은은한 촛불이 여러 개 켜져 있었다. 두 사람을 위한 작은 테이블이 차려진 것을 보고 유정이 눈을 깜빡이며 희건을 바라봤다.

"이벤트가 끝난 게 아니었어요?"

"우리 두 사람의 시간이 부족할 것 같아서 말입니다."

희건이 혹여나 추울까 자신의 재킷을 벗어 유정의 어깨에 걸쳐 둔 뒤 의자를 빼내 줬다.

"……고마워요."

유정이 그의 재킷을 걸친 채 생긋 웃으며 의자에 앉았다.

사실 이벤트 하는 동안 많이 감동받고 축하도 넘치게 받았지만 희건과 둘만의 시간이 부족했던 건 사실이었다. 그래서 이런 것까지 세심하게 신경 써 준 희건에게 고마웠다.

호텔에서 와인을 마셨기 때문에 가벼운 샴페인으로 준비시킨 희건이 유정의 잔에 따라 줬다. 테이블 위엔 색색의 치즈를 사용한 카나페와 아기자기한 과일, 그리고 살라미가 준비되어 있었다.

유정의 잔과 제 잔을 채운 희건이 건배한 뒤 먹기 좋은 크기의 카나페를 하나 집어 유정의 입술 앞으로 가져갔다.

"아."

샴페인을 마시느라 앞에 와 있는 손을 보지 못했던 유정이 뒤늦게 깨닫고 입술을 벌려 익숙하게 받아먹었다. 샴페인만 한 모금 마신 희건이 그녀를 바라봤다. 그 얼굴을 유정이 마주 봤다. 테이블 주위와 테이블 위에 켜진 은은한 초 때문인지 희건의 눈빛이 더 깊어 보였다.

"……아까 서원 씨도 많이 당황했을 것 같아서 뒤늦게 좀 민망해요."

유정이 샴페인 잔을 만지작거리며 작게 말했다. 와인을 마셨기 때문에 살짝 붉어진 그녀의 뺨이 탐스럽게 달아올라 있었다. 그 얼굴을 고혹적인 눈빛으로 말없이 응시하는 희건에게 유정의 시선이 닿았다.

"그런데 출장에선 언제 돌아온 거예요?"

"오늘 아침."

"그럼 아까 통화할 땐 한국이었겠네요?"

희건이 미소 지으며 고개를 끄덕였다. 유정이 그를 빤히 보다가 슬쩍 눈을 가늘였다.

"희건 씨 생각보다 거짓말 잘하는데요? 정말 깜빡 속았어요."

"그럴 리가. 들킬까 봐 얼마나 심장이 떨렸는데."

유정의 눈이 더 가늘어졌다.

"서원 씨 만나는 것도 싫은 사람처럼 굴더니."

"자주 만나는 건 여전히 싫습니다. 한서원 씨가 좋은 사람이라는 것과 상관없이 나는 질투가 아주 심한 남자니까."

희건이 부끄러움도 없이 하는 말에 뾰족한 시선을 두고 있던 유정이 웃음을 터뜨렸다.

"그래도 아까 보니 두 사람 생각보다 사이가 좋아 보이던데요?"

"이번 일로 의논하느라 통화할 일이 몇 번 있었습니다."

"아, 그랬구나."

고개를 끄덕이던 유정이 문득 물었다.

"그럼 그 호텔 카페는 누가 알아본 거예요? 정말 멋진 곳이던데."

"그건 한서원 씨가 알아본 곳입니다. 이벤트 장소까지 당신을 데려오기 편한 곳일 것 같다고 들은 기억이 있습니다."

"아아…… 서원 씨가 날 위해 알아본 곳이 맞네요."

유정이 의문이 풀린 표정을 지었다가 나른해진 눈길로 테라스 바깥을 바라보며 작게 한숨을 내쉬었다.

"오늘 정말 당신에게 화가 났다가, 미안했다가, 감동했다가…… 하루 종일 기분이 롤러코스터를 탄 것 같아요. 그래서……."

잠시 말을 멈춘 유정이 다시 희건에게 시선을 옮겼다. 그와 시선을 마주친 그녀의 얼굴에 얇은 설탕 막 같은 미소가 떠올랐다.

"나에게 무척 벅찬 하루였던 것 같아요."

"……."

"진심으로요. 당신에게 무척, 정말 아주 많이 고마워요."

달콤하고 나른한 목소리를 들으며 희건은 유정에게 집중했다.

술에 취하면 촉촉해지는 눈망울과 평소보다 헤픈 웃음도 전부 그를 홀리게 하는 것들이었다. 오늘 내내 그녀에게 집중해 있었기 때문에 유정의 다양한 표정을 전부 기억하고 있지만, 이 밤의 은은한 불빛 앞에서의 유정의 모습은 특히나 더 아름다워서 희건은 가슴 한쪽이 뻐근해졌다.

평생 이렇게 바라만 보고 있어도 좋겠다는 생각이 열감 어린 한숨이 되어 그의 입술에서 흘러나오는데 유정의 목소리가 다시 들렸다.

"오늘 나에게 이렇게 특별한 하루를 선사해 줘서……. 그리고 10년 동안 나를 위해 찍은 그 사진들도, 그리고 편지도요. 아, 편지를 읽은 게 아니라 희건 씨가 직접 생각한…… 어머, 잠깐만요."

편지가 아니라고 말을 정정하려던 유정이 문득 눈을 동그랗게 떴다. 뭔가 생각난 듯 눈을 빠르게 깜빡이는 유정을 희건이 의아하게 마주 봤다.

"그 편지 아직 여기 있어요?"

유정이 자신이 걸치고 있는 재킷을 내려다보며 말했다. 확인하려는 듯 재킷을 꼬물거리며 벗으려는 유정에게 희건이 조금 난처한 표정으로 물었다.

"그건 왜."

"아까 희건 씨 말도 감동이었지만 그래도 편지도 궁금하니까요. 날 위해 쓴 거잖아요. 아, 여기 있다!"

재킷 안주머니에서 봉투를 찾아 낸 유정이 얼른 빼냈다.

희건은 미간을 좁혔다가 커다란 손으로 제 마른 얼굴을 쓸어 내렸다. 눈을 빛내며 봉투를 여는 유정을 말릴 수는 없었지만 막상 자신이 쓴 편지를 유정이 눈앞에서 본다고 생각하니 왠지 민망한 느낌이 들었다. 아까는 그런 생각으로 편지를 읽지 않은 건 아니었

다. 그때는 그 순간 자신의 감정을 말하는 게 더 좋겠다는 판단이
들었기에 실행한 거였다.

하지만 지금은 유정이 그 편지를 읽더라도 적어도 자신 앞에서
읽진 않았으면 좋겠다는 생각이 들었다. 왠지 목이 뜨거워지는 기
분에 희건이 입을 열었다.

"여긴 어두운데 내일⋯⋯."

"글씨는 다 보여요."

희건의 마음은 전혀 모르는 유정이 편지지를 들고 촛불에 의지
해 읽기 시작했다. 희건은 그녀가 편지를 읽는 모습에서 시선을 살
짝 비켜 난처한 표정으로 머리칼을 쓸어 넘겼다.

목이 붉어지는 느낌에 목 부근을 매만지며 시선을 피했다가 다시
유정을 바라봤다. 그녀는 오늘 본 모습 중 가장 집중한 모습으로 편
지를 읽고 있었다. 그 모습을 보니 귀 끝까지 붉어지는 것 같았다.

"⋯⋯."

말없이 편지를 읽어 내려가던 유정이 문득 고개를 숙였다.

"성유정?"

희건이 멈칫거렸다. 편지를 든 채 고개를 숙인 유정의 어깨가 가
늘게 떨리고 있었다.

"유정아."

표정을 굳힌 희건이 일어서서 유정의 옆에 몸을 낮춰 앉았다.

"왜 그러는⋯⋯."

"⋯⋯미안해요."

물기가 잔뜩 맺힌 목소리에 희건이 숨기고 있는 그녀의 얼굴을
보려 애썼다.

"우는 겁니까?"

유정이 고개를 저었지만 흐느낌은 숨길 수가 없었다. 희건의 안색이 창백해졌다.

"내가 뭔가 상처를 주는 말을 쓴 겁니까? 아니면……."

"아니, 그게 아니라요."

빠르게 고개를 흔든 유정이 얼굴을 들어 올렸다. 찡그려진 얼굴의 그녀를 본 희건의 눈이 흔들렸다.

"유……."

그녀의 뺨에 손을 뻗는 그를 향해 유정이 미소 지었다. 그 미소에 희건의 손이 허공에서 멈췄다.

"너무, 감동적이어서 그래요."

희건이 참고 있던 숨을 훅 내쉬었다. 단단하게 굳어 있던 어깨 힘이 그제야 풀렸다. 유정이 눈물 젖은 입술을 휘어 올리고 제 손에 들린 편지를 다시 내려다봤다.

"아까 희건 씨가 해 준 말도 너무나 감동적이었는데…… 이 편지도 눈물 날 만큼 감동적이에요."

"……."

눈물로 반짝이는 눈으로 편지를 내려다보던 유정이 그를 향해 어여쁘게 웃었다.

"아까 이 편지 안 읽길 잘했어요. 덕분에 이렇게 두 번이나……."

유정이 말을 멈췄다. 하아, 물기 젖은 숨을 내쉰 유정이 다시 희건에게 말했다.

"……이렇게 큰 감동을 줘서 고마워요. 희건 씨."

진심을 담아 말하는 유정의 얼굴을 보며 희건이 눈물에 젖은 그녀의 머리카락을 볼에서 떼어 내 줬다. 유정이 편지를 테이블 위에 내려놓고서 그의 목에 팔을 둘러 안았다. 뜨거운 숨을 희건의 귓가에 작게 내뱉은 유정이 천천히 입을 열었다.

"오늘은 정말 잊히지 않을 것 같아요."

속삭이듯 작게 하는 말에 희건이 그녀를 가만히 마주 안았다.

"나도 잊지 못할 거야."

이렇게 행복해하는 성유정의 모습을.

이렇게 나를 감동시키는 성유정의 모습을.

잊지 못할 것이다. 평생.

희건이 가슴을 들썩일 정도로 크게 숨을 들이켰다가 천천히 내쉬며 유정의 여린 등을 다정히 쓸어 내렸다.

유정은 자신이 감동받았다고 하지만 가장 큰 감동을 받은 건 자신이었다. 이렇게 행복해하며 웃고 우는 그녀의 얼굴을 몇 번이나 본 것만으로도 당장 숨이 멈춰도 좋을 만큼 강렬한 감동을 느꼈으니까.

서로를 깊이 안은 두 사람은 오늘이 그들에게 평생 잊히지 못할 날이 될 것을 알았다.

그래서 더 없는 충만한 기쁨을 느꼈다.

오직 서로만이 줄 수 있는 행복이었다.

※ ※ ※

-나의 아내, 성유정에게.

우리의 10번째 결혼기념일을 맞는 것이 나에겐 거짓말 같다는 걸 네가 알까.

아침에 눈을 뜰 때마다 항상 그런 생각을 해. 그건 매일 겪어도 나에겐 도저히 실감이 되지 않는 일이야.

그래서 몇 번이나 곤히 잠든 너의 뺨을 매만져 온기를 확인하곤 했어. 바보 같은 짓이라는 걸 알면서도 그렇게 돼. 그 정도로 네가 내 옆에 있다는 행복이 거짓말 같아.

　내 평생의 너를 떠올리기만 해도 나는 세상에서 이미 가장 행복한 남자인데 오늘도 네가 내 옆에 있다니. 그리고 내일도, 모레도 우리가 함께 할 수 있다니. 너와 나를 닮은 우리 아이들과 바로 네가 내 남은 일생의 하루를 채워 준다니…….

　이 벅차디벅찬 행운 앞에서 나는 가끔 망연해져 버려.

　지난 10년간의 모든 날처럼, 아니 너를 처음 만난 13살의 그날부터 오늘까지, 그리고 바로 지금 이 순간도 너를 사랑할 수 있게 해 줘서 너무나 감사해.

　이 마음을 어떻게 표현해야 네가 알 수 있을지 모르겠다. 유정아.

　그저 이게 내 진심이야.

　사랑해. 성유정.

-너의 남편, 차희건.

작가 후기

안녕하세요. 이서한입니다.

항상 제 글을 사랑해 주시는 분들께 먼저 감사 인사를 드립니다. 부족한 글이지만 기다려 주시는 분들이 있다는 생각을 하면 언제나 힘이 나곤 합니다. 진심으로 감사드립니다.

<결혼 무효>를 이번에 책으로 작업하며 희건과 유정에게 제가 힘을 얻는 느낌을 받았어요. 무수한 역경을 딛고 결국은 서로를 힘껏 껴안은 두 사람의 사랑을 통해서요.

사랑이란 말은 조금은 식상해 보이지만 정말 강하고 대단한 감정이라는 생각도 하게 되었습니다.

우리를 살아가게 하는 힘도 결국은 사랑에서 비롯되니까요.

이 책을 읽는 분들의 저마다의 사랑이 희건과 유정처럼 행복으로 완성되기를 기원하겠습니다. 그게 어떤 사랑이든지요.

그리고 이 책이 나올 수 있도록 도움 주신 로크미디어 편집부에도 감사의 말 남깁니다.

늘 평안하시길.

— 이서한 드림